조선후기 통신사 필담창화집 번역총서 24

兩東筆語

양동필어

조선후기 통신사 필담창화집 번역총서 24

兩東筆語

양동필어

김형태 역주

보고사

이 역서는 2008년도 정부재원(교육과학기술부 학술연구조성사업비)으로 한국연구재단의 지원을 받아 연구되었음(KRF-2008-322-A00073)

이 번역총서는 2012년도 연세대학교 정책연구비(2012-1-0332) 지원을 받아 편집되었음.

차례

◇ 양동필어 오/육 兩東筆語 五/六

◇ 영인자료 [우철]

일러두기

1. 통신사 필담창화집 번역총서는 제1차 사행(1607)부터 제12차 사행(1811)까지, 시대순으로 편집하였다.
2. 각권은 번역문, 원문, 영인자료(우철)의 순서로 편집하였다.
3. 300페이지 내외의 분량을 한 권으로 편집하였으며, 분량이 적은 필담창화집은 두 권을 합해서 편집하고, 방대한 분량의 필담창화집은 권을 나누어 편집하였다.
4. 번역문에서 일본 인명과 지명은 한국 한자음 그대로 표기하고, 처음 나오는 부분의 각주에 일본어 발음을 표기하였다. 그러나 번역자의 견해에 따라 본문에서 일본어 발음대로 표기를 한 경우도 있다.
5. 번역문에서 책명은『 』, 작품명은「 」로 표기하였다.
6. 원문은 표점 입력하였는데, 번역자의 의견에 따라 표기하는 것을 원칙으로 하였지만, 가능하면 한국고전번역원에서 정한 지침을 권장하였다. 이 경우에는 인명, 지명, 국명 같은 고유명사에 밑줄을 그어 독자들이 읽기 쉽게 하였다.
7. 각권은 1차 번역자의 이름으로 출판되었는데, 최종연구성과물에 책임연구원과 공동연구원의 이름이 반드시 들어가야 한다는 한국연구재단의 원칙에 따라 최종 교열책임자의 이름으로 출판되는 책도 있다.
8. 제1차 통신사부터 제12차 통신사에 이르기까지 필담 창화의 특성이 달라지므로, 각 시기 필담 창화의 특성을 밝힌 논문을 대표적인 필담창화집 뒤에 편집하였다.

박물학(博物學)적 정보를 총망라한 의원필담(醫員筆談)인 『양동필어(兩東筆語)』

1748년 조선 사신 일행이 일본을 방문했을 때 도호토(東都)의 의관(醫官)이자 에도(江湖)시대 중기 대표적 본초학자인 니와 테이키(丹羽貞机)가 조선의 양의(良醫) 조숭수(趙崇壽), 의원(醫員) 조덕조(趙德祚), 김덕륜(金德倫) 등과 주고받은 필담을 정리한 것이다. 원서는 6권 3책이며, 1책은 권지일(卷之一)과 권지이(卷之二)의 합본(合本)이다. 권지일은 1748년 6월 5일에 이루어진 필담이고, 권지이는 6월 7일에 이루어진 필담이다. 또한 2책은 권지삼(卷之三)과 권지사(卷之四)의 합본(合本)인데, 권지삼은 1748년 6월 9일에 이루어진 필담이고, 권지사는 6월 10일에 이루어진 필담이다. 마지막 3책은 권지오(卷之五)와 권지륙(卷之六)의 합본(合本)인데, 권지오는 1748년 6월 11일에 이루어진 필담이고, 권지륙은 6월 12일에 이루어진 필담이다.

권지일(卷之一)의 주요 필담 전개 양상은 다음과 같다. ① 서두에는 니와 테이키의 인사말과 그가 질문을 위해 미리 정리해온 〈조선국물산목차(朝鮮國物産目次)〉가 실려 있는데, 여기에는 70여 종(種)에 걸쳐 조선 특산물의 물명(物名)이 정리되어 있다. 이에 대해 조숭수는 그 항목이 많고, 조선에서는 약재 채취하는 일과 의원의 일이 분리되어 있어 자세히 답변할 수 없겠다고 했다.

② 니와 테이키가 목곡(木槲)·구(柾)·축사목(縮砂木) 등의 나무가 조선에도 있는지에 대해서 물었고, 조승수는 조선에서는 약재 채취하는 일과 의원의 일이 분리되어 있어 자세히 알지 못한다고 대답했다.

③ 니와 테이키가 소인삼(小人參)과 삼지오엽초(三枝五葉草), 죽절삼(竹節參), 삼로(參蘆)와 삼수(參鬚) 등 인삼의 정체성에 대해 묻자 조승수는 풍조장(馮兆張)의 『본경봉현(本經逢玄)』이 자세하므로 이를 참조하라고 일러주고, 간략하게 설명했다. 또한 니와 테이키가 창출(蒼朮)과 백출(白朮)의 구분, 해채(海菜)의 정체성, 적소두(赤小豆)와 유(柚)에 대해 물었고, 조승수는 해체는 『본초강목(本草綱目)』에서 석화채(石花菜)라고 한 나물이라는 등의 답변을 했다.

④ 조승수가 일본에 곰 발톱 모양의 황련(黃連)이 있느냐고 물었고, 니와 테이키는 매 발톱 모양의 황련이 있다고 대답했다. 아울러 니와 테이키가 여러 해 복통(腹痛)을 앓은 자신의 서자(庶子)를 진찰해 줄 것과 자신의 저서 『서물류찬(庶物類纂)』의 서문(序文)을 써주기를 조승수에게 부탁했다. 또한 『서물류찬』의 저술에 큰 영향을 끼친 자신의 스승 도 쟈쿠스이(稻若水)에 대해 소개했다.

⑤ 니와 테이키 및 조승수, 조덕조(趙德祚), 김덕륜(金德倫)이 주고받은 7언시 5수와 니와 테이키의 아들 남강(南江)이 주고받은 7언시 6수가 실려 있다.

6월 7일에 이루어진 권지이(卷之二)의 주요 필담 내용은 다음과 같다. ① 니와 테이키가 인사말과 함께 연적(硯滴)을 선물한다. 조승수는 감사하며,『서물류찬』을 칭찬하고 서문은 먼저 허락한 조덕조에게 부탁하는 것이 합당하겠다는 의견을 피력한다.

② 니와 테이키가 조숭수에게 부채에 글 써주기를 부탁하고, 약과(藥果)의 맛을 극찬했으며, 조숭수는 그 재료와 제조법을 설명했다.

③ 니와 테이키가 지닌 종유(鍾乳)의 정체성에 대해 조숭수가 묻자 다른 것을 가져와 보여주겠다고 약속했다.

④ 니와 테이키가 의주(義州)부터 요동(遼東)의 봉황성(鳳凰城)까지의 거리 및 북쪽 지방의 인삼에 대해 물었고, 고구려(高句麗)의 〈인삼찬(人參讚)〉을 바탕으로 황삼(黃參) 등 인삼의 모양과 품질에 대해 설명했다. 조숭수는 자세한 답변을 생략했다.

⑤ 니와 테이키가 부채에 글을 써준 조숭수에게 감사하고, 자리를 옮겨 제술관(製述官) 박경행(朴敬行)과 삼서기(三書記)에게 인사말 형식의 글과 7언시 1수를 주고, 간략한 필담을 나누었다.

권지삼(卷之三)의 주요 필담 전개 양상은 다음과 같다. ① 니와 테이키가 앞서 약속했던 종유(鍾乳)와 황련(黃連)을 가져와 조숭수에게 선물했고, 소주(蛸舟)의 정체성에 대해 질문했으며, 조숭수는 종유의 산지에 대해 물었다.

② 조숭수가 일본의 기후와 지리에 대해 물었고, 니와 테이키가 이에 대한 간략한 답변을 했으며, 다시 니와 테이키가 요동(遼東)의 심강(瀋江)과 압록강(鴨綠江) 지역에 대해 물었으며, 중국 여행 경험에 대해 물었는데, 조숭수는 경험이 없다고 대답했다. 또한 니와 테이키가 나가사키(長崎)에서 만난 중국 사람에게 들었다는 덩굴 삼(蔘)에 대해 질문하자 조숭수는 중국과 조선의 것이 대동소이하다고 답변했다.

③ 니와 테이키가 『산보기요(產寶機要)』의 설명과 나가사키에서 만난 중국 의원 주래장(朱來章)의 설명을 들어 5개월 된 임산부가 복대(腹帶)를 하는 풍습이 조선에도 있느냐고 물었고, 조숭수는 금시초문이라는 듯 이에 대해 재차 묻는다.

④ 니와 테이키가 일본 의술의 두 경향인 학의(學醫)와 방의(方醫) 및 각각의 특성에 대해 설명했다.

⑤ 니와 테이키가 당시 일본에 유행하던 골증로(骨蒸勞) 관련 처방에 대해 질문했고, 어떤 남자의 치험례를 설명하자 조숭수는 그 증세가 로(勞)라며, 적절한 치료법을 제시했다. 또한 니와 테이키는 전시(傳屍)와의 구별법과 치료법에 대해서도 설명했다.

⑥ 조숭수가 일본에서도 시호(柴胡)·황금(黃芩)·은시호(銀柴胡)·회향(蘹香)대회향(大蘹香)·소회향(小蘹香) 등의 약재가 생산되는가에 대해 물었고, 니와 테이키가 시호는 죽엽(竹葉)·구엽(韮葉)이 함께 생산되고 황금도 조선과 중국에서 유래되어 자라고 있으며, 회향 등도 생산된다고 답변했다. 또한 니와 테이키가 진교(秦艽)와 오미자(五味子) 얻기를 청하여 조숭수가 지니고 있던 오미자만 얻는데 성공했다.

⑦ 조숭수 및 니와 테이키와 그의 아들 남강(南江)이 주고받은 7언시 4수가 실려 있고, 조숭수가 남강의 부채에 글을 써주었다. 또한 남강이 박경행과 주고받은 7언시 5수가 실려 있다. 이어서 조덕조와 주고받은 간략한 필담과 부사(副使) 사행(使行)을 따라온 김계승(金啓升)과 나눈 필담이 실려 있다.

6월 10일에 이루어진 권지사(卷之四)의 주요 필담 내용은 다음과 같다. ① 니와 테이키가 락(酪)·소(酥)·제호(醍醐)의 제조법에 대해 물었고,

조숭수가 조선에서는 동물이 아닌 사람의 젖으로 만든다고 하자, 니와 테이키가 『동의보감(東醫寶鑑)』과 『의림촬요(醫林撮要)』의 설명을 들어 재차 정체성에 대해 물었으나, 조숭수는 자세히 답변하지 못했다.

② 조숭수가 일본의 당귀(當歸) 산지와 품질에 대해 물었고, 니와 테이키가 주요 산지와 그 종류에 대해 답변했다. 또한 일본의 당귀와 지황(地黃) 제조법의 저의에 대해 묻자 니와 테이키는 악덕 제조업자들의 상술이 개입되어 있으므로 진위를 잘 가려 써야 한다고 대답했다.

③ 니와 테이키가 김덕륜의 병증을 물었고, 조덕조가 복사뼈의 종기에서 고름이 나온다고 하자 위로하는 뜻으로 불수감(佛手柑)과 감(柑)을 선물했다.

④ 조덕조가 고향에서 도착한 편지의 내용을 니와 테이키에게 들려주고 향수에 젖으며, 니와 테이키의 고향과 이력(履歷)에 대해 물었고, 니와 테이키는 자신의 고향과 이력 및 가족 관계에 대해 대답했다.

⑤ 조숭수와 니와 테이키가 유학(儒學)과 의학의 이치는 격물(格物)과 궁리(窮理)에 있음에 대해 논의했는데, 조숭수는 「소문(素問)」과 『난경(難經)』 및 5운6기(五運六氣)에 근본을 두고 있음을 밝혔고, 니와 테이키는 『상한론(傷寒論)』과 『금궤요략(金匱要畧)』을 준칙으로 삼고, 『천금(千金)』·『외대(外臺)』·『본사방(本事方)』·『득효방(得効方)』을 참고한다고 답변했다. 또한 장중경(張仲景)의 『상한론(傷寒論)』에 대한 진위에 대해 논의했다.

⑥ 니와 테이키의 서자(庶子)인 오성(五城) 및 박경행, 조숭수, 조덕조가 주고받은 7언시 4수가 실려 있고, 서로의 나라에 대한 풍광(風光)의 아름다움을 칭송했다. 특히 니와 테이키는 봉황성(鳳凰城)의 위치

에 대해 재차 물었다.

⑦ 니와 테이키와 박경행이 정주학(程朱學) 및 격물(格物)과 궁리(窮理)의 의미에 대해 논의했다. 니와 테이키가 조덕조에게 『서물류찬』의 서문을 거듭 부탁하며, 작별 인사를 했다.

권지오(卷之五)의 주요 필담 전개 양상은 다음과 같다. ① 니와 테이키가 『서물류찬(庶物類纂)』의 서문(序文)을 써준 조덕조에게 감사했고, 명(明)나라 공운림(龔雲林)의 저서 『회춘(回春)』을 보여주자 조덕조가 구입 의사를 밝혔고, 니와 테이키는 돌아가는 길에 구입할 수 있도록 주선하겠노라고 약속했다.

② 니와 테이키가 자신의 제자 타시로 겐쓰(田代玄通)를 조숭수에게 소개했고, 니와테이키, 타시로 겐쓰, 조숭수, 조덕조가 서로 주고받은 7언시 7수가 실려 있다.

③ 니와 테이키와 조숭수가 주로 참고하는 의학 저술에 대해 논의했다. 조숭수는 『소문(素問)』과 『난경(難經)』을 따르고, 외감(外感)은 중경(仲景)에 근거하며, 내증(內症)은 동원(東垣)에 근거한다고 했다. 또한 니와 테이키는 중경을 따르면서 『천금(千金)』·『외대(外臺)』·『병원(病源)』·『본사방(本事方)』·『득효방(得効方)』·『국방(局方)』 등 몇 가지 책에서도 도움을 받는다고 했다.

④ 조숭수가 일본에 황기(黃耆)와 감초(甘草)가 없다고 들었다면서 중국과 조선의 것만 쓴다는 말이 맞느냐고 물었고, 니와 테이키는 일본에서도 황기는 3종류, 감초는 2종류가 생산된다고 했다. 또한 니와 테이키는 일본에서 생산되는 약재 및 특산물로 육종용(肉蓯蓉)·오미

자(五味子)·시호(柴胡)·승마(升麻)·창출(蒼朮)·방풍(防風)·원지(遠志)·박하(薄苛)·사삼(沙參)·강활(羌活)·백지(白芷)·우슬(牛膝)·위령선(威靈仙)·방기(防己)·복령(茯苓)·석고(石膏)·석지(石脂)·말·매·잉어·붕어·소나무·측백나무·노송나무·삼나무 등을 들었으며, 수정(水晶)의 산지와 품질에 대해서 자세히 설명했다.

⑤ 니와 테이키가 조승수에게『서물류찬』의 발문(跋文)을 부탁했으나, 조승수는 경황이 없다며 완곡하게 사앵했고, 니와 테이키가 귀국길에라도 작성하여 인편에 부쳐 줄 것을 거듭 요청했다. 니와 테이키가 보답의 뜻으로 사탕(砂糖)에 절인 불수감(佛手柑)과 밀감(密柑)을 선물했다.

⑥ 니와 테이키가 한양 옆의 광덕(廣德)과 압록강(鴨綠江)·의주(義州)·봉황성(鳳凰城)등 조선 북쪽 변경의 지리에 대해 조덕조에게 질문했고, 조덕조가 그 상세한 설명에 놀라자 니와 테이키는『여지승람(輿地勝覽)』과 여러 대(代)의 관청 기록을 읽고 알았노라고 답한다. 이어서 니와 테이키는 북쪽 변경 지역에서 생산되는 인삼에 대해 물었으나, 조덕조는 대답을 못했다. 아울러 김덕륜의 호전된 병세에 대해 간략한 필담을 나누었다.

⑦ 니와 테이키가 일본의 지황(地黃)은 숙지황·건지황·생지황의 세 종류가 있고, 계(桂) 또한 계피·육계·계심(桂心)의 세 종류가 있다고 하자, 조덕조는 일본에서는 건지황을 숙지황이라 하는 듯하다고 했고, 이에 대해 니와 테이키가 건지황과 숙지황을 분별했다.

⑧ 니와 테이키가 조선 사신들의 깔개의 소재에 묻자 조덕조가 누런 광(獷)의 꼬리털이라고 대답했고, 니와 테이키가 일본의 황서(黃鼠)

가 조선의 광(獷)과 비슷하지 않느냐고 묻자 조덕조는 다른 종류라고 답변했다.

⑨ 니와 테이키가 손발톱이 누렇게 썩는 질병을 앓았는데, 치료가 어려워 고생했던 치험례를 들려주자 조덕조는 육미환(六味丸)에 창출(蒼朮)을 더해 미감수(米泔水)를 갖춰 담갔다가 볕을 쪼여 말려 복용할 것을 조언했다. 이에 대해 니와 테이키는 건혈(乾血)의 증세로 생각해 해마다 육미환을 복용했으나 창출을 더하지는 않았었는데, 조덕조의 처방을 따르겠다고 했다.

⑩ 니와 테이키가 침으로 악혈(惡血)을 치료하는 법에 대해 묻자, 조덕조는 잠깐 동안 조금 병세가 좋아지겠지만, 뒤에 반드시 큰 해로움이 있을 것이라고 경고했다.

⑪ 조덕조가 부채에 시를 써서 니와 테이키의 서자(庶子) 오성(五城)과 제자 타시로 겐쓰[田代玄通]에게 선물했고, 니와 테이키에게는 시를 쓴 부채와 세 종류의 약을 선물했다.

⑫ 니와 테이키가 오성의 맥진을 부탁하자 조승수는 폐기(肺氣)가 충분치 못하고 하초(下焦)가 허랭(虛冷)한데, 치료법은 좀 더 신중히 생각해본 후 알려주겠다고 약속했다.

⑬ 니와 테이키가 1잔(盞)의 무게와 생강(生姜) 1쪽의 양과 1첩(貼)의 양 등 조선의 도량형에 대해 물었고, 조승수는 『의학정전(醫學正傳)』의 설명을 토대로 답변했다. 또한 니와 테이키는 조선에서 상약(上藥)의 의미에 대해 물었다.

⑭ 작별 인사 및 니와 테이키가 조승수, 조덕조와 주고받은 7언시 3수가 실려 있다.

6월 12일에 이루어진 권지륙(卷之六)의 주요 필담 내용은 다음과 같다. ① 니와 테이키가 『상한의문답(桑韓醫問答)』을 남긴 카와무라 슌코(河村春恒)의 안부 편지를 조덕조에게 전했고, 『서물류찬』의 서문(序文)에 대한 답례로 관청에서 내려준 흰 비단과 붉은 비단 2필을 전달했다.

② 니와 테이키가 옥추단(玉樞丹)과 청심환(淸心丸)의 주치(主治) 및 『화제국방(和劑局方)』 중 청심원(淸心圓)과의 관련성에 대해 조덕조에게 묻자 조덕조는 주치에 대해 설명하고, 청심환(淸心丸)과 청심원(淸心圓)이 같음을 밝혔다.

③ 니와 테이키가 후지산(富士山)과 금강산(金剛山)의 풍광은 우열을 가릴 수 없음에 대해 조숭수, 조덕조와 논의했다.

④ 조덕조가 니와 테이키에게 김계승(金啓升)의 글씨를 선물했고, 니와 테이키가 조숭수, 조덕조와 주고받은 5언시 3수가 실려 있다. 니와 테이키는 조숭수에게 오사카(大坂)에 도착하기 전까지 『서물류찬』의 서문(序文) 완성을 부탁했고, 박경행에게는 자서(自序)와 범례(凡例)의 검토를 부탁했다. 박경행은 이에 대해 약속하면서 서모필(鼠毛筆) 두 자루, 황모필(黃毛筆) 두 자루, 먹 한개, 청심원(淸心元) 세 덩이, 소향원(蘇香元) 세 덩이, 옥추단(玉樞丹) 3개를 니와 테이키에게 선물했으며 화답시 1수가 실려 있다. 또한 니와 테이키에게 약과를 선물했고, 술 마시기를 즐기는데, 호과(胡瓜)가 술의 열독(熱毒)을 잘 풀기 때문에 즐겨 먹으며, 조선의 풍속에 술 마시기를 좋아하는 사람들이 이 오이를 늘 먹는다고 했다.

⑤ 박경행이 『서물류찬』의 편찬 체제 등에 대해 묻고, 이를 칭송했다. 이어서 조덕조가 쓴 『서물류찬』의 서문(序文)이 실려 있다.

⑥ 니와 테이키가 박경행에게 준 작별 편지와 7언시 1수, 조승수와 조덕조에게 준 작별 편지와 7언시 1수, 박경행에게 답신을 바라며 다시 보낸 편지, 조덕조의 답신과 7언시 1수, 김덕륜의 답신과 7언시 1수, 조승수가 인편으로 니와 테이키에게 전한 편지가 차례로 실려 있다.

양동필어 일·이

兩東筆語 一·二

양동필어 권1

무진년(戊辰, 1748) 6월 5일

도호토[東都] 의관(醫官) 니와 테이키[丹羽貞機][1]

조선국 양의(良醫) 활암(活菴)[2], 의원 송재(松齋)[3] · 탐현(探玄)[4] 세분 선생께 받들어 드림

양봉(良峯)

"옥으로 만든 부절(符節)[5]이 도호토로 향하는데, 바다와 육지에 막힘

1 니와 테이키[丹羽貞機, 1691~1756]: 자는 정백(正伯). 호는 양봉(良峯). 니와 세이하쿠[丹羽正伯]로도 알려져 있음. 8대 쇼군[將軍] 도쿠가와 요시무네[德川吉宗]의 명을 받아, 1721년 요절(夭折)한 의사 하야시 료키[林良喜]의 뒤를 이어 의관 고노 쇼앙[河野松庵]과 함께 30년간 조선의 약재(藥材) 조사를 실시했던 의관이자 에도[江湖]시대 중기 대표적 본초학자. 저서에 『서물류찬(庶物類纂)』·『제국산물장(諸國產物帳)』 등이 있음.

2 활암(活菴): 조숭수(趙崇壽, 1715~?)의 호. 자는 경로(敬老). 1748년 제10차 조선통신사 때 양의로 일본을 방문하였음.

3 송재(松齋): 조덕조(趙德祚, 1709~?)의 호. 자는 성재(聖哉). 전(前) 주부(主簿)였음. 1748년 제10차 통신사 때 의원이었음.

4 탐현(探玄): 김덕륜(金德崙, 1703~?)의 호. 자는 자윤(子潤). 전(前) 주부(主簿)였음. 1748년 제10차 통신사 때 의원이었음.

5 부절(符節): 부신(符信)의 한 가지. 금·옥·대나무 등으로 만들어 그 위에 문자를 쓰고, 둘로 나누어 각각 한 쪽씩 가졌다가, 사용할 때 이를 맞추어 신표로 삼았음. 조정(朝廷)에서 파견한 지방 장관이나 특사(特使).

이 없었고, 깃발을 펄럭이며 옥홀(玉笏)[6]을 잡은 성대한 의식이 겸손하게 끝났으니, 손뼉 치며 춤출 만큼 기쁨을 견디지 못하겠습니다. 재주 없는 제 성은 니와[丹羽]이고, 이름은 테이키[貞機]이며, 자는 정백(正伯)이고, 호는 양봉(良峯)으로, 도호토의 의관입니다. 재주 없는 저는 일찍이 본초(本草)의 학문에 뜻을 두었고, 드디어 온갖 물건의 성질과 모양을 깊이 연구하고자 하였으며, 대체로 우리나라의 산골짜기, 높고 마른 땅과 낮고 습한 땅에 오르고 찾아다니지 않은 곳이 없을 것입니다. 30세 무렵에는 또 태명(台命)[7]을 받들어 하방(遐方)[8]과 숨어있는 곳의 온갖 물건을 도호토의 관가(官家) 정원에 보냈습니다. 또 『서물류찬(庶物類纂)』[9] 1천권 남짓을 가려 뽑아 편집하라는 명령을 받들었으나, 궁벽한 시골의 얕고 근본 없는 학문인데다 보잘것없는 재능의 변변치 못한 사람인지라, 그 책은 패관소설(稗官小說)[10]에 비슷하니 오히려 부끄럽습니다. 오직 임금의 명령에 응하고 스승의 뜻을 이어받았을 뿐입니다. 실려 있는 모든 물건은 중국 서적보다 이름이 적어서, 사용하

6 옥홀(玉笏): 옥으로 만든 홀. '홀'은 신하가 임금을 뵐 때 손에 쥐는 판. 비망용(備忘用) 기록판으로 이용했음.

7 태명(台命): 삼공(三公)의 명령과 같다는 뜻으로, 상대방의 부탁에 대한 경칭.

8 하방(遐方): 도성(都城)에서 멀리 떨어진 곳. 하토(遐土). 하향(遐鄕).

9 『서물류찬(庶物類纂)』: 니와 테이키가 스승 이노오 센기[稻生宣義, 1655~1715]의 『서물류찬』 362권에 1738년 『서물류찬후편(庶物類纂後編)』 638권을 만들어 더하고, 다시 『서물류찬증보(庶物類纂增補)』 54권을 덧붙여 1747년에 완성한 1,054권의 유서류(類書類) 서적. 사물에 관한 연구인 일본의 박물사(博物史)에서 불후의 대작으로 꼽힘. 내용은 중국 서적의 식물·동물·광물·약물 관련 3,590종의 기사를 조사해 26속(屬)으로 분류하고 재편집했음.

10 패관소설(稗官小說): 민간에 전해져 내려온 전설적·교훈적·세속적인 기묘한 내용의 토막 이야기. 패설(稗說).

는 데 치료경험을 시험함은 대체로 중국이 만들어낸 것이나 오랑캐들과 같으니, 청(淸)나라 장사치와 다른 나라 장삿배에 물어, 조사하고 대조해 잘못을 바로잡았습니다. 『동의보감(東醫寶鑑)』[11] · 『여지승람(輿地勝覽)』[12]과 그 외 그대 나라의 여러 책에 실려 있는 생산물은 사방의 이름을 사용해서 적어놓아 중국 서적과 화훈(和訓)[13]에 감합(勘合)[14]하는 데 어려운 점이 있습니다. 이미 지나간 해에 쓰시마[對馬島]의 벼슬아치로 하여금 몇 가지 물건을 기록하게 했었고, 그대 나라의 약재질정관(藥材質正官)[15]에게 캐물어 깨우친 사정이 여기에 이르렀습니다. 그 이름과 실제 모양을 증거할 수 있는 것은 이미 가려 뽑은 책에 실었고, 이제 별도로 그 자세하지 않은 약간의 물건을 적어서 존귀한 깨우침을 수고롭게 하니, 다행히 자세한 가르침을 내려주신다면, 감격함을 어떻게 견디겠습니까."

11 『동의보감(東醫寶鑑)』: 조선 중기의 태의(太醫) 허준(許浚)이 지은 의서(醫書). 중국과 우리나라의 고전 의방서들을 인용해 만든 것으로, 1613년(광해군5)에 간행되었음. 25권 25책.

12 『여지승람(輿地勝覽)』: 『동국여지승람(東國輿地勝覽)』. 조선 성종(成宗) 때 왕명으로 노사신(盧思愼) · 양성지(梁誠之) 등이 편찬한 지리서(地理書). 체재는 남송(南宋) 축목(祝穆)의 『방여승람(方輿勝覽)』과 명(明)의 『대명일통지(大明一統志)』를 따랐고, 내용은 『팔도지리지(八道地理志)』를 대본으로 삼았으며, 『동문선(東文選)』의 시문도 첨가 수록했음. 50권.

13 화훈(和訓): 일본에서 한문을 일본식으로 읽는 일본 특유의 한문 읽기 방식.

14 감합(勘合): 문서를 맞추어 봄. 또는 부신(符信)을 서로 맞추어 봄.

15 약재질정관(藥材質正官): 약재를 조사하고, 식별해 밝히는 일을 맡았던 벼슬아치.

조선국물산목차

소어[16]	병어[17]	민어[18]
수어[19]	진어[20]	호독어[21]
전어[22]	은구어[23]	광어[24]
망어[25]	위어[26]	면어[27]
눌어[28]	금린어[29]	문어[30]

16 소어(蘇魚): 밴댕이. 청어과의 바닷물고기. 반당이·늑어·반지·근어·해도어.

17 병어(兵魚): 병어과의 바닷물고기. 여름철의 고급 생선. 창·편어(扁魚)·병어(甁魚).

18 민어(民魚): 민어과의 바닷물고기. 회어·면어.

19 수어(秀魚): 숭어. 숭어과의 민물고기. 민물과 바닷물에서 생활함. 수어(水魚).

20 진어(眞魚): 준치. 청어과의 바닷물고기. '썩어도 준치'라는 속담이 있을 정도로 초여름 맛이 좋은 생선이고, 한국의 중요 어종인데, 살에 가시가 많은 것이 특징임.

21 호독어(好獨魚): 꼴뚜기. 화살오징어과의 연체동물. 고록어(高祿魚).

22 전어(錢魚): 청어과의 바닷물고기. 가을에 맛이 좋아 '전어 굽는 냄새에 집 나간 며느리도 돌아온다.', '며느리 친정 간 사이 문 걸어 잠그고 먹는다.'는 속담이 있고, 돈 생각도 않고 먹는다 해서 전어(錢魚)라는 이름이 붙었다고도 함.

23 은구어(銀口魚): 은어(銀魚). 은어과의 바닷물고기. 민물과 바닷물에서 생활함.

24 광어(廣魚): 넙치. 가자미과의 바닷물고기.

25 망어(魟魚): 망둥이. 망둑어과의 바닷물고기. 갯벌 등 물 밖에서는 공기호흡을 함. 망동이.

26 위어(葦魚): 웅어. 멸치과의 바닷물고기. 봄에 맛이 좋아 조선시대에는 수라상에 올랐으며, 주로 갈대 사이에 살면서 잘 잡혀 '위어'라 함. 갈대고기.

27 면어(綿魚): 민어.

28 눌어(訥魚): 누치. 잉어과의 민물고기. 중순어(重脣魚)·금잉어·매재기·눈치.

29 금린어(錦鱗魚): 쏘가리. 농어과의 민물고기. 돼지고기처럼 맛이 있어서 '수돈(水豚)'이라고도 함. 궤어(鱖魚)·금린어(錦鱗魚)·대어(臺魚)·석계어(石桂魚).

30 문어(文魚): 문어과의 연체동물. 무척추동물 중 가장 복잡한 뇌를 가졌고, 장·단기 기억을 지녔으며, 시행착오를 통해 문제 해결을 익힘. 대팔초어(大八稍魚)·팔초어(八稍魚)·팔대어(八大魚).

세미어[31]	황소어[32]	옥두어[33]
행어[34]	궐어[35]	정어[36]
보개어[37]	점찰어[38]	마어[39]
적어[40]	쌍족어[41]	과어[42]
무태어[43]	임연수어[44]	송어[45]

31 세미어(細尾魚): 『신증동국여지승람(新增東國輿地勝覽)』 권20에 따르면, 당시 충청도 아산현(牙山縣)의 토산물(土産物)임.

32 황소어(黃小魚): 참조기. 민어과의 바닷물고기. 황석어(黃石魚)·황석수어(黃石首魚)·황새기.

33 옥두어(玉頭魚): 옥돔. 옥돔과의 바닷물고기. 맛이 좋은 고급 생선으로 제주도 특산 어종임. 옥도미.

34 행어(行魚): 멸치. 멸치과의 바닷물고기. 멸아·멸어(蔑魚)·추어·멋.

35 궐어(鱖魚): 납자루. 잉어과의 민물고기. 암컷은 긴 산란관을 조개가 물을 들이마시는 구멍에 꽂고 알을 낳음. 궐추(鱖鯞)·방비(鰟魮).

36 정어(釘魚): 꽁치. 꽁치과의 바닷물고기. 우리나라에서 예로부터 즐겨 먹었던 생선으로, 포항에서는 '과메기'라 하여 겨울철에 말려서 먹기도 했음. 공어(貢魚)·공치어(貢侈魚)·공치.

37 보개어(寶開魚): 백조기. 민어과의 바닷물고기. 참조기와 비슷한 어종으로 굴비를 만들어 먹음.

38 점찰어(占察魚): 전자리상어. 전자리상어과의 바닷물고기. 생김새는 가오리에 가까움.

39 마어(麻魚): 삼치. 고등어과의 바닷물고기.

40 적어(赤魚): 붉돔. 도미과의 바닷물고기. 참돔과 비슷하고 여름에 맛이 좋음. 붉도미·상사리·풋잎상사리.

41 쌍족어(雙足魚): 『신증동국여지승람(新增東國輿地勝覽)』 권44에 따르면, 당시 강원도 양양도호부(襄陽都護府)의 토산물(土産物)임.

42 과어(瓜魚): 빙어(氷魚). 바다빙어과의 민물고기. 그 맛이 오이와 같다는 데서 '과어'라 하는데, 겨울철 얼음낚시의 인기 어종임. 동어(凍魚)·공어(公魚).

43 무태어(無泰魚): 명태(明太). 대구과의 바닷물고기. 우리나라의 대표적 수산물로 가공방법, 포획방법 등에 따라 다양한 이름으로 불림.

44 임연수어(臨淵水魚): 이면수. 쥐노래미과의 바닷물고기. '가까운 물가에서 잡히는 물

대구어[46]	홍어[47]	
고도어[48]	회세합[49]	해양[50]
토삼청[51]	심중청[52]	토화[53]
석화[54]	낙체[55]	사자족애[56]

고기'라는 의미임. 임연수(林延壽)라는 사람이 잘 낚아 생긴 이름이란 속설도 있음. 두꺼운 껍질이 맛있어서 껍질을 벗겨 밥을 싸먹기도 함. 이면수어(利面水魚)·이민수·찻치·새치·다롱치·가지랭이·청새치.

45 송어(松魚): 연어과의 바닷물고기. 산천어(山川魚)와 비슷한 고급 식용어로, 민물과 바닷물에서 생활함. 시마연어.

46 대구어(大口魚): 대구. 대구과의 바닷물고기. 대두어(大頭魚).

47 홍어(洪魚): 가오리과의 바닷물고기. 모양이 연잎을 닮았다 하여 '하어(荷魚)', 생식이 괴이하다 하여 '해음어(海淫魚)'라고도 함. 우리나라에서 상업적 가치가 높은 어종으로, 삭혀서 막걸리와 먹는 홍탁(洪濁)이 유명함. 태양어(邰陽魚)·소양어·분어(鱝魚)·간재미·가부리·나무가부리·홍해·홍에·고동무치·물개미·간쟁이.

48 고도어(古刀魚): 고등어(皐登魚). 고등어과의 바닷물고기. 고도어(古道魚)·고도어(古都魚)·벽문어(碧紋魚).

49 회세합(回細蛤): 『신증동국여지승람(新增東國輿地勝覽)』 권44에 따르면, 당시 강원도 강릉대도호부(江陵大都護府)의 토산물(土産物)임. 또한 권45에 따르면, 당시 강원도 평해군(平海郡)의 토산물임.

50 해양(海蘘): 해파리. 히드로충강 및 해파리강의 자유유영형과 유즐동물 개체의 총칭. 동양에서는 갓 부분을 식용함. 수모(水母)·해차(海蛇)·해타(海鮀)·저포어(樗蒲魚)·석경(石鏡)·물알.

51 토삼청(土三靑): 청화자기(靑華瓷器)의 푸른빛을 내는 데 쓰는 도료(塗料)인 '토청(土靑)'에 백분(白粉)을 혼합해 밝은 빛이 나는 파란 안료(顔料).

52 심중청(深中靑): 채료(彩料)의 일종이자 화가(畫家)가 사용하는 그림물감으로, 이덕무(李德懋, 1741~1793)의 『청장관전서(靑莊館全書)』 권60 「앙엽기7(盎葉記七)」에 따르면, 물감을 조제 사용하는 데 섬세한 색상의 하나로 소개하였음. 『신증동국여지승람(新增東國輿地勝覽)』 권22에 따르면, 당시 경상도 울산군(蔚山郡)의 토산물(土産物)로, 고을성 북쪽 문 밖에서 난다고 하였음.

53 토화(土花): 굴과의 바닷물조개. 굴이나 토굴과 비슷한데 갯벌에 살고, 훨씬 크고 긴 타원형이며 맛이 좋음.

신감채[57]	입초[58]	궁간목[59]
압각수[60]	백단향[61]	자단향[62]
해동피[63]	오죽[64]	오수정[65]
청란석	옥등석[66]	수란석[67]

54 석화(石花): 굴. 굴과의 연체동물. 참굴·굴조개·석굴·모려(牡蠣).

55 낙체(絡締): 낙지. 문어과의 연체동물. 석거(石距)·장어(章魚)·낙제(絡蹄).

56 사자족애(獅子足艾): 쑥. 국화과의 여러해살이풀. 복통·토사(吐瀉)·지혈제로 쓰고, 냉(冷)으로 인한 생리불순이나 자궁출혈에도 씀. 사자발쑥·사재발쑥·약쑥·타래쑥·바로쑥·모기태쑥·애(艾)·호(蒿)·애엽(艾葉).

57 신감채(辛甘菜): 가는바디. 산형과의 여러해살이풀. 뿌리는 '당귀'라 하여 약재로 씀. 가는잎마디나물·가는멧미나리·신가삼·강활·승검초.

58 입초(笠草): 『신증동국여지승람(新增東國輿地勝覽)』 권22에 따르면, 당시 경상도 영천군(永川郡)의 토산물(土産物)인데, 풀로 갓을 만들 수 있다 해서 이렇게 이름 지었다고 하였음. 이 외에도 권26 경상도 대구도호부(大丘都護府), 권27 경상도 경산현(慶山縣)·하양현(河陽縣)·의흥현(義興縣)·신녕현(新寧縣)의 토산물로 소개되어 있음.

59 궁간목(弓幹木): 산피마자나무. 대극과. 활을 만드는 특수한 나무. 산비마자나무·애끼찌.

60 압각수(鴨脚樹): 은행나무. 은행나무과. 잎이 오리발 비슷한 데서 이름. 행자목·백과(白果)·은행목(銀杏木)·행자목(杏子木)·공손수(公孫樹).

61 백단향(白檀香): 단향과의 상록활엽교목. 나무의 속은 누르스름하고 좋은 향기가 나며, 향료·약품·가구·세공물 등에 쓰임. 동남아시아에 자생하고, 인도 등 열대 각지에서 재배함.

62 자단향(紫檀香): 콩과의 상록활엽교목. 질이 단단하고 고와서 가구나 건축 등의 재료로 쓰임. 잘게 깎아 향을 만들어 피우거나 약으로 씀.

63 해동피(海東皮): 엄나무 껍질. 관절염이나 신경통 등에 약재로 이용함.

64 오죽(烏竹): 검정대. 벼과의 여러해살이 목본식물. 수피(樹皮)가 처음에는 녹색이고 솜대와 비슷하나 다음해부터는 검은 자줏빛으로 변하는 대. 관상용이나 세공 재료로 사용함. 흑죽·자죽근(紫竹根).

65 오수정(烏水精): 검은 수정. 오수정(烏水晶)·흑수정.

66 옥등석(玉燈石): 『신증동국여지승람(新增東國輿地勝覽)』 권28에 따르면, 당시 경상도 상주목(尙州牧)의 토산물(土産物)로, 대조현(大鳥峴)에서 난다고 하였음. 또한 권47

황각[68]	청서[69]	토표[70]
세모[71]	안식향[72]	청각[73]
토석륜화	고리마[74]	탑사마[75]

활암(活菴) 말함: "그대의 글 속에 두 의원의 이름이 있으니, 송재(松齋)와 탐현(探玄) 두 분은 통역(通譯) 맡은 관리를 시켜서 오도록 청함이 어떻겠습니까?"

에 따르면, 당시 강원도 안협현(安峽縣)의 토산물로, 등갈동에서 난다고 했음. 『조선왕조실록(朝鮮王朝實錄)』「세조실록(世祖實錄)」 세조14년(1468) 기록에는 환관(宦官) 이청(李淸)을 단양(丹陽)에 보내 옥등석을 채취하게 했다는 기록이 있음.

67 수란석(水爛石): 『신증동국여지승람(新增東國輿地勝覽)』 권45에 따르면, 당시 강원도 고성군(高城郡)의 토산물(土産物)로, 고을 북쪽 안상구며(安詳仇旀)에서 난다고 했음.

68 황각(黃角): 청각과의 바닷말인 '청각(靑角)'의 일종. 청각과 같으나 빛깔이 누런색임. 청각채(靑角菜).

69 청서(靑鼠): 청설모. 다람쥐과의 포유류. 한국산 청서는 일본산 북방청서나 중국산 북만청서와 뚜렷하게 다르며, 갈색에 가까움.

70 토표(土豹): 스라소니. 고양이과의 포유류. 링크스.

71 세모(細毛): 참가사리. 홍조류의 수초. 풀가사리와 비슷한데, 어두운 자주색임. 풀, 직물, 공예품의 원료로 쓰고, 우리나라 동해안과 남해안 등에 분포함.

72 안식향(安息香): 때죽나무과의 소문답랍안식향(蘇門答臘安息香) 또는 동속(同屬) 식물에서 얻은 수지(樹脂)로 약재임. 나쁜 기운을 물리치고 모든 사기를 편안하게 진정시키기 때문에 붙여진 이름임. 정신을 안정시키고 기와 혈의 순환을 촉진하며 정신혼몽, 명치통, 복통, 산후혈운, 기침, 소아경간, 비증에 사용함. 중국에서는 월남안식향(越南安息香) 나무를 말함.

73 청각(靑角): 청각과의 바닷말. 사슴뿔 모양으로 자라며, 김치를 담글 때 넣으면 젓갈이나 생선의 비린내, 마늘 냄새를 중화시켜 뒷맛을 개운하게 함. 구충 성분이 있어 예전에는 회충약으로 쓰이기도 하였음.

74 고리마(古里麻): 고리매. 고리매과의 바닷말. 빛깔은 녹색을 띤 갈색, 노란빛을 띤 갈색, 짙은 갈색 등이고 가죽 같은 질감을 지녔음. 고리마(高里麻).

75 탑사마(塔士麻): 다시마. 다시마과의 바닷말.

양봉(良峯) 말함: "난암(蘭菴)[76]이 이미 통역 맡은 관리를 시켜서 두 분에게 전했고, 이제 마땅히 임석(臨席)[77]할 것입니다."

송재 도착해 말함: "탐현은 병이 있어 올 수 없었을 뿐입니다."

활암 말함: "받아서 알게 된 목차(目次)[78] 속에는 늘 먹는 생물도 있는데, 그것들이 생겨나와 있는 곳을 모르겠습니다. 어떤 것은 그 이름을 들었지만 볼 수 없었던 것이 있으며, 어떤 것은 듣지 못했고 알지도 못하는 것이 있으니, 갑자기 이해하기는 어렵습니다."

양봉 말함: "가르침을 받들겠습니다. 그대 나라 각 고을의 토산물(土産物)이 나오는 곳과 이름과 모양을 갑자기 다 이해하기는 당연히 어려움이 됩니다. 목차 속에서 한두 가지의 가르침과 깨우침만 얻어도 그런대로 괜찮습니다."

활암 말함: "한가한 때 곰곰이 생각하고 깊이 연구한 그런 뒤에 깨달을 수 있을 뿐입니다."

또 말함: "수고스러운 물음이 이에 이르렀으니, 참으로 감사합니다. 알려온 약재(藥材)의 성질과 효능은 제가 평소에 몹시 어두웠던 것이고, 우러러 보답 못해 두렵습니다. 우리나라는 의원과 약재를 채취하

76 난암(蘭菴): 키노쿠니 주이[紀國瑞]의 호. 아메노모리 호슈[雨森東]의 문인이고, 당시 쓰시마[對馬島] 번주의 가신(家臣)이자 서기(書記)로, 조선통신사 일행을 안내했음.

77 임석(臨席): 어떤 모임을 지도 또는 통제하는 책임을 띠고 그 자리에 참석함.

78 목차(目次): 책이나 문장의 제목을 순서대로 적어 놓은 것. 목록(目錄).

는 사람이 각각 다릅니다. 의원은 스스로 약재 채취하는 일이 없기 때문에 대부분 약재를 알 수 없으니, 진실로 안타깝습니다."

양봉(良峯) 말함: "우리나라 또한 의원과 약재를 채취하는 사람이 각각 다릅니다. 그러나 약재의 좋음과 나쁨, 진짜와 가짜를 분별함은 의술가(醫術家)의 중요한 임무입니다. 그 생산되는 곳과 모양과 이름이 자세하지 않고, 서적에서 구하지 못하면 무엇으로 그 좋음과 나쁨, 진짜와 가짜를 밝게 분별하겠습니까? 그러므로 우리나라에 의술을 배울 수 있는 사람은 사물의 명칭과 특징에 대한 학문에 뜻을 두지 않은 사람이 없습니다. 지금 보시기를 바라며 드린 목차(目次)는 모두 그대 나라의 땅에서 나는 물건이고, 『동의보감(東醫寶鑑)』·『여지승람(輿地勝覽)』에 실려 있는 것입니다. 먹는 물건도 있고, 약 재료도 있으며, 감상하는 물건도 있는데, 그 가운데서도 그대들이 알 수 있는 물건을 비록 조금이라도 깨닫는 은혜를 베풀어주신다면 다행이겠습니다."

또 말함: "어린아이가 저녁 식사를 가지고 와서 그대들이 밥을 먹었는지 여쭈어 달라 청했습니다. 제가 배시(陪侍)[79]함을 어리석다 마십시오."

활암(活菴) 말함: "손님을 접대하며 밥을 먹기는 어렵고, 이미 가르침을 받았으니 매우 감사합니다."

양봉 말함: "나뭇가지 세 종류 중 하나는 세상에 널리 통하는 이름이 '목곡(木槲)[80]'이고, 하나는 '구(柾)'[81]이며, 하나는 '축사목(縮砂木)'[82]

79 배시(陪侍): 지위가 낮은 사람이 높은 사람을 곁에서 시중 듦. 또는 그 사람.

입니다. 그대 나라에도 있습니까? 이름 가르쳐주시기를 간절히 바랍니다."

송재(松齋) 말함: "우리나라 방식에 의원은 풀과 나무의 이름을 모르고, 팔도(八道)에 스스로 약재를 채취하는 사람이 있습니다. 높은 가르침에 우러러 응할 수 없으니, 한(恨)스러움이 계속됩니다."

양봉 말함: "풀뿌리 두 종류 중 하나는 세상에 널리 통하는 이름이 '소인삼(小人參)'이고 '삼지오엽초(三枝五葉草)'[83]라 이름하는데, 우리나라의 산물(產物)입니다. 다른 하나도 이름이 '소인삼(小人參)'이고 '죽절삼(竹節參)'[84]이라 이름하는데, 이것은 중국의 산물(產物)입니다. 그대 나라에도 있습니까? 어떤 사람은 '중국의 소인삼이란 것은 삼로(參蘆)[85]와 삼수(參鬚)[86]이다.'라 했고, 어떤 사람은 '같은 무리지만 서로

80 목곡(木斛): 일본 이름은 '후피향(厚皮香)'이고, 참죽나무과에 속하는 상록교목인데, '후피'는 '후박(厚朴)'의 다른 이름이기도 함. 또는 약재로 '상수리나무' 위에 붙어사는 부드러운 줄기식물. '곡(斛)'은 원래 떡갈나무를 가리킴. 목곡(木斛).

81 구(柾): 널. 관(棺). 사람의 시체를 넣는 상자. 따라서 널을 만들기에 알맞은 목재. '柾'는 '구(柩)'의 속자(俗字)임.

82 축사목(縮砂木): '축사'는 축사씨로 생강과에 속하는 여러해살이풀인 '축사'나 '양춘사(陽春砂)'의 씨를 말린 약재임. 따라서 축사처럼 생긴 나무나 비슷한 염래를 맺는 나무. 사인(砂仁). 축사밀(縮砂蜜).

83 삼지오엽초(三枝五葉草): 그 모양에서 유래한 '인삼'의 다른 이름.

84 죽절삼(竹節參): 일본에서 생산된 삼으로, 대나무 뿌리 모양임. 약재로는 '인삼로(人蔘蘆)' 즉, 인삼 뿌리 대가리에 붙은 싹이 나는 부분인 '노두(蘆頭)'를 가리킴.

85 삼로(參蘆): 오가피나무과에 속하는 여러해살이풀인 인삼의 뿌리꼭지인 '노두(蘆頭)'를 말린 것.

86 삼수(參鬚): 노두 위는 가로놓여 자라고 줄기가 가는 인삼으로, 성질은 인삼 잔뿌리와

다른 종(種)이다.'라 했는데, 뛰어난 견해로는 어떻습니까?"

활암(活菴)·송재(松齋) 함께 말함: "'인삼'과 '로수'는 거의 서로 같으니, 맛 또한 매우 비슷할 것입니다. '죽절삼은 이러이러하다.'는 설명은 어떤 책에 나옵니까? 우리나라에 죽절삼은 없습니다."

양봉(良峯) 말함: "'죽절삼'에 대한 설명은 풍조장(馮兆張)[87]의 『본경봉현(本經逢玄)』에 보이는데, 모양이 서로 들어맞습니다."

활암 말함: "풍조장이 어떤 사람인지 모르겠고, 『본경봉현』도 어떤 책인지 모르겠으니, 자애로운 가르침을 청합니다."

양봉 말함: "청(淸) 왕조 강희(康熙)[88] 때 사람입니다. 『금낭비록(錦囊秘錄)』[89]을 지었고, 치료 방법이 매우 풍부했으며, 덧붙인 책으로 『본경봉현』이 있는데, 『신농본경(神農本經』[90]을 돕는 것이니, 약재의 모

같지만 효능은 약함.

87 풍조장(馮兆張): 자는 초첨(楚瞻). 명(明)·청(淸)대 해염현(海鹽縣) 사람. 의술이 높았고, 특히 소아과에 밝아서 이를 집대성했음. 저서에 『금낭비록(錦囊秘錄)』이 있음.

88 강희(康熙): 청나라 성조(聖祖) 강희제의 연호로, 1662년부터 1722년까지 쓰였음. 중국에서 가장 오랫동안 쓰인 연호임.

89 『금낭비록(錦囊秘錄)』: 풍조장(馮兆張) 지음. 「내경찬요(內經纂要)」, 「잡증대소합참(雜證大小合參)」, 「두진전집(痘疹全集)」, 「잡증두진약성합참(雜證痘疹藥性合參)」 모두 4종으로 구성되어 있음.

90 『신농본경(神農本經)』: 『신농본초경(神農本草經)』. 동한(東漢)시대 이전에 저작되었을 것으로 보임. 3권으로 되어 있음. 원서(原書)는 이미 유실되었고, 『경사증류비급본초(經史證類備急本草)』 중에 분산되어 쓰여 있고, 지금은 청(淸)대 손성연(孫星衍) 등이 편집한 몇 종(種)이 있음. 본서(本書)에는 354종의 약물이 상·중·하로 나뉘어 수록되어 있음. 이는 후한(後漢) 이전 약물학(藥物學)의 총괄임.

양과 효능을 깊이 연구해 설명함이 많습니다."

활암 말함: "우리나라 사람들이 사는 도시에서는 중국의 요즈음 책을 모릅니다. 저도 본래 쓸모없는 재주와 보잘것없는 학문이나, 수고스러운 물음에 우러러 보답하지 못할 따름은 아니지만, 도리어 가르침에 의지해 얻은 것이 많으니, 몹시 부끄럽습니다."

양봉 말함: "이것은 일본에서 생산되는 '출(朮)'[91]입니다. 말하자면 그대나라에도 생산될 텐데, '창출(蒼朮)'[92]과 '백출(白朮)'[93] 중 무엇에 들어맞습니까?"

활암 말함: "이것은 '창출'입니다."

양봉(良峯) 말함: "그대나라에서 따로 '백출(白朮)'이 생산됩니까?"

활암(活菴) 말함: "우리나라는 '백출'을 많이 쓰는데, 이것은 '창출(蒼朮)'입니다. 간혹 '백출'을 쓸 때면 중국 것을 쓰고, 우리나라에서 생산된다는 것은 듣지 못했습니다."

양봉 말함: "'해채(海菜)'[94]이니, 사방의 이름과 캐서 쓰는지 깨우쳐

---

91 출(朮): 삽주. 국화과에 속하는 여러해살이풀. 산계(山薊). '삽주(蒼朮)'와 '흰삽주(白朮)'를 합해 이르거나 흰삽주만을 말하기도 함.

92 창출(蒼朮): 삽주 및 같은 속(屬) 식물의 뿌리줄기를 말린 것. 이뇨(利尿)·발한(發汗) 등에 약재로 씀.

93 백출(白朮): 흰삽주. 삽주의 덩이줄기를 말린 것. 소화제로 널리 쓰임.

94 해채(海菜): 다시마과에 속하는 미역. 감곽(甘藿).

주시기를 간절히 바랍니다."

활암·송재(松齋) 함께 말함: "우리나라에 널리 통하는 이름은 '가토리(加土里)'이고, 엉겨서 굳게 되는 나물이며, 여름철에 차게 먹는데, 중국의 이름은 모르겠습니다. 그대 나라에서 어디에 쓰는지 자세한 가르침을 베풀어주십시오."

양봉 말함: "우리나라에 널리 통하는 이름은 '심태(心太)'[95]이고, '녹해태(鹿海苔)'[96]라 이름하니, 곧 『본초강목(本草綱目』[97]에 '석화채(石花菜)'[98]라 실려 있는 것입니다. 『유청일찰(留靑日札)』[99]의 '경지(瓊枝)'[100]이니, 같은 식물이지만 이름은 둘입니다. 지난번 드렸던 목차(目次) 속에 '석화(石花)'가 있었는데, 의심컨대 같은 사물입니다. 뛰어난 견해로는 어떻습니까?"

활암 말함: "정말 그러한지 모르겠습니다."

---

95 심태(心太): 조류(藻類)로 일본에서 '응해조(凝海藻)'·'대응채(大凝菜)'라고 함.

96 녹해태(鹿海苔): '해태'는 바다 속의 태류(苔類) 식물인 김. 따라서 사슴뿔 모양으로 자라는 김. 해의(海衣).

97 『본초강목(本草綱目)』: 중국 명(明)대 이시진(李時珍, 1518~1593)이 전대 제가(諸家)의 본초학(本草學)을 총괄하여 보충·삭제하고 바로잡아 저술한 책.

98 석화채(石花菜): 우뭇가사리. 참우뭇가사리과에 속하는 해초의 일종. 소응채(小凝菜).

99 『유청일찰(留靑日札)』: 명(明)대 전예형(田藝衡) 지음. 송(宋)대 홍매(洪邁)의 『용재수필(容齋隨筆)』과 심괄(沈括)의 『몽계필담(夢溪筆談)』의 체제를 본떴고, 내용 중에 「옥소령음(玉笑零音)」·「대통력해(大統歷解)」 등의 시담(詩談)이 있음. 39권.

100 경지(瓊枝): 석화채(石花菜).

양봉 말함: "이 '숙(菽)'[101]은 우리나라의 '적소두(赤小豆)'[102]인데, 어떤 사람은 '중국의 적소두와 다를 것이다.'라 합니다. 그대 나라의 '적소두'와 같은 식물입니까?"

또 말함: "어떤 종류의 과일은 우리나라에 널리 통하는 이름이 '유(柚)'[103]인데, 이것이 그 익지 않고 작은 것입니다. 늦가을과 초겨울에 이르면 노랗게 익고, 크기는 주먹만 하며, 냄새와 맛은 먹는 과일로 갖출만함에 알맞지 않지만, 먹는 채소로 갖출만합니다. 그대 나라의 '유'라 이름하는 것도 같은 종류입니까?

활암 말함: "'적소두'는 우리나라와 더불어 같은데, 다만 매우 작을 뿐이고, 중국의 물건은 모르겠습니다."

또 말함: "어떤 종류는 '지(枳)'[104] 열매와 매우 비슷한데, 냄새는 다릅니다. 무슨 식물인지 모르겠으나, 유자(柚子)나무 열매는 아닙니다."

활암(活菴) 말함: "그대 나라 '황련(黃連)'[105]은 어느 곳에서 납니까?"

양봉(良峯) 말함: "여러 고을에서 납니다만, 카가슈[加賀州][106]에서 나

101 숙(菽): 콩의 총칭.

102 적소두(赤小豆): 붉은 팥. 적두(赤豆).

103 유(柚): 유자(柚子). 유자나무의 열매.

104 지(枳): 탱자나무. 운향과의 낙엽관목.

105 황련(黃連): 매자나무과에 속하는 여러해살이풀인 '산련풀(깽깽이풀)'의 뿌리줄기를 말린 것.

106 카가슈[加賀州]: 일본 북륙도(北陸道) 7주의 한 지방. 동쪽으로 노토[能登], 서쪽으로

는 것을 가장 뛰어나고 좋다고 여깁니다."

활암 말함: "곰[熊] 발톱 같은 것이 있습니까?"

양봉 말함: "있습니다. 우리나라는 매[鷹] 발톱 모양의 것을 쓰고, 뛰어나게 좋다고 일컫습니다."

활암 말함: "'웅(熊)'자(字)는 '응(鷹)'자의 잘못 쓴 글씨입니다. 그대의 상자 속에 그것이 있다면, 한번 얻어 볼 수 있겠습니까?"

양봉 말함: "상자 속의 식물은 모두 꺾이고 부러졌습니다. 다른 날 매[鷹] 발톱 모양의 것을 가지고 와서 보시도록 갖추어둘 수 있습니다."

활암 말함: "풀 모양에 몇 종류가 있습니까?"

양봉 말함: "옛 사람이 이른바 '꿩 꼬리 잎'이라는 것과 '국화[菊] 잎'이라는 것이 있다고 했는데, 모두 같은 종류입니다."

활암 말함: "자애로운 깨우침에 매우 감사드립니다."

양봉 말함: "배시(陪侍)한 사람은 제 서자(庶子)[107]입니다. 여러 해 복통(腹痛)을 앓았고, 몇 가지를 썼지만, 완전히 낫지 않았습니다. 다행히 의범(懿範)[108]을 사귀었으니, 국수(國手)[109]께서 수고스럽더라도 한

월전, 남쪽으로 비탄, 북쪽으로 바다에 닿고, 소속된 군은 4군이며, 비단[絹]이 생산됨.

107 서자(庶子): 첩에게서 난 자식. 얼자(孼子). 맏아들 이외의 모든 아들.

108 위범(懿範): 훌륭한 도덕규범. 또는 아름다운 규범.

번 진찰해주실 수 있다면 매우 다행이겠습니다."

활암 말함: "어렵지 않을 것입니다. 그러나 해가 뜨기 전 맑은 아침에 자세히 살필 수 있으니, 내일 아침 그로 하여금 이곳을 방문하게 함이 어떻겠습니까?"

양봉 말함: "진찰을 허락해주신 은혜는 매우 감사합니다. 그러나 내일 아침에 까닭이 있어 다른 곳에 가야합니다. 다른 날 그로 하여금 와서 뵙게 할 따름입니다."

활암(活菴)·송재(松齋) 함께 말함: "대체로 앞에 소개된 책들을 얻어 볼 수 있겠습니까?"

양봉(良峯) 말함: "제가 모아 지은 책입니다. 지난번 받들어 드린 짧은 서신(書信) 속에 이른바 『서물류찬(庶物類纂)』이 이것입니다. 한번 꿰뚫어 살펴주신다면 다행이겠습니다."

활암·송재 함께 말함: "이 한권의 책만 봐도 그대의 마음 씀은 부지런하고 도탑다고 말할 수 있을 것입니다. 그것은 의술가(醫術家)에 공로 있음이 적지 않으니, 축하드립니다."

양봉 말함: "칭찬과 북돋움이 적당하지 않아, 부끄러워 얼굴이 붉어지고 땀이 흘러내립니다. 대개 오늘 이 책을 가져왔으니, 한번 꿰뚫어

109 국수(國手): 재예(才藝)가 그 나라 안에서 첫째가는 사람.

살피셔서 그대들의 중요한 말씀을 베풀어주시며, 낮다고 가려낸 대강의 줄거리를 차례대로 말씀해주신다면, 오랜 세월 믿음을 얻겠습니다. 깊이 감동해 잊지 못함이 어찌 끝이 있겠습니까?"

활암·송재 함께 말함: "저희들의 작은 재주로 어떻게 그 머리에 서문(序文)을 지어 망령되게 할 수 있겠습니까? 가르침을 받을 수 없습니다."

양봉 말함: "대패(大旆)[110]가 닻줄을 풀기도 전에 좋은 평판이 먼저 이르러, 만날 때를 손가락 꼽아 계산하며 기다렸습니다. 목마르게 그리워함이 오래되었으니, 굳이 사양하지 마시기를 힘써 간절히 바랍니다."

활암·송재 함께 말함: "글이 몹시 서툴러 그 만에 하나라도 추어올리지 못할까 두렵습니다. 이 때문에 염려할 따름입니다."

양봉 말함: "한없이 힘써 간절히 바라니, 그대들은 사양하지 마십시오. 객사(客舍)에 계신 동안 조금 한가한 때를 얻으셔서, 한마디 말이라도 가려 뽑아 난암(蘭菴)을 시켜 저에게 전해주신다면, 한평생 뛸 듯한 기쁨이 어떠하겠습니까? 아름다운 사랑을 간절히 바랍니다."

송재 말함: "그대는 우리들의 글이 서툴고 재능이 얕음을 돌아보지 않고, 이미 이와 같이 무리하게 청하시는데, 부탁을 근심할 수 없겠습니까? 삼가 높고 밝은 가르침에 보답할 뿐입니다. 이 책 전부를 우리들이 머무르는 곳에 보냄이 어떻겠습니까?"

110 대패(大旆): 해와 달이 그려진 천자(天子)의 기(旗).

양봉 말함: "황공하게도 허락을 받으니, 말할 수 없이 큰 다행입니다. 이 책은 지금 가져온 것이 전부가 아닙니다. 모두 합해 1,054권입니다. 지금 드려서 살펴보신 것은 어느 부(部) 각 한 벌의 책과 차례매긴 범례(凡例)[111]뿐입니다. 객사 안에 책을 남겨두는 일은 바야흐로 난암과 함께 의논한 뒤에 가르침을 의지할 따름입니다."

송재 말함: "비록 한 질(帙)로 된 책 전부는 아니더라도, 몇 권을 보내주시니 조사해본 뒤에 서문(序文)의 바탕을 지으면 어떻겠습니까?"

양봉(良峯) 말함: "거듭 깨우쳐주심을 받들고, 난암(蘭菴)이 곧 지금 이 자리에 이르려하니, 함께 의논해 책상 아래에 그것을 보내겠습니다."

또 말함: "객사 안에 책을 남겨두는 일은 비록 어른의 명령에 응함이 마땅하지만, 그러나 이 책은 관청에서 펴낸 책입니다. 오늘은 먼저 가지고 돌아가서 벌어진 일을 관청에 알리고, 뒷날 다시 가지고와 높다란 서재에 놓아둘 뿐입니다."

송재(松齋) 말함: "도기[稻義][112] 선생의 성명은 무엇이고, 세상에 살아계십니까?"

---

111 범례(凡例): 책머리에 그 책의 요지와 그 책을 읽어 나가는 데에 필요한 사항 등을 예를 들어 보이며 적은 글. 일러두기.

112 도기[稻義]: 니와 테이키[丹羽貞機]의 스승. 원래 이름은 이노오 센기[稻生宣義]. 도쟈쿠스이[稻若水]로도 알려져 있음. 에도시대 전·중기 본초가(本草家). 1693년에 '도기'로 개명(改名)했음. 저서에 『포자전서(炮炙全書)』·『시경소식(詩經小識)』 등이 있음.

양봉 말함: "도기라는 분은 제 돌아가신 스승입니다. 키타번[北藩]의 태수(太守)[113]와 카가슈[加賀州] 옛 참의(參議)[114]의 서기관(書記官)[115]이었고, 의학과 의료에 관한 일을 겸했습니다. 성은 도[稻]이고, 이름은 기[義]이며, 자는 창신(彰信)이고, 호는 약수(若水)입니다. 신묘(辛卯)년(1711) 통신사 때 그대 나라의 여러 군자(君子)와 만나 묻고 서로 의논했으며, 시문(詩文)을 주고받았는데, 스스로 백설산인(白雪散人)이라 일컬었던 분이 바로 도기입니다. 30여 년 전에 사이쿄[西京][116]에서 돌아가셨습니다. 대개 지금 이 책은 전편(前篇)·후편(後篇)·증보(增補) 모두 합해 1,054권인데, 그 가운데서도 전편 362권은 도기께서 카가[加賀] 번주(藩主)의 명령을 받들어 모아 지은 것이고, 후편 638권과 증보 54권은 제가 높은 가르침을 받들어 그 뒤를 이어서 가려 뽑은 것입니다."

송재 말함: "이 책을 비록 몇 장 안 되게 살펴보았는데, 그대의 공로는 우(禹)임금보다 낮지 않고, 그 방법의 자세함 또한 황제(黃帝)[117]와 기백(岐伯)[118]보다 가볍지 않습니다. 그 공로와 자세하고 미묘한 뜻을 축하드릴만할 뿐입니다."

113 태수(太守): 한(漢) 때 군(郡)의 장관(長官). 군수(郡守).

114 참의(參議): 조의(朝議)에 참여하는 벼슬.

115 서기관(書記官): 문서나 기록을 맡아보는 관원. 서계(書啓).

116 사이쿄[西京]: 일본 교토[京都] 지역.

117 황제(黃帝): 전설상의 임금. 소전(少典)의 아들. 성(姓)은 공손(公孫). 헌원(軒轅)의 언덕에 살았으므로 헌원씨라고도 하고, 희수(姬水)에 거주해 성을 희로 고쳤으며, 유웅(有熊)에 나라를 세워 유웅씨라고도 함.

118 기백(岐伯): 황제(黃帝) 때의 명의. 황제와 함께 의서인 『내경(內經)』을 지었다 함.

양봉 말함: "패관(稗官)[119]이 지은 것인데, 태산(泰山)[120]의 좋은 평판을 받으니, 부끄러워 땀이 납니다."

또 말함: "받들어 드린 부자(父子)의 촌스러운 시(詩)에 대해 두 어진 이의 높은 화답(和答)을 우러러 바랍니다."

활암(活菴) 말함: "저와 송재(松齋)는 곧 난잡한 말로 우러러 보답하려고 하나, 김탐현(金探玄)은 병을 앓아 올 수 없을 따름입니다."

양의(良醫) 활암, 의원(醫員) 송재·탐현 세분 선생께 삼가 시 1수를 지어 받들어 드림

양봉(良峯)

넓은 덕 봉모[121]가 동쪽 바다로 전해지고 廣德鳳毛東海傳
맞이해 감탄한 문물은 빈연[122]에서 거듭되네 接歎文物襲賓筵
미리 안 관사[123]에서 긴 칼자루 두드리고 預知館舍彈長鋏
구름 걸린 높은 산만 바라보며 짤막한 글 바치네 唯見雲山入短篇

119 패관(稗官): 낮은 벼슬아치. 민간의 풍성과 소문을 수집하는 일을 맡았음. 인신해 소설, 또는 소설가.

120 태산(泰山): 오악(五嶽)의 하나로, 산동성(山東省) 중부에 있고, 주봉은 옥황정(玉皇頂). 고대에 제왕이 봉선(封禪)하던 산. 대종(岱宗). 대산(岱山). 대악(岱岳). 태악(泰岳).

121 봉모(鳳毛): 봉황의 깃털. 또는 진귀한 물건의 비유. 뛰어난 풍채와 문재의 비유.

122 빈연(賓筵): 손님을 접대하는 자리.

123 관사(館舍): 빈객을 접대하고 묵게 하는 집.

참된 지조(志操) 흠뻑 젖어 스스로 학문을 지녔고 眞操泳涵自有術
뜻과 풍격 이고 안았으니 누가 깊은 이치를 의심하랴 意風戴抱孰疑玄
부코[武江][124] 흰 빛 아래 시인(詩人)들 떼로 모였는데 武江白下群騷子
학 방울만 잡아매고 갈선[125]을 그리워하네 把束鶴鑾慕葛仙

양봉 선생의 아름다운 시를 받들어 답해드림

활암

한 알 금단[126] 바다 위로 전하고 一粒金丹海上傳
동쪽에 온 객이 나아가 화연[127]을 마주하네 東來就客對華筵
어린아이 소매 속엔 신초[128]가 가득 少年袖裏多神草
어른 상자 속엔 귀신을 울리는 책[129] 長者篋中泣鬼篇
오미[130]는 자주 맛보았으나 약을 처음 이야기하고 五味頻嘗初說藥

124 부코[武江]: 무사시[武藏] 지방의 에도[江湖]라는 뜻.

125 갈선(葛仙): 갈홍(葛洪, 281?~341). 진(晉)의 구용(句容) 사람. 자는 치천(稚川). 자호(自號)를 '포박자(抱朴子)'라 함. 신선술에 심취해 일생을 그 수련에 힘씀. 저서에 『포박자(抱朴子)』·『신선전(神仙傳)』·『주후비급방(肘後備急方)』 등이 있음.

126 금단(金丹): 고대에 방사(方士)가 금이나 단사(丹砂)를 불리어 만든 약. 먹으면 불로장생(不老長生)한다고 함.

127 화연(華筵): 성대하고 아름다운 연석(宴席).

128 신초(神草): 전설상의 영묘(靈妙)한 풀. 또는 줄기를 점치는 데 쓰는 톱풀, 가새풀, 시초(蓍草). 또는 산삼(山蔘)의 다른 이름.

129 귀신을 울리는 책: 읍귀편(泣鬼篇). 읍귀신(泣鬼神). 귀신을 울림. 시(詩)나 문장(文章)이 사람의 마음을 깊이 감동시킴의 비유.

130 오미(五味): 다섯 가지 맛. 신(辛·매운맛), 산(酸·신맛), 함(鹹·짠맛), 고(苦·쓴맛), 감(甘·단맛).

한권 책 지어 받들었으나 깊은 이치를 다시 말하네 一書奉撰更談玄
부상[131]은 매우 가깝고 삼산[132]도 가까우니 扶桑咫尺三山近
마소 치기 허락받은 늙은이 반은 이곳 신선일세 牧許老翁半是仙

양봉(良峯) 선생의 뛰어난 시를 받들어 화답함

송재(松齋)

봉래[133]의 선경(仙境) 고향에 전하고 蓬來眞境古鄕傳
맑은 향기 즐거운 듯 이곳 잔치 이어지네 可喜淸香襲此筵
취중에 사귐을 말하고 자주 악수하며 醉中論交頻把手
붓끝으로 말 보내고 다시 글을 읽네 筆頭送語更吟篇
상자 속 오미는 모두 영초[134]이고 篋中五味皆靈草
시렁 위 한권 책도 오묘하고 깊은 이치라네 架上一書亦妙玄
상대한 풍의[135]는 속세의 사람이 아니니 相對風儀非俗客
일본에 신선 있음을 방금 깨달았네 扶桑方覺有神仙

131 부상(扶桑): 신화에서 동해(東海)에 있다는 신목(神木). 그 밑에서 해가 떠오른다 하여, 해가 뜨는 곳이나 해를 가리킴.

132 삼산(三山): 삼신산(三神山). 신선이 살고 있다는 세 산. 곧 중국 전설에 나오는 봉래산(蓬萊山)·방장산(方丈山)·영주산(瀛洲山). 삼구(三丘).

133 봉래(蓬萊): 봉래산(蓬萊山). 신선이 산다고 하는 신령한 산.

134 영초(靈草): 상서로운 풀. 장생불사의 약초.

135 풍의(風儀): 임의로 또는 자유로이 광범위하게 평론하거나 의론함.

앞 시를 거듭 차운(次韻)해 활암(活菴)·송재(松齋) 선생께 받들어 드림

양봉

5천 리 밖까지 뛰어난 재주와 이름 전하고　五千里外才名傳
이르는 곳 친한 사람들 사방으로 이어져 가득 찼네　到所親人滿四莚
상자엔 바야흐로 천촉[136]의 약 쌓였고　函笈方儲川蜀藥
도규[137]엔 용궁의 책을 어찌 감추었는가?　刀圭何秘龍宮篇
흐르는 밀물 썰물 정사[138]를 에워싸고　涓涓潮水遶精舍
흩뿌리는 서늘한 바람 하늘을 털어내네　洒洒涼風拂上玄
비단 닻줄 물결 고르면 고향으로 돌아가는 날이니　錦纜浪平歸國日
높은 계수나무 잡아[139] 달 속 신선 재촉하네　速攀喬桂月中仙

앞 시를 첩운(疊韻)해 양봉 선생께 받들어 드림

활암

먼 곳에서 온 손의 헛된 명성 나라 밖까지 전하고　遠客浮名海外傳
높은 경지의 주인은 아름다운 잔치에서 마주하네　主人高摽對花筵

136 천촉(川蜀): 촉한(蜀漢)의 지명. 사천성(四川省) 일대.

137 도규(刀圭): 가루약의 분량을 재는 작은 숟가락. 작은 칼과 같은 모양에 끝부분이 규벽(圭璧)처럼 모가 나고 오목하므로 붙여진 이름. 인신해 의술(醫術)이나 약물(藥物)을 이름.

138 정사(精舍): 정려(精廬). 학문을 닦는 집. 절

139 계수나무 잡아: 반계(攀桂). 달 속의 계수나무를 잡는다는 뜻. 과거에 급제(及第)함의 비유.

영단[140]은 말할 때마다 신농[141]의 약이나	靈丹每說神農藥
졸렬한 기예는 기백의 책에 매우 부끄럽네	拙枝多慙岐伯篇
옥처럼 만들어 화답한 말은 돋보이지 않지만	瓊作酬來言不襯
옛 경서 이야기하는 곳의 말은 깊은 이치 많구나	古經談處語多玄
돌아갈 날 손꼽아 헤아리니 남은 날 없고	歸期屈指無餘日
외로이 삼산 짊어진 그대와 난 신선일세	孤負三山彼我仙

송재 말함: "카와무라[河村][142] 선생과 함께 시문(詩文)을 주고받았으므로 아름다운 작품에 우러러 보답할 수 없었습니다. 차운(次韻)해 보내드림이 분명하고 마땅하니, 계획할 뿐입니다."

양봉(良峯) 말함: "분명하고 다행히 베풀어주신다면 매우 감사하겠습니다."

140 영단(靈丹): 도사가 굽는 단약의 한 가지. 모든 질병을 물리치고 늙지 않고 오래 살게 한다 함.

141 신농(神農): 전설상의 제왕(帝王) 이름. 나무로 쟁기를 만들어 백성에게 농사를 가르쳤으며, 온갖 풀을 맛보아 약재를 찾아내 질병을 치료했다 함. 염제(炎帝). 열산씨(烈山氏). 신농씨(神農氏).

142 카와무라[河村]: 카와무라 슌코(河村春恒). 자는 자승(子升)·장인(長因). 호는 원동(元東). 도호토(東都)의 의관(醫官). 1748년 6월 1일부터 12일까지 조숭수(趙崇壽) 등과 만나 나눈 필담을 정리한 『상한의문답(桑韓醫問答)』을 남겼음.

활암(活菴) · 송재(松齋) 두 분 선생께 삼가 받들어 드림

남강(南江)[143]

비단 돛은 바다 위 하늘 동쪽으로 멀리 이르고	錦帆遙到海天東
어찌 성대한 잔치 생각해 이처럼 잠시 함께 하는가?	豈憶高筵此暫同
여기에 응한 여러분은 비결[144]을 전할 테고	應是諸君傳秘訣
신단[145]은 아름다운 주머니 속에 더욱 쌓이겠지	神丹曾貯綵囊中

남강의 아름다운 시를 받들어 답해드림

활암

조선이 일본과 멀다 말하지 마오	休道箕邦遠日東
수레와 문자는 이 세상 예나 지금 한가지라오	車文天下古今同
서로 보며 한 자리에서 지닌 재능 이야기하니	相看一席談懷寶
숨지 않은 삼산은 바다 속에 있구려	無隱三山在海中

남강이 보내준 시를 받들어 화답함

송재

지난해 계절 따라 조선에서 나와	去年隨節出關東

143 남강(南江): 니와 테이키[丹羽貞機]의 아들.
144 비결(秘訣): 비밀로 해 세상에 알려지지 않은 방술(方術).
145 신단(神丹): 도가(道家)에서 만드는 영약(靈藥). 먹으면 신선이 될 수 있다 함.

많은 어진이들 즐거운 듯 이 모임에 함께하네　可喜群賢此會同
내 일찍이 비결을 전함은 괴이할 것 없으나　莫怪吾曾傳秘訣
선단[146]은 스스로 비슷한 글 속에 두었다네　仙丹自在類文中

앞 시를 거듭 차운해 활암·송재 두 분 선생의 은혜로운 말씀을 받들어 사례함

남강

머나먼 길 뗏목 타고 동쪽 일본으로　萬里乘槎日本東
가여운 그대 채필[147]은 다시 누구와 함께 할거나　憐君綵筆復誰同
멀리 떨어진 곳이라 말도 못하고 서로 알 수도 없지만　莫言絶域無相識
경개[148]하니 객관 안은 조용하구나　傾蓋從容客館中

첩운해 남강 선생께 받들어 드림

활암

아득한 한 줄기 바다 서에서 동으로　蒼茫一水海西東

146 선단(仙丹): 장생불사(長生不死)하고 신선이 되기 위한 영약(靈藥). 또는 기사회생(起死回生)의 묘약.

147 채필(綵筆): 오색의 붓. 훌륭한 문재(文才)의 비유. 강엄(江淹)이 오색의 붓을 돌려주는 꿈을 꾼 후 좋은 시를 쓰지 못했다는 고사(故事).

148 경개(傾蓋): 수레의 일산을 마주 댐. 길에서 우연히 만나 수레를 가까이 대고 이야기 나눔을 이르는 말. 또는 처음 만나거나 우의 맺음을 이름.

먼 곳에서 온 손과 서로 만나니 기미[149]는 같구나　遠客相逢氣味同
필화는 석양(夕陽) 아래 예사로운데　筆話尋常斜日下
시정만 빗소리 가운데 매우 많구나　詩情多少雨聲中

첩운해 남강 선생께 받들어 드림

송재(松齋)

한화[150] 날아 떨어지고 다시 서에서 동으로　閑花飛落復西東
오늘은 아는 사람과 함께 하리라　今日乃知人亦同
이정[151]을 말하지 않아 이별이 쓰리니　莫說離亭分斗苦
덧없는 인생 물소리 가운데 한바탕 꿈일세　浮生一夢水聲中

양봉(良峯) 말함: "하늘이 좋은 짝을 갖추어 오늘 두 군자의 맑은 법도와 사귀었고, 여러 번 밝은 가르침을 받았으니, 다행스럽고 감사함을 어찌 다하겠습니까? 오히려 객사 안의 적은 겨를을 묻고, 높은 학식에 와서 적심이 마땅하니, 자격은 없지만 간절히 바랍니다. 오늘은 막 날이 저물려고 하여, 마땅히 작별을 고하고 물러갑니다."

149 기미(氣味): 취향, 기분. 감정, 느낌.

150 한화(閑花): 사람의 손길이 닿지 않는 곳에서 저절로 자라는 야생 꽃. 들꽃. 또는 아담하고 풍치 있는 꽃.

151 이정(離亭): 성(城)에서 조금 멀리 떨어진 길옆에 세워 휴식하도록 한 정자. 옛 사람들이 송별하던 곳.

활암(活菴) 말함: "욕됨도 생각하지 않고 대인(大人)의 귀한 풍모와 사귀어 감패(感佩)[152]하겠습니다. 만일 다시 찾아주신다면 얼마나 다행스러움을 더하겠습니까? 지금 날이 저물어 권할 수 없으니, 한탄할만합니다. 오히려 뒷날의 기약이 있으니 백규(白圭)[153]로 충분합니다."

152 감패(感佩): 마음에 깊이 감동해 잊지 않음. 감명(感銘).

153 백규(白圭): 희고 맑은 옥. 전국 때 위(魏) 사람. 장사를 잘 했다고 함. 또는 전국 때 사람으로 이름은 단(丹). '규'는 자. 치수(治水)를 잘했다고 함.

양동필어 권2

무진년(戊辰, 1748) 6월 7일

도호토[東都] 의관(醫官) 니와 테이키[丹羽貞機]

쓰시마[對馬島]의 유관(儒官) 남계(枏溪)[1]가 '오늘 국기(國忌)[2]의 이유가 있으므로 삼사(三使)[3]와 여러 벼슬아치들은 모두 대당(大堂)[4]에 있고, 양의(良醫) 활암은 대단치 않은 병이 있어 숙소에 머무른다.'고 했다. 곧 남계와 함께 활암이 거처하는 방에 도착해 서로 인사했다.

양봉 말함: "여러 번 높은 학식을 번거롭게 하고, 양진(養眞)[5]을 근심스럽게 했는데, 밤사이 주무시고 드시는 일이 편안하셨다니, 손뼉을 칠만큼 몹시 기쁘고 축하할만합니다."

---

1 남계(枏溪): 히라쿠니 힌[平國賓]의 호. 아메노모리 호슈[雨森東]의 문인이고, 당시 쓰시마[對馬島] 번주의 가신(家臣)으로, 조선통신사 일행을 안내했음.

2 국기(國忌): 임금이나 왕후의 제삿날.

3 삼사(三使): 일본에 사신으로 가는 통신사(通信使)·부사(副使)·종사관(從事官)의 세 사신을 이름.

4 대당(大堂): 정무(政務)를 보는 관청 건물.

5 양진(養眞): 타고난 참된 성품을 기름.

활암 말함: "지금 다시 방문을 받아 정말 다행입니다. 밤사이 기거(起居)[6]가 편안하셨다니, 축하할만합니다."

양봉(良峯) 말함: "연적(硯滴) 1개를 받들어 드립니다. 비록 흙에서 나온 거친 솜씨이더라도, 이 또한 선비의 창가에 필요한 물건이니 웃으며 받아주신다면 다행일 것입니다. 1개는 장차 송재(松齋) 선생에게 드리고자 하는데, 지금은 대당(大堂)에 계시다 들었으니 숙소로 물러나온 뒤에 그대가 전해주시는 것이 어떻겠습니까?"

활암(活菴) 말함: "서재(書齋)에 쓸모 있는 물품을 주시니, 진실로 사양하기 어려우면서도 몹시 편치 않습니다. 송재에게 전해 주십사 함을 허락함이 마땅하지만, 통역(通譯) 맡은 관리를 시켜서 그를 청함이 좋을 듯합니다."

양봉 말함: "송재 선생은 지금 공적인 일이 있어 대당에 올라 정사(正使)의 곁에 계십니다. 통역 맡은 관리에게 알린 뒤에 청해 오시도록 다시 명령하겠습니다."

또 말함: "어제 서문(序文)의 일에 대한 허락을 받아 감패(感佩)하겠습니다. 지난번 가져온 책은 관청에서 펴낸 책이기 때문에 펼쳐 살펴보도록 준비하기 어렵습니다. 따라서 자서(自序)[7]와 범례(凡例) 가운데

6 기거(起居): 행동거지(行動擧止). 일상생활에서의 모든 활동.

7 자서(自序): 자서(自敍). 작가가 자신의 작품에 대해 저작 의도·과정 또는 작품의 대의(大義) 등을 쓴 글.

중요한 부분 한두 항목을 베껴 써 우러러 드리고, 생각에 도움을 만들고자 합니다. 아침이 밝아 멍에 채우기를 재촉하게 되면, 많고 성한 글자 모양을 법받지 못할 것이니, 아름다운 동정(同情)을 간절히 바랍니다."

활암 말함: "서문의 일은 그 때 송재가 허락했고, 저는 글이 서투르기 때문에 사양했을 것입니다. 지금 만약 다시 청한다면 도리어 송재를 의심함이 있음이니, 받들어 맞이하기 어려울 듯합니다."

양봉 말함: "본래 두 선생께서 뛰어난 서문을 베풀어주시고자 했고, 송재 선생이 먼저 허락했습니다. 그대께서 만일 글 솜씨가 없다고 겸손하게 낮추고 허락하지 않으신다면, 송재 선생 또한 물리치고 그대를 의심함이 있을 것이며, 그 일을 사양한다면 제 간절한 바람을 다스릴 바가 없습니다. 이전부터의 사랑을 베풀어주십사 매우 간절히 바랍니다."

활암 말함: "송재가 이미 먼저 허락함이 있었으니, 그대는 송재에게 단단히 청할 수 있습니다."

양봉 말함: "마땅히 가르침을 의지하겠으니, 그대 또한 굳이 사양하지 마십시오."

활암 말함: "송재가 만일 서문을 쓴다면, 저도 다시 쓸데없는 말을 덧붙일 수 없습니다."

양봉 말함: “우리나라 풍속에 책을 지으면 서문이 많은 것을 영광으로 여깁니다. 모두 5~7책으로 작게 엮어도 오히려 서너 개의 서문(序文)이 있는데, 더욱이 이 책은 1천여 권 남짓입니다. 또 조선 양의(良醫) 조(趙)선생의 뛰어난 서문은 머리에 관(冠)을 쓰는 것이니, 영광이 어떠하겠습니까?”

활암(活菴) 말함: “지난번 가려 뽑아 지은 요점을 살펴보니, 『이아(爾雅)』[8]의 문체(文體)와 넓기가 비슷했습니다. 서문은 학사(學士)와 서기(書記) 등의 벼슬아치로 하여금 짓게 하심이 좋을듯한데, 어떻습니까?”

양봉(良峯) 말함: “뛰어난 가르침 같습니다. 따로 제술관(製述官)의 서문을 구하고자 할 것입니다. 그대는 지금 기록된 견문이 넓고 재능이 뛰어난 듯한 그 책을 가지고 거듭 사양했습니다. 또 문체는 『광아(廣雅)』[9]와 비슷하다고 생각했습니다. 대개 책의 본질은 비록 『이아』나 『설문(說文)』[10]에서 실마리를 많이 가져온 듯하더라도, 『신농본경(神農本經)』과 『명의별록(名醫別錄)』[11]에 기초해 만든 것이고 또한 많이 가져

8 『이아(爾雅)』: 13경(十三經)의 하나인 중국 고대의 자전(字典)으로, 각 부문에 관한 고금(古今)의 문자를 설명한 책. 19편.

9 『광아(廣雅)』: 위(魏)의 장읍(張揖)이 찬(撰)한 자서(字書). 『이아(爾雅)』의 체제를 따라 널리 한대(漢代) 학자의 주석(注釋) 등을 채록증광(採錄增廣)해 18,150자(字)를 19편(篇)으로 구성했음. 뒤에 청(淸)의 왕염손(王念孫)이 『광아소증(廣雅疏證)』 10권을 지어 이를 증보했음. 『박아(博雅)』.

10 『설문(說文)』: 『설문해자(說文解字)』. 한(漢)의 허신(許愼)이 지은 책. 소전(小篆) 9,353자와 고문(古文)·주문(籒文) 1,163자를 540부(部)로 분류해 자형(字形)·자의(字義)·자음(字音)을 해설했음. 30권.

11 『명의별록(名醫別錄)』: 중국 한(漢)나라 말기에 소량(蕭梁)과 도홍경(陶弘景)이 완간된

왔으니, 어찌 의술가(醫術家)에게 적으나마 도움이 되지 않을 수 있겠습니까? 지금 서문을 내려주시면 오랜 세월 믿음을 얻을 것이니, 창승(蒼蠅)[12]이 기(驥)[13] 꼬리에 의지하고, 초료(鷦鷯)[14]가 봉황(鳳凰)[15]의 울음소리를 내는 것입니다. 어진 이에게 버릇없이 군 것에 대한 꾸짖음을 잊으시고, 제발 거듭 부탁드립니다."

활암 말함: "그대의 힘차고 거침없는 말은 날카로운 붓날 같습니다. 저의 재주는 쓸모없고 문장이 서툴러서 내용도 모르고 받들어 행할 바를 피했었지만, 가르침을 따르겠습니다. 비록 그러하나 오직 크게 빛나는 뛰어난 지혜가 그 한 자 한 치라도 드날릴 수 없을까 두렵습니다. 지난번엔 책을 보았고 지금 이러한 차례를 받들어 보니, 그대의 마음 씀이 부지런하고 도타움을 알 수 있겠습니다. 보통 사람이 미루어 헤아림을 얻을 수 있는 바가 아닙니다. 묻건대, 그대의 돌아가신 스승은 어느 고을 사람입니까? 그대처럼 따르는 제자는 몇 사람이 있습니까?"

양봉 말함: "인정으로 살펴 즐겁게 해주신 말씀에 부끄러워 세차게 땀이 나는 듯합니다. 뛰어난 서문을 일단 허락해주시니 감사한 마음

본초학서. 약칭 『별록(別錄)』. 진한(秦漢) 시대 의학자들이 『신농본초경(神農本草經)』을 기초로, 약성·효용과 새로운 약물의 품종을 더해 만든 책. 7권.

12 창승(蒼蠅): 금파리.

13 기(驥): 천리마. 하루에 천리를 달린다는 준마.

14 초료(鷦鷯): 뱁새.

15 봉황(鳳凰): 성왕(聖王)이 나오면 나타난다는 상상의 서조(瑞鳥). 수컷을 '봉', 암컷을 '황'이라 함.

말할 바를 모르겠습니다. 장차 이 책이 오랜 세월 스승과 제자의 아주 작은 정성임을 알게만 한다면 큰 다행이 어떠하겠습니까? 스승 도기[稻義]란 분은 우리나라 키타신[北藩]의 여러 제후(諸侯)와 카가[加賀]·노토[能登][16]·엣추우[越中][17] 세 고을의 태수(太守)와 옛 참의(參議)[18]의 서기관(書記官)[19]이었습니다. 어렸을 때엔 학문을 좋아했고, 장년(壯年)에 이르러 큰 뜻을 가졌지만, 그러나 불행하게도 때를 만나지 못했습니다. 학술은 보람을 베풀 곳이 없었는데, 마침내 온갖 물건의 성질을 알아 각각 그 자리를 얻게 하고자 했으니, 대개 사람이 사물을 개선함은 그 뜻이 마치 진평(陳平)의 고기[20]와 같습니다. 대체로 그 문하(門下)에서 배운 사람들은 온갖 물건의 이름과 의미는 많이 알 수 있었지만, 그것이 의지하고 있는 뜻은 몰랐을 것입니다. 그 무리 중에는 경서(經書)를 배워 익히고 글을 지으며 시를 짓고 책을 좋아하는 사람들

16 노토[能登]: 일본 도야마현(富山縣), 이시카와현(石川縣), 후쿠이현(福井縣)을 포함한 '북륙지방(北陸地方)'의 중앙부분에서 동해를 향해 뻗어있는 반도(半島) 지역. 대부분 지금의 이시카와현에 속해 있고 일부는 도야마현에 속해 있음.

17 엣추우[越中]: 지금의 일본 도야마현(富山縣) 지역.

18 참의(參議): 조의(朝議)에 참여하는 벼슬.

19 서기관(書記官): 문서나 기록을 맡아보는 관원. 서계(書啓).

20 진평(陳平)의 고기: 경세제민(經世濟民)하겠다는 큰 포부를 말함. 한(漢)나라 진평(陳平, B.C. ?~B.C. 178)이 마을 제사를 끝내고 고기를 균등하게 나누어 주자 마을의 부로(父老)들이 칭찬을 했는데, 이 말을 들은 진평이 '내가 천하의 재상이 되면 지금 고기를 나누어 준 것처럼 공평한 정치를 할 것이다.'라 다짐했다는 고사가 『사기(史記)』 권56 「진승상세가(陳丞相世家)」에 전함. 진평은 한의 양무(陽武) 사람. 진말(秦末)에 농민의 난이 일어났을 때, 처음에는 항우를 따르다가 뒤에 유방을 따랐음. 지모(智謀)가 뛰어나 많은 공을 세워 곡역후(曲逆侯)에 봉해졌고, 여후(呂后)가 죽은 뒤에는 여씨(呂氏) 일가를 제거하고 한을 안정시켰음.

이 매우 많아, 제가 미칠 수 있는 바가 아니지만, 그 뜻을 숨기고 있는 사람을 아오니, 사이토우 겐테쓰[齋藤玄哲]라는 사람인데, 저와 함께할 따름입니다. 겐테쓰는 지난번 사이쿄[西京]에서 병으로 죽었고, 저 또한 이미 늙었습니다. 오직 나이 어린 후배들이 그 일을 이을 수 없을까 두렵기 때문에 대인(大人)의 돕는 붓을 억지로 수고스럽게 해 오랜 세월 전신(傳信)[21]으로 삼고자 합니다. 진심과 성의를 불쌍히 여겨 구야(歐冶)[22]의 뛰어난 솜씨를 힘쓰신다면 정말 세상에 드문 큰 다행이겠습니다."

양봉(良峯) 말함: "이 부채에 귀한 팔을 수고롭게 해 객지살이 중의 아름다운 글 써주시기를 간절히 바랍니다."

활암(活菴) 말함: "저는 글씨를 잘 못써서 부채를 더럽힐까 두렵습니다."

양봉 말함: "그대의 필력(筆力)[23]은 웅장하고 세련되었으며, 글자 모양은 우아하고 아름다워 드물게 보는 기이한 광경을 기르기도 하고 죽이기도 합니다."

또 말함: "부채를 금과 옥 같은 글로 꾸며주신다면, 몹시 감패(感佩)

---

21 전신(傳信): 확실한 사실을 꾸밈없이 타인에게 전함.

22 구야(歐冶): 구야자(歐冶子). 춘추(春秋) 때의 야공(冶工). 월왕(越王)의 청으로 거궐(巨闕) 등 명검 5자루를 만들었고, 후에는 간장(干將)과 함께 초왕(楚王)을 위해 용연(龍淵)·태아(泰阿) 등 명검을 만들었음.

23 필력(筆力): 글씨의 획에 드러난 힘. 글을 짓는 능력.

하겠습니다."

활암 말함: "저는 본래 글을 잘 못써서 그대의 청(請)을 거듭 어기다가, 노력이 부족해 가까스로 썼으니, 부끄러울만합니다."

양봉 말함: "어린아이가 음식을 갖춰왔으니, 드시는 것이 좋을 듯합니다."

활암(活菴) 말함: "가르침을 따르겠습니다."

활암 말함: "미야타 젠타쿠[宮田全澤] 선생도 그것을 압니까?"

양봉(良峯) 말함: "모릅니다."

활암 말함: "이 책의 주인은 태의원(太醫院)[24]의 벼슬아치가 아닙니까?"

양봉 말함: "의료 업무를 맡은 관원은 아닙니다. 의심컨대, 여러 제후(諸侯)의 시의(侍醫)[25]인듯한데, 그 상세한 것은 자세하지 않습니다."

활암 말함: "이것은 우리나라 약과(藥果)[26]입니다. 그대가 시험 삼아 맛보십시오."

24 태의원(太醫院): 궁중(宮中)에서 의약(醫藥)의 일을 맡은 관청. 원래 당(唐)대 지배층을 위해 봉사하던 의료보건기구로 태의서(太醫署)라 했음. 이 기구 내에는 의학의 각 과(科)가 설치되어 의료보건을 담당하는 이외에도 의학교육을 겸했음. 송(宋)대에 태의국(太醫局)이라 개칭했다가 명(明)·청(淸)대에 태의원이라 고쳤음.

25 시의(侍醫): 궁중(宮中)에서 임금과 왕족(王族)의 진료를 맡던 의원.

26 약과(藥果): 밀가루를 꿀과 기름으로 반죽해 판에 박아 기름에 지진 유과(油果). 과줄.

양봉 말함: “진귀한 과자(菓子)로군요. 냄새와 맛이 더욱 달고 향기롭습니다. 원래 이름과 사방의 명칭은 어떠합니까?”

활암 말함: “그 이름은 ‘약과’입니다.”

양봉 말함: “어떠한 몇 가지 맛을 써서 조절해 만듭니까?”

활암 말함: “나미(糯米)[27] 가루, 진맥(眞麥)[28] 가루, 녹두(綠豆)[29] 가루, 진임자(眞荏子)[30] 가루를 꿀과 섞어 만든 것입니다.”

양봉 말함: “좋은 과자입니다. 지금 한 덩어리 더 보태주시는 은혜를 입는다면, 소매 속에 숨겨 가서 집안의 영광으로 삼겠습니다.”

또 말함: “지금 그대가 가지고 놀며 살펴보는 것은 종유(鍾乳)[31]입니까?”

활암 말함: “그렇습니다. 우리나라에서는 매우 드물고 중요한데, 상자 속이 이미 비어서 지난번에 몹시 찾았지만 좋은 물건은 없습니다. 그대 나라에도 드뭅니까?”

양봉(良峯) 말함: “우리나라에는 여기저기 금(金)·은(銀)·동(銅) 광산(鑛山) 속에 있습니다. 마치 매미 날개 같은 것, 손발톱 같은 것, 아관

---

27 나미(糯米): 찹쌀. 점미(黏米).

28 진맥(眞麥): 참밀.

29 녹두(綠豆): 콩과의 일년생 재배 식물. 열매가 잘고 녹색임.

30 진임자(眞荏子): 참깨.

31 종유(鍾乳): 종유석(鐘乳石). 석회암 동굴의 천장에 달려 있는 돌고드름.

(鵞管)[32] 같은 것과 은얼(殷櫱)[33], 공공얼(孔公櫱)[34]이 모두 있습니다. 그 가운데서도 마치 매미 날개나 거위 깃 같은 것은 거의 드물 것입니다. 제 집에는 일찍이 아관 같은 것을 보관해두었으니, 내일 소매 속에 숨겨 와서 살펴보시도록 갖추어둘 따름입니다."

활암(活菴) 말함: "만약 소매 속에 숨겨 오신다면, 얼마나 더한 다행이겠습니까?"

양봉 말함: "예전에 듣자하니, 요동(遼東)[35]의 봉황성(鳳凰城)[36]은 그대 나라 의주(義州)와의 거리가 서로 심하게 멀지는 않다던데, 길의 이수(里數)는 얼마쯤 됩니까?"

활암 말함: "의주 북쪽으로 봉황성까지의 거리는 1천 리입니다."

양봉 말함: "듣자하니, 봉황성 북쪽에 심양강(瀋陽江)이 있고, 강 북쪽으로 3백리 남짓이 강희제(康熙帝)[37] 조상 무덤의 땅이라던데, 그렇

---

32 아관(鵞管): 젓대. 비교적 굵은 대로 가로 불게 만든 관악기의 하나. 젓대 위의 구멍 모양이 거위 털구멍과 비슷해 붙인 이름.

33 은얼(殷櫱): 종유석(鐘乳石)의 뿌리 부분으로, 바위에 붙어 자라고, 나무 움(그루터기에서 돋은 싹) 모양과 같음. 결기(結氣)·한열(寒熱) 등에 약으로 씀.

34 공공얼(孔公櫱): 종유석(鐘乳石)의 뿌리 부분으로, 유방(乳房) 모양과 같고, 해독(解毒) 등에 약으로 씀.

35 요동(遼東): 요하(遼河)의 동쪽 지역. 지금의 요령성(遼寧省) 동부와 남부.

36 봉황성(鳳凰城): 요령(遼寧)에 있는 봉천성(奉天城)의 별명. 고구려의 안시성(安市城)이라는 설도 있음.

37 강희제(康熙帝, 1662~1722): 중국 청나라의 제4대 황제. 이름은 현엽(玄燁). 묘호(廟號)는 성조(聖祖). 연호는 강희. 청조(淸朝)의 기초를 확립했고, 1689년 중국 역사상 최

습니까?"

활암 말함: "황제의 사당(祠堂)은 심양 북쪽 3백리 밖에 있다고 말하는데, 그 어느 곳인지 모를 뿐입니다."

양봉 말함: "듣자하니, 황제의 사당 근처 깊은 산 속에 덩굴로 자라는 인삼(人參)이 난다던데, 일찍이 그대는 들어보셨습니까?"

활암 말함: "북쪽 사람들은 '인삼이 많이 보인다.'고 말합니다. 그러나 어찌 반드시 심양강의 경계에서 나는 것을 알겠습니까?"

양봉 말함: "여러 본초서(本草書)에 실려 있는 인삼은 모두 줄기 하나가 곧게 올라가는 풀인데, 저 심양강 밖에서 나는 것은 덩굴로 자라는 것입니다. 일찍이 그대는 덩굴로 자라는 인삼이 있음을 알고 있었습니까?"

활암 말함: "덩굴로 자라는 인삼은 어떠합니까?"

양봉 말함: "제가 개인적으로 말씀드리자면, 대체로 인삼의 모양은 당송(唐宋) 이래로 여러 본초서(本草書)가 모두 고려(高麗) 사람의 〈인삼찬(人參讚)〉[38] 설명에 의지해, 가장귀[39] 셋에 잎은 다섯인 풀이라고 했

초의 대외 조약인 '네르친스크조약'을 러시아와 체결했으며, 학예 장려와 한인회유(漢人懷柔)에 성공했음. 재위 기간이 61년으로, 역대 중국 황제 중 가장 길었고 명군(名君)으로 일컬어짐.

38 〈인삼찬(人參讚)〉: 중국 양(梁)나라의 도홍경(陶弘景)이 저술한 『명의별록(名醫別錄)』에 백제(百濟) 무령왕(武寧王)이 512년에 양의 무제(武帝)에게 인삼을 예물로 보내

는데, 이것은 줄기 하나가 곧게 올라가는 것으로, 그대 나라에서 많이 나는 것 또한 이 풀입니다. 구종석(寇宗奭)[40]의 『본초연의(本草衍義)』, 진가모(陳嘉謨)[41]의 『본초몽전(本草蒙筌)』의 설명만 진실로 옛 주석과 섞이지 않았을 것입니다. 가깝게는 청(淸)나라 손님 중에 요동삼(遼東參)[42], 토목삼(土木參)[43]을 교역(交易)하러 오는 사람이 있는데, 가지 셋에 잎은 다섯인 풀과 더불어 다릅니다. 그 모양은 덩굴로 뻗어나가는데, 부드럽고 길며, 작은 가지가 있고, 가지 끝에 각각 3개의 잎이 있는데, 잎 모양은 연전초(連錢草)[44]와 비슷하고, 부드러우며 조금 윤(潤)이 납니다. 뿌리 윗부분에 마디가 많고, 긴 털이 있는데, 뿌리 모양은 대략 당귀(當歸)[45] · 진교(秦艽)[46] 무리와 같으나, 거칠고 크며, 길이는 7~8치이고, 뿌

었음과 고구려인이 지었다는 4언 4구의 〈인삼찬(人蔘讚)〉이 기록되어 있음.

39 가장귀: 나뭇가지의 아귀.

40 구종석(寇宗奭): 중국 북송(北宋) 정화(政和, 1111~1118) 때 사람. 의관통직랑(醫官通直郎)을 지냈고, 저서에 『본초연의(本草衍義)』 3권이 있음. 『본초연의』는 구종석이 제가(諸家)의 학설을 종합해 변증(辨證) 위주로 정리한 책임.

41 진가모(陳嘉謨): 중국 명(明)대 기문현(祁門縣) 사람. 저서에 『본초몽전(本草蒙筌』 12권이 있음.

42 요동삼(遼東參): 중국 요동 지역인 봉천(奉天) 동쪽 경계에서 나는 인삼. 모양은 인삼과 거의 비슷한데, 진가모(陳嘉謨)의 『본초몽전(本草蒙筌)』에 '고구려삼에 비해 약효가 떨어진다.'고 했음. 어린 것은 태자삼(太子蔘)이라 함. 요삼(遼蔘).

43 토목삼(土木參): 조선 인삼. 약재 이름 중 '토목'은 한국을 가리킴.

44 연전초(連錢草): 병꽃풀. 꿀풀과의 여러해살이풀. 풀 전체를 말려 조제한 것을 발한(發汗) · 이뇨(利尿) · 수종(水腫) · 해열(解熱) 등의 약으로 씀.

45 당귀(當歸): 산형과에 속하는 여러해살이풀인 당귀의 뿌리를 말린 것. 보혈(補血) · 활혈(活血)에 쓰이는 약재. 승검초 뿌리.

46 진교(秦艽): 용담과에 속하는 여러해살이풀. 뿌리를 류머티즘 등에 약재로 씀. 진교(秦艽), 진교(秦膠), 진규(秦糾), 진조(秦爪). 우리나라에는 자생하지 않아서 비슷한 종으로

리 가지가 많이 갈라져 있습니다. '경삼(京參)'[47]이라 일컫는 것은 뿌리 하나의 무게가 1냥 1돈쭝 8푼이고, 색깔은 연노랑색이며, 연약합니다. '토목삼'이라 일컫는 것은 뿌리 하나의 무게가 1냥 9돈쭝 6푼이고, 색깔은 검은 자주색인데 붉은빛을 띠며, 단단합니다. 냄새와 맛은 순수하고 짙으며 뒷맛이 있지만, 조선의 좋은 물건보다 낫다고 하기에는 멀 것입니다. 저는 여기에 의혹을 가져 여러 해 깊이 생각하고 여러 책들을 깊이 조사해 인삼의 일이란 것에 대해 미리 준비함이 있었으니, 교대해 널리 고르고 간략함을 뒤져서 찾아 그 대강의 줄거리를 얻었습니다. 개인적으로 생각하건대, 인삼은 대체로 3종류라는 예로부터 지금까지 본초서의 설명은 매우 자세하지 않습니다. 하나는 옛날부터 '상당삼(上黨參)'[48]이라 일컫는 것인데, 요동에도 있기 때문에 또 그것을 요동삼이라 이르기도 하지만, 지금 청나라 사람들이 이른바 상당삼은 아닙니다. 대개 요동삼이라 일컫는 것은 두 종류가 있는데, 지금 노주(潞州)에서 나고 상당삼이라 일컫는 것은 질이 좋지 않은 것입니다. 옛날에 상당이라 일컬었던 것은 덩굴로 자라고, 줄기가 부드러우며, 뿌리 가지가 많이 갈라져 있고, 수염 털이 많은 것인데, 이래야만 좋은 품질에 미칩니다. 하나는 '요동'과 '신라(新羅)'·'백제(百濟)'·'고려(高麗)'·'조선(朝鮮)삼'이라 일컫는 것입니다. 이것은 줄기 하나가 곧게 올라가고, 가장귀

미나리아재비과에 속하는 여러해살이풀인 '진범(秦艽)'을 사용했음. 오독도기, 흰진범.

47 경삼(京參): 일본 나가사키[長崎]·교토[京都]·오사카[大阪] 등지에서 상인들이 사용하는 인삼의 명칭.

48 상당삼(上黨參): 당삼(黨蔘). 중국 산서성(山西省) 노안부(潞安府) 태항산(太行山) 속에서 나는 인삼. 노안이 옛날 상당 지역이었기 때문에 이름 붙였음.

셋에 잎은 다섯이며, 뿌리가 곧은 것인데, 그 품질은 상당(上黨)삼에 버금갑니다. 또 지금 가게 안에서 '소인삼(小人參)'이라 일컫는 것 또한 줄기 하나가 곧게 올라가고 가장귀 셋에 잎은 다섯인데, 뿌리가 심하게 가로로 자라고 묵은 뿌리는 '구(臼)'자처럼 갈라지며, 사이에 곧은 뿌리가 있고 모두 수염이 많은 이것이 가장 질이 좋지 않은 것입니다. 그밖에 비록 허함과 실함, 크고 작음, 좋고 나쁨의 다름이 있더라도 모두 땅, 기후의 왕성함과 그렇지 않음에 이어지니, 다른 종류는 없을 것입니다. 인삼은 날씨가 흐리고 추운 곳에서 잘 나서 북쪽으로 심수(瀋水)[49] 가의 깊은 산과 계곡에 많이 있기 때문에 중원(中原)[50] 사람들은 오직 그 말린 뿌리만 보았고, 자라는 싹은 직접 보지 못했습니다. 옛날 고려(高麗) 사람들이 〈인삼찬(人參讚)〉을 지어서 가장귀 셋에 잎은 다섯인 꽃과 열매와 뿌리 모양을 자세히 기록했는데, 이러한 풀이가 한번 나오자 주(注)낸 사람들이 모두 그 설명에 대해 물었고, 옛날 상당삼이 좋은 품질의 인삼이었음도 모르니, 이 인삼은 아닙니다. 대개 가장귀 셋에 잎은 다섯인 인삼 또한 상당과 요동(遼東)에서 나는데, 나는 곳을 이름으로 삼았기 때문에 마침내 뒤섞여 나뉘지 않으니, 여러 본초서(本草書) 가운데 다만 『본초연의(本草衍義)』와 『본초몽전(本草蒙筌)』의 설명만 가깝습니다. 구종석(寇宗奭)은 '인삼은 지금 쓰는 것이 모두 하북(河北)[51]·확장(榷場)·박역(博易)에 이르기까지 다 이처럼 고려에서 나온

49 심수(瀋水): 요령성(遼寧省) 심양시(瀋陽市) 동쪽에서 발원(發源)해 혼하(渾河)로 흘러드는 강 이름.

50 중원(中原): 한족(漢族)의 발상지인 황하(黃河) 유역. 하북(河北)·하남(河南)·산동(山東)·섬서성(陝西省) 지방.

것인데, 대개 푸석푸석하고 여리며 맛이 싱거워, 맛이 진하고 뿌리와 줄기가 견실(堅實)해 그것을 쓰는 데 근거가 있는 노주(潞州) 상당의 것과 같지 않다. 본토박이들은 한 포기만 얻어도 널빤지 위에 두고, 수놓는 색실로 휘감아 매 둔다. 뿌리는 매우 가늘고 길어 확장의 것과 더불어 서로 비슷하지 않다. 뿌리는 아래로 드리워져 1자 남짓에 미치는 것도 있고, 어떤 것은 열 갈래로 갈라졌는데 그 값어치는 은(銀) 등과 같아 얻는데 어려움이 된다고 일컫는다. 이것이 상당의 품질 좋은 것인데, 부드러운 줄기에 뿌리 가지가 있다.'고 했습니다. 진가모(陳嘉謨)는 '종류가 대략 다르고, 모양과 색깔도 한결같지 않다. 자단삼(紫團參)은 자줏빛이고 크며 조금 납작한데, 노주 자단산(紫團山)에서 나온다.'고 했습니다."

또 말함: "황삼(黃參)[52]은 요동과 상당에서 자라고, 노랗게 윤(潤)이 나며 수염이 있고, 조금 가늘며 긴데, 또한 상당삼입니다. 비록 소송(蘇頌)[53]과 이시진(李時珍)은 견문(見聞)이 넓고 크지만, 부드러운 줄기에 뿌리 가지를 지닌 살아 있는 풀을 직접 보지 못했기 때문에 오직 옛 설명을 절충(折衷)해 풀이를 만들었을 뿐입니다. 운명을 맡기는 신초(神草)[54]를 끝내 뒷세상에 믿음직하게 전하지 못했으니, 마땅히 몹시 탄식

51 하북(河北): 황하(黃河) 이북 지역.

52 황삼(黃參): 노란색 인삼. 당삼(黨蔘)·길림삼(吉林蔘)·고려삼(高麗蔘) 종류와 비슷한데, 흰색 인삼의 약효에는 미치지 못함.

53 소송(蘇頌): 자는 자용(子容). 중국 송(宋) 인종(仁宗) 때 동안(同安) 사람. 진사와 태상박사(太常博士)를 지냈고, 철종(哲宗) 때 승상(丞相)에 올랐으며, 위국공(魏國公)에 봉해졌음. 저서에 『도경본초(圖經本草)』 21권이 있음.

할만합니다. 좁은 소견이 이와 같은데, 뛰어난 견해로는 어떠십니까?"

활암(活菴) 말함: "우리나라도 여기저기 인삼이 많이 납니다. 그러나 종류가 있다는 것은 설명이 없고, 저 또한 그러한 설명을 듣지 못했습니다. 학문이 좁고 생각이 얕아 우러러 응답할 바를 모르겠으니, 여기에 이르러 몹시 부끄럽습니다. 그대가 약물(藥物)에 애를 썼으니, 의술가(醫術家)에 공(功)을 베풀었고, 오랜 세월의 큰 다행입니다. 축하드리고, 축하드릴만합니다."

양봉(良峯) 말함: "그대가 부채에 시(詩)를 적어주셨는데, 풍격(風格)과 격조(格調)와 묵흔(墨痕)[55]은 평범함이 미칠 수 있는 바가 아닙니다. 감패(感佩)하며 마땅히 집안의 보물로 삼겠습니다. 매우 감사드립니다."

활암(活菴) 말함: "저는 일본(日本)에 들어온 때부터 이후로 그대가 써주신 말씀과 필력(筆力)의 굳세고 날램을 처음으로 만나봤습니다. 제 글이 세련되지 못한 듯해 부끄러워 땀이 납니다."

양봉 말함: "본래 시문(詩文) 잘 짓는 재주를 배우지 못했는데, 어찌 지나친 칭찬이 마땅하겠습니까? 그대가 써주신 말씀은 정말 반딧불처럼 빛나고, 용촉(龍燭)[56]에도 부끄럽지 않을 뿐입니다."

---

54 신초(神草): 전설상의 영묘(靈妙)한 풀. 산삼(山蔘)의 다른 이름.

55 묵흔(墨痕): 먹물의 검은 자국. 전인(前人)이 남긴 시문(詩文)이나 서화(書畵)를 이르는 말.

56 용촉(龍燭): 촉룡신(燭龍神)이 물고 있는 초. 촉룡신은 북해 밖에 있는 인면사신(人面蛇身)의 신으로, 그가 눈을 감으면 세상이 어두워지고 눈을 뜨면 세상이 밝아진다 함.

또 말함: "학사(學士)와 서기(書記)를 만나보지 못했으니, 지금 찾아가고 싶지만, 뒤에 다시 와서 뵙겠습니다."

활암 말함: "만일 거듭된 방문을 받는다면 다행이겠습니다. 이 책은 통역(通譯) 맡은 관리를 시켜서 송재(松齋) 조(趙)선생에게 전하게 하려는데, 어떠십니까?"

양봉 말함: "그렇게 헤아려 주시기를 간절히 바랍니다."

학사의 숙소에 이르러 학사와 서기관(書記官) 등을 뵈었다.

양봉 말함: "지난날 대당(大堂)에 이르러 난암(蘭菴)을 시켜서 귀한 풍모와 사귀기를 간절히 바랐지만, 그대는 때마침 하야시[林][57] 학사의 제자들과 함께 시문(詩文)을 지어 서로 주고받고 있었습니다. 저는 양의(良醫)·의원(醫員)과 함께 글을 써 이야기를 나누었는데, 날이 저녁나절에 이르도록 그대가 시문을 지어 주고받는 일은 오히려 끝나지 않아서, 빈손으로 물러나왔습니다. 오늘 말씀을 받들게 되어 대단히 감격스럽습니다."

또는 태양(太陽)을 이르기도 함.

57 하야시[林]: 하야시 라잔[林羅山, 1583~1657]. 에도시대 전기의 주자학 계열 유학자. 이름은 충승(忠勝) 혹은 신승(信勝). 보통 우삼랑(又三郞)이라 했고, 후에 도춘(道春)이라 했음. 자는 자신(子信). 별호는 나부산(羅浮山)·부산(浮山)·나동(羅洞)·장호(長胡)·표암(瓢庵)·존경당(尊經堂)·매화촌(梅花村)·석안암(夕顔庵). 교토 출신으로 13세에 건인사(建仁寺)에 들어가 승려가 되었으나, 22세에 후지와라 세이카[藤原惺窩]의 문하생이 되어 주자학을 배웠음. 1605년부터 도쿠가와 이에야스[德川家康] 등 막부를 섬겼는데, 주자학이 막부가 공인한 학문이 된 것은 그의 공로가 컸음. 저서에 『본조통감(本朝通鑑)』 등이 있음.

구헌(矩軒)[58] 말함: "지난날 만일 그러했다면, 결국 좋은 만남을 잃어버렸는데도 모르는 것이니, 어찌 분주함이 그와 같았을까요?"

양봉(良峯) 말함: "가르침을 더럽혔습니다. 듣자하니 그대는 오늘 문서(文書)를 맡아볼 일이 여러 가지라 하던데, 피로함도 돌아보지 않고 높은 학식까지 더럽히셨으니, 무례한 많은 죄 용서해주시기를 간절히 바랍니다."

제술관(製述官) 구헌(矩軒) 선생과 서기(書記) 제암(濟菴)[59]·취설(醉雪)[60]·해고(海皐)[61] 세 분 선생께 받들어 드리는 서신(書信)

양봉

"사신의 수레가 멀리 왔지만, 봄 장기(瘴氣)[62]와 여름 습기(濕氣)에 데

58 구헌(矩軒): 박경행(朴敬行)의 호. 자는 인칙(仁則). 본관은 무안(務安). 1742년 정시(庭試) 병과(丙科)에 급제했고, 전적(典籍)을 지냈음. 1748년 제10차 통신사 때 제술관(製述官)이었음.

59 제암(濟菴): 이봉환(李鳳煥, ?~1770)의 호. 조선 후기의 문신. 자는 성장(聖章). 호는 우념재(雨念齋). 본관은 전주(全州). 영조 때 사마시(司馬試)에 합격했고, 영의정 홍봉한(洪鳳漢)의 천거로 관직에 나가 양지현감(陽智縣監)에 이르렀음. 문장으로 이름이 높았고, 1770년 경인옥(庚寅獄)에 연루되어 고문을 받던 중 옥사함. 시문집으로 『우념재시고(雨念齋詩稿)』 1책이 있음. 1748년 제10차 통신사 때 빙고별검(氷庫別檢)이자 서기(書記)였음.

60 취설(醉雪): 유후(柳逅, 1690~?)의 호. 자는 자상(子相). 전(前) 봉사(奉事)였음. 1748년 제10차 통신사 때 서기(書記)였음.

61 해고(海皐): 이명계(李命啓, 1714~?)의 호. 자는 자문(子文). 본관은 연안(延安). 1754년 증광시(增廣試)에 병과(丙科)로 합격했고, 사포별제(司圃別提)와 현감(縣監)을 지냈음. 1748년 제10차 통신사 때 서기(書記)였음.

리고 다니는 사람들은 병을 앓지 않았고, 수놓은 고운 깃발이 도호토[東都]에 멈추니, 위엄 있는 용모와 행동과 영풍(英風)[63]을 조정(朝廷)과 민간(民間)이 함께 우러러봅니다. 세상이 평안하고 나라가 태평한 성전(盛典)[64]이 정말 통쾌한 경사(慶事)임을 이기지 못하겠습니다. 제 성은 니와[丹羽]이고, 이름은 테이키[貞機]이며, 자는 정백(正伯)이고, 호는 양봉(良峯)으로, 사이쿄[西京]에 가서 잠시 공부했고, 지금은 도호토의 의관이 되었습니다. 일찍이 경서(經書)를 틈틈이 익혔고, 비잠동식(飛潛動植)[65]의 학문에 뜻을 두어 도 쟈쿠스이[稻若水]란 분을 따라 섬겼습니다. 장년(壯年)에 이미 온갖 물건을 품별(品別)하라는 태명(台命)을 받들어 돌아다니며 살펴보았고, 10년 남짓 여러 지역을 두루 겪었으며, 사방의 바다를 깊이 연구했습니다. 또 약재(藥材)[66]에 대한 가르침을 받들어 식별(識別)해 밝혔고, 우리나라 땅에서 나는 산물(產物)과 청(淸)나라 상인(商人), 만박(蠻舶)[67]이 교역(交易)하러 와서, 우리 삼도(三都)[68]와 지방에 두루 쓰인 약물(藥物)의 냄새와 맛과 모양을 중국 책에서 증명했으며, 효력(效力)의 좋고 나쁨을 도규(刀圭)로 시험해서, 참과

62 장기(瘴氣): 더운 습지에서 생기는 독기(毒氣).

63 영풍(英風): 빼어난 덕풍(德風). 비범한 풍채나 기개. 고상한 풍격과 절조. 훌륭한 명성.

64 성전(盛典): 큰 전장 제도. 성대한 전례(典禮).

65 비잠동식(飛潛動植): '비잠'은 하늘을 나는 것과 물속에 잠기는 것. 조류(鳥類)와 어류(魚類). '동식'은 동물과 식물.

66 약재(藥材): 약을 만드는 재료. 또는 약.

67 만박(蠻舶): 중국의 남방에서 해상 무역을 하는 모든 배. 만선(蠻船).

68 삼도(三都): 에도[江戶]시대 일본의 3개 대도시(大都市). 교토[京都]·오사카[大坂]·에도.

거짓을 분석하여 명백히 해 나라 영토내의 이름을 바로잡아 정했습니다. 또 태명(台命)을 받들어 『서물류찬후편(庶物類纂後編)』 638권을 가려 뽑아 편집해, 돌아가신 스승 쟈쿠스이[若水]의 전편(前編) 362권을 이어서 1천권이란 수(數)를 갖추었으니, 대개 돌아가신 스승께서 일을 일으키신 날부터 1천권이란 소원(素願)[69]이 있었기 때문입니다. 거듭 명을 받들어 54권을 가려 뽑아 늘리고 보충해서 요즈음 막 완성했습니다. 그 유래(由來)와 근본 되는 큰 줄거리나 요점은 자서(自敍)와 범례(凡例)에 자세할 것입니다. 저는 지식과 생각이 얕고 서투르며, 거칠고 좁아서 중최(仲崔)[70]에 크게 부끄럽고, 부끄러움을 얻어 꾸지람만 물려줌이 적지 않으니, 부끄러워 얼굴이 붉어지고 땀이 흘러내립니다. 오직 높은 가르침을 받들고 스승의 뜻을 이었을 뿐입니다. 신묘(辛卯)년(1711) 통신사가 왔을 때, 돌아가신 스승 쟈쿠스이께서 이(李)[71] 제술관(製述官)에게 청해 지은 서문(序文)이 첫째 권(卷)에 실려 있습니다. 그

---

69 소원(素願): 소망(素望). 본래부터 늘 바라는 일.

70 중최(仲崔): 중장통(仲長統, 180~220)과 최식(崔寔, ?~170). '중장통'은 중국 후한(後漢) 말 사상가. 자는 공리(公理). 산양군(山陽郡) 고평(高平) 사람. 어려서부터 학문을 좋아하고 책을 섭렵한 문장가였음. 도량이 넓고 직언을 잘해 '광생(狂生)'이란 평을 들었고, 조조(曹操)의 휘하에 들어갔음. 고금과 시속의 행사를 논설하고 발분해 탄식하며 〈창언(昌言)〉 34편을 저술했음. '최식'은 후한 탁군(琢郡) 사람. 자는 자진(子眞)·원시(元始). 다른 이름은 태(台). 환제(桓帝) 때 왕조의 쇠운(衰運)을 만회하기 위해 천하에 조서(詔書)를 내려 정의로운 선비를 널리 등용했고, 그도 천거되었으나 병을 핑계하고 천자의 하문(下問)에 대한 책(策)을 바치지 않은 채 벼슬을 사퇴했음. 그리고 〈정론(政論)〉 한편을 써서 공표(公表)했음. 장초(章草)를 잘 썼던 서예가로도 유명함.

71 이(李): 이현(李礥, 1654~?). 자는 중숙(重叔). 호는 (東郭). 본관은 안악(安岳). 1675년 진사가 되었고, 1697년 중시(重試) 병과(丙科)에 합격했음. 좌랑(佐郎)을 역임했고, 1711년 제8차 통신사 때 제술관(製述官)이었음.

러나 쟈쿠스이의 공력(功力)이 반(半)에도 차지 못한 채 불행하게도 돌아가셨기 때문에 동곽(東郭)의 서문은 지금 한 질(帙)이 갖추어진 책과 더불어 서로 이어져 뻗치지 않으니, 읽는 사람들이 의심하지 않을 수 없습니다. 지금 다시 제가 높고 귀해 본보기가 될 규범(規範)을 이었습니다. 이 때문에 네 분 선생님의 문장에 뛰어난 재능을 칭송(稱頌)하고 얻어서 오랜 세월 믿음을 얻으려 집착(執着)해 헤어나지 못하고 있습니다. 그러므로 전후(前後)·증보(增補) 3편 가운데 각각 1상자와 서문·범례 1상자를 가지고 와서 좌우(座右)[72]에 받들어 올리니, 엄격하게 살펴봐주시기 바랍니다. 대개 옥절(玉節)[73]이 닻줄을 풀기 전에 관청에서 마주대했던 문인(文人)이 훌륭한 명성(名聲)을 먼저 전해 간절히 바란 지 오래입니다. 또 듣건대, 아름다운 수레가 서쪽으로 향한다하니, 기한(期限)이 가까이 있어 행색(行色)[74]이 갑자기 바쁨을 미리 알게 되었습니다. 비록 뜻은 여러분을 억지로 수고롭게 함을 필요로 하지 않지만, 그러나 신성(晨星)[75]과 삼성(參星)[76]처럼 멀리 마주보고, 명해(溟海)[77]와 발해(渤海)[78]처럼 사이가 멉니다. 지금 하늘이 도와 좋은

72 좌우(座右): 좌석의 오른쪽. 옛사람들은 소중히 여기는 책이나 글씨·그림 등을 이곳에 두었음.

73 옥절(玉節): 옥으로 만든 부신(符信). 여기에서는 '통신사'를 의미함.

74 행색(行色): 길을 떠날 무렵의 상황이나 분위기.

75 신성(晨星): 샛별. 효성(曉星). 새벽녘에 드문드문 보이는 별처럼 사람이나 물건이 희소(稀少)함의 비유.

76 삼성(參星): 28수(二十八宿)의 하나로, 서쪽에 있는 별.

77 명해(溟海): 신화 상의 바다 이름. 크고 깊은 바다.

78 발해(渤海): 황해의 일부(一部). 산동반도(山東半島)와 요동반도(遼東半島)에 둘러싸인 바다.

인연을 빌어, 아름다운 자리에서 사귀고 다행히 큰 사랑을 입었으니, 각자 정려(鼎呂)[79]의 한 말씀만 내려주셔서 이 책 줄거리의 대강을 써 주신다면, 절뚝발이 당나귀에게 천리마(千里馬)의 뼈를 더해주는 격이고, 병 앓는 제비에게 봉황(鳳凰)의 날개를 붙여주는 격입니다. 동곽(東郭) 선생이 지은 서문(序文)을 보탠 것과 쟈쿠스이[若水]께서 시작할 수 있었던 것과 제가 일을 마친 것이 모두 밝게 나타나리니, 이 책을 담느냐 버리느냐는 실제로 그대들의 유지(維持)[80]에 의지합니다. 부지런히 힘써 베풀어주신다면 삼가 황공(惶恐)하겠사오며, 감패(感佩)함이 어찌 다하겠습니까? 환하게 밝아 다 쓰지 못합니다."

구헌(矩軒) 선생께 받들어 드림

양봉(良峯)이 사례(謝禮)함.

서양[81]에서 연꽃 의복(衣服) 아득히 이르고	西洋杳到芙蓉裳
사신 깃발 하늘 한쪽에서 나부끼네	使旆悠悠天一方
물결 평온한 소우코우[總江][82]는 풍경(風景)을 나누고	浪穩總江分物色

79 정려(鼎呂): '구정대려(九鼎大呂)'의 준말. 사물이나 언론이 매우 중요함을 이름. '구정'은 하(夏)의 우왕(禹王)이 구주(九州)의 금속을 모아 주조한 9개의 솥. '대려'는 주(周)의 종묘에 있던 큰 종. 모두 나라의 보기(寶器)였음.

80 유지(維持): 지탱해 나감. 보존해 지킴.

81 서양(西洋): 남송(南宋) 때부터 지금의 남중국해 서쪽 바다 및 연해의 각 지역을 이른 말.

82 소우코우[總江]: 일본 나가토쿠니[長門國] 지역에 있는 강. 현재 야마구치[山口]현 서부.

달 밝은 고부레이[甲嶺]는 여광[83]을 그리워하네　月明甲嶺慕餘光
채호[84]는 웅풍의 부[85] 지을만하고　綵毫堪作雄風賦
비단 닻줄은 큰 나라의 향기 멀리 전하네　錦纜遙傳大國香
문조[86]와 영자[87]는 무엇과 비슷할까　文藻英姿何所似
우거진 솔 언덕에 뒤얽힌 규룡[88]일세　虯龍錯落萬松岡

구헌(矩軒) 말함: "모든 질문을 받고 아무 생각이 없었는데, 빛나는 작품을 내려주심은 매우 깊고도 지극합니다. 다만 지금 사신(使臣)의 일이 있기 때문에 삼사(三使)와 서로 모두 다른 데로 갑니다. 마땅히 함께 가는 사람들이 지금 기대하며, 한가롭고 게으르게 많은 말로 응대(應對)하는 마무리를 기다리니, 뜻은 거듭 흠모(欽慕)할 수 없는 데 있습니다. 오늘도 매우 많은 문사(文士)[89]들이 있지만, 모두 화답(和答)할 수 없고, 귀중한 책 또한 깊은 뜻을 받들어 답하지 못합니다. 이것은 사신의 일이 끝나기를 기다리고, 윗분들과 화답함이 마땅하며, 『서

83 여광(餘光): 남아 도는 빛. 인신해, 남이 베푼 은덕. 여명(餘明). 미덕이나 위세가 드러내거나 남긴 영향의 비유.

84 채호(綵毫): 채필(綵筆). 오색의 붓. 훌륭한 문재(文才)의 비유. 강엄(江淹)이 오색의 붓을 돌려주는 꿈을 꾼 후 좋은 시를 쓰지 못했다는 고사(故事).

85 웅풍(雄風)의 부(賦): 송옥(宋玉)이 초(楚) 양왕(襄王)의 교만과 사치를 풍자하기 위해, 바람을 대왕지풍(大王之風)과 서인지풍(庶人之風)으로 구분해 지은 〈풍부(風賦)〉. 후대에 내려와 제왕에 대한 송가(頌歌)의 뜻으로 쓰이게 되었음. 『문선(文選)』 권13.

86 문조(文藻): 문장의 멋. 글의 아름다움. 또는 시문(詩文)을 잘 짓는 재주.

87 영자(英姿): 준수하고 위풍당당한 풍채. 탁월한 자질.

88 규룡(虯龍): 전설에서 이르는 용의 일종.

89 문사(文士): 문인(文人). 문장에 재주가 있는 사람.

물류찬(庶物類纂)』 서문(序文) 또한 겨를을 꾀하고 구상(構想)[90]하며, 날마다 이와 같아서 길들고 환하게 트여야 이처럼 꾀할 수 있습니다."

양봉(良峯) 말함: "서문(序文)의 일은 객사(客舍) 안에서 적으나마 겨를을 얻으셨을 때, 화려한 문재(文才)의 수고로움을 입게 된다면 다행이겠습니다."

구헌(矩軒) 말함: "서문은 마땅히 유의(留意)[91]할 뿐입니다."

양봉 말함: "이 책의 권수(卷數)가 매우 많아 다 가져와 보시도록 갖추어둘 수 없었습니다. 따라서 오늘은 초벌 원고(原稿) 1권과 서문·범례(凡例) 1권만 지니고 왔을 따름입니다. 그 대강의 줄거리를 봐주신다면 다행이겠습니다."

구헌 말함: "이 책은 그 범례를 이미 살펴보았습니다. 만일 겨를이 있다면 서문을 만들어 드림이 마땅한데, 원래의 책에 그것을 남겨둔다면 바빠서 어지러운 가운데 더러워지거나 잃어버릴 걱정이 있어 두려우니, 돌려보내 드릴 수 있을 뿐입니다."

양봉 말함: "거듭된 가르침을 황공(惶恐)하게 받들겠습니다. 뛰어난 서문으로 가려 뽑으셔서 난암(蘭菴) 편에 부쳐주시기를 간절히 바랍니다. 다른 날 또 와서 마땅히 아름다운 기다림과 뛰어난 도움에 대해

90 구상(構想): 일정한 작품을 쓰거나 만들기 위한 골자로 될 생각이나 계획.
91 유의(留意): 마음에 두어 주의하거나 관심을 가짐. 유심(留心). 유지(留志).

문안(問安)드리겠습니다."

구헌 말함: "가르침을 의지해 거듭 찾아와주신다면, 누추(陋醜)한 숙소에 무슨 영광을 더하겠습니까?"

兩東筆語 卷之一

戊辰六月五日

東都 醫官 丹羽貞機

《奉呈朝鮮國良醫活菴, 醫員松齋·探玄三先生之案下》良峯

玉節向東都, 水陸無阻, 張旌執圭之盛儀卑了, 不堪抃躍. 不佞, 姓丹羽, 名貞機, 字正伯, 號良峯, 東都之醫官也. 不佞夙有志本草之學, 遂欲尋究庶物之性狀, 凡弊邦之山谷原隰, 無不陟獵矣. 壯時又奉 台命, 致遐方避地之品物, 於東都之官園. 又奉 教選次, 庶物類纂一千餘卷, 蓬蒿之末學, 樗櫟之庸才, 其書比稗官小說, 尙慙愧. 唯應 君命, 接師意耳. 所載品類, 徵名稱於華籍, 試治驗於施用, 如夫華産蠻種, 屢訊之清商外船, 而勘校焉. 東醫寶鑑·輿地勝覽, 其他貴邦之諸書, 所載産物, 有用其方名記之, 而難勘合之於華書和訓者. 先年錄數品, 令對馬之官吏, 究問貴邦之藥材質正官, 諭狀達此. 其名實可據者, 已載選書, 今別銘, 其未詳者若干品, 勞高諭, 乞幸賜詳示, 感邀何堪.

朝鮮國産物目次

蘇魚	兵魚	民魚
秀魚	眞魚	好獨魚

錢魚	銀口魚	廣魚
魟魚	葦魚	綿魚
訥魚	錦鱗魚	文魚
細尾魚	黃小魚	玉頭魚
行魚	鱖魚	釘魚
寶開魚	占察魚	痲魚
赤魚	雙足魚	瓜魚
無泰魚	臨淵水魚	松魚
大口魚	洪魚	
古刀魚	回細蛤	海騰
土三青	深中青	土花
石花	絡締	獅子足艾
辛甘菜	笠草	弓幹木
鴨脚樹	白檀香	紫檀香
海東皮	烏竹	烏水精
青爛石	玉燈石	水爛石
黃角	青鼠	土豹
細毛	安息香	青角
土石輪花	古里痲	塔士痲

活菴曰 公之書中，有二醫員之名，松齋·探玄二公，使舌人請來，如何?

良峯曰 蘭菴旣使舌人，傳二公，今當臨席.

松齋到曰 探玄有病, 不能來耳.

活菴曰 承諭目次中, 常食之物, 而不知其所産處者有之. 或聞其名, 而不得見之者有之, 或不聞不知者有之, 卒難曉解也.

良峯曰 承敎. 貴邦各州之方物, 出所·名稱·形狀, 倉卒悉曉解, 是當爲難. 目次中, 得一二之敎諭, 亦可.

活菴曰 暇時尋思窮究, 然後可以領略耳.

又曰 勞問至此, 良可感哉. 敎來藥性, 僕之平素昧昧者, 恐無以仰答也. 弊邦醫與採藥人各異, 醫無自採之之事, 故多不能知之, 誠爲可惜.

良峯曰 弊邦亦醫與採藥人各異. 然辨藥材之臧否眞贋, 醫門之要務也. 不詳其所産及形狀名謂, 而徵之於載籍, 則何以明辨, 其臧否眞贋哉? 故弊邦能學醫者, 無不有志名物之學者. 今所呈覽之目次, 悉貴邦之土産, 而輿地勝覽·東醫寶鑑所載也. 有食品, 有藥材, 有觀物, 就中公等所識得物, 雖僅僅惠諭, 則多幸.

又曰 小童携晩饌來, 請公等迅喫飯了. 毋癡僕陪侍.

活菴曰 待客難以喫飯, 而旣蒙敎, 多感.

良峯曰 樹枝三品, 一俗名木槲, 一俗名柾, 一俗名縮砂木也. 貴邦亦有之否? 名稱乞敎.

松齋曰 弊邦之法, 醫不知草木之名, 而八路自有採藥人. 不得仰應高示, 恨頻頻.

良峯曰 草根二種, 一俗名小人參, 又名三枝五葉草, 弊邦之產也. 一俗名小人參, 又名竹節參, 此中原之產也. 貴邦亦有之否? 或曰 中原之小人參者, 卽參蘆與參鬚也, 或曰 一類而二種, 高明如何?

活菴·松齋共云 彷彿人參蘆鬚, 而味亦甚似矣. 竹節參云云之說, 出於何書? 弊邦無竹節參.

良峯曰 竹節參之說, 見馮兆張, 本經逢玄, 形狀相符.

活菴曰 馮兆張, 未知其何許人也, 本經逢玄, 未知其何許書也, 請惠教.

良峯曰 清朝康熙之人也. 著錦囊秘錄, 治療之法方甚富, 附篇有本經逢玄, 羽翼神農本經, 而窮究藥材之形狀·功應, 而多發明.

活菴曰 弊邦之俗都, 不知中原近世之書. 僕素樗才陋[1]學, 非不仰答勞問而已, 却依教, 多所得, 慙愧慙愧.

良峯曰 此和產之朮也. 謂貴邦亦可產, 蒼·白充何乎?

1 원문에는 '陑'이지만, '陋'의 오기(誤記)이므로 바로잡았음.

活菴曰 是蒼朮.

良峯曰 貴邦別産白朮乎?

活菴曰 弊邦之白朮多用, 此蒼朮. 間有用白朮, 則用中原者, 未聞弊邦産者.

良峯曰 海菜也, 方名採用, 乞諭.

活菴·松齋共曰 弊邦俗名加土里, 爲凝菜, 夏月冷食, 中原之名未知. 貴邦爲何用, 惠細教.

良峯曰 弊邦俗名心太, 又名鹿海苔, 卽本草綱目, 所載之石花菜. 留青日札之瓊枝, 一物二名也. 向時所呈目次中, 有石花, 疑同物也. 高明如何?

活菴曰 未知其果然否.

良峯曰 此菽, 弊邦之赤小豆也, 或云 中原之赤小豆異之矣. 貴邦之赤小豆同物否?

又曰 一種之菓, 弊邦俗名柚, 此其未熟, 而小者也. 至晩秋初冬黃熟, 大如拳, 氣味不可充菓食調, 而充菜食. 貴邦之名柚者, 同種否?

活菴曰 赤小豆與弊邦同, 但甚小耳, 中原之物未知.

又曰 一種酷似枳實，而臭則異. 不知爲何物，非柚子實也.

活菴曰 貴國黃連，産於何處?

良峯曰 諸州産之，加賀州産者，最爲上好.

活菴曰 如態爪者，有之耶?

良峯曰 有之. 弊邦用鷹爪樣者，稱上好.

活菴曰 態字，卽鷹字之誤書也. 公篋中有之，可得一見否?

良峯曰 篋中之物，皆剉散也. 他日携鷹爪樣者，來可備覽.

活菴曰 草狀，有數種耶否?

良峯曰 有古人所謂，雉尾葉者，菊葉者，共一類也.

活菴曰 惠諭，多感.

良峯曰 陪侍者，僕庶子也. 多年患腹痛，施用數般，未全愈. 幸接懿範，勞國手得一診，多幸.

活菴曰 不難矣. 然淸晨可以詳察，明日朝使之，枉臨陋所，如何?

良峯曰 惠許診察多謝, 然明旦有故適他. 他日令之來謁耳.

活菴·松齋共云 凡上所在冊子, 可得見否?

良峯曰 僕所輯撰之書也. 向所奉呈之小啓中, 所謂庶物類纂是也. 一經電覽, 則多幸.

活菴·松齋共云 見此一書, 公之用心, 可謂勤且篤矣. 其有功於醫門者不少, 爲之奉賀.

良峯曰 褒奬過當, 赧然汗下. 蓋今日携此書也, 一經電覽, 而惠賜公等之鼎言, 敍卑選之梗槪, 則取萬世之信. 感佩何極?

活菴·松齋共云 僕等之小才, 豈能妄序其首乎? 不能受敎.

良峯曰 大旆解纜之前, 芳聲先到, 會期屈指而需. 渴慕久之, 强乞毋固辭.

活菴·松齋共云 文詞拙澁, 恐無以稱揚其萬一. 以是爲懼耳.

良峯曰 千萬强乞, 公等毋辭. 在館中, 得少暇時, 選一言, 而使蘭菴, 傳之於僕, 則生涯之歎躍, 何如之? 乞雅愛.

松齋曰 公不顧僕等之文拙才疏, 旣如是强求, 豈不能懋祝哉? 恭復明敎耳. 此冊全部送于鄙栖, 如何?

良峯曰 辱蒙許諾, 鴻幸不可言. 此書今所携非全部也. 全部總計一千五十四卷也. 今所呈覽者, 某部各一帙, 及序凡例耳. 留書於館中事, 方與蘭菴議而後, 依敎耳.

松齋曰 雖非全帙, 數卷惠送, 以爲考覽後, 作序文之地, 如何?

良峯曰 承再諭, 蘭菴當今到席, 與議而致之於榻下.

又曰 留書於館中之事, 雖當應長者之命, 然此書者, 官本也. 今日先携歸, 而以事件告于官, 而後他日復携來, 而閣之高齋耳.

松齋曰 稻義公, 姓名誰也, 而在世否?

良峯曰 稻義者, 僕先師也. 北藩之大守, 加賀州古參議之書記官也, 而兼醫事. 姓稻, 名義, 字彰信, 號若水. 辛卯信使之時, 會于貴邦之諸君子, 議問唱酬, 自稱白雪散人者, 卽稻義也. 三十有餘年前, 卒于西京. 盖今此書, 前編·後編·增補, 總計一千五十四卷, 就中前編三百六十二卷, 稻義奉加賀侯之命, 而所撰輯也, 後編六百三十八卷, 及增補五十四卷, 僕奉 台敎, 而選次之.

松齋曰 此書雖覽未數丈, 公之功, 不下禹帝, 其術之精, 亦不臧黃岐, 可賀其勤勞精微之意耳.

良峯曰 稗官之撰, 蒙泰山之聲譽, 愧汗.

又曰 所奉呈之, 父子之野詩, 仰望二賢之高和.

活菴曰 僕與松齋, 當以蕪詞仰復, 而金探玄, 病不能來耳.

《恭裁一律奉呈良醫活菴醫員松齋探玄三先生之案下》良峯

廣德鳳毛東海傳, 接歎文物襲賓筵, 預知館舍彈長鋏, 唯見雲山入短篇, 眞操泳涵自有術, 意風戴抱孰疑玄, 武江白下群騷子, 把束鶴鑾慕葛仙.

《奉酬良峯公瓊韻》活菴

一粒金丹海上傳, 東來就客對華筵, 少年袖裏多神草, 長者篋中泣鬼篇, 五味頻嘗初說藥, 一書奉撰更談玄, 扶桑咫尺三山近, 牧許老翁半是仙.

《奉和良峯公高韻》松齋

蓬來眞境古鄕傳, 可喜淸香襲此筵, 醉中論交頻把手, 筆頭送語更吟篇, 篋中五味皆靈草, 架上一書亦妙玄, 相對風儀非俗客, 扶桑方覺有神仙.

《再卒次前韻奉呈活菴松齋之案下》良峯

五千里外才名傳, 到所親人滿四莚, 函笈方儲川蜀藥, 刀圭何秘龍宮篇, 涓涓潮水遶精舍, 洒洒涼風拂上玄, 錦纜浪平歸國日, 速攀喬桂月中仙.

《疊前韻奉呈良峯凡下》活菴

遠客浮名海外傳, 主人高摽對花筵, 靈丹每說神農藥, 拙枝多慙岐伯篇, 瓊作酬來言不襯, 古經談處語多玄, 歸期屈指無餘日, 孤負三山彼我仙.

松齋曰 與河公酬作, 故不得仰酬佳作, 明當次韻送呈, 爲計耳.

良峯曰 明幸惠賜多感.

《恭奉呈活菴松齋二公之案下》南江

錦帆遙到海天東, 豈憶高筵此暫同, 應是諸君傳秘訣, 神丹曾貯綵囊中.

《奉酬南江瓊韻》活菴

休道箕邦遠日東, 車文天下古今同, 相看一席談懷寶, 無隱三山在海中.

《奉和南江贈韻》松齋

去年隨節出關東, 可喜群賢此會同, 莫怪吾曾傳秘訣, 仙丹自在類文中.

《再次前韻奉謝活菴松齋二公之惠詞》南江

萬里乘槎日本東, 憐君綵筆復誰同, 莫言絶域無相識, 傾蓋從容客館中.

《疊韻奉呈南江公》活菴

蒼茫一水海西東, 遠客相逢氣味同, 筆話尋常斜日下, 詩情多少雨聲中.

《疊韻奉呈南江公》松齋

閑花飛落復西東, 今日乃知人亦同, 莫說離亭分斗苦, 浮生一夢水聲中.

良峯曰 天備良偶, 今日接二君子之淸軌, 屢蒙明敎, 幸感何窮? 尙當候館中之少暇, 而來瀆高聽, 乞毋格. 今日將暮, 須辭退.

活菴曰 不圖辱, 接大人之紫眉, 感佩. 如再訪何幸加之? 今以日暮, 不得從容, 可歎. 猶有後期, 以足白圭也.

兩東筆語 卷之二

戊辰六月七日

東都 醫官 丹羽貞機

對馬州之儒官梻溪曰　今日有國忌之，故而三使及諸官，悉在大堂，良醫活菴，有小恙，留栖中．卽與梻溪，到于活菴之齋，相揖．

良峯曰 屢煩高聽，優養眞，夜來寢食平安，歡抃可賀．

活菴曰 今蒙再枉，實爲幸．夜來起居安吉，可賀．

良峯曰 仰呈滴甁一箇．雖土出之粗工，是亦文窓之一物，笑納，則多幸矣．一將呈松齋翁，今聞在大堂，退栖而後，公傳附之，如何?

活菴曰 以文房，所用之具見遺，固難辭也，而不安甚矣．松齋許當傳之，而使舌人請之，似好也．

良峯曰 松翁今有公事，登于大堂，在正使之側．舌人告後，再令之請來．

又曰 昨序文之事件, 蒙許諾, 感佩. 向所齎之書者, 宦本也, 故難備舒覽. 故抄自序及凡例中, 樞要一二條, 而仰呈, 欲爲搆思之佐也. 早明催駕, 紛紜字體不典, 乞雅恕.

活菴曰 序文事, 其時松齋許之, 而僕以文拙辭矣. 今若更請, 則反有嫌於松齋, 似難奉副也.

良峯曰 素欲惠賜, 二公之高序, 而松翁先許諾. 公若以文不工, 嫌而不許之, 則松翁, 亦却有嫌於公, 而辭之, 然則無所治僕之渴慕. 强乞垂雅愛.

活菴曰 松齋旣有先諾, 公可堅請於松齋也.

良峯曰 應依敎, 公亦毋固辭.

活菴曰 松齋若敍之, 僕又無可以更贅腐言也.

良峯曰 弊邦之俗, 著書以多序爲榮. 凡五七冊小編, 猶有三四序, 況此書千有餘卷也. 且韓國良醫趙公之高序, 冠之首, 則榮耀, 何如?

活菴曰 向觀選述之大綱, 似廣爾雅之書體. 序文, 使學士書記宦等裁之, 則似好, 如何?

良峯曰 如高敎. 別欲需製述官之序文矣. 公今以其書, 似博覽肱才, 所撰次, 而固辭. 又以爲書體, 廣雅之類也. 蓋書之大體, 雖以爾雅·說文發端多然, 神農本經及名醫別錄, 爲之底礎者, 亦不爲不多, 豈得不爲醫門之少補哉? 今賜序文, 而取信於萬世, 則蒼蠅托驥尾, 鴂鷃爲鳳鳴. 忘狎賢之誚, 而千萬堅請.

活菴曰 公之雄辨毫鋒. 僕之疏才拙文, 未知辭狀, 所逃恭, 依教. 雖然惟恐華泰之高明, 不能揚其尺寸. 向見卷帙, 今奉見此敍, 可知公用心之勤且篤. 非常人之所可得, 以忖度也. 問公先師, 何州人? 有從第如公者幾人?

良峯曰 慈瞻之愛稱, 愧汗沛然矣. 高序之一諾, 不知所申謝悰. 將令此書, 萬世知師弟之寸悃, 鴻幸, 何如之也? 師稻義者, 弊邦北藩之列候, 加賀·能登·越中, 三州之大守, 古參議之書記官也. 少時好學, 及壯有大志, 然不幸, 而不見遇. 學術無施功之地, 遂欲識庶物之性情, 而令各得其所, 蓋以人更物, 其意如陳平之肉焉. 凡遊其門者, 多得知庶物之名議, 而不知其志之有所托矣. 其徒講經屬文賦詩善書者許多, 皆非僕所能及, 而識其隱志者, 齋藤玄哲者, 與僕而已也. 玄哲頃日病死於西京, 僕亦既老矣. 唯恐子弟不能踵其業, 故强勞大人之掾筆, 而欲爲萬世之傳信也. 憐肝膽, 而勞歐冶妙手, 則實希世之鴻幸也.

良峯曰 此扇面, 乞勞玉臂, 而寫羈中之瓊韻.

活菴曰 僕不善筆, 恐汚扇面也.

良峯曰 公之筆力雄渾, 字體雅麗牧獮奇觀.

又曰 扇面裝金玉, 感佩, 感佩.

活菴曰 僕本不書, 重違公請, 勉强寫之, 可愧.

良峯曰 童子備饌, 齧了似好.

活菴曰 依教.

活菴曰 宮田全澤公知之乎?

良峯曰 未知之.

活菴曰 此書冊主, 非太醫院中官乎?

良峯曰 非醫官. 疑列候之侍醫乎, 未詳其細.

活菴曰 此卽弊邦之藥果. 公試嘗之.

良峯曰 珍果也. 氣味尤甘芳. 本名方名, 如何?

活菴曰 其名, 卽藥果也.

良峯曰 用何等之數味, 調製乎?

活菴曰 糯米末, 眞麥末, 綠豆末, 眞荏子末, 和蜜造成者也.

良峯曰 好果也. 今添一塊被惠, 則袖去爲家榮.

又曰 今公所弄觀者, 鍾乳乎?

活菴曰 然. 弊邦甚稀重, 篋中已空, 頃日尋素, 而無好品. 貴邦, 亦希否?

良峯曰 弊邦所所, 金銀銅坑中有之. 如蟬翅者, 爪甲者, 鵞管者, 殷孼, 孔公孼, 皆有. 就中如蟬翅鵞翎者, 殆希矣. 僕家嘗藏如鵞管者焉, 明日袖來備覽耳.

活菴曰 若袖來, 則何幸加?

良峯曰 嘗聞, 遼東之鳳凰城, 距貴邦之義州, 不甚相遠, 幾許里程?

活菴曰 義州北, 距鳳城, 爲一千里.

良峯曰 聞, 鳳城之北, 有瀋陽江, 江北三百余里, 康熙帝先塋之地也, 然否?

活菴曰 皇帝廟, 在瀋陽北, 三百里外云, 而不知其某處耳.

良峯曰 聞, 皇廟之近隣, 深山中, 生蔓生人參, 公嘗聞之否?

活菴曰 北人云, 人參多見之. 然安知其必生於瀋江之境耶?

良峯曰 諸本草所載人參, 皆一莖直上之草也, 生彼瀋陽江外者, 蔓生者也. 公嘗知有蔓生參否?

活菴曰 蔓生參, 如何?

良峯曰 僕私謂, 凡人參之形狀, 唐宋已來, 諸本草, 皆依高麗人之人參譜之說, 悉爲三椏五葉之草, 此一莖直上之者也, 貴邦多所產, 亦此草也. 冠宗奭, 本草衍義, 陳嘉謨, 本草蒙筌之說, 特不膠固古註矣. 邇清客有貿來于遼東參·土木參者, 而與三枝五葉之草, 迴異. 其狀蔓延柔長, 有小枝, 枝頭各三葉, 葉形似連錢草, 而軟微光. 根頭多節, 有長毛, 根形畧如當歸·秦艽輩, 而粗大, 長七八寸, 條根多岐. 稱京參者, 一根重, 一兩一錢八分, 色黃白, 輕脆. 稱土木參者, 一根重, 一兩九錢六分, 色紫黑帶紅, 堅實. 氣味渾厚, 有餘味, 勝于朝鮮上品者遠矣. 僕於此有疑惑, 多年苦思痛察群籍, 有預人參之事件者, 則交互演擇, 而搜索之畧, 得其梗概矣. 私按, 人參凡三種, 古來說本草者, 多不詳也. 一古稱上黨參者, 遼東亦有之, 故又謂之遼東參, 而非今清人所謂上黨參也. 蓋稱遼東參者, 有二種, 今出潞州, 稱上黨參者, 下品也. 古稱上黨者, 卽蔓生柔莖, 條根多岐, 多鬚毛者也, 此至上品也. 一稱遼東及新羅·百濟·高麗·朝鮮參者也. 是一莖直上, 三椏五葉, 直根者, 而其品亞上黨. 又今肆中, 稱小人參者, 是亦一莖直上, 三椏五葉, 根多橫生, 舊根作臼, 間有直根, 共多鬚, 是最下品也. 其他雖有虛實大小好惡之異, 皆系土地風氣之旺否, 非別種矣. 人參善產于陰寒之地, 而北瀋邊伐之深山幽谷, 多有之, 故中原人, 惟見其乾根, 而不目擊其生苗. 古高麗人, 著人參譜, 詳紀三椏五葉之華實根形, 此解一出, 注者皆詢其說, 而不知古之上黨上品之參, 非此參. 蓋三椏五葉之參, 亦產上黨遼東,而爲名産, 故遂混淆不分, 而諸本草中, 特衍義·蒙筌說爲近. 冠奭曰 人參今之用者, 皆河北·擢場·博易到, 盡是高麗所出, 率虛軟味薄, 不若潞州上黨者, 味厚體實, 用之有據. 土人得一窠, 則置於板上, 以色茸纒緊. 根頗纖長, 不與擢場者相類. 根下垂, 有及一尺餘者, 或十岐者, 其價與銀等, 稱爲難得. 是上黨上品之者, 而柔莖條根也. 嘉謨曰 種類略殊, 形色弗一. 紫團參, 紫大稍匾, 出潞州紫團山.

又曰 黃參生遼東上黨, 黃潤有鬚, 稍纖長, 是亦上黨參也. 雖蘇頌·時珍博宏, 因不目繫於柔莖條根之生草, 惟折衷古說, 而爲解而已. 懸命之神草, 終不傳信於後世, 當歎之甚也. 管見如斯, 高明如何?

活菴曰 弊邦所所, 人參多産. 然無說有種類者, 僕亦未聞其說. 陋學淺見, 不知所仰酬, 到此甚慙愧. 公之勞心於藥物, 施功於醫門, 萬世之大幸. 可賀可賀.

良峯曰 公扇面題詩, 風調墨痕, 非尋常所及. 感佩須爲家寶. 多謝.

活菴曰 僕自入日東以後, 初見公筆語筆力之勁捷也. 如僕蹇澁愧汗.

良峯曰 素不學文藻, 何當過奬? 與公筆語, 眞螢耀, 不恥龍燭耳.

又曰 未見學士書記, 今欲尋訪, 後復來謁.

活菴曰 如蒙再狂爲幸. 此冊使舌人, 傳于趙公松齋, 如何?

良峯曰 乞料之.

到學士之栖中, 見學士書記官等.

良峯曰 前日到大堂, 令蘭菴, 乞接紫眉, 公時與林學士之門生, 有唱酬. 僕與良醫·醫員, 爲筆語, 日到晡, 公之唱酬, 尙未了, 空手退去了. 今日承謦咳, 感邀多多.

矩軒曰 前時令然, 以不知竟失良晤, 何忙如之?

良峯曰 辱敎. 聞公今日事務千船, 不顧倦勞, 而瀆高聽, 不敬多罪乞恕.

《奉呈製述矩軒先生, 書記濟菴·醉雪·海皐三先生之案下啓》良峯

星軺遙來, 春瘴夏濕, 不爲從者恙, 繡旆弭于東都, 威儀英風, 朝野共膽望. 昇平之盛典, 實不勝快慶. 僕姓丹羽, 名貞機, 字正伯, 號良峯, 少遊學西京, 今爲東都之醫官. 嘗修經餘暇, 有志飛潛動植之學, 從事稻若水者. 壯時旣奉巡視, 品物之 台命, 陟獵歷國十有餘年, 四方究海. 又奉質正藥材之 敎, 弊邦之土產, 及淸商蠻舶貿來, 而我三都州郡, 所通行之藥物, 徵氣味形狀於華書, 試功力臧否於刀圭, 眞贋辨白, 而訂定邦域之名稱. 又奉 台命, 選次庶物類纂後編, 六百三十八卷, 而續先師若水, 前編三百六十二卷, 而全一千卷之數, 盖以先師發端日, 有一千卷之素願也. 再奉 命, 選增補五十四卷, 邇稍脫稿. 其所由綱領, 詳自敍凡例矣. 僕譾芀蕪陋, 大羞仲崔, 取恥貽誚, 不爲不多, 赧然汗下. 唯應 台敎接師志而已. 辛卯信使之時, 先師若水, 請李製述序之, 載在

首卷. 然若水功不充半, 不幸而下逝, 故東郭之序, 與今之全書, 不相連亘, 讀者不可不訝. 今復僕接清範. 是以癡得四公之吐鳳, 而取信于萬世. 故前後增補之三篇中, 各一函, 及序凡例一函携來, 捧座右, 要嚴覽. 盖玉節解纜之前, 對府之騷人, 先傳英聲, 渴望之久. 又聞瓊轅向西, 期在近, 預知行色忽忙. 雖義不湏强勞諸君, 然晨參遙對, 溟渤遠間. 今天偶, 借良緣, 接芳筵, 幸荷鴻慈, 而各賜鼎呂之一言, 敍此書之梗概, 則蹇驢添驥骨, 病燕附鳳翼. 加之郭子著序也, 若水能始也, 僕竣功也, 皆彰彰焉, 而此書之盛廢, 實托公等之維持. 速辱垂盼, 感佩何極? 昭[1]亮不悉.

《奉呈矩軒先生之案下》良峯拜

西洋杳到芙蓉裳, 使旆悠悠天一方, 浪穩總江分物色, 月明甲嶺慕餘光, 綵毫堪作雄風賦, 錦纜遙傳大國香, 文藻英姿何所似, 虯龍錯落萬松岡.

矩軒曰 蒙悉問毋心, 華作之貺, 深至深至. 弟方以使事有, 故三使相皆移. 須一行方顒, 俟結末閑謾酬叱, 義有不可貼兩. 今日有許多文士, 有皆不得有和, 貴篇亦無以奉酬盛意. 此待事完, 當和上, 而庶物類纂序文, 亦圖隙搆思, 而日日如是, 擾洞是可圖.

良峯曰 序文之事, 館中得少暇時, 被勞華毫, 則多幸.

矩軒曰 序文, 當留意耳.

1 원문에는 '昭'이지만, '昭'의 오기(誤記)이므로 바로잡았음.

良峯曰 此書, 卷數許多, 不能悉携, 而備覽. 故今日草屬一卷, 序凡例一卷, 齎來耳. 爲見其梗概, 則多幸.

矩軒曰 此冊, 已觀其凡例. 若有隙, 則當搆序以呈, 元冊留之, 則忙擾中, 恐有汚失之慮[2], 得以還呈耳.

良峯曰 辱承再敎. 高序選了, 乞附蘭菴焉. 他日又來, 當伺雅侯勝祐.

矩軒曰 依敎, 再惠臨, 鄙栖之榮何加?

2 원문에는 '廬'이지만, '慮'의 오기(誤記)이므로 바로잡았음.

양동필어 삼·사

兩東筆語 三·四

양동필어 권3

무진년(戊辰, 1748) 6월 9일

도호토[東都] 의관(醫官) 니와 테이키[丹羽貞機]

양봉(良峯) 말함: "하루라도 빨리 어진 분을 맞이하지 못해 정말 3년과 같았는데, 지금 자리 아래에 와서 널리 퍼진 아름다움을 뵈니 뛸 듯이 기쁩니다."

활암(活菴) 말함: "몇 차례 찾아와 주시느라 애쓰셨으니, 누추(陋醜)한 숙소의 영광이 어떠하겠습니까? 명성과 지위가 높은 분께 자주 인사드릴 수 있으니, 매우 축하할 만합니다."

양봉 말함: "지난번 약속드렸던 종유(鍾乳)·황련(黃連)을 소매 속에 넣어와 그대께 우러러 드리니, 웃으며 받아주신다면 다행이겠습니다."

활암 말함: "두 약물(藥物)은 모두 드물고 소중한 약재입니다. 은혜를 받게 되어 매우 감사합니다."

양봉 말함: "없애고 없애며 살펴 찾았다면, 오히려 좋은 물건을 얻었겠지만, 갑자기 가져왔기 때문에 높은 등급의 좋은 것을 얻지 못했

으니, 미리 헤아려 주십시오.”

또 말함: “이 갑류(甲類)[1]는 우리나라 동북(東北)쪽 바닷가에 있고, 세상 사람들은 소주(蛸舟)[2]라 이름 부르는데, 그대 나라에도 있습니까?”

활암 말함: “일찍이 보지 못했습니다.”

또 말함: “종유는 어느 곳에서 납니까?”

양봉 말함: “여기저기 깊은 산의 옛날 구리를 캐던 구덩이 속에 있는데, 야마토주[大和州][3] 긴부[金峯]에 가장 많습니다.”

활암 말함: “듣자하니, 그대 나라에서는 금은(金銀) 쓰기를 더러운 흙과 같이 한다고 이르던데, 정말로 그렇습니까?”

양봉 말함: “듣자하니, 많은 나라 가운데 우리나라가 금은이 많이 생산된다고 합니다. 비록 그러하나 7보(七寶)[4] 가운데 가장 귀한 것이 되는데, 어찌 더러운 흙과 같이 할 수 있겠습니까?”

1 갑류(甲類): 거북·게·새우·소라 등 몸을 싸고 있는 딱딱한 껍데기가 있는 동물.

2 소주(蛸舟): 집낙지. 두족류 팔완목 집낙지과에 속함. 암컷만이 배 모양의 투명한 껍데기를 갖고, 그 속에 연체부가 들어가 살고 있음. 조개낙지에 비해 작고 껍데기의 너비는 넓음. 한국에는 제주 해역에 1종이 있고, 일본을 비롯한 아열대 바다의 표층에 분포함.

3 야마토주[大和州]: 현재 일본의 나라[奈郎] 지역.

4 7보(七寶): 7가지 보배. 『무량수경(無量壽經)』에는 금(金)·은(銀)·유리(瑠璃)·거거(硨磲)·산호(珊瑚)·마노(瑪瑙)·파리(玻璃). 『법화경(法華經)』에는 금·은·마노·유리·거거·진주·매괴(玫瑰).

또 말함: "지난번에 응하여 만나 뵙고자 했던 마음은 송재(松齋) 어르신을 만나 전해드렸습니까?"

활암(活菴) 말함: "송재 선생께 전해드렸고, 초고(草稿)는 며칠 기다리면 글의 초안(草案)을 잡겠다고 이르셨습니다. 그러나 통역 맡은 관리에게 시켜서 그를 청해 마주 대하고 말하는 것이 더욱 좋겠습니다."

양봉(良峯) 말함: "지금 통역 맡은 관리에게 시켜서 그를 청했습니다."

또 말함: "오늘 아침에 쌀쌀함을 느껴 실수로 겹옷을 입었더니, 지금은 도리어 더위로 괴롭습니다. 이 자리에서 껴입은 옷을 벗어 예를 잃고 용서를 받겠습니다."

활암 말함: "천시(天時)[5]는 가지런하지 않고, 추위와 더위도 일정하지 않습니다. 저 또한 솜옷을 껴입었습니다. 그대 나라는 본래 이와 같습니까? 혹은 장마 때문에 그렇습니까?"

양봉 말함: "우리나라 사이쿄[西京]의 4계절 기후는 어긋남이 없지만, 도호토[東都]의 기후는 가지런하지 않아서 추움과 따뜻함이 안정되기 어렵고, 장마 때문에 오히려 제일 차가움이 왕성합니다. 듣자하니, 그대 나라는 다른 고을과 비교하면, 가장 심한 추위가 매섭다던데, 그렇습니까?"

5 천시(天時): 천도(天道)가 운행하는 법칙. 또는 계절의 바뀜. 어떤 일을 하기에 마땅한 자연의 기후 조건.

활암 말함: "일러주신 것과 같아서 추운 기운은 가장 매섭지만, 가는 더위는 심하게 덥지 않습니다."

또 말함: "그대 나라는 서쪽부터 동쪽까지 몇 리(里)나 되고, 남쪽부터 북쪽까지 몇 리나 됩니까?"

양봉 말함: "우리나라 서동 길이는 대체로 7천 리 남짓이고, 남북이 짧게는 대체로 4천 리 남짓인데, 섬에 딸린 섬과 깊은 산에 수택(藪澤)[6]이라서 성시(城市)[7]나 시골 마을을 만들지 못하고, 사람의 왕래(往來)도 통하기 어려운 곳이 얼마쯤 있기 때문에 설명하는 사람들은 모두 이르기를, '일본은 길이가 5천 리 남짓이고, 짧게는 3천 리 남짓이다.'라 합니다."

또 말함: "지난번에 가르쳐 보이심을 잇겠습니다. 요동(遼東)의 심강(瀋江)[8]은 압록강(鴨綠江)[9]과 함께 지역이 서로 모두 귀속(歸屬)됩니까?"

활암 말함: "압록강에서 요동까지는 중간이 한없이 넓고 아득한 땅이고, 서로 거리가 몇 백리인데, 모두 사람 사는 집이 없고, 울타리를 늘어놓아 구분합니다."

---

6 수택(藪澤): 수초나 잡초가 무성한 호수나 늪지대.

7 성시(城市): 인구가 많고 상공업이 발달한 지역.

8 심강(瀋江): 심수(瀋水). 요령성(遼寧省) 심양시(瀋陽市) 동쪽에서 발원(發源)해 혼하(渾河)로 흘러드는 강 이름.

9 압록강(鴨綠江): 우리나라와 중국의 경계를 이루는 강. 백두산(白頭山)에서 발원해 서해로 흘러듦. 길이 795km.

양봉(良峯) 말함: "그대는 일찍이 중원(中原)에 갔었습니까?"

활암(活菴) 말함: "일찍이 가지 못했고, 비록 보지도 못했으나, 앉아서 헤아릴 수 있습니다."

양봉 말함: "저는 지난해 히젠주[肥前州][10] 나가사키[長崎]에 갔었고, 청(淸)나라 손님과 함께 며칠 이야기를 나누었습니다. 그가 말하기를, '요동(遼東) 심강(瀋江)의 깊은 산 속에서 덩굴로 자라는 인삼(人參)을 캔 것이다.'라 하면서 싹과 뿌리를 저에게 보여주었습니다. 뿌리와 싹 모두 그대 나라의 산물(産物)과 달랐는데, 지난날 제가 말했던 덩굴로 자라는 인삼이란 것이 바로 이것입니다. 대개 중국의 인삼과 그대 나라의 인삼에 다른 것이 있다 함을 들었습니까?"

활암 말함: "행장(行裝) 속에 가져온 것은 없지만, 중국의 인삼과 우리나라의 인삼은 대체로 같고 조금 다른데, 그 줄기와 잎만 일찍이 보지 못했을 뿐입니다."

양봉 말함: "그대 나라의 풍속에도 아이 밴 부인이 5개월에 이르면, 허리띠를 두르는 일이 있습니까?"

활암 말함: "허리띠를 두른다는 것은 무엇을 말함입니까?"

양봉 말함: "우리나라의 풍속에는 뱃속에 있는 아이가 5개월이 되

10 히젠주[肥前州]: 현재 일본의 나가사키[長崎]현 지역.

면, 흰 베와 흰 명주를 써서 배를 묶는데, 뱃속의 아이로 하여금 느슨하거나 긴장하지 않게 하고, 태반(胎盤)[11] 속의 아이를 바싹 줄이거나 조여 출산(出産)을 쉽게 하고자 함입니다. 세상 사람들은 '착대(着帶)'라고 말합니다."

활암 말함: "뱃속의 아이는 묶을 수 없습니다. 아이 밴 부인으로 하여금 음식은 알맞음이 있게 하고 행동거지는 떳떳함이 있게 한다면, 자연히 아이를 순조롭게 낳을 것입니다."

양봉 말함: "예로부터 지금까지 뱃속의 아이를 지키는 방법[12]은 모두 존귀한 가르침과 같으나, 『산보기요(産寶機要)』에도 허리띠를 두른다는 설명이 실려 있습니다. 또 제가 지난해 나가사키에서 중국 의원 주래장(朱來章)[13]을 만나보고, 이야기가 착대에 미쳤습니다. 래장은 말하기를, '요즈음 청나라의 풍속에 아이 밴 부인 중 허리띠를 두른 사람들이 많은데, 허리띠를 얽어 묶는 두 가지 방법이 있다. 하나는 그것을 끈으로 묶되 느슨하거나 긴장하지 않도록 하면서 '속대(束帶)'라 말하고, 다른 하나는 그것을 얽어 묶되 아래로 떨어지거나 늘어지지 않도록 하면서 '구대(拘帶)'라 말한다. 대개 뱃속의 아이가 느슨하거나

11 태반(胎盤): 모체의 태아와 자궁내벽(子宮內壁) 사이에 있어서 태아의 영양공급·호흡·배설 등의 작용을 하는 둥근 모양의 기관(器官).

12 뱃속의 아이를 지키는 방법: 호태방(護胎方). 아이 밴 부인의 열병(熱病)을 치료하거나 뱃속의 아이가 다치거나 유산(流産)됨을 막는 방법으로, 청(淸)대 심금오(沈金鰲)가 지은 『심씨존생서(沈氏尊生書)』의 처방임.

13 주래장(朱來章): 청(淸)대 복건성(福建省) 정주(汀州)의 의원으로, 1721년과 1725년에 일본에 가서 머물렀음.

긴장하면 행동거지와 움직임에 막힘이 있게 되고, 아래로 떨어지거나 늘어지면 반드시 수도(水道)[14]에 이롭지 않으며 허리와 다리가 부으니, 두 경우는 모두 아이를 낳는 데 해로움이 된다.'고 했습니다. 이렇게 말한 설명은 크게 이로움이 있게 되니, 우리나라 풍속에 온 나라의 귀하든 천하든 아이 밴 부인들은 착대(着帶)하지 않은 사람이 없습니다. 만약 몹시 느슨하거나 떨어지고 늘어짐이 있다면, 자현(子懸)[15] · 태동(胎動)[16]의 여러 병증(病症)이 쉽게 일어납니다. 간절히 바라건대, 그대가 배타고 돌아가신 다음에 만약 그것을 시험 삼아 해보신다면 장차 제일 이로움이 있을 것입니다."

또 말함: "우리나라의 의술을 공부하는 사람들은 두 가지 흐름이 있습니다. 하나는 '학의(學醫)'라 말하고, 다른 하나는 '방의(方醫)'라 말합니다. 이른바 학의란 것은 『소(素)』[17] · 『난(難)』[18]에 운기(運氣)의 학설[19]

14 수도(水道): 물이 통하는 길. 주로 오줌이 나가는 길을 말함.

15 자현(子懸): 임신 4~5개월에 가슴과 배가 더부룩하고 답답하며, 숨이 차고 통증 등의 증상이 나타나는 것. 대개 간기(肝氣)가 울결(鬱結)되고, 담(痰)이 기(氣)를 막아 장애됨으로 인해 태기(胎氣)가 위로 치밀어 오르기 때문임.

16 태동(胎動): 태아가 빈번하게 움직여서 아프고 당기는 느낌이 있으며, 심하면 음도(陰道)에서 피가 나는 병증. 대개 충임맥(衝任脈)이 튼튼하지 않아서 혈(血)을 통괄하지 못하므로 태(胎)를 양육할 수 없기 때문임.

17 『소(素)』: 『소문(素問)』. 『황제내경소문(黃帝內經素問)』. 저자에 대해서는 황제 등 여러 설이 있지만, 수세기에 걸쳐 많은 학자들에 의해 저술된 것으로 봄. 각 81편으로 구성된 소문과 영추(靈樞)의 두 부분으로 되어 있는데, 동양의학 기초이론의 최고 고전으로 과학사 및 철학사에도 중요한 위치를 점하고 있음. 음양오행설을 근원으로 하여 황제가 기백(岐伯) 등 6인의 신하와 문답한 형식으로 구성되어 있음.

18 『난(難)』: 『난경(難經)』. 전국(戰國) 때 편작(扁鵲)이 『황제내경(黃帝內經)』의 뜻을 밝힌 의서(醫書). 문답 형식으로 『황제내경』 경문 중의 의문을 해석하였음. 2권.

을 주로 펴고, 6기(六氣)[20]·5행(五行)[21]의 이치를 배워 익힙니다. 오로지 5장6부(五臟六腑)[22]와 결합해 약재(藥材) 성질과 효능의 공(功) 들인 보람 및 7방(七方)[23]·10제(十劑)[24]의 설명을 가지고, 도움을 삼으며 치료를 베풉니다. 오로지 하간(河間)[25]·결고(潔古)[26]·동원(東垣)[27]·단계

19 운기(運氣)의 학설: 운기설(運氣說). 고대 기상 변화의 법칙을 설명한 이론으로, 매해 기상의 특징과 기후 변화에 따라 질병이 생기는 일반 법칙을 추측했음. 농업·의학·군사·천문역서 전문가들이 널리 응용했음. '운기'는 5운 6기. '5운'은 수(水)·화(火)·토(土)·금(金)·목(木)의 상호 추이(推移)를 뜻하며, '6기'는 풍(風)·화(火)·열(熱)·습(濕)·조(燥)·한(寒)의 기후 변화를 말함. 고인(古人)들은 5행의 생극(生克)이론과 결합시켜 그해의 기후 변화와 질병의 관계를 추측하고 판단했음.

20 6기(六氣): 자연계 1년 4계절의 풍(風)·한(寒)·서(暑)·습(濕)·조(燥)·화(火)의 6가지 기후 요소가 변화하는 것을 뜻함.

21 5행(五行): '5'는 목(木)·화(火)·토(土)·금(金)·수(水)의 5종류 사물을 가리키며, '행'은 운동을 뜻함. 이 학설은 5행의 속성을 인체의 장부 기관과 연관시켜, 5장(五臟)을 중심으로 상생(相生)·상극(相克)·상승(相乘)·상모(相侮)의 이론을 운용해 생리현상과 병리 변화의 일부를 설명하고, 임상경험을 총괄하는 데 응용되었음.

22 5장6부(五臟六腑): '5장'은 심(心)·간(肝)·비(脾)·폐(肺)·신(腎)을 가리키며, '6부'는 담(膽)·위(胃)·대장(大腸)·소장(小腸)·방광(膀胱)·삼초(三焦)를 가리킴.

23 7방(七方): 약물의 조성 형태와 배합의 차이와 작용에 따라 7가지로 구분한 것. 대방(大方)·소방(小方)·완방(緩方)·급방(急方)·기방(奇方)·우방(偶方)·복방(複方).

24 10제(十劑): 처방을 효능과 용도별로 분류해 10가지로 나눈 것. 선제(宣劑)·통제(通劑)·보제(補劑)·설제(泄劑)·경제(輕劑)·중제(重劑)·활제(滑劑)·삽제(澀劑)·조제(燥劑)·습제(濕劑)임. 10제의 설은 당(唐)대 진장기(陳藏器)가 그의 저서인 『본초습유(本草拾遺)』에서 처음 제창했음.

25 하간(河間): 유완소(劉完素)의 호. 자는 수진(守眞). 호는 통현처사(通玄處士). 금원의학(金元醫學)의 사대가(四大家) 중 한 사람. 하간(하북성(河北省)에 거주하면서 활동했기 때문에 '하간선생'이라고도 불림. 『황제내경소문』을 연구했으며, 장중경(張仲景)의 처방을 즐겨 사용했음. 금(金)나라 황제의 부름을 받았으나, 관직에 오르지 않고 민간의원으로 활동했음. 질병을 목(木)·화(火)·토(土)·금(金)·수(水)의 '5운(五運)'과 풍(風)·열(熱)·온(溫)·화(火)·조(燥)·한(寒)의 '6기(六氣)'로 분류했는데, 특히 화(火)·열(熱)을 중시한 '화열론'을 주창했음. 한량약제(寒凉藥劑)를 즐겨 사용했기 때문

(丹溪)[28]만 믿을 것입니다. 방의란 것은 『금궤옥함(金匱玉函)』[29] · 『상한

에 '한량파(寒凉派)'라고도 일컬어짐. 저서에는 『운기요지론(運氣要旨論)』, 『정요선명론(精要宣明論)』, 『소문현기원병식(素問玄機原病式)』 등이 있음.

26 결고(潔古): 장원소(張元素)의 자. 중국 금(金)대 역주(易州) 사람. 이름 난 의학자로 진사시(進士試)에 실패하자 의원이 되었고, 그 당시 의학계가 지나치게 옛 처방의 기풍에 얽매인 것을 비판하였음. 기후 변화와 환자 체질 등의 정황에 근거하여 융통성 있게 약을 쓰고 임상 실제의 수요에 맞춰야 한다고 주장하였음. 저서에 『진주낭인경좌사(珍珠囊引經佐使)』·『병기기의보명집(病機氣宜保命集)』·『장부표본약식(臟腑標本藥式)』·『의학계원(醫學啓源)』·『결고가진(潔古家珍)』 등이 있음.

27 동원(東垣): 이고(李杲, 1180~1251)의 호. 금(金)대 진정(眞定) 사람. 유명한 의학자로 금원사대가(金元四大家)의 한 사람. 자는 명지(明之)이고, 호는 동원노인(東垣老人). 명의 장원소(張元素)를 스승으로 모셨고, 학술에 있어서도 오장변증론치(五臟辨證論治) 등 그의 영향을 많이 받았음. 당시 전란 등으로 기아와 질병이 만연하여 백성들에게 내상병(內傷病)이 많은데 착안하여 '내상학설(內傷學說)'을 제기하였고, 안으로 비위(脾胃)가 손상되면 온갖 병이 이로부터 생긴다고 생각하여 비위(脾胃)를 조리하고 중기(中氣)를 끌어올릴 것을 강조한 '비위학설(脾胃學說)'을 제기하였으며, 보중익기탕(補中益氣湯) 등 새로운 방제를 스스로 만들었음. 모든 병의 주된 치료를 비위의 치료에서 시작하였다 하여 그를 보토파(補土派)라 불렀음. 원(元)대 나천익(羅天益), 왕호고(王好古) 등이 그의 이론을 이어 받았으며, 『비위론(脾胃論)』, 『내외상변혹론(內外傷辨惑論)』, 『난실비장(蘭室祕藏)』, 『醫學發明(의학발명)』, 『藥象論(약상론)』 등의 저서가 있음.

28 단계(丹溪): 주진형(朱震亨, 1281~1358)의 호. 원(元)대 유학자이자 의원으로 금원사대가(金元四大家)의 한 사람. 자는 언수(彦修). 상화론(相火論)을 주장하여 화(火)의 병리적인 면뿐 아니라 치법으로 자음강화(滋陰降火) 즉, 음(陰)을 보(補)하고 화(火)를 내리게 하는 용약법을 주로 사용했음. 이외 주요 이론으로 '양유여음부족론(陽有餘陰不足論)'이 있고, 저서에 『격치여론(格致餘論), 『단계심법(丹溪心法)』, 『단계의요(丹溪醫要)』, 『단계치법심요(丹溪治法心要)』, 『국방발휘(局方發揮)』 등이 있음.

29 『금궤옥함(金匱玉函)』: 『금궤옥함경(金匱玉函經)』. 『금궤요략(金匱要畧)』. 한(漢)대 장기(張機)의 저작. 3권. 북송(北宋)의 왕수(王洙)는 『금궤옥함요략방(金匱玉函要略方)』 3권을 기록해 전하는데, 상권은 상한변증(傷寒辨證)이고, 중권은 잡병(雜病)에 대해 논했으며, 하권은 그 처방을 실었을 뿐 아니라, 부인병(婦人病)의 치료를 논했음. 임억(林億)은 『금궤옥함방론(金匱玉函方論)』의 잡병과 관련있는 처방을 취해 『금궤요략방론(金匱要略方論)』을 편집했음. 내용은 내과잡병(內科雜病)·부과(婦科)·구급(救急)·음식금기(飮食禁忌) 등 25편이며, 262가지 처방을 포괄하고 있음.

론(傷寒論)』[30]을 비조(鼻祖)[31]로 삼고, 『천금(千金)』[32]·『외대(外臺)』[33]를 따라 섬깁니다. 증세에 대한 약재 배합 방법을 가지고 기회를 따라 치료하며, 『소(素)』·『난(難)』에 운기(運氣) 등의 이치를 써서 도움을 삼습니다. 오로지 중경(仲景)[34]·사막(思邈)[35]·왕도(王燾)[36]·숙미(叔微)[37]·역

30 『상한론(傷寒論)』: 219년 한(漢)대 장기(張機)의 저작. 『상한잡병론(傷寒雜病論)』의 상한(傷寒) 부분을 서진(西晉)의 왕숙화(王叔和)가 정리하고 편집해 제목을 '상한론(傷寒論)'이라고 함. 육경변증(六經辨證)으로 급성 열병을 치료하는 방법을 논술함. 10권.

31 비조(鼻祖): 시조(始祖). 어떤 학설을 처음 제창하거나 어떤 분야의 일을 처음 시작한 사람.

32 『천금(千金)』: 『천금요방(千金要方)』. 당(唐)대 손사막(孫思邈) 지음. 당대 이전의 의약서적을 수집하고, 한의학을 전면 정리·수정해 70세 되던 651년에 편찬한 의서(醫書). 주요 내용은 총론·임상 각 과(科)·식치(食治)·평맥(平脈)·침구(針灸) 등인데, 여러 의가(醫家)들의 방서(方書)를 모은 거작임. 그는 평소에 사람의 목숨이 천금보다 귀중하다는 생각을 갖고 있었기 때문에 이 책에 '천금'이라는 제목을 붙였음. 30권.

33 『외대(外臺)』: 『외대비요(外臺秘要)』. 당(唐)대 왕도(王燾) 지음. 당대 이전의 많은 의약저서를 수집해 1,104문(門)으로 편성하고, 6천여 처방을 수록해 752년에 펴냈음. 40권.

34 중경(仲景): 장기(張機, 150~219)의 자. 후한(後漢)대 하남성(河南省) 남양(南陽) 사람. 장사태수(長沙太守)를 지냈으나, 그의 일족이 열병으로 목숨을 잃자 의학에 깊은 관심을 갖게 되었음. 저서에 『상한론(傷寒論)』·『상한잡병론(傷寒雜病論)』 등이 있음.

35 사막(思邈): 손사막(孫思邈). 중국 수(隋)·당(唐)대 의원. 섬서성(陝西省) 요현(耀縣) 사람. '손진인(孫眞人)'이라고도 함. 음양·천문·의약에 정통했고, 수나라 문제(文帝), 당나라 태종과 고종이 벼슬을 주려 했으나 사양하고 태백산에 은거했음. 어려서 풍증에 걸려 가산을 탕진했기 때문에 평생 의학서를 존중하고 가까이했음. 그는 여러 약방문을 모아 보기 쉽고 알기 쉽게 『비급천금요방(備急千金要方)』 30권을 편찬했음. 저서에 『섭생진록(攝生眞錄)』·『침중소서(枕中素書)』·『복록론(福祿論)』·『천금익방(千金翼方)』 등이 있음.

36 왕도(王燾): 중국 당(唐)대 미현(郿縣) 사람으로 의술가(醫術家). 전기(傳記)에 따르면, '타고난 효자로서 서주사마(徐州司馬)가 되었고, 어머니가 병들었을 때 여러 해 동안 밤낮으로 애써 탕제(湯劑)를 마련해 드렸다. 당시 이름난 의원과 사귀어 그 의술을 모두 배우고, 책을 지어서 외대비요(外臺秘要)라는 이름을 붙였다. 토역정명(討繹精明)하여

림(亦林)[38]만 으뜸으로 삼습니다. 제가 가만히 말하건대, 두 흐름은 일찍이 한쪽을 버릴 수 없습니다. 그러나 배우는 것에는 중요한 것과 중요하지 않은 것, 주된 것과 부차적인 것의 다름이 있습니다. 지금 가령 장차 뛰어난 견해로 그것을 분별해주신다면, 누가 옳은지 지적해 가르쳐주시기를 간절히 바랍니다."

활암(活菴) 말함: "그대가 질문한 조목(條目)은 틀림없이 의가(醫家) 갈래의 요점이고, 몇 마디 말 속에 뭉뚱그려서 다하신 듯합니다. 어리석고 뒤떨어진 제 좁은 학문으로 갑자기 일삼아 우러러 대답해드릴 수 없으니, 곰곰이 생각한 뒤에 대답해드릴 수 있을 뿐입니다."

양봉(良峯) 말함: "우리나라에 골증로(骨蒸勞)[39]를 앓는 사람들이 매

세상 사람들이 이 책을 중히 여겼다. 급사중(給事中)·업군태수(鄴郡太守)를 역임했으며, 치적이 훌륭하여 그 무렵에 널리 알려졌다.'고 함. 저서에 『외대비요(外臺秘要)』 40권이 있음.

37 숙미(叔微): 허숙미(許叔微). 자는 지가(知可). 호는 근천(近泉). 송(宋)대 진주(眞州) 사람이며, 남송 시대의 저명한 의원. 한림학사를 지냈기 때문에 사람들이 그를 '허학사'라 불렀음. 그가 의원으로서 성공한 이유는 신인(神人)이 꿈에 나타나 선을 행하고 덕을 쌓아야 한다고 점화해주었고, 이를 실천했기 때문임. 저서에 『상한발미론(傷寒發微論)』·『상한구십론(傷寒九十論)』·『유증보제본사방(類證普濟本事方)』 10권, 『상한백증가(傷寒百證歌)』 5권, 『치법팔십일편(治法八十一篇)』·『중경맥법삼십육도(仲景脈法三十六圖)』·『익상한론(翼傷寒論)』 2권, 『변류(辨類)』 5권이 있음.

38 역림(亦林): 위역림(危亦林, 1277~?). 자는 달재(達齋). 원(元)대 강서성(江西省) 남풍(南豊) 사람. 5세(五世) 의가(醫家)에서 태어나 선조들의 풍부한 의학지식을 모두 전수받았고, 20세부터 행의(行醫)를 시작했음. 남풍 의학교수를 역임했고, 고방(古方)에 의존하는 한편 가전(家傳)된 비방(秘方)을 사용해 치료효과를 월등히 높였는데, 특히 정골과(正骨科)에 뛰어났음. 집안 대대로 전하는 경험방과 고대 의가의 고방을 정리해 1337년에 정골과에 위대한 공헌을 한 저서로 평가받는 『세의득효방(世醫得效方)』 19권을 편찬했음.

우 많습니다. 그대가 일찍이 허실(虛實)[40]을 각각 경험해 빠른 처방을 가질 수 있었다면, 그 대략(大略) 듣기를 간절히 바랍니다."

활암 말함: "이 병 또한 몇 마디 말로 끝내기 어렵고, 한두 처방으로 모두 효험을 보기 어렵습니다. 만일 물을 조목이 있다면, 저는 다음 물음을 따라 그것에 대답함이 마땅하겠습니다."

양봉 말함: "일러주신 것과 같아서 이 병은 몇 마디 말로 분별할 수 없습니다. 그러나 상한(傷寒)[41]을 다스리는 처방이 가장 많은 것과 같아서 계지탕(桂枝湯)[42]·마황탕(麻黃湯)[43]이란 것은 풍한(風寒)의 표증(表症)[44]을 다스릴 수 있고, 대소시호(大小柴胡)[45]는 반표반리(半表半裏)[46]를

39 골증로(骨蒸勞): 골증열(骨蒸熱). 허로병(虛勞病) 때 뼛속이 후끈후끈 달아오르는 증. 신정(腎精)의 과도한 소모나 힘든 일을 지나치게 하는 것 등으로 진음(眞陰)이 부족하고 혈이 소모되어 골수가 고갈되기 때문에 생김. 기침과 미열과 식은땀이 나고, 뼛속이 달아오르며, 때로 피가래를 뱉거나 각혈하고, 유정이 있으면서 몸이 점차 야윔.

40 허실(虛實): 인체 저항력의 강약과 병사(病邪)의 성쇠를 말하며, 인체 내부에서 정기(正氣)와 사기(邪氣)가 서로 싸우는 것을 표현하기도 함. '허'는 인체의 정기(正氣) 부족이나 저항력의 감퇴를 말하며, '실'은 병을 유발시킨 사기(邪氣)가 왕성한 것과 사기(邪氣)와 정기(正氣)가 서로 극렬하게 싸우고 있음을 말함. 환자의 체질이 약하고 병리 변화가 약하게 표현되는 것이 '허'이며, 환자의 체질이 강하고 병리 변화가 힘 있게 표현되는 것이 '실'임. 허실은 상대적이며 서로 전화(轉化)하거나 섞여서 나타나기도 함.

41 상한(傷寒): 추위로 인해 생긴 감기·폐렴 등의 병.

42 계지탕(桂枝湯): 약재는 계피나무가지·집함박꽃뿌리·감초·생강·대추. 태양병으로 오싹오싹 춥고, 바람을 싫어하며, 열이 나고, 머리가 아프며, 때 없이 저절로 땀이 나고, 코가 메며, 팔다리가 아픈 데 씀.

43 마황탕(麻黃湯): 약재는 마황·계피나뭇가지·감초·살구씨·생강·파흰밑. 한사(寒邪)가 태양경(太陽經)에 침습해 오슬오슬 춥고, 열이 나며, 땀은 나지 않으면서 머리와 온몸의 뼈마디가 아프고, 기침을 하며, 숨이 찬 데 씀.

44 풍한(風寒)의 표증(表症): 풍한표증(風寒表証). 오한(惡寒)은 심하나 열은 심하지 않으

다스리니, 이것이 그 대략(大略)입니다. 그 자세함에 이르면, 온갖 조목(條目)이 여러 가지로 많이 나와서 정말 몇 마디 말로 끝낼 수 없습니다. 골증(骨蒸)[47] 또한 그러하니, 소요산(逍遙散)[48] · 지보탕(至寶湯)[49] · 강화탕(降火湯)[50] · 청폐탕(淸肺湯)[51] · 영소탕(寧嗽湯)[52] · 청호고(靑蒿膏)[53]

면서 온몸이 쑤시듯 아프고 땀이 나지 않는 증세. 맛이 맵고 성질이 더운 해표(解表)약으로 치료하는 '신온해표(辛溫解表)'법을 씀.

45 대소시호(大小柴胡): '대시호탕(大柴胡湯)'과 '소시호탕(小柴胡湯)'. '대시호탕'의 약재는 시호 · 속썩은풀 · 집함박꽃뿌리 · 대황 · 선탱자 · 끼무릇 · 생강 · 대추로, 추웠다 열이 났다 하면서 가슴과 옆구리가 답답하고 단단한 감이 있으며, 구역질이 계속 나고 명치 밑이 트지근하면서 아프며, 뒤가 굳은 데 씀. '소시호탕'의 약재는 시호 · 속썩은풀 · 인삼 · 끼무릇 · 감초 · 생강 · 대추인데, 반표반리증(半表半裏症)으로 추웠다 열이 났다 하면서 가슴과 옆구리가 답답하고, 단단한 감이 있으며, 입맛이 없고, 때로 구역질을 하며, 입이 쓰고 마르며, 어지럼증이 나는 데 씀.

46 반표반리(半表半裏): 병변의 부위가 표부(表部)에 있는 것도 아니고 이부(裏部)에 있는 것도 아니며, 표(表)와 리(裏) 사이에 있는 것.

47 골증(骨蒸): 골증열(骨蒸熱). 허로병(虛勞病) 때 뼈 속이 후끈후끈 달아오르는 증. 신정(腎精)의 과도한 소모나 힘든 일을 지나치게 하는 것 등으로 진음(眞陰)이 부족하고 혈이 소모되어 골수(骨髓)가 고갈되기 때문에 생김.

48 소요산(逍遙散): 약재는 흰삽주 · 집함박꽃뿌리 · 흰솔풍령 · 시호 · 당귀 · 맥문동 · 감초 · 박하 · 생강. 옆구리가 아프고 오슬오슬 추웠다 열이 났다 하며, 머리가 아프고 어지러우며, 입맛이 없고 명치 밑이 트지근한 데, 달거리가 고르지 못하면서 가슴이 답답하고 손발바닥이 달며 젖몸이 불어나는 것 같으면서 아픈 데 씀.

49 지보탕(至寶湯): 자음지보탕(滋陰至寶湯). 약재는 당귀 · 흰삽주 · 흰솔풍령 · 귤껍질 · 지모 · 패모 · 향부자 · 구기뿌리껍질 · 맥문동 · 집함박꽃뿌리 · 시호 · 박하 · 감초 · 생강. 여성들이 허로로 몸이 야위면서 잘 먹지 못하고, 오한과 발열이 반복되면서 식은땀이 많이 나는 데, 달거리가 고르지 않은 데 씀.

50 강화탕(降火湯): 자음강화탕(滋陰降火湯). 약재는 집함박꽃뿌리 · 당귀 · 찐지황 · 천문동 · 맥문동 · 흰삽주 · 생지황 · 귤껍질 · 지모 · 황경피 · 구감초 · 생강 · 대추. 신음(腎陰) 부족으로 화가 성해 오후에 미열이 나면서 잘 때 식은땀이 나고 기침을 하며, 때로 피가 섞인 가래가 나오고 입맛이 없으며, 몸이 점차 야위는 데 씀.

51 청폐탕(淸肺湯): 약재는 붉은솔풍령 · 귤껍질 · 당귀 · 생지황 · 메함박꽃뿌리 · 천문동 ·

와 같은 것은 대개 골증의 초기(初期)에 세상의 의원들이 많이 씁니다. 저는 마치 북채와 북이 빠르게 호응하는 것처럼 계지탕(桂枝湯) · 시호탕(柴胡湯)이 증세에 대해 쓰여서 그러한 공(功) 들인 효과가 있게 됨을 일찍이 보지 못했습니다. 그러므로 한두 가지 빠른 처방을 듣고, 여기에 의지해 그 어두운 실마리를 살펴 찾고자 할 뿐입니다."

활암(活菴) 말함: "물을 조목을 말해 늘어놓은 뒤에 그것에 대답할 수 있을 뿐입니다."

양봉(良峯) 말함: "어떤 남자가 25세인데, 튼튼함을 타고났고, 성질은 영리하며 슬기로웠습니다. 늦봄에 보통의 풍사(風邪)[54]에 걸렸는데, 사(邪)[55]는 없어졌지만 기침이 그치지 않았습니다. 가래 섞인 침에 핏줄이 보였고, 가슴이 답답해 괴로웠으며, 등과 어깨가 때로 아팠습니다. 팔

맥문동 · 속썩은풀 · 치자 · 개미취 · 아교주 · 뽕나무뿌리껍질 · 감초 · 대추 · 매화열매. 상초(上焦)에 열이 성해 숨이 차고 기침을 하며, 열이 나면서 입안과 목안이 마르고, 피가래가 나오는 데 씀.

52 영소탕(寧嗽湯): 영소화담탕(寧嗽化痰湯). 약재는 길경(桔梗) · 지각(枳殼) · 반하(半夏) · 진피(陳皮) · 전호(前胡) · 건갈(乾葛) · 복령(茯苓) · 자소(紫蘇) · 마황(麻黃) · 행인(杏仁) · 상백피(桑白皮) · 감초(甘草). 감모(感冒)와 풍한(風寒)으로 기침이나 코가 막힌 데 씀. 『증치준승(證治準繩)』 처방.

53 청호고(靑蒿膏): 열을 잘 내리고, 허한증(虛寒症)으로 인한 식은땀, 골증로(骨蒸勞)를 치료하는 제비쑥을 넣어 만든 약.

54 풍사(風邪): 외부의 사기(邪氣) 때문에 생기는 풍한(風寒) · 풍열(風熱) · 풍습(風濕) 등의 병증.

55 사(邪): 사기(邪氣). 풍(風) · 한(寒) · 서(暑) · 습(濕) · 조(燥) · 화(火) · 여기(癘氣) 등 병을 일으키는 요인. 일반적으로는 외감병을 일으키는 외인(外因). 외인이란 몸 밖으로부터 침입한 사기를 말하므로 외인을 외사(外邪)라고도 함.

다리에 힘이 없었고, 번열(煩熱)[56]이 있었으며, 누워있는 때가 많았고, 일어나 있는 때가 적었습니다. 누워도 깊이 잠들 수 없었고, 잠깐 잠들어도 귀신(鬼神)과 서로 접촉했습니다. 유설(遺泄)[57] · 백탁(白濁)[58]이 있었고, 살갗은 말랐으며, 머리털도 말랐습니다. 늘 새벽에 정신이 오히려 맑다가 오후에 미열(微熱)[59]이 있고, 5심번열(五心煩熱)[60]이 있었으며, 밤에는 도한(盜汗)[61]이 있었습니다. 맥(脈)은 왼쪽과 오른쪽이 약하고 잦았습니다. 치료를 베풀 방법에 대한 가르침을 청합니다."

활암(活菴) 말함: "이것은 전부 '로(勞)'[62]입니다. 비록 처음에 풍사(風

56 번열(煩熱): 열이 나는 것과 동시에 마음이 초조하고 불안한 증상이 있는 것. 대개 내부에 열이 지나치게 성해 기(氣)와 음액(陰液)이 손상되기 때문임.

57 유설(遺泄): 낮에 정액이 저절로 배출되는 것. 원인은 심신불교(心腎不交)의 경우, 상화(相火)가 매우 왕성한 경우, 신기(腎氣)가 튼튼하지 못한 경우, 습열(濕熱)로 인한 경우 등임. 유정(遺精) · 실정(失精).

58 백탁(白濁): 오줌이 혼탁해 뿌옇거나 오줌길 구멍에 늘 하얗고 혼탁한 물이 조금씩 나와 있고, 오줌이 잘 나오지 않으면서 아픈 것. 비위의 습열이 방광에 몰려서 생김.

59 미열(微熱): 열형의 하나. 정상 체온보다 약간 높은 열.

60 5심번열(五心煩熱): 손 · 발바닥과 가슴 등 다섯 곳에 열감을 느끼는 증. 비(脾)에 열이 쌓이거나 허손(虛損)으로 음혈이나 진액이 부족할 때 생김.

61 도한(盜汗): 밤에 잠이 든 후 저절로 땀이 흐르고, 잠이 깨면 땀이 멎는 일종의 증상. 대개 음허내열(陰虛內熱) 때문에 나타남.

62 로(勞): 허로(虛勞) · 허손로상(虛損勞傷) · 손(損) · 허손(虛損) · 노겁(勞怯). 오장(五臟)의 기혈음양(氣血陰陽)이 허(虛)하고 부족해 나타나는 여러 질병의 개괄이기도 함. 선천적으로 부족하거나 혹은 후천적으로 그 균형이 깨졌거나, 오랜 병으로 인해 허한 증상이 회복되지 않았거나 혹은 정기(正氣)의 손상 등에서, 각 증의 허약증후가 나타나는 것은 모두 이 범위에 속함. 그 병변과정은 대부분 점차적으로 이루어짐. 병이 오래되어 체질이 허약한 것이 '허'이고, 오랫동안 허한 증상이 회복되지 않는 것이 '손(損)'이며, 허손(虛損)이 오래되면 '노(勞)'임.

邪)에 걸렸더라도, 치료에 그 방법을 얻지 못해 열이 허파에 쌓여 마침내 로가 된 것입니다. 그러나 그 사람이 평소에 음욕(淫慾)[63]이 지나치게 많아서 명문지화(命門之火)[64]가 매우 세차고, 밖에서 침입한 열사(熱邪)[65]가 화(火)를 도와 진액(津液)을 녹여 없애서 이 병이 된 것입니다. 맑고 서늘한 약으로 폐기(肺氣)[66]를 적시고, 보음(補陰)[67]하여 신수(腎水)[68]를 채운다면, 상화(相火)[69]가 저절로 평안함을 얻어 병이 나을 것입니다. 초기에 청폐탕(淸肺湯)을 쓰고, 뒤에 가미소요산(加味逍遙散)[70]·각로산(却勞散)[71] 중에서 가려 뽑아 쓰며, 마지막으로 십전대보탕(十全大補湯)[72]·양영탕(養榮湯)[73]을 쓰면 효과를 거둘 수 있습니다."

63 음욕(淫慾): 음탕한 욕심. 남녀의 정욕.

64 명문지화(命門之火): 신양(腎陽). 신의 양기(陽氣). 신의 생리적 기능의 동력이 되며, 생명활동에서 힘의 원천이 됨.

65 열사(熱邪): 병인(病因)의 하나. 열의 속성을 가진 사기(邪氣).

66 폐기(肺氣): 폐의 기능활동. 호흡의 기체(氣體)도 포괄함.

67 보음(補陰): 보법의 하나. 음허증(陰虛證)을 치료하는 방법. 익음(益陰)·양음(養陰)·육음(育陰)·자음(滋陰).

68 신수(腎水): 신음(腎陰)·원음(元陰)·진수(眞水)·신정(腎精). 신의 음기(陰氣). 신의 음액(陰液). 신장(腎臟)에 저장된 정(精)을 포괄한 신장의 음액을 말하며, 신양(腎陽)의 기능 활동에 물질적 기초가 됨. 신음이 부족하면 신양이 극도로 거세져 상화망동(相火妄動)의 병리현상을 나타냄.

69 상화(相火): 일반적으로 명문(命門)·간(肝)·담(膽)·삼초(三焦) 속에 있고, 근원이 주로 명문에서 시작되며, 군화(君火)에 상대되는 개념. 군화와 서로 배합되어 장부(臟腑)를 따뜻하게 자양함으로써 기능 활동을 촉진함.

70 가미소요산(加味逍遙散): 약재는 당귀신(當歸身)·백작약(白芍藥)·복령(茯苓)·백출(白朮)·시호(柴胡)·감초(甘草)·목단피(牧丹皮)·산치자(山梔子). 간과 지라의 혈이 허함을 다스리고, 내열(內熱)의 발생 등을 다스림. 『증치준승(證治準繩)』 처방.

71 각로산(却勞散): 해소(咳嗽) 등에 작용해 로(勞)를 다스리는 약. 『동의보감(東醫寶鑑)』「잡병(雜病)」'해소(咳嗽)'6 처방.

양봉(良峯) 말함: "그대가 지시한 것은 바로 옛 현인(賢人)의 방법입니다. 의지해 따르지 않을 수 없는데, 우리나라의 나이어린 사내와 부인에게 이 병이 매우 많습니다. 초기에 삼소음(參蘇飮)[74] · 청폐탕(淸肺湯) · 가미소요산(加味逍遙散) · 자음지보탕(滋陰至寶湯) · 각로산(却勞散) · 육미환(六味丸)[75] · 신기환(腎氣丸)[76] · 십전대보탕(十全大補湯) · 양영탕(養榮湯) 중에서 가려 뽑아 써도 열 명에 한 명도 살지 못한 듯합니다. 비록 여러 증세에 모두 갖춘다고 하더라도, 만약 맥(脈)이 약하고 잦은 데 이르지 못한다면, 앞의 약들 중에서 가려 뽑아 쓰고, 최(崔) 선생님[77]의 사화(四花)[78]를 뜸으로 치료하는 방법을 더한다면, 열 명에 한두

72 십전대보탕(十全大補湯): 약재는 당삼(黨參) · 백출(白朮) · 복령(茯苓) · 자감초(炙甘草) · 숙지황(熟地黃) · 백작약(白芍藥) · 당귀(當歸) · 천궁(川芎) · 황기(黃芪) · 육계(肉桂). 혈분(血分)에 사기(邪氣)가 있는 증후를 치료하는 방법인 온혈(溫血) 중 온보혈분(溫補血分) 등에 씀.

73 양영탕(養榮湯): 약재는 생지황 · 당귀 · 궁궁이 · 집함박꽃뿌리 · 맥문동 · 원지 · 석창포 · 귤껍질 · 오약 · 흰솔풍령 · 선탱자 · 황련 · 방풍 · 강호리 · 진교 · 끼무릇 · 천남성 · 감초 · 생강 · 참대속껍질. 풍담으로 팔다리를 쓰지 못하며 입이 비뚤어지고 말을 제대로 못하는 데, 의식이 흐린 데 등에 씀.

74 삼소음(參蘇飮): 약재는 인삼 · 차조기잎 · 생치자나물뿌리 · 끼무릇 · 칡뿌리 · 붉은솔풍령 · 귤껍질 · 도라지 · 탱자열매 · 감초 · 생강 · 대추. 허약자나 늙은이가 풍한에 상해 오싹오싹 춥고 열이 나면서 머리가 아프고, 코가 막히며 기침을 하고, 가래가 나오면서 숨이 차며, 가슴이 답답하고 메스꺼우며, 온몸이 노곤하고 식은땀이 나는 데 씀.

75 육미환(六味丸): 약재는 찐지황 · 마 · 산수유 · 택사 · 모란뿌리껍질 · 흰솔풍령. 신음부족으로 몸이 야위고 허리와 무릎에 힘이 없으며 시큰시큰 아프고 어지러우며 눈앞이 아찔해지는 데, 귀에서 소리가 나며 잘 들리지 않는 데, 유정(遺精) · 몽설(夢泄)이 있고 식은땀이 나며 오줌이 자주 마렵고 잘 나가지 않는 데, 미열이 있으면서 기침이 나는 데 씀.

76 신기환(腎氣丸): 약재는 찐지황 · 마 · 산수유 · 오미자 · 흰솔풍령 · 택사 · 모란뿌리껍질. 육미환(六味丸)에 오미자를 더 넣은 것. 음이 허해 미열이 나면서 기침을 하고 숨이 찬 데, 유정(遺精)이 있는 데, 어린이 숫구멍이 제대로 닫히지 않은 데 씀.

77 최(崔) 선생님: 최가언(崔嘉彦). 중국 송(宋) 휘종(徽宗) 때 의술에 뛰어났던 도사(道

명은 효과를 거둘 사람이 있을 것입니다. 이것이 어리석은 제가 빠른 처방을 필요로 하는 까닭입니다."

또 말함: "개인적 생각이지만, 이러한 증세는 옛 사람들에게 전시(傳尸)[79]라는 설명도 있는데, 대개 전시의 병인(病因)이 없는 사람들도 앞에 든 경우의 여러 증세라면, 앞에 든 경우의 방법들을 써서 치료할 수 있습니까? 여러 증세는 비록 똑같더라도, 전시라는 확실한 병인이 있는 사람에게 앞에 든 방법들은 효과를 거두기 어렵습니다. 이 병증에 웅황(雄黃)[80] · 토분(兎糞)[81] · 구갑(龜甲)[82] · 천초(川椒)[83] · 상지(桑枝)[84] · 도지

士). 자허진인(紫虛眞人)에 봉해졌음. 강서성(江西省) 남강(南康) 사람. 말년에 여산(廬山)의 서원암(西原庵)에 머물면서 제자들을 가르쳤고, 이 중 대표적인 사람이 유개(劉開)임. 저서에 당시까지의 맥학(脈學) 내용을 정리한 『맥결(脈訣)』 1권이 있고, 『두광정옥함경(杜光庭玉函經)』에 주를 냈음.

78 사화(四花): 경외기혈. 제7, 제10 흉추극상돌기의 아래에서 양옆으로 각각 1.5치 되는 곳에 있는 4개의 혈. 허약자, 몸이 야윈 데, 폐결핵, 폐기종, 기관지염, 천식 등에 씀. 뜸을 3~7장씩 뜸.

79 전시(傳尸): 폐병. 시신의 미생물에 의해서 다른 사람에게 전염된다고 생각했기 때문에 이르는 말. 전시로(傳尸勞).

80 웅황(雄黃): 산에서 캐는데, 양지에서 캔 것을 '웅황'이라 하고, 음지에서 캔 것은 '자황(雌黃)'이라 함. 그 빛이 닭의 볏처럼 붉고 투명한 것을 좋은 것으로 봄. 불에 태워 근처의 벌레가 죽는 것이 진짜임. 온갖 사기(邪氣)를 다 몰아내고 마음을 안정시키며, 모든 악창(惡瘡)에 좋고, 벌레나 독약·독사의 독을 푸는 데 효과가 있음.

81 토분(兎糞): 토끼의 똥. 해독(解毒)·해열(解熱)·살충(殺蟲)·노채(勞瘵) 등에 쓰임.

82 구갑(龜甲): 남생이의 등딱지. 자음(滋陰) 효과가 빠르고 어혈(瘀血)을 잘 몰아내며, 상한 힘줄을 이어주고 닫히지 않은 숫구멍을 아물게 함.

83 천초(川椒): 산초과의 낙엽 관목. 조피나무. 산초(山椒). 또는 그 열매. 어두운 눈을 밝게 하고, 사기(邪氣)·냉기(冷氣)·벌레를 몰아냄.

84 상지(桑枝): 뽕나무가지. 부종(浮腫)인 수기(水氣)와 각기(脚氣)를 낫게 하고, 오줌을 잘 누게 하며, 팔 아픈 데 씀.

(桃枝)[85]·귀구(鬼臼)[86]·경분(輕粉)[87]·청호(靑蒿)[88] 따위를 써서 치료를 베풀면, 마땅히 효과를 얻습니까? 또 사미원(四美圓)[89]의 구갑(龜甲), 혼원단(混元丹)[90]의 자하거(紫河車)[91], 단어산(團魚散)[92]의 단어(團魚)[93]로 수(髓)[94]가 마른 것을 치료하는데, 이들 방법에 이러한 법도와 기준을 쓰

85 도지(桃枝): 복숭아나무가지. 복숭아나무껍질인 '도피(桃皮)'와 성질 및 용법과 효과가 같음. 붓는 데, 배 아픔, 폐열로 숨이 차고 가슴이 답답한 데, 옹저(癰疽), 연주창(連珠瘡)·습창(濕瘡) 등에 씀.

86 귀구(鬼臼): 독초(毒草)류. 산에 나는 여러해살이풀. 소벽과에 속하는 다년생 초본식물인 '팔각련(八角蓮)'이 기원식물이지만, 우리나라에서는 예전에 천남성(天南星) 큰 것을 말하기도 했음. 음력 2월에 뿌리를 채취해 약재로 씀.

87 경분(輕粉): 수은을 원료로 만든 약으로 염화 제1수은을 주성분으로 하는 수은화합물. 벌레를 죽이고 담(痰)을 삭이며, 적취(積聚)를 없애고 대소변을 잘 통하게 함.

88 청호(靑蒿): 국화과의 여러해살이풀인 제비쑥의 옹근풀을 말린 것. 열을 내리고, 서사(暑邪)를 없애며, 골증(骨蒸) 등을 낫게 함.

89 사미원(四美圓): 골증(骨蒸)을 치료하는 처방임.

90 혼원단(混元丹): 자하거단(紫河車丹). 약재는 자하거(태반)·인삼·숙지황·백출·복신·목향·백복령·유향·몰약·주사·사향. 심신이 피로하고 쇠약해 음(陰)이 허(虛)한 것을 치료하기 위한 처방. 또 몸이 몹시 야위고 가래가 나오며 기침하는 데, 귀주병이 있는 데 알약으로 처방함.

91 자하거(紫河車): 자궁점막에 자리잡은 수정란의 융모가 발육·증대해 자궁의 기저탈락막과 함께 한 개의 국한성 장기를 이룬 것. 임신 4달 경에 완성되는데, 모양은 둥글 넙적하며, 직경은 15~20cm, 질량은 500g임. 태아의 호흡과 물질대사에서 중요한 역할을 함.

92 단어산(團魚散): 약재는 패모·생치나물뿌리·지모·살구씨·시호·자라. 음허화동(陰虛火動)으로 오후마다 미열이 나고 식은땀을 흘리며, 숨이 차고 가슴이 답답하며, 기침이 나고 잠을 자지 못하는 데, 손발바닥이 더운 데, 폐결핵, 만성소모성질병 등에 씀.

93 단어(團魚): 패류(貝類). 자라. 별(鼈). 왕팔이.

94 수(髓): 골수(骨髓)·척수(脊髓)·뇌수(腦髓) 등을 말함. 신(腎)의 정기와 수곡(水穀)의 정미로운 물질에 의해 생기는데, 뼈를 자양하고 뇌수를 든든하게 함. 신음이 허하면 뼛속에 수가 부족해져 골위증이 생길 수 있고, 뇌수가 부족하면 정신의식 활동에서 변화가 올 수 있음. 그러므로 뼈와 뇌에 병이 생긴 때에는 신부터 치료하는 경우가 많음.

되, 옛 사람들이 한 단계의 밝은 가르침을 빠뜨려서 후세 사람들은 수레의 끌채 자루로 가리켜 이끌 줄 모릅니다. 거듭 드러내주시는 은혜를 입는다면, 세상에 드문 다행이자 기쁨이겠습니다."

활암(活菴) 말함: "그대의 연정(研精)[95]은 감동해 우러를만합니다. 깊이 생각하고 살펴 찾아 청문(淸問)[96]에 삼가 대답할 따름입니다."

또 말함: "그대 나라에 시호(柴胡)[97] · 황금(黃芩)[98]이 생산됩니까?"

양봉(良峯) 말함: "시호는 죽엽(竹葉)[99] · 구엽(韮葉)[100]이 함께 생산되는데, 여기저기 산과 들에 많이 있습니다. 황금은 본래 우리나라에 없었지만, 멀지 않은 과거에 그대 나라와 당산(唐山)[101]의 씨앗이 전해져

95 연정(研精): 정밀히 연구해 학문의 묘리를 탐구함. 연심(研審).

96 청문(淸問): 자세히 살피고 물어봄.

97 시호(柴胡): 미나리과의 여러해살이풀인 시호와 참시호의 뿌리를 말린 것. 반표반리(半表半裏)증에 주로 쓰고, 감기, 머리 아픔, 달거리 장애, 내장이 처진 데, 학질, 늑간 신경통, 간염, 담낭염 등에 씀.

98 황금(黃芩): 속서근풀·속썩은풀. 꿀풀과의 여러해살이풀인 황금의 뿌리를 말린 것. 폐열로 기침이 나는 데, 열이 나고 가슴이 답답하며 갈증이 나는 데, 설사, 이질, 황달, 임증, 결막염, 태동불안, 혈열로 인한 출혈 등에 씀.

99 죽엽(竹葉): 죽엽시호(竹葉柴胡). 중국에서 '시호'를 일컫는 명칭. 잎 모양이 대 잎과 비슷한 시호의 종류. 또는 '참대잎'을 가리킬 수도 있음. 참대잎은 대과의 상록 교목인 참대의 잎을 말린 것. 열이 나고 가슴이 답답하며 갈증이 나는 데, 위열로 토하는 데, 가래가 나오면서 기침이 나며 숨이 찬 데, 경간, 후두염, 설창 등에 씀.

100 구엽(韮葉): 잎 모양이 부추 잎과 비슷한 시호의 종류. 또는 '부추'를 가리킬 수도 있음. 부추는 달래과의 여러해살이풀. 위열을 없애고, 어혈을 삭히며, 목에 뼈 걸린 것을 낫게 함.

101 당산(唐山): 중국 하북성(河北省) 당산현(唐山縣) 지역. 또는 그곳의 서북쪽에 있는 산.

왔으며, 지금은 불어나고 늘어서 많이 퍼졌습니다.”

활암 말함: “은시호(銀柴胡)[102] 또한 있습니까?”

양봉(良峯) 말함: “시호(柴胡)는 죽엽(竹葉)·구엽(韮葉) 두 종류가 진품(眞品)이 되지만, 은시호(銀柴胡)·북시호(北柴胡)[103]·연시호(軟柴胡)[104]는 다른 종류가 아니니, 그 생산되는 곳의 땅이름을 가지고 명칭을 삼음이고, 연시호 같은 것은 부드럽고 연하기 때문에 이름 부르는 것입니다. 또 어떤 종류는 가지와 뿌리가 목향(木香)[105] 모양과 같은 것이 있고, 약 가게에서 은시호라 말하는데, 잘못일 것입니다. 의심컨대, 이시진(李時珍)[106]이 이른바 '호(蒿)[107] 뿌리처럼 굳세고 단단해서 사용할

102 은시호(銀柴胡): 대나물(마디나물)뿌리. 패랭이꽃과의 여러해살이풀인 대나물의 뿌리를 말린 것. 골증열, 어린이 감질(疳疾)로 열이 나는 데, 가래가 나오면서 기침하는 데 등에 씀.

103 북시호(北柴胡): 중국에서 '시호(柴胡)'를 일컫는 말. '구엽시호(韮葉柴胡)'라고도 함.

104 연시호(軟柴胡): '협엽시호(狹葉柴胡)'의 다른 이름. 대체로 '죽엽시호'와 매우 비슷하지만, 뿌리가 가늘고 말랐으며 짧음. 가지는 적게 나누어지고, 몹시 구불구불함. 길이는 4~10cm, 줄기 두께는 6~10mm임. 표면에는 물결무늬가 있음.

105 목향(木香): 국화과의 여러해살이 풀인 목향의 뿌리를 말린 것. 헛배가 부르면서 아픈 데, 옆구리 아픔, 입맛이 없고 소화가 안 되며 설사하는 데, 이질로 뒤가 무직한 데, 경련성 기침, 피부 가려움증, 옴, 습진 등에 씀.

106 이시진(李時珍, 1518~1593): 자는 동벽(東壁). 호는 빈호(瀕湖). 명(明)대 기주(蘄州) 사람. 35세에 약물의 기준서(基準書)를 집대성하는 일에 착수하여 생전에 탈고하였지만, 그가 죽은 후인 1596년에 『본초강목』 52권이 간행됨. 저서에 『기경팔맥고(奇經八脈考)』·『빈호맥학(瀕湖脈學)』 등이 있음.

107 호(蒿): 쑥. 국화과의 여러해살이 풀. 지혈·진통·강장제로서 냉(冷)에 의한 자궁출혈·생리불순·생리통 등의 치료에 씀. 민간에서는 베인 상처나·타박상, 복통·백선(白癬) 등에 외용하거나 내복함.

수 없다.'고 했던 것입니다. 그대가 물었던 은시호란 것은 어떤 종류 인지 모르겠습니다."

활암(活菴) 말함: "회향(蘹香)[108]도 그대 나라에 있습니까?"

양봉 말함: "많이 생산됩니다."

활암 말함: "대회향(大蘹香)[109] · 소회향(小蘹香)[110] 모두 있습니까?"

양봉 말함: "대회향(大蘹香) · 소회향(小蘹香) · 팔각회향(八角茴香)은 우리나라에서 모두 생산됩니다."

또 말함: "그대의 대 상자 속에 진교(秦艽)[111] · 오미자(五味子)[112]를 얻

---

108 회향(蘹香): 미나리과의 여러해살이풀인 회향풀의 여문 열매를 말린 것. 한산(寒疝)으로 고환이 붓고 아픈 데, 비위가 허한해 배가 아프고 불어나며 메스껍거나 토하고 입맛이 없는 데, 허리가 시리고 아픈 데, 달거리 통증, 음부가 찬 데, 장 경련, 젖이 잘 나오지 않는 데 등에 쓰고 기름도 짬. 회향(茴香).

109 대회향(大蘹香): 대회향(大茴香). 팔각회향(八角茴香). 붓순나무과의 상록관목인 팔각회향의 열매를 말린 것. 한사를 받아 토하는 데, 한산(寒疝)으로 배가 아픈 데, 신허로 오는 허리 아픔, 건각기, 습각기 등에 씀. 또는 '대회향'은 그냥 '회향'을 일컫기도 함.

110 소회향(小蘹香): 미나리과의 한두해살이풀인 소회향의 열매를 말린 것. 허한해 입맛이 없고 소화가 잘 안 되며 배가 차고 아픈 데, 한산(寒疝) 등에 씀.

111 진교(秦艽): 바구지과의 여러해살이풀인 진교와 흰진교의 뿌리를 말린 것. 풍습으로 팔다리가 아픈 데, 황달, 오후에 미열이 나는 데, 고혈압, 장출혈 등에 씀. 민간에서는 미친개에 물린 데도 씀.

112 오미자(五味子): 오미자과에 속하는 낙엽 만목인 오미자의 익은 열매를 말린 것. 허약한 데, 정신 및 육체적 피로, 무력증, 폐와 신(腎)이 허해 기침이 나면서 숨이 찬 데, 음허로 갈증이 나는 데, 식은땀, 저절로 땀이 나는 데, 유정(遺精), 유뇨증(遺尿症), 설사, 심근쇠약증, 야맹증, 건망증, 수면 장애, 피부염, 저혈압, 동맥경화증, 당뇨병, 간염 등에 씀.

어 볼 수 있겠습니까?"

활암 말함: "진교는 찾아 내놓을 수 없다고 말씀드릴 뿐입니다."

양봉(良峯) 말함: "다른 날 보게 될 뿐이니, 마음으로 근심하지 마십시오. 오미자는 냄새와 맛이 매우 좋은 품질의 물건이니, 참으로 이름난 산물(產物)입니다."

활암(活菴) 말함: "소매 속에 숨겨 가심이 어떻겠습니까?"

양봉 말함: "매우 감사합니다."

또 말함: "저는 지난날 나가사키[長崎]에 갔다가 중국 손님과 함께 많은 대화를 했었습니다. 지금 그대의 얼굴 모양과 이야기하며 웃는 모습을 살펴보니, 모두 당산(唐山)이나 남경(南京)[113] 사람과 같습니다. 온윤(溫潤)[114]하고 겸허하게 사양하시니 참으로 군자이십니다."

활암 말함: "저는 어리석고 뒤떨어진 한낱 썩은 무늬에 지나지 않는데, 그대는 어찌 지나치게 칭찬하십니까."

113 남경(南京): 중국 강소성(江蘇省) 서쪽 양자강(揚子江) 남안(南岸)에 있는 도시. 육조(六朝) 및 명초(明初)의 고도(古都). 시대에 따라 금릉(金陵)·건업(建業)·건강(健康)·응천부(應天府)·강녕부(江寧府)라고 불리었음.

114 온윤(溫潤): 옥돌이 윤기가 흐름. 인신해 온자하고 화기로움.

자리 위에서 구헌(矩軒)의 주고받은 시문(詩文)을 보고, 남강(南江) 선생께 급하게 받들어 드림

활암

젊은 사람 비단 도포 타고난 재능 드러내어	少年錦袍出天才
시편 자주 보내 손님 오는 데로 향하누나	頻將詩篇向客來
나그네 묵는 집은 흐려 비오는 속에 고요하니	旅館深深陰雨裏
어찌하여 헤어짐의 술잔을 권하지 않으리오	如何不勸離別盃

자리 위에서 활암 선생의 은혜로운 글을 받들어 화답함

남강(南江)

시 짓는 자리에서 자운[115]의 재능 기쁘게 보았더니	文筵喜見子雲才
아름다운 작품으로 몇 번이나 자리를 쓸겠구나	佳作幾回掃案來
오늘 서로 만나 정 다시 간절하니	今日相逢情更切
이별 뒤에 홀로 술잔 기울이며 어찌 견디리	何堪別後獨含杯

115 자운(子雲): 양웅(揚雄, B.C.53~A.D.18)의 자. 중국 한(漢)의 학자. 촉(蜀)의 성도(成都) 사람. 사부(辭賦)에 능했음. 저서로 『태현경(太玄經)』, 『법언(法言)』, 『방언(方言)』 등이 있음.

남강 선생의 아름다운 시를 거듭 받들어 화답함

활암

만난 자리에서 시문 주고받으며 기이한 재능 보았더니	逢場酬唱見奇才
마음대로 붓 휘두른 화려한 시문으로 종이를 없애겠네	揮洒瓊琚掃紙來
한 번 헤어지면 바다와 산으로 천만리인데	一別海山千萬里
그리움만 달빛 아래 가득 찬 술잔에 기우네	相思月下倒深盃

활암이 아들 정명(貞明)[116]의 시를 보고 화답함에 받들어 사례함

양봉

너그럽고 도량이 커 어린 사람 재능을 즐겨 사랑하니	寬裕好愛少年才
도읍 지역 많은 사람 안개 헤치고 오네	都下牛毛拂霧來
그대는 틀림없이 금강산 아래 나그네니	君是金剛山下客
지선[117]과 유황[118] 술잔 함께 즐기리	地仙共嗜硫黃盃

남강(南江) 말함: "거듭 화답하신 아름다운 글을 이 부채에 곱게 써 주신다면 더욱 감격하겠습니다."

활암(活菴) 말함: "가르침대로 하겠습니다."

116 정명(貞明): 니와 테이키[丹羽貞機]의 아들.

117 지선(地仙): 지상(地上)에 사는 신선. 하는 일 없이 편안하게 즐기며 사는 사람의 비유.

118 유황(硫黃): 비금속 원소의 하나. 황색·무취의 수지 광택이 있는 결정. 화약·성냥·농약 등의 원료로 널리 쓰임. 유황(硫磺). 석류황(石硫黃).

양봉(良峯) 말함: "아들 남강의 유(蕕)[119]같은 시가 향내 나는 학식을 더럽혔는데도, 거듭 세 번이나 아름다운 시로 응대해주신 은혜를 받았으니, 감사합니다."

활암 말함: "어찌 감사하실 것이 있겠습니까? 부채에 잘못 쓴 글씨는 용서받기를 바랍니다."

양봉 말함: "부채 가장자리에 글자를 보태니, 도리어 한 개의 뜻이 늘었습니다."

또 말함: "그대의 피곤함과 싫증을 돌아보지도 않고, 억지로 가르침을 입어서 감패(感佩)[120]하고 감사합니다. 듣자하니 오늘 숙소에 큰 일이 많다던데, 물러갔다가 장차 내일 다시 침식(寢食)[121]을 여쭙겠습니다."

활암 말함: "만일 다시 찾아주신다면, 정말로 감사하고 다행일 수 있겠습니다."

양봉 말함: "침식과 기거(起居)[122]가 청신(淸新)하고 씩씩하여 손뼉을 칠만큼 매우 기쁩니다. 또 와서 높은 식견(識見)을 더럽히겠습니다."

구헌(矩軒) 말함: "그대의 방문은 누추(陋醜)한 숙소의 영광이니, 매

119 유(蕕): 물가에서 자라며, 악취를 풍기는 풀이름.

120 감패(感佩): 마음에 깊이 감동해 잊지 않음. 감명(感銘).

121 침식(寢食): 자고 먹는 일. 곧 일상생활.

122 기거(起居): 행동거지(行動擧止). 일상생활에서의 모든 활동.

우 다행스럽습니다."

양봉 말함: "그대가 지금 살펴보신 거울은 예스럽고 우아하게 정성 들여 잘 만든 것입니다. 거울 몸뚱이에 운모(雲母)[123]를 썼습니까?"

구헌 말함: "수정(水晶)[124]입니다."

양봉(良峯) 말함: "여기 두 종류 중 하나는 껍데기 따위이고, 다른 하나는 짐승 털입니다. 그대 나라에도 그것들이 있습니까?"

구헌(矩軒) 말함: "약물(藥物)의 이름은 일찍이 배워 익히거나 시험한 것이 없습니다. 양의(良醫)께 물으신다면 그것에 대해 알 수 있을 따름입니다."

제술관(製述官) 구헌 선생, 제암(濟庵) 선생께 받들어 드림

남강(南江)

조선의 여러 어진 분 뛰어난 재능을 한데 모아서	雞林諸彦幷雄才
왕명 받든 사신은 선단[125]과 바다 밖에서 왔네	奉使仙舟海外來

123 운모(雲母): 돌비늘. 규산염광물의 일종. 광택이 있고 여러 겹지로 되어 있어서, 물고기의 비늘처럼 얇게 잘 갈라짐. 운사(雲沙). 운정(雲精).

124 수정(水晶): 육방정계(六方晶系)의 결정을 이룬 무색투명한 석영(石英). 인재(印材)나 장식품 따위로 쓰임. 수옥(水玉).

125 선단(仙丹): 장생불사(長生不死)하고, 신선이 되기 위한 영약(靈藥). 또는 기사회생(起死回生)의 묘약의 비유.

서로 만나 고향에 돌아가는 흥취 간절함을 다시 알겠고	相値更知歸興切
홍려관[126] 속에서 술 들기도 좋구나	鴻臚館裏好含杯

남강의 은혜로운 시를 받들어 화답함

구헌

아름다운 시문(詩文)은 피차(彼此) 이길 생각 간절해	佳篇思見克家才
한가한 날 뒤따라 지팡이 짚고 허리 구부려 왔네	暇日追陪杖僂來
옷차림 안개비 기운 속에 우뚝 솟았고	衣帶蓬岑烟雨氣
절간에서 자하[127] 술잔에 함께 취하네	禪樓同醉紫霞盃

남강의 아름다운 시를 받들어 화답함

제암(濟庵)

요초[128] 선향[129]의 봉황(鳳凰)을 토하는 재주[130]인데	瑤艸仙鄕吐鳳才
높은 누대 동틀 무렵 빗소리 두르고 왔네	高樓曉帶雨聲來

126 홍려관(鴻臚館): 관서(官署)의 이름. 빈객을 접대하는 일을 맡았음. 후한(後漢) 때는 조하(朝賀)·경조(慶弔)의 일을 맡음.

127 자하(紫霞): 보랏빛 안개. 신선이 사는 곳에 낀 운기(雲氣). 인신해 선궁(仙宮).

128 요초(瑤草): 전설상의 향초(香草). 아름다운 풀. 선초(仙草).

129 선향(仙鄕): 선경(仙境). 남의 고향에 대한 미칭.

130 봉황(鳳凰)을 토하는 재주: 한(漢)대 양웅(揚雄)이 일찍이 『태현경(太玄經)』을 저술하고 나서 자기 입으로 봉황을 토해 낸 꿈을 꾸었다는 데서 온 말로, 훌륭한 문장(文章)을 저술한다는 의미.

낯선 고장 우연한 만남 마침내 이별이니 殊方萍水遂成別
한 떨기 석류나무 꽃 이별의 술잔일세 一朵榴花萬里杯

자리 위에서 구헌, 제암 두 선생의 은혜로운 시를 급하게 받들어 화답함

남강

시 짓는 곳에서 비로소 대부의 재주를 보았고 詩場始見大夫才
오늘 벗을 맺어 서로 찾아왔다네 此日締交相訪來
헤어진 뒤 바람 맑고 달빛 밝은 밤이면 別後淸風明月夜
그대 그리워 탁주 잔 우두커니 홀로 대하리 思君獨對濁醪杯

남강 선생의 시에 거듭 차운함

구헌

연꽃 봉오리 붓 끝에 들어간 재주인 듯 芙蓉峯入筆頭才
비 내린 뒤 연꽃 향기 은은하게 풍겨오네 雨後荷香冉冉來
머나먼 곳 신선 사는 봉우리 뒷날 밤 달뜨거든 萬里仙岑他夜月
응당 헤어질 때 나눈 술잔 길이 그리워하리 也應長思別時盃

양봉(良峯) 말함: "객실 근처에 손님이 많아 편안하기 어렵습니다. 양의(良醫)께서 거처하는 곳에 잠시 갔다가 뒤에 다시 찾아와 뵐 따름입니다."

구헌(矩軒) 말함: "뒤에 다시 찾아와주신다면 다행이겠습니다."

송재(松齋) 말함: "어제 비록 찾아와주신다는 소식을 들었지만, 몹시 낮은 제가 만남을 이룰 수 없었기에 밤을 새워 한스러움이 계속되었던 듯합니다. 또 왕고(枉顧)[131]를 입게 되어 매우 감사드리며, 어제 서문(序文)을 부탁하신 일은 본래 어려운 일은 아니지만, 돌아갈 날이 머지않았고 생각이 매우 어지러워 높으신 부탁을 우러러 도울 수 없으니, 부끄러움이 계속되는 근심을 이기지 못하겠습니다. 예물이 있으니 더욱 감사드리게 됩니다. 그러나 그것을 받는다면 결코 편하지 않을 것이기 때문에 이와 같이 돌려드리니, 의심스럽고 괴이해 하지 마시기 바랍니다."

양봉 말함: "어제 이웃집에 와서 찾아주시기를 기다리다가 해질 무렵이 다가와 빈 책상에 인사만 드리고 돌아왔는데, 남은 생각에 오히려 쉬기조차 어려웠습니다. 지금 위엄 있고 어진 맑은 모습을 뵈었고 다행히 간곡하게 깨우쳐주시니, 매우 감사드립니다. 지난번 우러러 부탁드렸던 서문의 일은 돌아갈 때가 가까웠기 때문입니다. 숙소 안이 매우 바빠 머리를 끄덕여 허락해주시지 않으니, 마음이 몹시 어지럽고 할 바를 모르겠으며, 정말 마치 큰 바다 속에 바늘을 잃어버린 것 같습니다. 저는 일낙천금(一諾千金)[132]이라 들었습니다. 겨우 한 마디 말로 불쌍히 여기시는 은혜를 받는다면, 바야흐로 태산(泰山)[133]의 거듭된 하사

131 왕고(枉顧): 남의 내방(來訪)에 대한 높임말. 높으신 몸을 굽혀 방문하였다는 뜻.
132 일낙천금(一諾千金): 한 번의 승낙이 천금같이 소중함. 말에 신용이 있음을 이름.

품(下賜品)이겠습니다. 억지로 높은 식견(識見)을 번거롭게 해 죄가 무겁습니다. 또 어제 땅에서 난 변변치 못한 예물로 재물이 많은 분을 더럽혔으니, 공손치 못한 죄를 입어 피할 곳을 모르겠습니다."

송재 말함: "몇 번 서로 부둥켜안았으니, 비록 뜻이 같고 서로 마음이 맞는 무슨 일이든 들어줄 수 없겠습니까? 이 예물에 이르면, 그것을 받을 명분이 없습니다. 이 때문에 제 마음은 문득 편하지 않습니다. 그러므로 이와 같이 돌려드리니 놀랍고 이상해 하지 마시기 바랍니다. 서문의 일은 한가함을 따라 글을 만들어 계획과 같게 할 따름입니다."

양봉 말함: "거듭 깨우쳐주시니 감동해 엎드릴 만합니다. 높으신 생각을 거듭 수고롭게 해 머무르지 못하겠습니다. 연적(硯滴)[134]은 소매 속에 넣어 돌아감이 마땅하겠습니다. 서문의 일을 허락받아 손뼉 치며 기뻐 춤출 정도이니 어찌 견디겠습니까? 내일 와서 선생을 맞이하고, 오늘은 숙소 안이 매우 바빠서 작별을 고하고 떠나가려 하니, 거듭된 물음은 관계치 마시기를 간절히 바랍니다."

송재(松齋) 말함: "이와 같이 헤어짐을 말씀하시니, 마음이 매우 아프고 슬픕니다. 이미 거듭 찾아주신 가르침을 입었으나, 다만 스스로 소탑(掃榻)[135]할 뿐입니다.

133 태산(泰山): 오악(五嶽)의 하나로, 산동성(山東省) 중부에 있고, 주봉은 옥황정(玉皇頂). 고대에 제왕이 봉선(封禪)하던 산. 대종(岱宗). 대산(岱山). 대악(岱岳). 태악(泰岳).

134 연적(硯滴): 벼룻물 담는 그릇.

양봉(良峯) 말함: "제 성은 니와[丹羽]이고, 이름은 테이키[貞機]이며, 자는 정백(正伯)이고, 호는 양봉(良峯)으로, 도호토[東都]의 의관입니다."

진광(眞狂)[136] 말함: "저는 조선국 용문산(龍門山) 완의재주인(玩義齋主人)으로, 성은 김(金)이고, 이름은 계승(啓升)이며, 자는 군일(君日)이고, 별호는 진광(眞狂)입니다. 저는 선비인데, 부사(副使) 사행(使行) 가운데 따라온 사람이고, 신라(新羅) 왕손(王孫) 8대(代) 상(相)의 자손입니다."

양봉 말함: "지난날 조(趙) 송재가 거처하던 곳에서 서로 인사했던 양봉입니다. 지난번 그대가 남긴 글씨를 청해 심부름하는 아이 겐조[元恕]로 하여금 '죽헌(竹軒)'이란 두 글자를 내려 받았는데, 글씨에 드러난 힘이 씩씩하고 굳세며, 예사롭게 따라잡을 수 있는 바가 아니었습니다. 일찍이 그대의 글씨는 사행 가운데 첫째로 그치지 않고, 그대 나라 안에서 가장 뛰어나다 들었습니다. 감패(感佩)하고 감사합니다."

---

135 소탑(掃榻): 의자의 먼지를 쓸어 냄. 빈객(賓客)을 환영함의 형용.

136 진광(眞狂): 김계승(金啓升)의 별호. 1748년 제10차 통신사 때 별서사(別書寫)였고, 73세였음. 그와 절친했던 화가 최북(崔北)이 일본에 남긴 〈수노인도(壽老人圖)〉에 '수복(壽福)'이란 유묵(遺墨)이 남아있고, 일본 시즈오카[静岡]시 시미즈 구의 세이켄지[淸見寺] 경내(境內)에 그가 남긴 '잠룡실(潛龍室)' 편액(扁額)과 망호당(望湖堂) 편액이 현존(現存)함. 이덕무(李德懋)의 『청장관전서(靑莊館全書)』 권49 「이목구심서(耳目口心書)」 2에 그에 관해 '무진(戊辰)년 통신사의 별서사로 따라갔다가 일본 정전(正殿)의 전액(殿額)을 썼었는데, 일본 산동거사(山東居士)로부터 왕우군(王右軍)이 썼는지 진광(眞狂)이 썼는지 모를 정도라는 평을 받았다. 김계승은 필법이 특이하고 뛰어났으며 사람됨이 활달했다.'는 기록이 있음.

진광 말함: "지난날 어린 아이가 글씨를 청하기에 갑자기 되는대로 썼는데, 그대가 그 아이를 시켜서 청했는지 몰랐습니다. 어제 온종일 붓을 놀렸더니 정신이 피곤하고 힘이 없어 마음과 힘을 쓰기 어려우며, 지금 지나친 칭찬을 얻으니 부끄럽습니다. 정신이 편안해지면 곧 그대의 요구에 응할 따름입니다. 양의(良醫)와 의원(醫員)은 그대가 글로 쓴 이야기를 살펴보고, '온갖 약재를 분별함은 자세하여 빈틈이 없고 넓으며 크다. 또 『서물류찬(庶物類纂)』이란 책을 모았으니, 그윽한 일본의 재주와 지혜가 뛰어난 사람이다. 오랜 세월 의술(醫術) 분야의 큰 공(功)이 됨은 그치지 않을 것이니, 바로 사방 이웃나라의 크고 진귀한 보물이다.'라 말했습니다. 축하드릴만합니다."

양봉 말함: "어리석고 둔한 말이 천리마(千里馬)라는 명성을 머리에 이고, 병 앓는 제비에 봉황의 울음소리를 보태니, 부끄러워 나오는 땀이 세차게 흐르는 듯합니다. 다른 날 한가로워 한적할 때 찾아와 안부를 묻고 고수(高手)[137]를 수고롭게 하더라도 가로막지 마시기를 간절히 바랍니다."

137 고수(高手): 기예·시문·서화 등에 조예(造詣)가 깊은 사람.

양동필어 권4

무진년(戊辰, 1748) 6월 10일

도호토[東都] 의관(醫官) 니와 테이키[丹羽貞機]

양봉(良峯) 말함: "밤사이 기거(起居)[1]가 크게 편안하셨다니, 손뼉을 치고 어쩔 줄 모를 만큼 매우 기쁩니다. 듣자하니, 대패(大旆)[2]가 돌아갈 때가 머지않았다 합니다. 여러 날을 계속해 사귄 정이 깊고 지극한데, 이별의 큰 슬픔을 미리 생각하게 됩니다. 하루라도 서로 만나보지 못하면 마음이 평안하지 못하기 때문에 두 분 선생님의 눌러 막음도 돌아보지 않고, 날마다 와서 훌륭하고 아름다운 모범을 가까이하게 됩니다."

활암(活菴) 말함: "여러 번 찾아와주시고 대단히 친절하셔서 감동해 엎드릴만합니다. 밤사이 평안하셨다니 축하드릴만합니다."

송재(松齋) 말함: "밤사이 행동거지는 평안했습니다. 저는 매일 일이 많아 늦어진 서문(序文)을 아직도 완전히 끝내지 못했습니다. 다음에

1 기거(起居): 행동거지(行動擧止). 일상생활에서의 모든 활동.

2 대패(大旆): 해와 달이 그려진 천자(天子)의 기(旗). 여기서는 통신사 일행을 가리킴.

보내드림이 마땅하다고 계획할 뿐입니다."

양봉 말함: "머무시는 숙소 안에 날마다 와서 안부를 물음이 마땅합니다. 서문의 일은 적은 겨를을 얻으신 때 뜻을 따라 붓으로 써주시되, 높으신 생각을 수고롭게 하지 마시기를 간절히 바랍니다."

또 말함: "오서원(烏犀圓)[3]의 글자 약간은 그대가 남긴 글씨를 얻어 새기고자 합니다. 글자 모양과 크기와 차례가 이 글과 함께 똑같습니다. 고수(高手)를 수고롭게 하기를 간절히 바라니, 베푸심을 받는다면 매우 다행이겠습니다."

활암 말함: "가르침과 같게 할 뿐입니다."

양봉 말함: "글자 모양이 웅장하고 세련되며 우아하고 아름다워 평범하지 않습니다. 대단히 고맙고 또 고맙습니다. 길이 집안에 대대로 전하는 보물로 삼아 헤어진 뒤에도 글씨를 대함에 사람을 대하는 것과 같게 함이 마땅할 뿐입니다."

또 말함: "소(酥)[4]를 얻는 방법을 얻어들을 수 있겠습니까?"

활암 말함: "우리나라의 소는 중국과 다른 점이 있습니다. 사람 젖을 가지고 쓰는데, 따로 다른 소는 없습니다. 그대 나라는 어떠한 것

3 오서원(烏犀圓): 다담(多痰), 언어건삽(言語蹇澁), 졸중풍(卒中風), 구안와사(口眼喎斜)를 치료하는 처방임. '오서'는 무소 뿔 중 순전히 검고 무늬가 없는 것이나 주엽나무 열매인 '조협(皁莢)'을 가리킴. '원'은 큰 알약임.

4 소(酥): 소·양의 젖을 달여 바짝 졸여서 만든 식품이나 기름. 소유(酥油).

으로 소를 만드는지 모르겠습니다."

양봉(良峯) 말함: "중국의 소(酥)는 소젖이고, 우리나라는 단지 중국의 소(酥)만 씁니다. 그대 나라에서 소젖의 다른 이름은 어떠합니까?"

활암(活菴) 말함: "소젖은 진짜가 아닙니다."

양봉 말함: "예로부터 중국의 책에 락(酪)[5]·소(酥)·제호(醍醐)[6]는 젖을 묵힌 따위인데, 모두 소·말·양·당나귀의 젖을 써서 만든다고 했습니다. 『음선정요(飮膳正要)』[7]·『요선신은서(□仙神隱書)』[8] 같은 데도 모두 자세하게 만드는 방법이 실려 있습니다. 그러나 사람 젖을 써서 만드는 방법은 듣지 못했습니다. 또한 비록 사람 젖에 선인주(仙人酒)·생인혈(生人血)·백주사(白硃砂) 등의 숨겨 부르는 다른 이름이 있지만, 소(酥)라는 이름도 있는지 모르겠습니다. 사람 젖으로 소(酥)를 만드는 방법은 어떤 책에 나옵니까? 가르쳐 깨우침 받기를 간절히 바랍니다."

5 락(酪): 치즈. 소·양·말 등의 젖을 정련해 만든 장(漿). 유장(乳漿).

6 제호(醍醐): 우유를 정제해 뽑아낸 최상의 음료. 맛이 좋고 영양분이 풍부함.

7 『음선정요(飮膳正要)』: 금(金)·원(元)대 궁중의 식선의관(食膳醫官)이었던 홀사혜(忽思慧) 지음. 일상생활에서 접할 수 있는 여러 가지 고기, 과일, 야채 등 먹거리에 대한 합리적 배합과 인체에 대한 보양(補陽)작용을 상술하였고, 식사에 여러 가지 효능이 있는 한약을 가해 각종 병에 대한 효능을 중점적으로 소개했음. 약선(藥膳) 관련 가장 주목할 원전(原典)으로 평가받음.

8 『요선신은서(□仙神隱書)』: 명(明)대 주권(朱權, 1378~1448) 지음. 농사(農事) 관련 내용을 정리한 도가(道家)의 책.

활암 말함: "사람 젖을 써서 소(酥)를 만드는 방법은 우리나라의 옛날 방법입니다. 실려 있는 책은 익숙하게 알지 못합니다."

양봉 말함: "그대 나라의 『동의보감(東醫寶鑑)』[9] · 『의림촬요(醫林撮要)』[10] 중 소(酥) 항목에서 소 · 말 · 양 · 당나귀의 젖으로 만든 종류를 분별하였는데, 사람 젖으로 만든 소(酥)는 실려 있지 않습니다. 사사로운 의문이지만, 사람 젖으로 만든 소(酥)는 그대 나라의 속방(俗方)[11]에서 나왔습니까?"

활암 말함: "곰곰이 생각해 우러러 답함이 마땅할 뿐입니다."

양봉 말함: "그대 나라 약식(藥食)[12]에 소젖을 씁니까?"

활암 말함: "사람 젖을 씁니다."

양봉(良峯) 말함: "그대들이 깔고 앉은 가죽은 어떤 짐승입니까?"

활암(活菴) 말함: "황견(黃犬)[13]인데, 축축함을 없앨 수 있고, 따뜻합니다."

---

9 『동의보감(東醫寶鑑)』: 조선 중기의 태의(太醫) 허준(許浚)이 지은 의서(醫書). 중국과 우리나라의 고전 의방서들을 인용해 만든 것으로, 1613년(광해군5)에 간행되었음. 25권 25책.

10 『의림촬요(醫林撮要)』: 조선의 양예수(楊禮壽)가 1635년에 동의치료 편람식으로 만든 책. 자신의 오랜 치료경험과 당시까지 우리나라 의학의 발전성과들을 종합해 병증을 구분하고, 그 원인과 증상, 치료법, 간단한 처방 등을 요약했으며, 마지막 부분에 자신의 경험방을 실었음. 13권 13책.

11 속방(俗方): 중국의 한의학 서적에 설명이 없기 때문에 우리나라에서 기록하는 처방으로 서술한 것을 의미함.

12 약식(藥食): 질병을 치료하기 위해 먹는 물건. 약품(藥品).

또 말함: "일찍이 듣자하니, 그대 나라 당귀(當歸)[14]가 상등(上等)이고 좋다던데, 어느 고을에서 생산되고, 몇 종류나 있습니까?"

양봉 말함: "우리나라의 당귀에 상등이고 좋은 것이 있는데, 여러 고을에서 생산됩니다. 오우미주[近江州][15] 이부키산[伊吹山][16]과 야마토주[大和州], 야마시로주[山城州][17]에서 생산되는 것이 중국의 것보다 뛰어납니다. 잠두(蠶頭)[18]란 것이 있고, 마미(馬尾)[19]란 것이 있는데, 대개 산에서 생산되는 것입니다. 비록 모양은 볼품없이 작지만, 향기와 맛이 매우 뛰어나서 심은 것보다도 낫습니다."

활암 말함: "듣자하니, 그대 나라의 당귀·지황(地黃)[20]은 캐서 거둘

13 황견(黃犬): 털빛이 누런 사냥개. 진(晉)대 육기(陸機)가 기른 개. 먼 길을 왕래하며 서신을 전했다고 함. 인신해 사자(使者). 황이(黃耳).

14 당귀(當歸): 미나리과에 속하는 여러해살이풀인 당귀의 뿌리를 말린 것. 보혈(補血)·활혈(活血)에 쓰이는 약재. 승검초 뿌리.

15 오우미주[近江州]: 일본 교토시[京都市] 동쪽 시가현[滋賀縣] 비와호[琵琶湖] 호수 지대의 지방.

16 이부키산[伊吹山]: 일본 시가현[滋賀縣] 비와호[琵琶湖]의 치쿠부섬[竹生島]에 있는데, 비와호를 한 눈에 조망할 수 있고, 일본 100대 명산 중 하나임.

17 야마시로주[山城州]: 일본 이시카와현[石川縣] 가가시[加賀市] 일대. 온천으로 유명함.

18 잠두(蠶頭): 머리가 크고 뿌리 끝부분이 거친 당귀(當歸)로, 색이 희고 단단함. 힘이 점점 없는 데, 가루로 만들어 약용함. 잠두귀(蠶頭歸). 참두귀(鑱頭歸).

19 마미(馬尾): 머리가 둥글고 뿌리가 많으며 자주색인 당귀(當歸)로, 향기롭고 광택이 있는데, 중국 섬서성(陝西省)에서도 생산됨.

20 지황(地黃): 현삼과의 풀로 약초의 한 가지. 뿌리의 상태에 따라 선지황(鮮地黃)·건지황(乾地黃)·숙지황(熟地黃) 등으로 분류하며, 각각 해열(解熱)·보음(補陰)·보혈(補血)·강장(强壯)의 약재로 쓰임.

때 큰 노구솥[21]을 써서 찌고 씻어내 햇볕을 쬐어 말린다던데, 그렇습니까?"

양봉 말함: "지나치게 욕심내는 농부들과 간사한 장사치들은 충주(虫蛀)[22]를 두려워하고 이익을 다투게 되어, 캐서 거둘 때 큰 노구솥을 써서 그것을 찝니다. 별도로 노구솥에서 찌는 과정을 거치지 않는 것이 있는데, 생건(生乾)[23]이라 이름합니다. 구안(具眼)[24]의 의사는 모두 생건을 씁니다. 대체로 지황은 쇠 도구에 훼손당하고, 장뇌(樟腦)[25]는 소금과 조화를 이루며, 육종용(肉蓯蓉)[26]은 금련(金蓮)[27] 뿌리와 서로 어울리고, 목통(木通)[28]은 포도(葡萄) 줄기에 들어맞으며, 황기(黃芪)[29]는 백맥근(百脉根)[30]과 뒤섞이고, 구귤(枸橘)[31]을 지실(枳實)[32]로 여김과 같

21 노구솥: 놋쇠나 구리쇠로 만든 작은 솥. 자유로이 옮겨 따로 걸고 쓰게 되어 있음.
22 충주(虫蛀): 나무·서적·옷 등을 쏠아 구멍을 내는 벌레. 주충(蛀蟲).
23 생건(生乾): 날로 말린 것. 예컨대, 생건지황(生乾地黃)은 날로 말린 지황의 뿌리. 보혈(補血) 또는 지혈제로 씀. 마른지황.
24 구안(具眼): 안식(眼識)이 있음. 사물의 선악(善惡)과 가치를 잘 분별하는 안목(眼目)과 식견(識見)이 있음.
25 장뇌(樟腦): 녹나무의 가지와 잎에서 추출해 만든 무색·반투명의 결정(結晶). 독특한 향기가 있으며, 향료 또는 공업용 및 의료용으로 쓰임. 소뇌(韶腦).
26 육종용(肉蓯蓉): 한약재로 쓰이는 더부사리과의 다년초. 나무뿌리에 기생하며 줄기가 강장제와 지혈제로 쓰임.
27 금련(金蓮): 덩굴로 산지에 자라는 만초류(蔓草類) 식물. 우리나라에서는 연꽃의 일종인 금련화(金蓮花)를 일컫기도 함. 적·백·홍·청·황·자색(紫色) 등이 있음. 할련.
28 목통(木通): 으름덩굴. 열매는 식용하거나 줄기와 함께 약재로 쓰임. 통초(通草).
29 황기(黃芪): 단너삼. 약초의 이름. 또는 그 뿌리를 약재로 이르는 말. 황기(黃耆).
30 백맥근(百脉根): 산초류(山草類)인 '백맥'의 뿌리. 갈증을 멎게 하고, 열을 없애며, 허로부족(虛勞不足) 등을 치료하는 데 씀.

고, 그 밖의 다른 것도 이러한 따위와 같아서 살펴 헤아릴 수 없으니, 사람을 살린다는 명목(名目)으로 사람을 죽이는 실제만 있습니다. 따라서 우리나라의 풍속은 장차 온갖 약물(藥物)의 참과 거짓을 분별해 의술(醫術) 분야의 큰 연관으로 삼고자 합니다."

또 말함: "탐현(探玄) 어르신의 대단치 않은 병은 물리치셨고, 날마다 평안하십니까?"

송재(松齋) 말함: "복사뼈의 종기에서 지금은 고름이 나오는 듯합니다."

양봉(良峯) 말함: "객지살이 중의 병상(病床)은 당연히 한스럽고 답답하게 됩니다. 고향을 생각하는 정이 간절함을 미리 살펴야 할 것입니다. 저는 지금 작은 과실을 지니고 와서 병상의 지극한 수고로움을 찾아뵙고 위로하고자 합니다. 그대가 어린아이를 시켜서 그것을 전해드림이 어떻겠습니까? 과실이란 것은 불수감(佛手柑)[33]과 감(柑)[34]인데,

31 구귤(枸橘): 관목류(灌木類)인 탱자나무.

32 지실(枳實): 탱자. 약재로 쓰이는데, 어린 것을 '지실', 여문 후에 말린 것을 '지각(枳殼)'이라 함.

33 불수감(佛手柑): 귤나무류에 속하는 상록활엽 소교목. 잎, 줄기, 꽃, 열매 모두가 향기로운 천연허브 방향성 식물로, 중국남방의 광동지방에서 많이 생산됨. 열매는 겨울에 익으며 끝이 손가락처럼 길게 갈라지고 향내가 매우 좋은데, 그 모양이 부처님 손을 닮았다 하여 '불수감'이라 부름. '불수감'의 '불(佛)'은 '복(福)'과 중국식 한자어 발음이 유사하고, 부처님의 손과 같은 생김새로 인해 다복(多福)을 의미함. 다수(多壽)를 의미하는 복숭아, 다남(多男)을 의미하는 석류와 함께 삼다(三多) 식물로 꼽힘.

34 감(柑): 귤나무의 일종.

종기와 고름에 금하고 꺼리는 것은 아닌지요?"

송재 말함: "마땅히 가르치신 바와 같이 심부름꾼이 오기를 잠시 기다리겠습니다."

또 말함: "제가 듣건대, 한양에서 편지가 다다랐다고 합니다. 그러므로 먼저 일어나지만, 자주 만나 뵙겠습니다."

양봉 말함: "가르침을 받들겠습니다. 마땅히 잠깐 재판국(裁判局)[35]으로 물러갔다가 뒤에 적은 겨를이라도 있다면 다시 인사드리겠습니다."

또 말함: "듣건대, 고향 소식이 이르렀다 하니, 매우 축하드릴만합니다. 자제분, 친척분들은 평안하시답니까?"

송재 말함: "아들과 딸은 비록 편안하지만, 제 아내는 몇 차례 끙끙거릴 만큼 아팠다고 하니, 불쌍합니다."

양봉 말함: "멀리 떨어진 부인의 정황(情況)이 정말 가엾다고 할 만합니다. 다른 사람들도 오히려 그러함을 듣고는 견디지 못할 것입니다. 비록 그러하나 돌아갈 때가 매우 가까우니 위로해드릴 뿐입니다."

송재(松齋) 말함: "이 편지를 받아본 뒤에 고향으로 돌아가고 싶은 마음이 지난날보다 백배가 되었고, 몹시 괴롭습니다."

---

35 재판국(裁判局): 옳고 그름을 판단하는 일을 맡던 관청.

또 말함: "그대는 본래 도호토에서 태어났습니까?"

양봉(良峯) 말함: "저는 도카이도[東海道] 안의 이세슈[伊勢州]에서 태어났습니다."

송재 말함: "어려서부터 도호토에 와 있었습니까? 자제와 친척도 모두 도호토에 있습니까? 그대의 깊고 넓은 학식과 재지(才智)와 도량(度量)은 무리 중에서 훨씬 뛰어난데, 어느 곳에 가서 공부했고, 어떤 사람을 따라 섬겼습니까?"

양봉 말함: "저는 어려서부터 사이쿄[西京]에 가서 공부했습니다. 처음에는 춘추관(春秋館)[36]의 마츠나가 쇼우데키[松永昌迪][37]를 따라 경서(經書)를 익혔고, 뒤에 고의당(古義堂)[38] 이토 도가이[伊藤東涯][39]의 글방에서 여러 해 머무르며 공부했으며, 경서를 의논하는 틈틈이 니시 산하쿠[西三伯]에게 의술을 배웠습니다. 또 20세부터는 명물(名物)[40]을 연구하는 데 뜻을 두고, 늘 도 쟈쿠스이[稻若水][41]를 따라 『이아(爾雅)』와

36 춘추관(春秋館): 시정(時政)의 기록을 맡았던 관아.

37 마츠나가 쇼우데키[松永昌迪]: 마츠나가 샤쿠고[松永尺五, 1592~1657]의 손자. 마츠나가 샤쿠코는 에도 초기 유학자로, 교토[京都] 사람 정덕(貞德)의 아들이고, 이름은 창삼(昌三)이며, 자는 하년(遐年)임. 또한 후지와라 세이카[藤原惺窩]의 고제(高弟)로, 교토에 강습당(講習堂)을 열어 그의 문하에서 기노시타 쥰안[木下順庵]과 가이바라 에키켄[貝原益軒] 등이 배출되었음. 저서에 『이륜초(彝倫抄)』·『사서사문실록(四書事文實錄)』 등이 있음. 그의 둘째 아들의 차남이 마츠나가 쇼우데키임.

38 고의당(古義堂): 에도 시대인 1662년, 이토 진사이[伊藤仁齋, 1627~1705]가 교토에 세워 유학을 교육시키던 사숙(私塾).

39 이토 도가이[伊藤東涯]: 이토 진사이[伊藤仁齋]의 큰 아들로, 교토의 유학자임.

40 명물(名物): 사물의 명칭과 특징. 그 지방 특유의 이름난 산물. 명산물.

본초서(本草書)에 대해 토론했으며, 비잠(飛潛)[42]과 동식물을 가려 뽑아 많은 책에서 그것을 증명했습니다. 도호토[東都]를 장유(壯遊)[43]함에 미쳐서는 도규(刀圭)[44]를 일삼았고, 자제(子弟)를 가르치고 깨우쳤으며, 명물의 학문을 연구했습니다. 당시 총명함을 지녀 백성을 불쌍히 여겼고, 백성이 받는 폐단(弊端)을 근심하던 나머지 은혜가 당기듯 의약(醫藥)의 일에까지 미침을 만났습니다. 천한 명성이 삼공(三公)[45]의 귀에 잘못 알려져 마침내 의관으로 천거되어, 저는 『보구류방(普救類方)』[46] 12권, 『동선방(東選方)』 10권을 가려 뽑아 짓게 되었습니다. 또 앞선 스승 도 쟈쿠스이[稻若水]의 남긴 뜻을 이어 『서물유찬(庶物類纂)』 1,054권을 가려 뽑아 지었는데, 이것이 지난번 훌륭한 서문을 부탁드린 책입니다. 그대는 제 여러 해의 조그만 정성을 가엾게 여겨 말없이 그만두지 마십시오."

또 말함: "아들과 딸은 비록 모두 집에 있지만, 부모의 무덤은 오히

41 도 쟈쿠스이[稻若水]: 원래 이름은 이노오 센기[稻生宣義]. 도기[稻義]로도 알려져 있음. 에도시대 전·중기 본초가(本草家). 1693년에 '도기'로 개명(改名)했음. 저서에 『포자전서(炮炙全書)』·『시경소식(詩經小識)』 등이 있음. 니와 테이키[丹羽貞機]의 스승.

42 비잠(飛潛): 하늘을 나는 것과 물 속에 잠기는 것. 조류(鳥類)와 어류.

43 장유(壯遊): 큰 뜻을 품고 멀리 유람함.

44 도규(刀圭): 가루약의 분량을 재는 작은 숟가락. 작은 칼과 같은 모양에 끝부분이 규벽(圭璧)처럼 모가 나고 오목하므로 붙여진 이름. 인신해 의술(醫術)이나 약물(藥物)을 이름.

45 삼공(三公): 나라의 세 가지 최고 관직.

46 『보구류방(普救類方)』: 1729년 니와 테이키가 의사(醫師) 하야시 료적(林良適)과 함께 편찬한 의약 관련 서적. 병명에 따른 처방과 약초의 이용 방법을 설명했고, 당시 바쿠후(幕府)에 의해 출판되었음.

려 고향에 있어 제 동생으로 하여금 지키게 했습니다. 도호토[東都]에서 거리는 1천 리 남짓인데, 비록 같은 고을 사방 경계 안이지만, 4계절의 경치는 때로 옛 정원의 느낌을 재촉합니다. 하물며 지금 그대는 멀리 떨어진 곳에 계셔서 집에서 보낸 편지만 보시고, 고향 그리워하는 마음은 움켜 쥘 수 있듯 보임을 늘 알겠습니다. 비록 그러하나 돌아갈 때가 하루 이틀 사이에 있으니, 기쁘게 위로해 드릴만합니다."

활암(活菴) 말함: "그대는 보통 사람이 아니라, 마땅히 임금이 의지함이 있어 그대로 하여금 끝없이 크게 쌓은 공로(功勞)를 끝마치게 했으니, 거듭 축하드릴만합니다. 몸가짐이 웅장하고 세련되어 일본에 들어온 뒤로 그대와 같은 사람을 보지 못했습니다. 어제도 송재(松齋) 선생과 함께 그대의 뛰어난 재능에 대해 여러 번 이야기했습니다."

양봉(良峯) 말함: "과분한 칭찬을 거듭 입으니 부끄러움과 두려움을 이기지 못하겠습니다. 그대는 정말 지혜와 재능이 보기 드물게 뛰어난 분입니다. 일찍이 깊이 생각하고 자세히 살피신 의가(醫家) 갈래의 중심을 가르쳐 보여주셨으니, 이것은 참으로 귀중한 은혜입니다."

활암 말함: "천한 학문과 뒤떨어진 재주이니, 어떻게 봉황의 울음에 응하겠습니까?"

양봉 말함: "그대는 어찌 겸허히 사양함이 심하십니까? 그대와 저는 비록 신성(晨星)[47]과 삼성(參星)[48]처럼 다르게 나뉘었다는 원망은 있지

47 신성(晨星): 28수(二十八宿)의 하나인 방성(房星). 창룡칠수(蒼龍七宿)의 넷째 성수

만, 창과 방패처럼 서로 맞지 않는 다른 직업이란 어긋남은 없습니다. 함께 그 원래부터 갖춘 뜻을 의논하여 살리고 죽이는 의술(醫術)의 정성을 돕고자 함입니다. 바야흐로 지금 그대의 존귀한 깨우침을 들어 제 간절한 바람을 적신다면 큰 다행임을 셈할 수 없을 것입니다. 굳이 사양하지 마시기를 간절히 바랍니다."

활암 말함: "성인(聖人)의 학문은 격물(格物)[49]과 궁리(窮理)[50]인데, 의가(醫家) 갈래도 다름이 없을 것입니다. 그대의 생각은 어떠십니까?"

양봉 말함: "격물과 궁리는 온갖 일에 다 그러합니다. 묻건대, 요즈음 의술을 배우는 자들은 먼저 어떤 사물을 궁구(窮究)[51]하고, 어떤 이치를 궁구해야 합니까? 거듭 깨우침을 간절히 바랍니다."

활암(活菴) 말함: "궁구(窮究)하지 않을 사물이 없고, 궁구하지 않을 이치가 없습니다. 하나라도 그것을 다하지 않음이 있다면, 할 수 없을 것입니다."

양봉(良峯) 말함: "『대학(大學)』[52]에 이미 주된 것과 부차적인 것, 끝

로, 별 넷으로 구성되어 있으며, 거마(車馬)를 맡는다고 함. 방사(房駟). 방수(房宿). 일설에는 북극성.

48 삼성(參星): 28수(二十八宿)의 하나.

49 격물(格物): 사물의 이치를 궁구함.

50 궁리(窮理): 사물의 이치를 궁구함.

51 궁구(窮究): 근원을 캐 깊이 파고들어 연구함.

52 『대학(大學)』: 4서5경(四書五經)의 하나. 원래 『예기(禮記)』의 한 편이었던 것을 주희(朱熹)가 따로 독립시켜 장구(章句)를 짓고 해설을 붙였으며, 내용은 3강령(三綱領)과

과 처음의 설명이 있는데, 의술의 방법에도 주된 것과 부차적인 것, 끝과 처음의 공부가 없을 수 없습니다."

활암 말함: "「소문(素問)」과 『난경(難經)』 두 경서의 이치를 밝히고, 5운6기(五運六氣)의 법칙을 안 뒤에 약재의 성질과 효능에 대한 냄새와 맛을 분별하며, 온갖 병의 실제 사정과 형편을 살핀다면, 주된 것과 부차적인 것이 어긋나지 않고, 끝과 처음도 어그러지지 않을 것이니, 의원의 일은 여기에 더할 것이 없습니다."

양봉 말함: "저는 여러 해 두 경서와 운기(運氣)의 설이 왜 의가(醫家) 갈래의 시조(始祖)가 되었는지 의심했습니다. 개인적으로 말하자면, 하간(河澗)·결고(潔古)·동원(東垣)·진형(震亨)의 책이 모두 두 경서와 운기의 설을 주장했고, 후세에 대부분 이 뛰어난 네 분을 따랐는데, 중경(仲景)·사막(思邈)·왕도(王燾)·숙미(叔微)의 책처럼 대부분 방제(方劑)[53]와 병의 정황을 주장하고, 두 경서와 운기의 설은 도움으로 삼기도 합니다. 후세에 의술을 배우는 자들은 이에 두 흐름이 되어 조금 갈라졌으나 천리의 어긋남이 있게 되었을 것입니다. 진(晋)의 저징(褚澄)[54]은 『내경(內經)』의 글을 분별해 '진한(秦漢) 방술가(方術家)[55]의 거짓된 책'이라 했습니다. 저(褚) 선생의 설에 근거한다면, 진한의 땅이

8조목(八條目)으로 구성됨.

53 방제(方劑): 병의 증세에 따라 약재를 배합하는 방법. 처방(處方).

54 저징(褚澄): 자는 언도(彦道). 의술에 밝았고, 오군태수(吳郡太守)를 지낼 때, 예장왕(豫章王)의 감질(感疾)을 치료한 것으로 유명함.

55 방술가(方術家): 장생불사(長生不死)의 선술(仙術)을 연구하는 사람들.

름이 어떻게 황제(黃帝)의 책에 실려 있겠습니까? 단연코 황제의 책이 되기에 마땅하지 않습니다. 또 유완소(劉) · 장기(張) · 이고(李) · 주진형(朱)이란 뛰어난 네 분의 넓고 큰 명성으로도 밝게 분별한 개략(槪略)이 없으니, 어찌 황제와 기백(岐伯)의 책이라 여겨 그것을 믿고 높이겠습니까? 저는 여기에 의혹이 있어서 여러 해 살펴 구하고 깊숙이 찾아다녔으나 답해줄 사람을 얻지 못했습니다. 그대의 가르침을 얻어서 천한 가슴속의 장애물을 물리치고자 간절히 바랍니다."

활암 말함: "그대는 요즈음 제자들을 가르쳐 깨우칠 때 무슨 책을 의가(醫家) 갈래의 준칙(準則)으로 삼아서 강의하고 깊이 연구하십니까?"

양봉 말함: "제가 제자를 가르칠 때는 중경의 『상한론(傷寒論)』과 『금궤요략(金匱要略)』[56]을 준칙으로 삼고, 『천금(千金)』, 『외대(外臺)』, 『본사방(本事方)』[57], 『득효방(得効方)』[58]을 도움으로 삼습니다. 「소문(素問)」 · 『난경(難經)』과 운기(運氣)라는 것도 진한(秦漢)의 이름난 의원의 격언

56 『금궤요략(金匱要畧)』: 『금궤옥함경(金匱玉函經)』. 한(漢)대 장기(張機)의 저작. 3권. 북송(北宋)의 왕수(王洙)는 『금궤옥함요략방(金匱玉函要略方)』 3권을 기록해 전하는데, 상권은 상한변증(傷寒辨證)이고, 중권은 잡병(雜病)에 대해 논했으며, 하권은 그 처방을 실었을 뿐 아니라, 부인병(婦人病)의 치료를 논했음. 임억(林億)은 『금궤옥함방론(金匱玉函方論)』의 잡병과 관련있는 처방을 취해 『금궤요략방론(金匱要略方論)』을 편집했음. 내용은 내과잡병(內科雜病) · 부과(婦科) · 구급(救急) · 음식금기(飮食禁忌) 등 25편이며, 262가지 처방을 포괄하고 있음.

57 『본사방(本事方)』: 남송(南宋)대 허숙미(許叔微)의 저서인 『유증보제본사방(類證普濟本事方)』 10권. 경험에 의한 여러 처방과 의안(醫案)을 기록해 실었음.

58 『득효방(得効方)』: 원(元)대 위역림(危亦林, 1277~?)의 저서인 『세의득효방(世醫得效方)』 19권. 집안 대대로 전하는 경험방과 고대 의가의 고방을 정리해 1337년에 편찬했는데, 정골과에 위대한 공헌을 한 저서로 평가받음.

(格言)[59]이니, 의술의 방법에 큰 귀감(龜鑑)[60]이 되어 강의하고 깊이 연구하지 않을 수 없지만, 그러나 그것은 기초로 삼을 뿐이니, 저는 그것을 믿지 않습니다."

활암(活菴) 말함: "중경(仲景)의 『상한론(傷寒論)』은 오로지 두 경서의 말을 근본으로 삼았습니다. 또 두 경서의 설로 그 대강(大綱)의 요령을 세웠고, 증후(症候)[61]와 방약(方藥)[62]을 가지고 조목(條目)을 삼았습니다. 이처럼 중경도 두 경서를 시조로 삼았으니, 책은 다르지만 뜻은 같습니다."

양봉(良峯) 말함: "지금 있는 중경의 두 책은 의심컨대 모두 중경의 손에서 나온 것이 아닙니다. 「변맥법(辨脉法)」[63]·「평맥법(平脉法)」[64] 등의 여러 논의 같은 것은 모두 진(晉)의 왕숙화(王叔和)[65]가 가려 뽑아 정한 것이고, 6경(六經)[66]의 병 증상이 다만 중경이 죽은 뒤에 남긴 저

59 격언(格言): 교육적 뜻을 포함해 준칙(準則)이 될 만한 말.

60 귀감(龜鑑): 거울로 삼아 본받을 만한 모범이나 경계로 삼을 만한 교훈의 비유.

61 증후(症候): 증세, 질병.

62 방약(方藥): 의사의 처방과 약. 또는 처방에 따라 조제한 약.

63 「변맥법(辯脉法)」: 『상한론(傷寒論)』 제1편의 편 이름.

64 「평맥법(平脈法)」: 『상한론(傷寒論)』 제2편의 편 이름.

65 왕숙화(王叔和, ?~?): 중국 후한(後漢) 말, 서진(西晉) 초의 의원. 진맥을 중심으로 하는 진단학(診斷學)의 원조. 진나라 태의령(太醫令)을 지냈음. 유일한 기록으로 고담(高湛)의 『양생론(養生論)』에 '왕숙화는 성질이 조용하고 저술을 좋아해 유문(遺文)을 조사해 밝혔고, 군론(群論)을 뽑아 가려 『맥경(脈經)』 10권을 편찬하였으며, 장중경(張仲景)의 『방론(方論)』을 순서에 따라 편집해 36권으로 만들어 세상에 널리 읽혔다.'는 구절이 있음. 저서에 『맥경』 10권, 『맥결(脈訣)』 4권, 『맥결도요(脈結圖要)』 6권, 『맥부(脈賦)』 1권 등이 있음.

술입니다. 대개 중경의 책은 죽은 뒤에 남긴 저술만 겨우 남아있고 온전한 책은 없습니다. 왕숙화가 옛 논의에서 가려 뽑아 그 증세를 연구했고, 맥(脈)짚는 것과 약 처방은 「소문」·『난경』과 운기의 설을 서로 밝혀 가려 뽑아 정했으며, 송(宋)의 성무기(成無己)[67]가 주석을 달았습니다. 뒤에 또 방안상(龐安常)[68]·주굉(朱肱)[69]·숙미(叔微)·한지화(韓祗和)[70]·왕식(王寔)의 무리도 번갈아 지식을 열었습니다. 그러나 장중경(張仲景)의 경서와 왕숙화(王叔和)가 뜻을 풀어 설명한 책은 때때로 되풀이되거나 중요한 것과 부차적인 것의 구분이 없고, 후세 여복(呂復)[71]·왕리(王履)[72] 같은 이들도 이러한 분별함이 있어 『주공의설회편(周恭

66 6경(六經): 태양경(太陽經)·양명경(陽明經)·소양경(少陽經)·태음경(太陰經)·소음경(少陰經)·궐음경(厥陰經)의 합칭. 고대에는 임상 상 육경의 명칭과 그것이 표현하는 증후의 특징으로, 질병부위와 질병의 발전단계를 설명했으며, 상한(傷寒) 등 급성질병의 진찰과 치료 시에 변증론치(辨證論治)의 강령 즉, '육경변증(六經辨證)'으로 삼았음.

67 성무기(成無己): 송(宋)대 요섭(聊攝) 사람. 뒤에 금(金) 땅으로 들어갔기 때문에 금나라 사람이라고도 함. 대대로 유학과 의학을 익혔는데, 여러 서적에 매우 해박했으며, 장중경의 『상한론』을 시조로 삼아 저술을 했음. 표리허실(表裏虛實)을 뛰어나게 분별하고 분석했으며, 저서에 『상한론주(傷寒論注)』와 『명리론(明理論)』이 있음.

68 방안상(龐安常): 방안시(龐安時). '안상'은 그의 자. 송(宋)대 기수현(蘄水縣) 사람. 어려서 책을 읽되 한번만 봐도 외울 만큼 총명했고, 집안은 대대로 의술을 업으로 삼았으며, 의술에 매우 밝았음. 저서에 『난경변(難經辨)』, 『주대집(主對集)』, 『상한총병론(傷寒總病論)』, 『방씨가장비보방(龐氏家藏秘寶方)』 등이 있음.

69 주굉(朱肱): 송(宋)대 호주(湖州) 사람. 자는 익중(翼中). 자호(自號)는 무구자(無求子). 만호(晩號)는 대은옹(大隱翁)인데, 본의랑(奉議郎)이란 벼슬을 지냈으므로 사람들은 '주봉의'라 불렀음. 의술에 밝았고, 특히 상한(傷寒)에 뛰어났음. 수십 년 깊이 연구해 경서의 중요한 뜻을 깨달아 『남양활인서(南陽活人書)』를 지어 올렸음. 휘종(徽宗) 때 봉의랑의학박사(奉議郎醫學博士)에 제수되었고, 남양태수(南陽太守)의 병을 치료하였음.

70 한지화(韓祗和): 송(宋)대 철종(哲宗) 연간(1086~1100)의 의학자. 저서에 『상한미지(傷寒微旨)』, 『한씨의통(韓氏醫通) 등이 있음.

71 여복(呂復): 명(明)대 의학자.

醫說會編)』에 그것을 실었습니다. 대개 숙화가 가려 뽑아 정한 일은 지금 『상한론(傷寒論)』 가운데 「상한례(傷寒例)」 본문 속에 보이니, 명확한 증거가 있습니다. 그밖에 『상한론』과 『금궤요략(金匱要畧)』 책 속에 여러 해의 여측(蠡測)[73]이 있는데, 조용히 따져 묻게 될 수 있다면, 단단한 얼음이 봄볕을 얻고 찬 부엌이 큰 희생(犧牲)으로 채워지는 것입니다. 이제 그대가 고향으로 돌아갈 때가 가까이 다가왔으니, 평생의 남은 한(恨)이 됩니다."

활암(活菴) 말함: "삼가 가르침을 받들겠습니다. 그대는 중경이 죽은 뒤에 남긴 저술을 존숭(尊崇)해 믿고, 「소문(素問)」·『난경(難經)』과 운기(運氣)의 설을 달갑게 여기지 않아, 옛 방법을 일삼고 유완소(劉)·장기(張)·이고(李)·주진형(朱)의 단점을 논했습니다. 우리나라 의가(醫家) 갈래는 예로부터 「소문」·『난경』과 운기를 우러러 받들고, 대현(大賢)[74] 네 분을 추모하지 않음이 없으니, 제가 스승삼아 따르는 것도 모두 그 사람들입니다. 지금 뛰어난 물음에 대답하고자 하는데, 모두 두 경서와 운기를 써서 절충(折衷)했습니다. 그러나 그대가 물리쳐 버린 것이 바로 제가 의지해 부탁하려는 것이니, 한두 번의 대답으로 그것을 질문해 끝까지 밝히는 것은 마땅하지 않습니다. 오직 다시 볼 수

72 왕리(王履): 원(元)대 의학자. 자는 안도(安道). 저서로 『내경』, 『상한론』 등을 연구해 얻은 내용과 온병(溫病)·상한에 대한 분석 및 이동원(李東垣) 학설에 대해 논해 온병학(溫病學) 발전에 상당한 영향을 미친 『의경소회집(醫經溯洄集)』(1368년) 등이 있음.

73 여측(蠡測): 표주박으로 바닷물을 측량함. 천박한 식견으로 심원한 이치를 헤아리는 비유. 이려측해(以蠡測海).

74 대현(大賢): 성인(聖人) 다음가는 지덕(智德)이 아주 높은 사람.

없는 헤어짐이 가까운 데 있음만 한(恨)이 됩니다. 지난번 지나는 손을 불쌍히 여기는 은혜를 베풀어, 찾아주신 날에 송재(松齋) 선생과 함께 그대의 의기(意氣)[75]는 보통사람이 아니라고 말했었는데, 과연 듣던 대로 의론은 무리에서 뛰어나고 학식과 도량은 세상에서 빼어나니, 저희들과 같은 천한 학문과 얕은 지식으로 어찌 대답을 감당하겠습니까? 몹시 부끄럽습니다."

양봉(良峯) 말함: "밤사이 평안하셨다니, 손뼉을 치고 어쩔 줄 모를 만큼 매우 기쁩니다. 어제 왔을 때 책상머리에 손님이 많아 빨리 다른 곳으로 물러갔다가, 저녁 무렵 여러 번 뜻을 전했지만 다시 인사드릴 수 없었습니다. 이야기 듣자하니, 돌아가실 때가 가깝다고 합니다. 그러므로 와서 빛나는 학식을 번거롭게 합니다."

구헌(矩軒) 말함: "거듭 세 번이나 찾아와주셔서 깊이 감사드리고, 감사드립니다."

양봉 말함: "지금 약간의 시를 받들어 드리는 사람은 제 서자(庶子)입니다. 사랑을 베풀어주시기 간절히 바랍니다."

구헌(矩軒) 말함: "표정과 태도가 총명하니, 매우 축하드릴만합니다."

---

75 의기(意氣): 득의(得意)한 마음. 장(壯)한 마음. 기상(氣象).

제술관 구헌 선생께 받들어 드림

오성(五城)[76]

채한[77]은 아름다운 입술 침을 토해내 듯하니	綵翰錦脣吐玉津
뛰는 용과 춤추는 봉새 새로 여기 온듯하구나	躍龍舞鳳是來新
5천 리 밖 큰 바다 건넌 손님은	五千里外滄溟客
짧은 사이 서로 친해져 바야흐로 진실만 말하네	咫尺相親方說眞

오성의 시를 받들어 화답함

구헌

돌아갈 날 손가락으로 나니와[78] 나루만 가리키고	歸期指點浪華津
천리 강산은 비온 뒤 새롭다	千里江山雨後新
모인 자리 지미[79]를 자세히 보았거니	座上芝眉看仔細
뒷날 밤 서로 생각하길 생시 아닌 꿈이었다 하리	他宵相憶夢非眞

76 오성(五城): 니와 테이키(丹羽貞機)의 서자(庶子).

77 채한(綵翰): 채필(綵筆). 오색의 붓. 훌륭한 문재(文才)의 비유. 강엄(江淹)이 오색의 붓을 돌려주는 꿈을 꾼 후 좋은 시를 쓰지 못했다는 고사.

78 나니와(浪華): 일본 오사카(大坂) 지역.

79 지미(芝眉): 지초(芝草)같은 눈썹. 고대에 귀상(貴相)으로 여김. 상대방의 얼굴을 높여 일컫는 말.

오성이 보낸 시를 받들어 차운함

활암

훨훨 나는 고사[80]는 즐겁게 이야기 나누고	翩翩高士語津津
붓끝으로 지은 시는 이 세상에 새롭구나	筆下題詩白日新
서투름만 큰 부끄러움 도와 얻을 바 없으니	拙扶多慙無所取
괜스레 손님 마주대해 청진[81]하다 말하누나	公然對客道清眞

오성의 뛰어난 시를 받들어 화답함

송재(松齋)

사신(使臣)의 배 머나먼 길 은하수(銀河水) 건너니	星槎萬里涉天津
일본은 나라 전체 상서로운 빛으로 새롭구나	日域乾坤瑞色新
여관의 빈 술 단지 일사[82]를 에워싸고	旅館孤樽迊逸士
한나절 서로 수작하니 뜻은 더욱 새롭구나	半日相酬意更眞

양봉(良峯) 말함: “지난 번 보잘것없는 시를 우러러 드렸는데, 당시 국기(國忌)[83]가 있었기 때문에 뛰어난 화답은 없었습니다. 적은 겨를에 아름다운 시문을 베풀어주신다면 손뼉 칠 만큼 감사하겠습니다.”

---

80 고사(高士): 뜻과 품행이 고결한 사람.
81 청진(清眞): 마음이 깨끗하고 거짓이 없음. 또는 진실하고 자연스러움.
82 일사(逸士): 절의가 빼어나 벼슬하지 않고 은거(隱居)한 사람. 은사(隱士).
83 국기(國忌): 임금이나 왕후의 제삿날.

구헌 말함:: "보내주신 시가 어지러운 원고 속에 들어가 화답해 드릴 수 없습니다. 여기에서 찾아내주신다면 화답해 드릴 뿐입니다."

양봉(良峯) 말함: "이것이 드렸던 촌스러운 시입니다. 그러나 오늘도 손님이 많아 맞이해 살피시기에 피로하실 테니, 밤에 조용히 오면 붓털을 적시심이 옳을 것입니다."

구헌(矩軒) 말함: "너그러운 용서를 입어 매우 감사합니다. 여러 날 계속해 누추한 처소에 손님이 많으니, 요란하고 떠들썩해 쉴 틈이 없습니다. 마음이 몹시 어지러워 장차 현기증이 일어날 지경입니다. 그대처럼 마음이 너그럽고 인자하며 조용하고 단아해, 서로 시문을 지어 주고받으며 함께 나라의 경치를 이야기한다면, 객지살이 가운데의 마음속 번민을 물리치게 됨이 매우 마땅할 뿐입니다."

양봉 말함: "에도 지역의 어린아이는 그대의 명성을 미리 듣고, 손가락을 꼽아 헤아리며 대패(大旆)가 숙소에 머무르기만을 기다렸습니다. 시문을 지어 주고받으리라 핑계거리를 삼고, 이를테면 바다와 육지, 역관(驛館)[84] 도처에서 모두 그러하니, 으리으리하게 크고 굉장한 붓이 아니라면, 맡길 수 없습니다. 그대의 평소 학식과 견문은 내놓아 없애도 끝이 없습니다. 매우 감동하고 감동했습니다."

또 말함: "말씀을 듣건대, 그대 나라 산해(山海)[85]와 성시(城市)[86]의

84 역관(驛館): 역참(驛站)에 설치한 객사(客舍). 여사(旅舍).
85 산해(山海): 산과 바다. 멀리 떨어져서 발길이 닿지 않는 벽지.

기관(奇觀)[87]이 매우 많은 듯합니다. 대체로 나라의 수도(首都)로부터 부산(釜山) 사이에 이르기까지 경치가 객지에서의 정과 회포를 위로하기에 마땅하다던데, 바다를 건넌 이후로 우리나라의 바다와 육지는 드물게 뛰어난 경치가 없으니, 오직 손가락을 꼽아 헤아리며 돌아갈 날만 세실 수 있을 뿐입니다."

구헌 말함: "그렇지 않습니다. 일본의 훌륭한 경관(景觀)과 세 도읍의 성시는 일찍이 들었던 것보다 훨씬 뛰어납니다. 이를테면 한(漢)과 당(唐)이 번영해 세력이 왕성했을 때도 마땅히 여기에 더함이 없었을 것입니다. 그밖에 도카이[東海]·사이카이[西海] 두 도(道), 나카스[中州]의 아름다운 경치, 비와호[琵琶湖]·후지산[富士山]의 아름다움과 빼어남은 감동해 칭찬함이 언제나 그치겠습니까?"

양봉 말함: "듣자하니, 그대 나라 함경도의 백두산, 강원도의 금강산과 장안사(長安寺)는 비길 데 없이 아름다운 경치라 합니다. 행장(行裝) 속에 두 산의 그림을 가지고 계십니까? 만약 그것을 가지고 계시면 살펴보도록 은혜를 베풀어주심이 어떻겠습니까?"

구헌 말함: "가진 것을 빠뜨려 한(恨)으로 남아 있습니다."

양봉 말함: "그대 나라 평안도의 용천(龍川)·의주(義州)는 중원(中原)의 땅에서 가장 가까운데, 봉황성(鳳凰城)까지 거리는 길의 이수(里數)

86 성시(城市): 인구가 많고 상공업이 발달한 지역.

87 기관(奇觀): 드물게 보는, 기이한 광경.

로 얼마쯤 됩니까? 또 봉황성으로부터 요동(遼東)의 진아(鎭衙)[88]에 이르기까지 대체로 길의 이수는 얼마쯤 됩니까?"

구헌(矩軒) 말함: "저는 봉황성(鳳凰城)에 가보지 못했고, 그 지방의 지리도 자세하게 듣지 못했을 뿐입니다."

양봉(良峯) 말함: "지금 천수(天授)[89]를 얻어 훌륭한 자리를 더럽히며 대접하고도, 은혜를 입어 큰 도량으로 너그럽게 용납해주시니, 드디어 가슴에 쌓였던 의혹 한두 가지를 드러내 버렸습니다. 엄격하고 공정함을 간절히 바라는 전(傳)에 이르기를 '맹(孟) 선생[90]은 옛 성인(聖人)의 도(道)를 주장했고, 인의(仁義)의 명의(名義)[91]를 풀어 간략히 분별했다.'고 했습니다. 한(漢)·위(魏)·수(隋)·당(唐)의 여러 선비는 설명이 더욱 많고 의혹이 더욱 깊은 듯합니다. 송(宋)대에 이르러 두 정(程)씨[92]와 주(朱) 선생[93]의 밝은 풀이를 얻어 도리와 정의를 자세히 알게

---

88 진아(鎭衙): '진'은 전략상 매우 중요한 곳인 요해처나 군대가 진을 치고 지키는 곳인 진영. '아'는 관청.

89 천수(天授): 하느님이 준 것. 인신해 태어날 때부터 갖추고 있는 천품을 이름.

90 맹(孟) 선생: 맹자(孟子, B.C.372?~B.C.289). 전국시대의 철인(哲人). 이름은 가(軻). 자는 자여(子輿). 노(魯)나라 사람. 학업을 자사(子思)의 문인(門人)에게 받음. 『맹자』 7편을 저술해 왕도(王道)와 인의(仁義)를 존중했으며, 성선설(性善說)을 주창(主唱)했음. 후세에 공자 다음 간다 하여 '아성(亞聖)'이라 일컬음.

91 명의(名義): 사물의 명칭과 내포된 의미.

92 두 정(程)씨: 북송(北宋)대의 대유(大儒)인 정호(程顥, 1032~1085)와 정이(程頤, 1033~1107) 형제. '정호'의 자는 백순(伯淳). 호는 명도(明道). 아우 정이와 함께 주돈이(周敦頤)의 문인(門人). 우주(宇宙)의 본성과 사람의 성(性)이 본래 동일한 것이라고 주장했으며, 역(易)에 조예가 깊었음. 저서에 『식인편(識仁篇)』, 『정성서(定性書)』 등이 있음. '정이'는 낙양(洛陽) 사람으로 자는 정숙(正叔). 호는 (伊川). 이천백(伊川伯)을 봉

되었고, 하늘과 땅 가운데 인의에 대해 논의한 것은 모두 원칙이라 여겨졌습니다. 그러나 같은 왕조에 이미 상산(象山)[94]이 있었고, 명(明)대에 이르러 왕(王)씨[95]와 여러 선생의 다른 풀이가 있어, 인의의 명의와 성정(性情)의 이해가 같지 않습니다. 일찍이 그대 나라의 학맥(學脈)에 대해 들으니, 진실로 정(程)씨와 주(朱)씨의 설을 가지고 공자(孔子)[96]와 맹자(孟子)의 도통(道統)[97]을 삼는다던데, 확실히 그러합니까?"

한 까닭에 이천선생(伊川先生)이라 부름. 처음으로 이기(理氣)의 철학을 제창해 유교 도덕에 철학적 기초를 부여했음. 저서에 『역전(易傳)』, 『춘추전(春秋傳)』, 『어록(語錄)』 등이 있음.

93 주(朱) 선생: 주희(朱熹, 1130~1200). 남송(南宋)의 대유학자. 휘주(徽州) 무원(婺源) 사람. 자는 원회(元晦) 또는 중회(仲晦). 호는 회암(晦庵)·회옹(晦翁)·고정(考亭) 등임. 경학(經學)에 정통해 송학(宋學)을 대성(大成)해 주자학(朱子學)이라 일컬으며, 우리나라 조선시대 유학(儒學)에 큰 영향을 미쳤음. 저서에 『시집전(詩集傳)』, 『대학중용장구혹문(大學中庸章句或文)』, 『논어맹자집주(論語孟子集註)』, 『근사록(近思錄)』, 『통감강목(通鑑綱目)』 등이 있음.

94 상산(象山): 육구연(陸九淵, 1139·1193)의 호. 송(宋)의 무주(撫州) 금계(金谿) 사람. 자는 자정(子靜). 주희(朱熹)와 아호(鵝湖)에서 만나 학문을 논하였는데, 덕성(德性)을 존중한다는 심성론(心性論)을 주장해 주희의 주지설(主知說)과 배치되었고, 이로부터 송의 이학(理學)이 주륙(朱陸) 2파로 갈라지게 되었음. 저서에 『상산선생전집(象山先生全集)』이 있음.

95 왕(王)씨: 왕수인(王守仁, 1472~1528). 명(明)의 유학자. 자는 백안(伯安). 호는 양명(陽明). 육구연(陸九淵)의 심즉이설(心卽理說)을 계승 발전시킨 지행합일설(知行合一說)과 만물일체론(萬物一體論)을 주장했음. 저서에 『전습록(傳習錄)이 있으며, 그의 학설을 심학(心學) 또는 양명학(陽明學)이라 함.

96 공자(孔子, B.C. 551~B.C. 479): 춘추(春秋) 때 노(魯) 사람. 이름은 구(丘), 자는 중니(仲尼). 춘추 말의 대사상가·정치가·교육가로서 유가(儒家)의 학설을 집대성했음. 인(仁)을 사상의 핵심으로, 예(禮)를 인을 행하는 수단으로 삼아, 여러 나라를 주유하며 치국의 도를 행하려다가 68세에 노로 돌아와서 시(詩)·서(書)·예(禮)·악(樂)·역(易)·춘추 등 6경(六經)을 산술했음. 제자들이 엮은 『논어(論語)』에 그의 언행과 사상이 잘 나타나 있음.

구헌 말함: "성인의 도와 인의의 풀이는 온 세상 가운데 예나 지금이나 정(程)씨와 주(朱)씨의 설에 더할 것이 없습니다. 만약 그것과 다른 설로 알맞은 것이 있다면, 이것은 곧 공문(孔門)[98]의 원수(怨讐)일 따름입니다."

양봉 말함: "정(程)씨와 주(朱)씨의 학맥을 깨우쳤다는 것이 그대 나라가 그것을 존경하고 높인다 함은 아니니, 우리나라도 그러합니다. 들자하니, 성인의 도는 다름 아니라 수기(修己)와 수인(修人)일 뿐이라고 합니다. 그 학문은 방심(放心)[99]을 거두어 성(誠)을 보존하는 것이니, 『시경(詩經)』·『서경(書經)』과 『논어(論語)』·『맹자』의 수없이 많은 말과 행동이 모두 그 넓히고 보태 충실하게 한 것입니다. 그러나 격물(格物)과 궁리(窮理)의 공부라는 것에 미침이 없어, 저는 이것에 대해 정(程)씨·주(朱)씨와 『대학(大學)』의 풀이에 의문이 있습니다. 지금 다행히 의범(懿範)[100]을 배시(陪侍)[101]하고, 환한 밝음을 물으니, 만약 한두 가지 가르침을 얻는다면, 감사해 엎드림을 어찌 감당하겠습니까?"

또 말함: "지금 격물(格物)과 궁리(窮理)의 논의에 대해 아뢴 것은 짧은 동안 다 말씀하실 수 있는 일이 아니고, 빛나는 처소에 글 잘 짓는

---

97 도통(道統): 유가 사상의 전수 계통. 송(宋)·명(明) 때의 이학가(理學家)가 처음 언급했음.

98 공문(孔門): 공자(孔子)의 문하(門下). 유가(儒家)를 이름. 성문(聖門).

99 방심(放心): 마음의 긴장을 풂. 정신을 차리지 않음. 산심(散心).

100 의범(懿範): 훌륭한 도덕규범. 또는 아름다운 모범.

101 배시(陪侍): 지위가 낮은 사람이 높은 사람을 곁에서 시중듦. 또는 그 사람.

사람이 많이 왔으니, 방법은 그대가 조용한 사이에 따로 모시고 거듭 없애며 가르침을 받을 수 있을 뿐입니다."

구헌(矩軒) 말함: "처소 안이 소란해 조용히 우러러 보답해 드리기 어려우니, 다른 날을 기다려 찾아와주신다면 함께 응해드릴 뿐입니다."

양봉(良峯) 말함: "저녁 햇빛이 서쪽으로 숨었으니, 물러감이 마땅합니다. 듣자하니, 내일 대당(大堂)[102]에서 대향(大饗)[103]의 예(禮)가 있다고 합니다. 비록 빛나는 처소를 방문해 안부는 물어도 귀 기울여 들을 수는 없을 것이니, 만약 내일 편안함을 얻지 못한다면, 모레 방문해 침식(寢食)을 물음이 마땅하겠습니다."

송재(松齋) 말함: "내일은 자연이 번잡하고 소란할 것인데, 다행히 거듭 다시 찾아와주시기를 바랄 수 있다면, 그 기쁨을 어찌 말로 하겠습니까?"

양봉 말함: "내일 아침 먼저 와서 일상생활을 여쭙겠습니다. 만약 적은 겨를이 있으시면, 번개 같은 눈동자와 사귀기를 간절히 바랍니다."

송재 말함: "만약 그러하다면, 내일 아침 마땅히 소탑(掃榻)하고 그대를 기다릴 따름입니다."

---

102 대당(大堂): 정무(政務)를 보는 관청 건물.

103 대향(大饗): 천자가 제후에게, 또는 윗사람이 아랫사람에게 잔치 베푸는 것을 이르는 말.

양봉 말함: "뛰어난 서문(序文)을 내일 아침 베풀어주신다면 다행이겠습니다."

송재 말함: "서문은 오늘 밤에 책상을 쓸고 초고(草稿)를 만들 따름입니다."

활암(活菴) 말함: "내일 비록 큰 예(禮)가 있더라도, 만약 저희들에게 오히려 겨를이 있다면, 처소 안을 물리쳐 번잡하고 소란함이 없게 하리니, 만약 찾아와주신다면 조용하게 식견(識見) 높은 이야기로 사귈 수 있을 뿐입니다."

양봉 말함: "감패(感佩)하겠습니다. 내일 아침 반드시 와서 뛰어난 도움을 여쭐 수 있을 따름입니다."

兩東筆語 卷之三

戊辰六月九日

東都 醫官 丹羽貞機

良峯曰 一日不侯震良，實如三秋，今來榻下，見休暢，歎躍.

活菴曰 數次勞枉駕，鄙栖之榮，何如之? 頻拜佳勝，可賀可賀.

良峯曰 昨所契之鍾乳·黃連，袖裏來，仰呈案下，被笑留，多幸.

活菴曰 二藥皆稀罕之材. 見惠多荷.

良峯曰 除除尋索，則尙有好品，倉卒携來，故不得上好，遺念.

又曰 此甲類，在弊邦東北之海濱，俗名蛸舟，貴邦亦有之否?

活菴曰 未嘗見.

又曰 鍾乳，生於何處?

良峯曰 所所深山, 舊銅坑中有之, 大和州金峯, 最多.

活菴曰 聞 貴國用金銀, 如糞土云, 誠然乎?

良峯曰 聞萬國之中, 弊邦金銀多產焉. 雖然七寶之中, 最爲貴, 何得如糞土耶?

又曰 向所應對之志意, 見傳松齋叟否?

活菴曰 傳之於松公, 而稿待數日, 起草云矣. 然使舌人請之, 相對言及, 尤好.

良峯曰 今令舌人, 請之了.

又曰 今早覺冷, 誤着複, 今却苦暑. 席中脫襲, 失禮見恕.

活菴曰 天時不齊, 寒熱無常. 僕亦着緜屬絮. 貴國本如此乎? 抑因霖雨而然耶?

良峯曰 弊邦西京, 四時時侯無違, 東都風侯不齊, 寒暖難定, 因霖雨, 而尙漆一等之冷. 聞貴國比他州, 最寒威嚴, 然否?

活菴曰 如諭, 寒氣最嚴, 夏暑不甚熱.

又曰 貴國自西至東爲幾里, 自南至北爲幾里?

良峯曰 弊邦西東長, 凡七千餘里, 南北短凡四千餘里, 洲嶼屬島, 及深山藪澤, 不爲城市材里, 而人跡難通者, 有若干里, 故說者皆云, 日東長, 五千餘里, 短三千餘里.

又曰 昨承示教. 遼東之潘江, 與鴨綠江, 地相倂屬乎?

活菴曰 鴨綠之於遼東, 中間廣莫之地, 相去數百里, 摠無人居, 排柵以分.

良峯曰 公嘗到于中原乎?

活菴曰 未嘗到, 雖未及見, 可坐筭也.

良峯曰 僕前年到于肥前州長崎, 而與淸客, 數日對話. 彼云, 遼東潘江之深山中, 所採蔓生之人參, 苗根示僕焉. 根苗共異貴國之産, 前日僕所議之蔓生參, 卽是也. 盖聞有中華之參, 與貴國之參異者乎?

活菴曰 行中無持來者, 中華之參, 與弊邦參, 大同小異, 而其莖葉, 則未嘗見之耳.

良峯曰 貴邦之俗, 姙婦有至五月, 着帶否?

活菴曰 着帶者, 何謂也?

良峯曰 弊邦之俗, 有胎五月, 用白布白絹束腹, 欲使胎不縵張, 而胎中之兒, 緊縮易產. 俗謂之着帶也.

活菴曰 胎不可束也. 使姙婦, 飮食有節, 起居有常, 自然順產矣.

良峯曰 古來護胎之方, 皆如高論, 而產寶機要, 載着帶之說. 且僕前年於長崎, 見華醫朱來章, 談及着帶. 來章曰, 今淸朝之俗, 姙婦多着帶者, 有拘束之二帶. 一束縛之, 而不使縵張, 謂之束帶, 一拘束之, 不使墮垂, 謂之拘帶. 盖胎縵張, 則有礙起居動作, 墮垂, 則必水道不利, 腰脚浮腫, 二件共爲出生之害也. 謂此說, 大爲有益, 而弊邦之俗, 都鄙貴賤姙婦, 無不着帶者. 若有緩縵墮垂, 則子懸·胎動之諸症易發. 乞公歸帆之后, 若有試之, 則將有一等之益乎.

又曰 弊邦學醫者, 有二流. 一謂之學醫, 一謂之方醫. 所謂學醫者, 主張素·難運氣之說, 而講六氣·五行之理. 專配之五臟六腑, 以藥性之功用, 及七方·十劑之說, 爲之佐也, 其施治也. 尊信河間·潔古·東垣·丹溪矣. 方醫者, 爲鼻祖金匱玉函·傷寒論, 而從事千金·外臺. 以對症之方劑, 應機爲治, 用素·難運氣等之理, 爲之佐. 專宗仲景·思邈·王燾·叔微·亦林. 僕竊謂, 二流嘗不可偏廢. 然所學有主客本末之異. 今假令將以高明辨之, 則孰是, 乞指教.

活菴曰 公之問目, 是醫門之大綱, 拘括于數語之中盡矣. 庸下之鄙生, 陋學非可爲蒼卒之仰答事, 尋思然後, 可以答之耳.

良峯曰 弊邦患骨蒸勞者許多. 公嘗可有虛實, 各經驗之捷方, 乞聞其畧.

活菴曰 此病, 亦難以數語而終, 又難以一二方通治. 如有問條, 僕當依次對之.

良峯曰 如諭, 此病非以數語, 而可辨. 然若傷寒之治方, 最多端, 而桂枝湯·麻黃湯者, 能治風寒之表症, 大小柴胡, 治半表半裏, 此其畧也. 到其仔細, 則千條百出, 誠不可以數語終也. 骨蒸亦然, 盖如逍遙散·至寶湯·降火湯·淸肺湯·寧嗽湯·靑蒿膏, 大槪骨蒸之初, 世醫多用之. 僕未曾見, 其功效, 桂枝·柴胡之對症用之, 而有如桴鼓之速應者. 故欲聞一二之捷方, 而依此, 而尋索其盲系耳.

活菴曰 論列問條, 然後可以答之耳.

良峯曰 一男子二十五歲, 禀受壯實, 性質聰敏. 春末感一船之風邪, 邪去而咳不止. 痰唾血線, 心胸蒲悶悶, 背膊時疼. 四肢無力, 煩熱, 多臥少起. 臥不得熟睡, 少睡與鬼交. 遺泄·白濁, 膚燥髮乾. 每平旦精神尙好, 午後微熱, 五心煩熱, 夜盜汗. 脉左右, 細數無力. 施治之法方請敎.

活菴曰 此全勞也. 雖初感風邪, 治不得其法, 熱畜于肺, 遂爲勞. 然其人, 素淫欲過多, 命門之火熾盛, 外熱佐火, 消爍津液, 而成此病也. 以淸凉之劑, 潤肺氣, 以補陰, 充腎水, 則相火自得平, 而病愈. 初淸肺湯, 後加味逍遙散·却勞散撰用, 終十全大補·養榮湯, 可奏功.

良峯曰 公所指揮, 正古賢之法方也. 不可不依順, 而弊邦少年之男婦, 此病甚多. 初參蘇飮·淸肺湯·加味逍遙散·滋陰至寶湯·却勞散·六味丸·腎氣丸·十全大補·養榮湯撰用, 十無一活矣. 雖諸症悉備, 然若脈未到細數, 則前藥撰用, 加之崔子四花灸治, 則十有一二之奏功者. 此愚所以需捷方也.

又曰 私按, 此症古人有傳尸之說, 盖無傳尸之因者, 右件之諸症, 用右件之法方, 可治之乎? 諸症雖一般, 而有傳尸之固因者, 前件之法方, 難收功. 是症用雄黃·兎糞·鼈甲·川椒·桑枝·桃枝·鬼臼·輕粉·青蒿之類施治, 則當得功乎? 又治髓竭, 四美圓之鼈甲, 混元丹之紫河車, 團魚散之團魚, 此等之法方, 用此之權衡, 古人闕一層之明教, 而後人不知指南之轅柄. 見惠再標, 則希世之幸慶也.

活菴曰 公之硏精, 可感仰. 熟思尋索, 而奉答淸問耳.

又曰 貴邦産柴胡·黃芩否?

良峯曰 柴胡, 竹葉·韮葉共産, 所所山原, 多有之. 黃芩, 本弊邦沒有. 近世傳致, 貴邦及唐山之種, 今繁植.

活菴曰 銀柴胡, 亦有之否?

良峯曰 柴胡, 以竹葉·韮葉二種爲眞, 銀柴胡·北柴胡·軟柴胡, 非別種, 以其所産之地名爲稱, 如軟柴胡者, 以柔軟名之. 又一種, 有梗根, 如木香狀者, 藥肆謂之銀柴胡誤矣. 疑李時珍, 所謂如蒿根强硬, 不堪使用者也. 公所問之銀柴胡, 不知何種.

活菴曰 檴香, 貴邦有之否?

良峯曰 多産.

活菴曰 大小蘹香, 共有之否.

良峯曰 大小蘹香·八角茴香, 弊邦共産.

又曰 公之篋中, 秦艽·五味子, 可得覽耶?

活菴曰 秦艽, 不得搜出云耳.

良峯曰 他日可見耳, 毋勞意. 五味子, 氣味甚好品, 眞名産也.

活菴曰 袖裏去, 如何.

良峯曰 多謝, 多謝.

又曰 僕昔時到長崎, 與華客, 多對話[1]. 今觀公之容貌·言笑, 都如唐山·南京人. 溫潤謙讓, 眞君子也.

活菴曰 僕不過庸下一腐紋, 公何過奬也.

《席上見矩軒唱酬卒奉呈南江公》活菴
少年錦袍出天才, 頻將詩篇向客來, 旅館深深陰雨裏, 如何不勸離

1 원문에는 '活'이지만, '話'의 오기(誤記)이므로 바로잡았음.

別盃.

《席上奉和活菴公惠詞》南江
文筵喜見子雲才, 佳作幾回掃案來, 今日相逢情更切, 何堪別後獨含杯.

《再奉和南江公瓊詞》活菴
逢場酬唱見奇才, 揮洒瓊琚掃紙來, 一別海山千萬里, 相思月下倒深盃.

《奉謝活菴見和男貞明韻》良峯
寬裕好愛少年才, 都下牛毛拂霧來, 君是金剛山下客, 地仙共嗜硫黃盃.

南江曰 再和之瓊章, 惠瀉此扇面, 倍感邈.

活菴曰 如教.

良峯曰 男南江蕪詞, 瀆薰聽, 再三見惠瓊酬, 多謝.

活菴曰 何謝之有? 扇面誤書, 乞見恕.

良峯曰 扇綠添字, 却增一箇之趣.

又曰 不顧公之倦厭, 强蒙教, 感佩多謝. 聞今日館中, 多大事, 將退去, 明日復侯寢食.

活菴曰 如再訪, 實可感幸.

良峯曰 寢食起居, 淸壯歡抃. 又來瀆高聽.

矩軒曰 高駕, 卽卑栖之榮, 多幸多幸.

良峯曰 公今所覽之鏡, 古雅之精製也. 鏡質用雲母否?

矩軒曰 水晶也.

良峯曰 此二種, 一甲類也, 一獸毛也. 貴邦亦有之乎?

矩軒曰 藥物之名目, 曾所未講試. 問之良醫, 可知之耳.

《奉呈製述官矩軒公濟庵公案下》南江
雞林諸彦幷雄才, 奉使仙舟海外來, 相値更知歸興切, 鴻臚館裏好含杯.

《奉和南江惠韻》矩軒
佳篇思見克家才, 暇日追陪杖僂來, 衣帶蓬岑烟雨氣, 禪樓同醉紫霞盃.

《奉和南江瓊韻》濟庵
瑤艸仙鄕吐鳳才, 高樓曉帶雨聲來, 殊方萍水遂成別, 一朶榴花萬里杯.

《席上卒奉和矩軒濟菴二公之惠詞》南江

詩場始見大夫才, 此日締交相訪來, 別後淸風明月夜, 思君獨對濁醪杯.

《疊次南江公韻》矩軒

芙蓉峯入筆頭才, 雨後荷香冉冉來, 萬里仙岑他夜月, 也應長思別時盃.

良峯曰 堂頭多客, 難從客. 暫到于良醫之齋中, 後復來訪耳.

矩軒曰 後復見枉駕, 多幸.

松齋曰 昨雖聞枉臨之音, 頗有賤, 不得遂顔, 達夜恨頻矣. 又蒙枉顧, 多感多感, 而昨日所托序文事, 元非難處之事, 而歸日不遠, 而且慮紋紋, 不得仰副高托, 尤不勝愧頻之慮. 有贐物尤爲多感. 然受之萬萬不安, 故如是還呈, 幸勿疑訝.

良峯曰 昨來隣齋, 而需下臨, 及迫暮拜空榻歸, 遺念尙難休. 今見震良之淸壯, 幸悃諭, 多感多感. 向所仰托之序文, 以歸期在邇. 及館中孔忙不頜, 心胸懵懵, 不知所爲, 實如洋中失針. 僕聞一諾千金. 僅以片言, 見憐惠, 方泰山之重貺也. 强煩高聽, 多罪. 且昨土出之非儀, 瀆高背, 蒙不敬之罪, 不知所避.

松齋曰 數次相捧, 雖情同意合何事, 不能聽哉? 至於此物, 受之無名. 是以僕心不便安. 故如是還呈, 幸勿怪訝. 序文事, 從閑搆草若計耳.

良峯曰 再諭感伏. 不須再勞高慮. 硯滴當袖裏歸也. 序文事, 見許諾, 抃躍何堪? 明日來俟案下, 今日館中孔忽, 將辭去, 再訊乞毋闕.

松齋曰 如是云別, 心甚耿悵. 旣蒙再訪之敎, 只自掃榻而已.

良峯曰 僕姓丹羽, 名貞機, 字正伯, 號良峯, 東都之醫官也.

眞狂曰 僕朝鮮國, 龍門山, 玩義齋主人, 姓金, 名啓升, 字君日, 別號眞狂. 僕士人也, 副使行中, 隨來者, 新羅王孫, 八代相之孫也.

良峯曰 前日於趙松齋栖中, 通姓氏, 良峯也. 向使童子元恕, 請公之墨痕, 而賜竹軒之二字, 筆力雄勁, 非尋常所可企及. 曾聞公之書, 非止行中弟一, 貴境邦國獨步也. 感佩多謝.

眞狂曰 前日小童請書, 倉卒雜書, 不知公之使彼請. 昨終日弄毫, 精神困乏, 難用心力, 今得過奬慙愧. 精神鎭安, 更應公需耳. 良醫·醫員牧謂, 公之筆語, 辨白藥材, 精密博肱. 又輯庶物類纂之書, 宲日東之英士也. 不止爲萬世醫門之大功, 正方國之鴻寶也. 可賀.

良峯曰 奴馬載驥聲, 病燕添鳳鳴, 愧汗沛然矣. 他日悠悠候閑寥, 而勞高手, 乞毋格.

兩東筆語 卷之四

戊辰六月十日

東都 醫官 丹羽貞機

良峯曰 夜來起居泰寧, 歡抃多多. 聞大旆還期不遠. 比日交情深至, 預思別離之痛惜. 一日不相見心胸不平, 故不顧二公之厭塞, 日日來接懿範.

活菴曰 累次枉臨深切感倒. 夜來平安可賀.

松齋曰 夜來動靜平安. 僕每日多事, 所托序文, 尙未完畢. 明當送呈爲計耳.

良峯曰 留館之中, 日日當來候. 序文之事, 得少暇時, 隨意下毫, 乞毋勞高慮.

又曰 烏犀圓, 若于字, 欲得公之墨痕, 而彫刻之. 字體大小配列, 與此草一般. 乞勞高手, 見惠賜幸甚.

活菴曰 如敎耳.

良峯曰 字體, 雄渾雅麗, 非凡. 感懺感懺. 長爲家珍, 而別後, 當對書, 如對人耳.

又曰 取酥之方, 可得聞耶?

活菴曰 弊邦之酥, 與中原有異. 以人乳用之, 別無他酥. 未知貴邦, 以何物爲酥.

良峯曰 中原之酥, 牛乳也, 弊邦, 只用中原之酥. 貴邦, 牛乳之別名, 如何?

活菴曰 牛乳非眞也.

良峯曰 古來中原之書, 酪・酥・醍醐, 乳腐之類, 凡用牛・馬・羊・驢之乳, 造之. 如飮膳正要・□仙神隱書, 共詳載造法. 然未聞用人乳造之法. 亦雖人乳, 有仙人酒・生人血・白硃砂等之隱名, 未知有酥之名. 人乳造酥之法, 出何書耶? 乞見敎諭.

活菴曰 用人乳, 作酥之法, 是弊邦之古法也. 所載之書未諳.

良峯曰 貴邦之東醫寶鑑・醫林撮要中, 酥條辨牛・馬・羊・驢之品, 不載人乳酥. 私疑, 人乳酥, 出于貴邦之俗方也?

活菴曰 尋思, 而當仰答耳.

良峯曰 貴邦藥食, 用牛乳否?

活菴曰 用人乳.

良峯曰 公等坐皮, 何獸?

活菴曰 黃犬也, 能去濕, 溫厚.

又曰 嘗聽, 貴邦當歸上好, 產何州, 有數種否?

良峯曰 弊邦之當歸, 有上好, 諸州產焉. 近江州 伊吹山, 及大和州, 山城州產者, 勝于中原者. 有蠶頭者, 有馬尾者, 盖山產之者. 雖形矮小, 而氣味功力, 勝于藝植者.

活菴曰 聞貴邦之當歸·地黃, 採收時, 用大鍋, 煠過乾晒之, 然否?

良峯曰 貪農·姦商, 恐蟲蛀, 爲爭利, 收採時, 用大鍋, 煮之也. 別有不經鍋煮者, 名之生乾. 具眼之醫師, 皆用生乾. 凡如地黃犯鐵器, 樟腦和鹽, 肉蓯蓉交金蓮根, 木通充葡萄莖, 黃芪混百脉根, 枸[1]橘爲枳實, 其他如此類, 不可枚計, 以活人之名, 有殺人之實. 故弊邦之俗, 將辨白藥物之眞贋, 爲醫門之大關也.

又曰 探玄叟, 小恙逐, 日平安否?

1 원문에는 '狗'이지만, '枸'의 오기(誤記)이므로 바로잡았음.

松齋曰 踝腫, 方今膿矣.

良峯曰 覊中之病床, 當爲悵鬱也. 預察思鄉之情切矣. 僕今齎小果來, 欲訪慰病床之窮勞. 公使小童傳之, 如何矣? 果者, 佛手柑與柑也, 腫膿非所禁忌乎?

松齋曰 當如所敎, 少俟待, 下人來.

又曰 吾聽, 京書來至云. 故先起, 可頻.

良峯曰 承敎. 當暫退去于裁判局, 後又有少暇, 則再拜.

又曰 聞鄉信至, 可賀可賀. 子弟親戚, 平安否?

松齋曰 子女雖安, 荊妻數頻呻痛云, 悶憐.

良峯曰 萬里之閨情, 實可憐也. 他尙不堪聞之. 雖然歸期甚迫, 可慰耳.

松齋曰 見此應書後, 歸心百倍于前日, 苦悶苦悶.

又曰 公素東都之產耶?

良峯曰 僕東海道之中, 伊勢州之產也.

松齋曰 自幼來于東都耶? 子弟親屬, 皆在于東都否? 公之博學才量離群, 遊學於何處? 從事於何人耶?

良峯曰 僕自幼, 遊學于西京. 初從于春秋館松永昌迪修經, 後留學于古義堂伊藤東涯之塾中多年, 議經之餘暇, 學医於西三伯. 又自若冠, 有講窮名物之志, 常從稻若水, 討論爾雅本草, 採擇飛潛動植, 而徵之於群典. 及壯遊于東都, 業刀圭, 教諭子弟, 講名物之學. 時遇鈘明憐群生, 患民瘼之餘惠, 若引及于醫藥之事. 鄙聲誤達台聽, 遂擧醫官, 使僕選, 普救類方十二卷, 東選方十卷. 又續先師稻若水之遺意, 而選庶物類纂千五十四卷, 是卽向所托高序之書也. 公憐僕多年之寸悃, 毋默止.

又曰 子女雖皆在家, 父母之墳墓, 尙在古鄕, 使家弟守焉. 去東都一千餘里, 雖同州方域之中, 然風華雪月, 時催古園之情. 矧今公在絶域, 而見家信, 知頻思鄕之情, 似可掬. 雖然還期, 在一二日之間, 可慰悥.

活菴曰 公非凡人, 當有神聖依托, 使之竣不窮之大功業也, 可賀可賀. 態度雄渾, 入日東而後, 未見如公人. 昨與松公, 屢談公之美材.

良峯曰 荐蒙溢譽, 不勝慙悚. 公實聰明奇材也. 嘗所苦思熟察之醫門之樞要, 見教示, 是眞金玉之賜也.

活菴曰 陋學駑材, 何以應鳳鳴?

良峯曰 公何謙讓之甚耶? 公與僕, 雖有晨參異分之然, 而無牟楯別業之逆. 共議其所志之固有, 而欲翼起死仁術之衷悃. 方今聞公之高諭, 潤僕之渴望, 則鴻幸不可計. 乞毋固辭.

活菴曰 聖人之學, 格物·窮理也, 醫門亦無異矣. 高明如何?

良峯曰 格物·窮理, 百事悉然. 問今日學醫者, 先格何件之物, 窮何件之理? 乞再諭.

活菴曰 物無不格, 理無不窮. 一有不盡之, 則不可矣.

良峯曰 大學既有本末終始之說, 醫道亦不可無本末終始之工夫乎.

活菴曰 明素·難二經之理, 識五運六氣之節而後, 辨藥性之氣味, 審百病之情狀, 則本末不爽, 終始不戾, 醫事無加之.

良峯曰 僕多年有疑, 二經運氣爲醫門之鼻祖. 私謂河澗·潔古·東垣·震亨之書, 皆主張二經運氣之說, 後世多從事此四賢, 而若仲景·思邈·王燾·叔微之書, 多主張方劑病情, 而二經運氣之說, 爲之佐也. 後世學醫者, 於此兩流, 有一步千里之差矣. 晉褚澄, 辨內經之書云, 秦漢方術子之譌書也. 據褚子之說, 則秦漢之地名, 何有載于黃帝之書耶? 斷而不當爲黃帝之書. 又劉·張·李·朱之四賢, 有博宏之名聲, 何無明辨之概, 而爲黃帝·岐伯之書, 尊信之耶? 僕於此惑矣, 多年竊求陰訪, 而未得其人. 乞得公之指揮, 而欲排鄙胸之荊塞.

活菴曰 公今教諭子弟, 以何書爲醫門之標的, 而使之講習耶?

良峯曰 僕教子弟者, 以仲景之傷寒論·金匱要略爲標的, 而千金·外臺·本事方·得效方爲之羽翼. 素·難·運氣者, 亦秦漢名醫之格言也, 於醫道大有龜鑑, 不可不講習, 然爲之根礎, 則僕未信之.

活菴曰 仲景傷寒論, 專以二經之語, 爲之本根. 又立其綱領, 以二經之說, 以症侯方藥爲目. 如此則仲景亦祖二經, 而書異旨同.

良峯曰 所見在之仲景之二書, 疑不全出仲景之手. 如辨脈法·平脈法等之諸論, 悉晉王叔和所選次, 而六經之病狀, 特仲景之遺編也. 盖仲景之書, 遺編僅存, 而無全篇. 王叔和採擇其舊論, 尋繹其證候, 診脈·藥方, 用素·難運氣之說相發明, 而撰次之, 而宋成無已, 爲之註釋. 後又龐安常·朱肱·叔微·韓祗和·王寔之流, 亦更互開發. 然張經·王傳, 往往反覆, 主客無分, 後世如呂復·王履, 有此辨, 周恭医說會編載之. 盖叔和撰次之事, 今見傷寒論中, 傷寒例本文中, 有明證也. 其他傷寒論·金匱要略書中, 有積年之蠡測, 從容得爲擬問, 則堅氷得春陽, 寒廚充大牢也. 今公還轅期迫, 生涯之遺恨也.

活菴曰 肅承教. 尊信仲景之遺編, 而不屑素·難運氣之說, 從事于古方, 而論劉·張·李·朱之短. 弊邦之醫門, 古來無不仰奉素·難運氣, 而追慕四大賢者, 僕所師從者, 皆其人也. 今欲質高訪, 皆用二經運氣折衷焉. 然見公所排棄者, 而卽僕所依托也, 不當以一二之應對, 質正之. 惟恨生死之一別在邇. 向惠憐海客, 見臨顧之日, 與松公, 謂公之意氣非凡人, 果聞議論離群識量絶俗, 如僕等, 陋學淺知, 何堪答議? 可愧可愧.

良峯曰 夜來平安, 歡抃多多. 昨來時, 案頭多客, 速退往他, 晚鐘頻傳, 不得復揖. 聞說還期甚迫. 故來煩光聽.

矩軒曰 顧臨至再三, 深感深感.

良峯曰 今奉呈小詩者, 僕庶子也. 乞垂雅愛.

矩軒曰 意態聰敏, 可賀可賀.

《奉呈製述官矩軒公之案下》五城
綵翰錦脣吐玉津, 躍龍舞鳳是來新, 五千里外滄溟客, 咫尺相親方說眞.

《奉和五城韻》矩軒
歸期指點浪華津, 千里江山雨後新, 座上芝眉看仔細, 他宵相憶夢非眞.

《奉次五城贈韻》活菴
翩翩高士語津津, 筆下題詩白日新, 拙扶多慙無所取, 公然對客道淸眞.

《奉和五城高韻》松齋
星槎萬里涉天津, 日域乾坤瑞色新, 旅館孤樽逈逸士, 半日相酬意更眞.

良峯曰 向仰呈鄙詩, 時有國忌之, 故無高和. 少暇惠瓊酬, 感抃.

矩軒曰 惠詩入於亂稿中, 不得和呈. 此被搜出, 和呈耳.

良峯曰 此所呈野詩也. 然今日亦多客, 迎察勞倦, 夜來從容染毫可矣.

矩軒曰 蒙寬恕, 多感. 連日鄙栖多客, 嚻嚻無休暇. 心胸懵懵, 將發眩. 如公寬仁閑雅, 相唱酬, 共談邦國之風物, 則大當排羈中之鬱悶耳.

良峯曰 都下之少年, 預聞公之名聲, 屈指待大旆之投館. 以唱酬爲口實, 謂水陸驛館, 比比皆然, 非壯雄之毫鋒, 則不能任. 公平素之知見, 吐去不盡. 感甚感甚.

又曰 聞說, 貴邦山海城市之奇觀, 甚多矣. 自夫帝京到釜山間, 風光當慰羈情, 涉海而後, 弊邦之水陸無奇勝, 惟屈指, 可筭還期耳.

矩軒曰 不然. 日東之壯觀, 三都之城市, 百倍于所嘗聽. 謂雖漢唐之盛時, 亦當無加之. 其他東海·西海兩道, 中州之美觀, 琶湖·富山之麗秀, 感賞何日歇?

良峯曰 聞貴邦咸鏡道之白頭山, 江原之金鋼山及長安寺, 無比之靈勝也. 行中有二山之圖否? 若有之, 則惠覽如何?

矩軒曰 沒有, 遺恨.

良峯曰 貴邦平安之龍川·義州, 最隣于中原之地, 去鳳城, 幾許里程? 又自鳳城, 到于遼東之鎭衙, 凡幾許里程?

矩軒曰 僕未到鳳城, 彼方地理, 未聞其詳耳.

良峯曰 今得天授, 辱接懿筵, 而荷惠海涵, 卒摽呈積胸之疑惑一二. 乞嚴正傳云, 孟夫子主張先聖之道, 而略辨解仁義之名義. 漢·魏·隋·唐之諸儒, 說愈多, 惑愈深矣. 至宋得二程·朱夫子之明解, 理義詳悉, 而覆載之中, 論仁義者, 皆以爲準繩. 然同朝已有象山, 至明有王氏及諸子之異解, 而仁義之名義, 性情之理解不同. 曾聞貴邦之學脈, 固以程朱之說, 爲孔孟之道統, 信然否?

矩軒曰 聖人之道, 仁義之解, 四海中古今, 無加程朱之說. 若適有爲之異說者, 則此乃孔門之鼱而已.

良峯曰 所論程朱之學脈, 非貴邦尊崇之, 而弊邦亦然. 聞聖人之道, 無他修已·修人而已. 其學術, 收放心存誠也, 而詩書語孟之千言萬行, 皆其擴充也. 然無及格物窮理之工夫者, 僕於此, 有疑于程朱大學之解. 今幸陪侍懿範, 以質亮明, 若得一二之敎誨, 感倒何堪?

又曰 今所稟格物窮理之論, 非旦夕可能言盡事, 光齋詞客多來, 方去他侍, 公之間寥, 而除除可受敎耳.

矩軒曰 栖中擾擾, 難從容仰答, 共應需他日之枉臨耳.

良峯曰 夕輝沒西, 當退去. 聞明日大堂, 有大饗之禮. 雖候光齋, 而不能得垂聽, 若明不得便, 則再明當候寢食.

松齋曰 明日自然紛擾矣, 幸望再再來臨, 則其喜何言?

良峯曰 明早先來, 候動止. 若有少暇, 則乞接電眸.

松齋曰 若然, 則明早當掃搨, 待之耳.

良峯曰 高序明早惠賜多幸.

松齋曰 序文今夜掃案搆草耳.

活菴曰 明雖有大禮, 若僕等尙有暇, 栖中却無紛擾, 若臨顧, 得從容接高談耳.

良峯曰 感佩. 明早必來, 可候勝祐耳.

양동필어 오·육

兩東筆語 五·六

양동필어 권5

무진년(戊辰, 1748) 6월 11일

도호토[東都] 의관(醫官) 니와 테이키[丹羽貞機]

송재(松齋) 말함: "밤사이 지내시기는 어떠셨습니까? 자주 안부 물어주심을 입어 감패(感佩)[1]함을 그칠 수 없습니다. 제 천한 글은 이미 이루었습니다. 비록 보잘 것 없는 글이나 본래 잘 베껴 쓰지 못했기 때문에 바야흐로 다른 사람에게 청해 써 드리고자 계획할 뿐입니다."

양봉(良峯) 말함: "기거(起居)[2]에 아무 탈이 없으셔서, 손뼉을 치고 어쩔 줄 모를 만큼 매우 기쁩니다. 뛰어난 서문(序文)이 완성되었다니, 간절히 바라건대 말끔히 풀어주신다면 손뼉 치며 기뻐 춤추겠습니다."

송재 말함: "자세히 쓴 뒤에 우러러 드리고자 계획할 뿐입니다."

양봉 말함: "뛰어난 서문을 받아보니, 뜻은 웅장하고 세련되며 글씨

---

1 감패(感佩): 마음에 깊이 감동해 잊지 않음. 감명(感銘).

2 기거(起居): 행동거지(行動擧止). 일상생활에서의 모든 활동.

는 맑고 우아하며, 넓고 큰 말은 매우 뛰어납니다. 마땅히 감사드리며 말씀드릴 바를 모르겠습니다. 깨끗이 베껴 쓰도록 왜 다른 사람에게 청하셨습니까? 그대가 스스로 베껴 쓰시기를 간절히 바라니, 감패(感佩)함이 백배이겠습니다."

송재 말함: "짧은 글과 거친 말을 가지고 큰 격려를 지나치게 입으니 몹시 부끄러움을 이기지 못하겠습니다. 이미 간행(刊行)해 널리 펴낼 마음이 있다면, 이와 같이 서투른 글을 어찌 거두어들여 베껴 쓸 수 있겠습니까? 오후에 잘 베껴 쓸 사람에게 글을 완성해 난암(蘭菴)[3]을 시켜 보내드리려고 계획할 뿐입니다."

양봉 말함: "잔심부름하는 아이가 음식을 가져와 올리니, 그대는 먼저 다 드신 뒤에 천천히 말씀 나누실 수 있을 따름입니다."

송재 말함: "어진 가르침을 의지하겠습니다."

또 말함: "이 책은 모양이 매우 아름답기 때문에 제가 사서 얻고자 계획하고 있는데, 책값이 매우 비싸다고 말하더군요."

또 말함: "그대는 일찍이 이 책을 보셨습니까?"

양봉 말함: "명(明)나라 공운림(龔雲林)[4]의 『회춘(回春)』[5]입니다. 모양

3 난암(蘭菴): 키노쿠니 주이[紀國瑞]의 호. 아메노모리 호슈[雨森東]의 문인이고, 당시 쓰시마[對馬島] 번주의 가신(家臣)이자 서기(書記)로, 조선통신사 일행을 안내했음.

4 공운림(龔雲林): 공정현(龔廷賢, 1522~1619). 명(明)대 의학자. 자는 자재(子才), 운

은 짧고 작지만, 찾아 얻기 편리한데, 값은 얼마로 생각하십니까?"

송재(松齋) 말함: "저는 얼마 안 되는 의학 관련 서적 값으로 얻으려는 생각을 가지고 있는데, 마음에 맞는 사람은 끝내 만나보지 못했으니, 이것이 매우 답답하고 괴롭습니다."

양봉(良峯) 말함: "도호토[東都]에 책장사가 매우 많습니다. 난암(蘭菴)·남계(枏溪)[6]를 시켜서 그들을 부른다면, 책장사가 뒤따라 이르게 할 수 있을 뿐입니다."

송재 말함: "책장사가 매우 많음을 모르는 것은 아니지만, 저는 장삿속으로 모으려함이 아니고, 감히 사내들에게 묻지도 못하니 이것이 매우 답답하고 괴롭습니다."

양봉 말함: "그대는 『회춘(回春)』의 값이 매우 비싸다고 말씀하셨는데, 그 값이 얼마쯤입니까?"

림(雲林)은 그의 호. 강서성(江西省) 금계(金谿) 사람. 태의원(太醫院)에서 임직했던 공신(龔信)의 아들임. 태의원 이목(吏目)을 역임함. 저서에 『만병회춘(萬病回春)』, 『제세전서(濟世全書)』, 『수세보원(壽世保元)』, 『종행선방(種杏仙方)』, 『운림신구(雲林神彀)』, 『본초포제약성부정형(本草炮制藥性賦定衡)』, 『노부금방(魯府禁方)』 등이 있고, 부친이 편찬하던 『고금의감(古今醫鑑)』을 완성시켰음. 그의 저술은 매우 광범위한데, 주로 유명한 학설을 인용·절충하였고, 주관적 견해는 매우 적으며, 일부 관념적 논술이 포함되어 있음.

5 『회춘(回春)』: 『만병회춘(萬病回春)』. 앞부분에서 장부경락(臟腑經絡)과 약성(藥性)에 대해 논의했고, 다음으로 각각의 병을 나누어 논의했는데, 원인과 치료법을 방약(方藥)에 따라 자세히 실었음. 책 이름은 온갖 질병을 망라해 완비했다는 의미임. 8권.

6 남계(枏溪): 히라쿠니 힌[平國賓]의 호. 아메노모리 호슈[雨森東]의 문인이고, 당시 쓰시마[對馬島] 번주의 가신(家臣)으로, 조선통신사 일행을 안내했음.

송재 말함: "이 책 두 권의 값이 은(銀) 2냥이라 이를 뿐입니다."

양봉 말함: "물건과 값이 서로 어긋나지 않으니, 사서 얻음도 옳을 것입니다. 돌아갈 때를 하루 미루신다면, 작은 것 중 좋은 책을 가져와서 우러러 드리겠습니다."

송재 말함: "돌아갈 때가 가까이 있어 장사치에게 구하려는 마음이 조금도 없었는데, 그대 생각이 여기까지 이르렀다니, 마음속이 편안할 데가 없습니다. 근심하고 걱정하지 마시기 바랍니다."

양봉 말함: "지금 명함을 우러러 드리는데, 타시로[田代] 아무개라는 사람으로, 제 문하(門下)의 제자입니다. 여러 날 계속해 원컨대 상서로운 모습을 가까이하고, 귀 기울여 듣게 되기를 간절히 바랍니다."

활암(活菴) 말함: "그대는 니와[丹羽] 선생을 따라 몇 년 동안 어떤 책을 얻어 공부했습니까?"

진택(震澤)[7] 말함 타시로 겐쓰[田代玄通]: "양봉을 따라 의술을 배우고 본초(本草)에 대해 토론한 지 10년 남짓입니다."

활암(活菴) 말함: "나이는 얼마입니까?"

진택(震澤) 말함: "신묘(辛卯)년에 태어났으니, 지금 38세입니다."

7 진택(震澤): 타시로 겐쓰[田代玄通, 1711~?]의 호. 니와 테이키[丹羽貞機, 1691~1756]의 제자.

활암 말함: "양봉(良峯) 선생의 제자로 당신과 같은 사람이 몇 사람 있습니까?"

진택 말함: "저와 같이 쌓인 듯 많은 사람이 셀 수도 없습니다."

양의(良醫) 활암 선생께 받들어 드림

진택

일찍이 널리 사랑한다 함을 들었고 홀(笏) 품고 오니	夙聽博愛抱圭來
서로 생각하며 다시 스스로 재촉하네	無限相思更自催
오늘 맛좋은 샘에서 바야흐로 읊조릴만하니	今日甘泉方可賦
자운[8]의 재주 지녔음을 잘 알겠네	卽知君有子雲才

타시로[田代] 선생이 보내준 시를 받들어 차운함

활암

양봉의 뛰어난 제자 빗속에 왔는데	良峯高弟雨中來
연원도 듣지 못했으나 이별의 마음 재촉하네	未問淵源別意催
한번 보고 현묘한 이치 어찌 알겠나마는	一見那知玄妙理
맑은 시편 기이한 재주 있음을 나만은 허여하네	淸篇獨許有奇才

8 자운(子雲): 양웅(揚雄, B.C.53~A.D.18)의 자. 중국 한(漢)의 학자. 촉(蜀)의 성도(成都) 사람. 사부(辭賦)에 능했음. 저서로 『태현경(太玄經)』, 『법언(法言)』, 『방언(方言)』 등이 있음.

활암의 시를 당겨 보고 거듭 진택 선생께 차운해 드림

송재(松齋)

사신의 배 머나먼 길 바다건너 왔는데	乘槎萬里海中來
여관 집 적막하고 돌아갈 꿈 재촉하네	旅館寥寥歸夢催
문득 밖에서 온 뛰어난 사람 보았는데	忽見高人自外至
다시 응한 시구도 기이한 재주로다	更應詩句又奇才

활암·송재 두 선생의 뛰어난 시를 받들어 사례함

진택

비단 안장 오른 이웃 나라 사람 국서(國書) 받들어 오고	錦鞍隣好奉書來
말 들으니 공동[9]이 생기를 재촉하네	聞說崆洞生意催
보배로운 난초 맑은 바람 꿈속인 듯한데	蘭寶清風如夢裏
아랫사람 이교[10] 위 빼어난 재주 그리워하네	下圯橋上慕秀才

진택의 시를 받들어 차운함

활암

여관으로 하루 종일 몇 사람이 왔는지	館中終日幾人來

9 공동(崆洞): 중국 황제(黃帝) 때의 은자 광성자(廣成子)가 있던 곳으로, 은자의 대명사임. 공동산(崆峒山).

10 이교(圯橋): 강소성(江蘇省)에 있던 다리. 장량(張良)이 황석공(黃石公)에게 태공(太公)의 병법(兵法)을 받은 곳.

붓 휘둘러 시 지으라고 기운은 재촉하기만 하네 揮筆題詩氣欲催
몹시도 평범하고 못나서 말할 게 뭐 있으랴만 多少凡庸何足道
뛰어난 문하 제자 가장 슬기롭다 일컬으리 高門弟子最稱才

앞 시를 첩운함

송재(松齋)

가랑비 속 창 앞으로 어떤 손님 왔는데 細雨窓前有客來
아름다운 이야기와 글귀는 둘이 서로 재촉하네 美談瓊句兩相催
가련하다 내일이면 수레로 떠나며 글 쓸 테지만 可憐明日行軺書
노을 쓴 오우미슈[江州][11]의 뛰어난 재주 지닌 이로다 霞負江州又俊才

두 선생이 진택을 사랑하는 은혜를 베푼 시를 받들어 차운함

양봉

나는 기러기 봄가을로 갔다가 돌아오는데 飛雁春秋往復來
하늘 끝 이별은 눈물 흘리며 절박하게 재촉하네 天涯離別泪頻催
창 앞 가랑비 흰 구름 속에 있고 窓前細雨白雲裏
노송나무 삼나무는 저력[12]의 재주 반기는 듯하구나 檜杉似憐樗櫟才

11 오우미슈[江州]: 일본 에도시대 근강국(近江國) 지역의 지명(地名).
12 저력(樗櫟): 쓸모없는 나무. 전(轉)해 아무 소용(所用) 없는 사람의 비유.

양봉(良峯) 말함: "제자의 천한 읊조림을 거듭 세 번 보시고 아름다운 화답을 베풀어주셔서 매우 감사합니다."

활암(活菴) 말함: "어찌 매우 감사할 만큼 두터운 보답의 이치가 있겠습니까? 비록 그러하나 천한 시(詩)의 뜻은 거칠고 얇아 몹시 부끄러워할만합니다."

양봉 말함: "그대는 평소 치료를 베푸실 때, 옛 사람으로 이름난 의원 가운데 어떤 사람의 뜻을 알맞게 여겨 따르십니까? 처방책은 어떤 책을 근거로 삼으십니까?"

활암 말함: "의원의 도리에 뜻을 두되, 『소문(素問)』과 『난경(難經)』 두 경서에 알맞게 따르지 않고 어떤 책을 쓸 수 있겠습니까? 처방책은 마땅히 어떤 책에 한정하지 않고, 그 병에 따라 깊이 생각할 따름입니다."

양봉 말함: "『소문』과 『난경』 두 경서는 의학의 근원이니, 『논어(論語)』와 『맹자(孟子)』가 유학(儒學)에 있어 논의를 기다리지 않음과 같은데, 후세에 학문하는 사람들 중 어떤 사람은 정(鄭)씨[13]의 옛 주석을 옳다고 여기고, 어떤 사람은 이정(二程)과 회옹(晦翁)[14]의 설을 믿고 높이며, 상산(象山)과 양명(陽明)[15]을 바른 해석이라 여깁니다. 의학도 이

13 정(鄭)씨: 정현(鄭玄, 127~200). 후한(後漢)의 학자. 자는 강성(康成). 모든 경(經)에 널리 정통해 한대(漢代) 경학(經學)을 통일적으로 집대성했음. 『모시전(毛詩箋)』, 『주례(周禮)』, 『의례(儀禮)』, 『예기(禮記)』 등의 주(註)를 지었음.

14 회옹(晦翁): 남송(南宋)의 대유학자인 주희(朱熹, 1130~1200)의 호.

와 같아서, 한(漢)·당(唐)·송(宋)·원(元)·명(明)의 이름난 밝은 사람들이 편찬한 처방책들은 그 한온(寒溫)[16]·보사(補瀉)[17]를 근거하는 바가 이따금 각기 다릅니다. 요즈음 그대가 평소 좋아하는 것은 어떤 책을 본받아 도움으로 삼으십니까?"

활암(活菴) 말함: "외감(外感)[18]은 중경(仲景)[19]에 근거하고 내증(內症)[20]은 동원(東垣)[21]에 근거하는데, 이는 예나 지금이나 밝은 가르침이

---

15 양명(陽明): 명(明)의 유학자인 왕수인(王守仁, 1472~1528)의 호.

16 한온(寒溫): 찬 것과 더운 것을 합해 이르는 말.

17 보사(補瀉): 치료 상의 중요한 두 원칙. '보'는 주로 허증(虛證)의 치료에 쓰이고, '사'는 주로 실증(實證)의 치료에 쓰임. 침구(針灸)요법에 있어서는 각기 다른 수법을 응용해 각기 다른 자극 강도와 특징이 나타나게 됨.

18 외감(外感): 병인과 병증의 분류에서 6음(六淫)·역려지기(疫癘之氣) 등의 외사(外邪)를 받은 것. 이들 병사(病邪)는 먼저 인체의 피부를 침범하거나, 코나 입으로 먼저 흡입되기도 하고, 동시에 병이 발생되기도 함.

19 중경(仲景): 장기(張機, 150~219)의 자. 후한(後漢)대 하남성(河南省) 남양(南陽) 사람. 장사태수(長沙太守)를 지냈으나, 그의 일족이 열병으로 목숨을 잃자 의학에 깊은 관심을 갖게 되었음. 저서에 『상한잡병론(傷寒雜病論)』이 있음.

20 내증(內症): 몸 안에 생기는 병적 증세.

21 동원(東垣): 이고(李杲, 1180~1251)의 호. 금(金)대 진정(眞定) 사람. 유명한 의학자로 금원사대가(金元四大家)의 한 사람. 자는 명지(明之)이고, 호는 동원노인(東垣老人). 명의 장원소(張元素)를 스승으로 모셨고, 학술에 있어서도 오장변증론치(五臟辨證論治) 등 그의 영향을 많이 받았음. 당시 전란 등으로 기아와 질병이 만연하여 백성들에게 내상병(內傷病)이 많은데 착안하여 '내상학설(內傷學說)'을 제기하였고, 안으로 비위(脾胃)가 손상되면 온갖 병이 이로부터 생긴다고 생각하여 비위(脾胃)를 조리하고 중기(中氣)를 끌어올릴 것을 강조한 '비위학설(脾胃學說)'을 제기하였으며, 보중익기탕(補中益氣湯) 등 새로운 방제를 스스로 만들었음. 모든 병의 주된 치료를 비위의 치료에서 시작하였다 하여 그를 보토파(補土派)라 불렀음. 원(元)대 나천익(羅天益), 왕호고(王好古) 등이 그의 이론을 이어 받았으며, 『비위론(脾胃論)』, 『내외상변혹론(內外傷辨惑論)』, 『난실비장(蘭室祕藏)』, 『醫學發明(의학발명)』, 『藥象論(약상론)』 등의 저서가 있음.

니, 저는 늘 이것을 따라 섬길 뿐입니다. 그대는 어떤 사람의 책을 좋다 여기십니까?"

양봉(良峯) 말함: "중경의 두 책을 따라 섬기고, 『천금(千金)』[22]·『외대(外臺)』[23]·『병원(病源)』[24]·『본사방(本事方)』[25]·『득효방(得効方)』[26]·『국방(局方)』[27]의 몇 가지 책에서 도움 받습니다. 개인적으로 말씀드리자면,

22 『천금(千金)』: 『천금방(千金方)』·『천금요방(千金要方)』. 당(唐)대 손사막(孫思邈) 지음. 당대 이전의 의약서적을 수집하고, 한의학을 전면 정리·수정해 70세 되던 651년에 편찬한 의서(醫書). 주요 내용은 총론·임상 각 과(科)·식치(食治)·평맥(平脈)·침구(針灸) 등인데, 여러 의가(醫家)들의 방서(方書)를 모은 거작임. 그는 평소에 사람의 목숨이 천금보다 귀중하다는 생각을 갖고 있었기 때문에 이 책에 '천금'이라는 제목을 붙였음. 30권.

23 『외대(外臺)』: 『외대비요(外臺秘要)』. 당(唐)대 왕도(王燾) 지음. 당대 이전의 많은 의약저서를 수집해 1,104문(門)으로 편성하고, 6천여 처방을 수록해 752년에 펴냈음. 40권.

24 『병원(病源)』: 『제병원후론(諸病源候論)』·『소씨제병원후론(巢氏諸病源候論)』. 수(隋)대 소원방(巢元方)의 저작. 67문(門) 1,720절(節)로 나누어 각 과(科)의 질병 원인과 병의 상태를 상세히 기록했음. 50권.

25 『본사방(本事方)』: 남송(南宋)대 허숙미(許叔微)의 저서인 『유증보제본사방(類證普濟本事方)』 10권. 경험에 의한 여러 처방과 의안(醫案)을 기록해 실었음.

26 『득효방(得効方)』: 원(元)대 위역림(危亦林, 1277~?)의 저서인 『세의득효방(世醫得效方)』 19권. 집안 대대로 전하는 경험방과 고대 의가의 고방을 정리해 1337년에 편찬했는데, 정골과에 위대한 공헌을 한 저서로 평가받음.

27 『국방(局方)』: 『화제국방(和劑局方)』·『태평혜민화제국방(太平惠民和劑局方)』. 『태평성혜방(太平聖惠方)』처럼 국가편찬 서적임. 1078년 이후에 처음 발간되는데, 태의국(太醫局)에 소속된 약국의 처방을 모아 간행하였고, 맨 처음 이름은 '태의국방(太醫局方)'이었음. 이후 진사문(陳師文) 등이 거듭 새롭게 바로잡아 고치고 이름을 '화제국방'과 '태평혜민화제국방'으로 고쳤음. 성약 방제를 제풍·상한·일체기·담음·제허·고랭·적열·사리·안목질·인후·구치·잡병·창종·상절·부인제질 및 소아제질로 나누었는데, 모두 14문 788방으로 구성되어 있고, 민간에서 상용하는 방제를 포함하고 있으며, 그것의 주치·배오 및 구체적 수제법을 적었음. 그 양이 방대하며 임상에서 다용되었던 서적

이 세상 사이에 이치로 논할 수 있는 것이 있고 이치로 알 수 없는 것도 있는데, 의술의 일도 그러합니다. 후배 여러분이 예와 지금의 방법을 논해, 모두 이치로 분별하려고 하지만, 분별할수록 더욱 혼란스럽게 됩니다. 지금 기록해 늘어놓은 몇 가지 책은 그렇지 않아서, 질병의 요점을 두루 드러내고, 경험한 방법을 바로 붙여놓았습니다. 원(元)·명(明)의 여러 의원들은 대부분 이치로 처방을 풀었는데, 이치로 분명히 잘 알기 어려움에 이르면, 억지로 끌어 막고 가려 뽑았습니다. 비록 글씨체는 뻗치고 의견은 월등히 뛰어나지만, 실제 그 공은 옛사람들에게 미치기에 매우 멉니다. 그러므로 저는 원·명의 여러 의원들에게 의문을 가지고 있습니다."

또 말함: "저는 20세부터 본초(本草)를 읽었는데, 이제 거의 40년입니다. 대체로 약물의 냄새와 맛, 공들인 효과는 이치로 잴 수 있는 것이 있고 이치로 잴 수 없는 것도 있습니다. 각 종류도 오히려 알기 어려운데, 몇 가지 맛을 한데 섞어 하나의 처방을 만드는데 이르니, 그 처방의 냄새와 맛, 따뜻함과 서늘함을 다 이치로 알 수는 없으니, 반드시 그렇습니다. 뛰어난 견해로는 어떻습니까?"

활암(活菴) 말함: "그대 나라에 황기(黃耆)[28]와 감초(甘草)[29]가 없다고

임. 10권.

28 황기(黃芪): 단너삼. 콩과의 여러해살이풀. 약초의 이름. 또는 그 말린 뿌리를 약재로 이르는 말. 기(氣)를 보하고 땀나는 것을 멈추며, 오줌을 잘 누게 하고 고름을 없애며, 새살이 잘 살아나게 하고 강장제로도 쓰임. 황기(黃耆).

29 감초(甘草): 콩과의 여러해살이풀. 또는 그 뿌리를 말린 것. 비기(脾氣)와 폐기(肺氣)

들었고, 오직 중원(中原)[30]과 우리나라의 것만 쓴다던데, 그렇습니까?"

양봉(良峯) 말함: "그렇지 않습니다. 옛날 연희(延喜)[31]와 천력(天歷)[32] 시대에 여러 고을에서 약재를 해마다 조정에 공물(貢物)로 바쳤는데, 스루가슈[駿河州][33]는 후지산[富山]의 황기와 감초를 바쳐서 특산물로 삼았습니다. 뒤에 여러 고을의 약재를 공물로 바쳐 다 없어져 캐서 거두지 못하게 되었고, 그때의 형세도 변해 후지산의 황기와 감초도 아는 사람이 없게 되었습니다. 우리 태태군(太台君)[34]이 천명(天命)을 받은 처음부터 끊어짐을 잇고 없애버린 일을 회복한 나머지 은혜가 당기듯 백성의 폐단(弊端)이던 약재에까지 미쳤습니다. 각 고을에서 새로 약초의 싹을 바치게 했고, 저에게 명(命)해 후지산의 생산물을 조사

를 보하고 기침을 멈추며, 열을 내리고 독을 풀며, 새살이 잘 살아나게 함.

30 중원(中原): 한족(漢族)의 발상지인 황하(黃河) 유역. 하북(河北)·하남(河南)·산동(山東)·섬서성(陝西省) 지방.

31 연희(延喜): 일본 제60대 국왕 다이고코우[醍醐皇] 시대(898~930)의 연호로 901~922년에 해당함. 다이고의 이름은 돈인(敦仁). 제59대 국왕 우다코우[宇多皇]의 태자이고, 어머니는 윤자(胤子)임. 치세 원년은 무오(戊午)년 당소종(唐昭宗) 광화(光化) 원년(898)에 해당함. 재위 33년 만에 선양했고, 46세에 죽었음. 연호는 창태(昌泰)·연희(延喜)·연장(延長)으로 개원했음.

32 천력(天曆): 일본 제62대 국왕 무라카미인[村上院] 시대(947~967)의 연호로 947~956년에 해당함. 무라카미인의 이름은 성명(成明). 다이고코우[醍醐皇]의 14번째 아들이고, 제61대 국왕 스자쿠인[朱雀院]과는 같은 어머니의 동생. 치세 원년은 정미(丁未)년 후한고조(後漢高祖) 천복(天福) 원년(947)에 해당함. 재위 21년 만에 선양하고 출가했으며, 연호는 천력(天曆)·천덕(天德)·응화(應和)·강보(康保)로 개원했고, 42세에 죽었음.

33 스루가슈[駿河州]: 현재 일본의 시즈오카[靜岡]현 지역.

34 태태군(太台君): 일본 도쿠가와[德川] 바쿠후[幕府]의 제8대 쇼군[將軍]인 도쿠가와 요시무네[德川吉宗, 1684~1751].

해 황기와 감초를 도호토[東都]에 바치게 했습니다. 그 이후 여러 고을에서도 그것이 나오게 되었는데, 현재 황기는 3종류가 있고, 감초는 2종류가 있습니다."

활암 말함: "후지산에서 황기와 감초에 외에 약재가 생산됩니까?"

양봉 말함: "두 가지 약재와 육종용(肉蓯蓉)[35] · 오미자(五味子)[36] · 시호(柴胡)[37] · 승마(升麻)[38]가 바로 후지산의 특산물입니다. 그밖에 창출(蒼朮)[39] · 방풍(防風)[40] · 원지(遠志)[41] · 박하(薄荷)[42] · 사삼(沙參)[43] · 강활(羌

---

35 육종용(肉蓯蓉): 한약재로 쓰이는 더부사리과의 다년초. 나무뿌리에 기생하며 줄기가 강장제와 지혈제로 쓰임.

36 오미자(五味子): 오미자나무의 열매. 기침·갈증·설사 등에 약재로 쓰임.

37 시호(柴胡): 미나리과의 다년초인 시호와 참시호의 뿌리를 말린 약재. 간담(肝膽)의 열을 내리고 반표반리(半表半裏)증을 낫게 하며, 간기(肝氣)를 잘 통하게 하고 기(氣)를 끌어올림.

38 승마(升麻): 바구지과의 여러해살이풀인 끼멸가리와 눈빛승마·황새승마·촛대승마의 뿌리줄기를 말린 것. 풍열을 없애고 발진을 순조롭게 하며, 기(氣)를 끌어올리고 독을 풂.

39 창출(蒼朮): 삽주 및 같은 속(屬) 식물의 뿌리줄기를 말린 것. 이뇨(利尿)·발한(發汗) 등에 약재로 씀.

40 방풍(防風): 미나리과의 다년생풀. 어린싹은 식용, 뿌리는 약용함. 뼈마디가 저리는 풍증이나 현훈증에 쓰고, 상초의 풍사(風邪)를 없애는 데 매우 좋은 약임.

41 원지(遠志): 원지과의 여러해살이풀인 원지의 뿌리를 말린 것. 정신을 안정시키고 가래를 삭임. 애기풀. 영신초(靈神草).

42 박하(薄荷): 꿀풀과의 다년초. 줄기와 잎에 독특한 향기가 있어 약재·향료·음료 등으로 쓰임. 풍열을 없애고 아픔을 멈추며, 발진을 순조롭게 하고 간기(肝氣)를 잘 통하게 함.

43 사삼(沙參): 더덕. 초롱꽃과의 다년생 만초(蔓草). 뿌리는 식용·약용함. 음(陰)을 보하고 열을 내리며, 폐를 눅혀 기침을 멈추고 위를 보하며, 진액을 불려주고 고름을 빼내며

活)[44] · 백지(白芷)[45] · 우슬(牛膝)[46] · 위령선(威靈仙)[47] · 방기(防已)[48] · 복령(茯苓)[49] · 석고(石膏)[50] · 석지(石脂)[51]의 따위로 다 기록할 수 없습니다."

활암(活菴) 말함: "약재 외에 나라에서 쓰는 생산물이 있습니까?"

양봉(良峯) 말함: "남쪽 산기슭에는 놓아기르는 말이 있고, 서쪽 숲에서는 매 새끼가 나오며, 동쪽 산허리에는 큰 호수가 있는데 잉어와

독을 풂. 사삼은 '잔대'라는 설도 있음.

44 강활(羌活): 미나리과의 여러해살이풀의 뿌리를 말린 것. 땀이 나게 하고 풍습을 없애며 아픔을 멈춤. 풍한표증·머리 아픔·풍한습비 등에 씀. 강활(羌活). 강호리.

45 백지(白芷): 구릿대. 미나리과의 다년초인 구릿대의 뿌리를 말린 것. 잎은 향료로 쓰고 뿌리는 약재로 쓰임. 풍한(風寒)을 없애고 피를 잘 돌게 하며, 고름을 없애고 새살이 잘 살아나게 하며, 아픔을 멈춤.

46 우슬(牛膝): 쇠무릎지기. 쇠무릎풀. 비름과의 다년초인 쇠무릎풀의 뿌리를 말린 것. 마디 모양이 소의 무릎과 비슷하며, 줄기와 잎은 약재로 쓰임. 혈을 잘 돌게 하고 어혈을 없애며 달거리를 통하게 하고 뼈마디의 운동을 순조롭게 하며 낙태(落胎)시킴.

47 위령선(威靈仙): 으아리. 미나리아재비과의 여러해살이 덩굴풀인 으아리와 외대으아리의 뿌리를 말린 것. 풍습(風濕)을 없애고, 담(痰)을 삭이며, 기를 잘 돌게 하고, 통증을 멈춤. 허리와 무릎 아픈데, 팔다리마비, 배 속이 차고 아픈데, 각기(脚氣), 징가(癥瘕), 현벽(痃癖), 류마티스성 관절염, 신경통 등에 씀.

48 방기(防已): 새모래덩굴과의 분방기와 댕댕이덩굴의 뿌리를 말린 것. 오줌을 잘 누게 하고 하초의 습열과 풍(風)을 없애며, 아픔을 멈춤.

49 복령(茯苓): 솔풍령. 구멍버섯과의 복령균의 균핵을 말린 것. 소나무를 벤 뒤 5~6년이 지나서 흙 속에 있는 솔뿌리에 생기는 버섯의 일종인데, 재배도 함. 백복령과 적복령이 있으며, 진정제·이뇨제 등의 약재로 씀.

50 석고(石膏): 석회질(石灰質) 광물의 일종. 백색으로 안료(顔料)나 약용, 모형제조, 조각 등의 재료로 쓰임. 열을 내리고 진액을 불려주며, 갈증을 멈추는데, 청열(淸熱) 작용이 제일 센 약임.

51 석지(石脂): 고령토인 적석지(赤石脂)와 백석지(白石脂)가 있음. '적석지'는 규산알루미늄(AI2)을 주성분으로 하는 붉은색 곱흙. 설사와 피나는 것을 멈추고, 헌 데를 잘 아물게 함.

붕어가 많이 생산되고, 북쪽 산골짜기에는 네 계절 늘 얼음과 눈이 있는데, 비록 한여름 때라도 쌓인 눈이 한 길 남짓이며, 주변 산중턱에는 모두 주위를 둘러싸고 구름까지 오른 듯 소나무·측백나무·노송나무·삼나무입니다."

활암 말함: "일찍이 그대 나라에 수정산(水晶山)이 있다고 들었는데, 산 전체 바탕이 수정[52]입니까? 혹 산 속에서 수정이 많이 생산됩니까? 땅이름은 무슨 고을입니까?"

양봉 말함: "우리나라 수정이 생산되는 곳은 여러 군데 있습니다. 무츠슈[陸奥州][53]에 수정산이 있는데, 산속에서 수정이 많이 산출되지만 온산이 모두 수정은 아닙니다. 그 가운데서도 오우미슈[近江州][54] 비와호[琵琶湖] 안에 치쿠부시마[竹生嶋]라는 작은 섬이 하나 있는데, 민간 전설에 따르면 옛날에 여자 신선이 살고 있었고 이에 수정산이라 이름했다고 합니다. 지금도 오히려 산속에 수정이 많은데, 덩어리가 크고 맑고 투명하며 매우 빛나 다른 곳에서 생산되는 것과 짝지우면 차이가 있는 듯합니다. 그대가 지난번 도호토[東都]로 나아갈 때, 사이쿄[西京]에서 출발해 오츠역[大津驛][55]에서 머물렀는데, 이 역이 비와호[琵琶湖]의 남쪽 끝입니다. 호수 앞에서 북쪽을 보면 200리 남짓에

52 수정(水晶): 육방정계(六方晶系)의 결정을 이룬 무색투명한 석영(石英). 인재(印材)나 장식품 따위로 쓰임. 수옥(水玉).

53 무츠슈[陸奥州]: 현재 일본의 아오모리[青森]현 지역.

54 오우미슈[近江州]: 현재 일본의 시가[滋賀]현 중부 지역.

55 오츠역[大津驛]: 현재 일본의 시가[滋賀]현 오츠시[大津市] 지역.

치쿠부시마[竹生嶋]가 있습니다. 매우 맑고 밝은 날 오츠역에서 그곳을 바라보면, 구름과 안개 속에 외로운 작은 섬이 보이는데, 이곳이 치쿠부시마이니 돌아가시는 길에 한번 보십시오."

활암(活菴) 말함: "가르침을 따르겠습니다."

양봉(良峯) 말함: "한번 경개(傾盖)[56]하고 날마다 선생님께 안부를 물으니, 뜻이 서로 맞고 마음이 잘 화합합니다. 가르쳐 보여주신 것은 비록 자세히 생각하고 찾아보지 못했지만, 사귄 정은 하루하루 깊어지니 새로 안 지 얼마 안 되는 사람이라도 단금(斷金)[57]이 아니라고 어떻게 말하겠습니까? 만약 하루라도 침식(枕食)의 평안함을 몸소 듣지 못함이 있다면, 정신이 달려가고 넋은 흩어집니다. 지금 거듭 밝으면 돌아가실 때라고 들었는데, 다시 만날 기약이 없으니 피눈물이 저고리를 적실만합니다. 문득 생각건대 저번에 함께 모이는 다행이 없었으니, 오늘은 창자가 끊어지는 슬픔은 아니라고 할 만합니다. 지난날 『서물류찬(庶物類纂)』의 뛰어난 서문(序文)을 청했었는데, 그대는 승낙하지 않으신 듯합니다. 이 책인데, 앞선 스승과 제가 50년 남짓의 세월을 없앴으나, 하늘이 도와 좋은 인연을 주셔서 덕(德)이 크신 분의 아름다운 모범을 만났습니다. 그러나 덕이 크신 분은 합계(醯雞)[58]의 마음을 불쌍히 여기지 않으시고 간절한 바람을 헤아리지 않으시니,

56 경개(傾盖): 길을 가다가 우연히 만나 서로 차개(車蓋)를 기울이고서 이야기한다는 뜻으로, 처음 만나 친해지는 것을 이름. 경개(傾蓋).

57 단금(斷金): 쇠붙이도 끊을 만큼 우정(友情)이 대단히 깊음을 이름.

58 합계(醯雞): 초·간장·된장·술 등에 잘 덤벼드는 파리. 초파리.

제 참된 마음은 몹시 어지러워 할 바를 모르겠습니다. 만일 혹시 이미 송재(松齋) 어르신의 서문이 있어서 승낙하기 어려우시다면, 뒤에 발문(跋文) 글 하나라도 은혜 베풀어주심을 입게 된다면, 천하게 가려 뽑았으나 영원한 세대에 믿음을 얻고, 일생 동안 부러워하고 그리워하기에 충분할 것입니다. 그대를 업신여기고 억지로 구하는 죄는 비록 가장 두려워할만하나, 그러나 여러 번 부드럽게 사양하는 덕을 바랄 뿐입니다."

양봉이 송재(松齋)에게 일러 말함: "지금 활암 선생에게 『서물류찬』 뒤의 발문을 청했는데, 그대 또한 활암 선생에게 말씀하셔서 그로 하여금 하락하게 해주신다면, 기쁨과 즐거움을 어찌 더하겠습니까?"

송재 말함: "비록 온갖 말로 그에게 청한다면 어렵지 않은 일이겠지만, 활암은 일이 많아 저와 함께 같은 마음입니다. 비록 그러하나 가르침을 따라 억지로 권하여 계획할 따름입니다."

활암 말함: "날마다 물러남을 따라 그리워하는 마음이 평소에 매우 많이 나타났으니, 저는 이에 이루 다 기쁘게 베껴 쓸 수 없습니다. 구름같이 보이는 먼 곳의 산도 한 번 헤어지면 다시 만날 인연이 없으니, 잊히지 않는 일들로 정신이 없어 거의 깨닫기 어렵습니다. 서문(序文)은 송재(松齋)가 이미 지었는데, 송재는 곧 저이고 저는 곧 송재이니, 무슨 차이가 있겠습니까? 발문(跋文)은 인연을 보여주니 사양하기 어려우나 지금 대답 드리지 못하는데, 글로 의심스러운 조목을 준 것들이 책상에 쌓이고 한가한 틈이 없어 괴롭습니다. 또 돌아갈 때가 매

우 가깝게 다가와 손을 놀릴 방법이 조금도 없습니다. 어찌하여 오로지 용서를 바라겠습니까? 갈 때가 만약 며칠 미뤄진다면, 바라건대 의논할 수 있을 따름입니다."

양봉(良峯) 말함: "살고 죽는 헤어짐에 대해 붓과 종이로 어찌 그 뜻을 다하겠습니까? 가을바람은 지금부터 한결 시름을 더할 테고, 서쪽 산에 달 기울 때 응당 그대를 자주 생각할 것이니, 동쪽 산봉우리에 꽃피는 날 마땅히 저를 멀리서 불쌍히 여기실 것입니다. 발문의 일은 틈이 없다고 사양하셨는데, 책상머리의 사자(寫字)[59]가 산처럼 쌓인 의문에 대답하는 줄 압니다. 그것에 더해 무식하고 속된 사람들이 번잡하고 시끄러우니, 이는 비록 그대가 도량이 넓더라도 괴롭고 번민함을 오히려 알 수 있습니다. 가실 때 만약 몇 마리 까마귀가 물러나면 숙소 안에서 은혜를 베풀어주시고, 돌아가실 때가 늦춰지지 않으면 객지살이 중 적은 겨를에 짓기를 마쳐 난암(蘭菴)과 남계(枏溪) 두 선비에게 부치시면 제 손에 빨리 떨어질 것입니다. 객지살이 중 나니와[浪華][60]에 이르시는 사이에도 오히려 겨를을 얻지 못하시면, 쓰시마슈[對馬州]로 나아가는 배 안에서라도 베껴 쓰기를 마쳐 함께 두 선비에게 부치시는 것도 가능합니다."

활암(活菴) 말함: "이는 어렵지 않으나, 지난날 서문의 대지(大旨)[61]를

59 사자(寫字): 사자관(寫字官). 글씨를 베껴 쓰는 관리.

60 나니와(浪華): 일본 오사카(大坂) 지역.

61 대지(大旨): 말이나 글의 주장되는 대강(大綱)의 의미.

원했으니, 주신 것을 본 그런 뒤에 말을 생각해 의지할 수 있을 것입니다."

양봉 말함: "지난날 서문의 대지(大旨)는 지난번 송재(松齋) 어르신께 드렸고, 송재 어르신께서 서문을 지으신 뒤에 쓸모가 없어졌습니다. 그대가 송재 어르신께 알려 그것을 살펴보심이 옳겠습니다."

활암 말함: "송재가 서문을 지은 뒤에 그 책은 진실로 쓸모가 없어졌습니다. 송재에게 말해 저로 하여금 또한 그것을 얻어 보게 해주십시오."

양봉 말함: "가르침을 따르겠습니다."

양봉이 송재(松齋)에게 일러 말함: "활암 선생과 함께 그대가 지금 보신 바와 같이 주고받았는데, 지난번에 드려서 살펴보신 서문과 범례(凡例)[62] 1책은 그대에게 쓸모가 없어졌으니, 활암 선생에게 부쳐주시기를 간절히 바랍니다."

송재 말함: "저는 이미 글을 지었으니, 그대의 서문(敍文)은 버려도 상관없는데, 만약 활암에게 전에 받았던 글의 뜻이 있다면, 그대로 둬도 방해되지 않을 것입니다."

양봉(良峯) 말함: "그대가 서문(序文)의 정서(淨書)[63]를 내려주셨을 때,

62 범례(凡例): 책머리에 그 책의 요지와 그 책을 읽어 나가는 데에 필요한 사항 등을 예를 들어 보이며 적은 글. 일러두기.

그대가 스스로 베껴 쓴 초고(草稿)를 아울러 베풀어주시게 된다면 매우 다행이겠습니다."

송재(松齋) 말함: "마땅히 가르침을 따르겠습니다."

양봉 말함: "정성들여 잘 만든 두 가지로 은혜를 베풀어주시니, 매우 감패(感佩)[64]하겠습니다. 이별 뒤 서로 그리워할 때 먹을 갈고 부채를 부치며 괴로운 마음을 위로할 뿐입니다."

활암(活菴) 말함: "작은 물건으로 무슨 감사함이 있겠습니까? 마음에 부족하나마 그대로 서로 헤어지는 마음을 보낼 뿐입니다."

양봉 말함: "우리나라의 작은 과실인데, 걸상 아래 우러러 드리니, 객지살이 중에 차(茶)와 향기를 돕는다면, 작은 바람으로 충분할 것입니다."

활암 말함: "희귀한 과실을 내려주신 은혜에 감사드립니다. 변하지 않는 과실의 이름은 무엇입니까?"

양봉 말함: "예(禮)를 갖춘 감사에 도리어 몹시 부끄러움만 더합니다. 과실이란 것은 불수감(佛手柑)[65]과 밀감(密柑)[66]인데, 사탕(砂糖)[67]에

63 정서(淨書): 초(草)잡은 글씨를 새로 바르게 씀. 청서(淸書).

64 감패(感佩): 마음에 깊이 감동해 잊지 않음. 감명(感銘).

65 불수감(佛手柑): 귤나무류에 속하는 상록활엽 소교목. 잎, 줄기, 꽃, 열매 모두가 향기로운 천연허브 방향성 식물로, 중국남방의 광동지방에서 많이 생산됨. 열매는 겨울에 익으며 끝이 손가락처럼 길게 갈라지고 향내가 매우 좋은데, 그 모양이 부처님 손을 닮았다

저장합니다."

활암 말함: "이와 같은 희귀한 물건을 소매 속에 넣어 가지고와서 은혜를 베풀어주시니, 매우 감사하고 감사함을 더욱 이기지 못하겠습니다."

양봉 말함: "오늘 아침 집을 나설 때, 어린 자식에게 그대의 글을 지니고 돌아간다고 약속했습니다. 주실 수 있어, 바야흐로 제가 돌아갈 때 구해서 문을 나설 수 있도록 뛰어난 팔을 수고롭게 하시기를 간절히 바랍니다."

활암 말함: "가르침을 따르겠습니다. 어찌 수고로움이 있겠습니까?"

양봉 말함: "그대 나라 수도(首都)의 옆에 광덕(廣德)[68]이란 땅이 있다고 들었는데, 이곳도 기내(畿內)[69]입니까?"

하여 '불수감'이라 부름. '불수감'의 '불(佛)'은 '복(福)'과 중국식 한자어 발음이 유사하고, 부처님의 손과 같은 생김새로 인해 다복(多福)을 의미함. 다수(多壽)를 의미하는 복숭아, 다남(多男)을 의미하는 석류와 함께 삼다(三多) 식물로 꼽힘.

66 밀감(密柑): 여름귤. 운향과의 상록소교목. 초여름에 흰색 5판화(五版花)가 피고, 과실은 겨울에 맺어 누런빛을 띠지만, 그대로 이듬해 여름에 이르러서야 충분히 익어 맛이 남.

67 사탕(砂糖): 사탕수수나 사탕무를 원료로 해 만든 맛이 단 유기화합물(有機化合物). 정제(精製)의 정도에 따라 검은 사탕, 싸라기 사탕, 흰 사탕, 빙(氷) 사탕 등이 있음. 사탕(沙糖).

68 광덕(廣德): 현재 우리나라 경기도 포천시 지역.

69 기내(畿內): 서울을 중심으로 사방 500리 이내의 땅. 천자(天子) 직할(直轄)의 지역임.

송재(松齋) 말함: “수도(首都)에서 멀지 않은 지역에 있을 뿐입니다.”

양봉(良峯) 말함: “압록강(鴨綠江) 양쪽 기슭의 거리는 길의 이수(里數)로 얼마쯤 됩니까?”

송재 말함: “1,400리의 땅입니다.”

양봉 말함: “의주(義州)도 수도의 가까운 지역입니까?”

송재 말함: “압록강은 의주 북쪽 문밖에 있습니다.”

양봉 말함: “의주로부터 압록강을 건너 파문부(婆門府)에 이르러 송골산(松骨山)[70] 아래를 지나고 개주성(開州城)[71]을 지나 봉황성(鳳凰城)[72]에 이르거나, 또 난봉참(鸞鳳站)·통원포(通遠浦)[73]의 산길을 지나 요동진(遼東鎭)[74]에 이르는데, 일찍이 이것이 그대 나라 서남쪽 변경(邊境)[75]의 경

70 송골산(松骨山): 평안북도 북동부의 동창군(東倉郡) 남부에 있는 해발 1,006m의 산.

71 개주성(開州城): 우리나라 옛 함흥부(咸興府)의 서북쪽에 있었는데, 『요지(遼志)』에는 본래 예맥(濊貊)의 땅이라 했음. 현재 요하(遼河) 서쪽 대릉하(大凌河) 유역인 요서(遼西) 지역에 있으며, 고구려성으로 추정됨.

72 봉황성(鳳凰城): 요령(遼寧)에 있는 봉천성(奉天城)의 별명. 고구려의 안시성(安市城)이라는 설도 있음.

73 통원포(通遠浦): 압록강의 중국 대안(對岸) 지역. 명(明)대 ‘진이보(鎭夷堡)’라 불렸음. 후금(後金)이 청(淸)으로 국호를 변경하고, 황제로 즉위하던 해에 춘신사(春信使)로 갔던 나덕헌(羅德憲, 1573~1640)이 돌아오면서 국서(國書)를 버려두고 온 곳으로 유명함.

74 요동진(遼東鎭): 중국 명(明)대에 올량합(兀良哈) 몽고와 여진의 각부를 방어하기 위해 만든 군사 시설로, 장성을 따라 보(堡)를 만들고, 각 보마다 군사를 두어 지키게 했던 ‘요동변장(遼東邊墻)’의 한 지역. 요동변장은 산해관(山海關)과 압록강 사이 장성의 총칭인데, 장성을 따라 설치한 구변(九變) 중의 하나인 요동진이 이 구간의 방비를 맡았음.

계로부터 중국 땅에 들어가는 바른 길이라 들었는데, 그렇습니까?"

송재 말함: "이것은 깨우쳐 주신 것과 같습니다. 그대는 어떻게 우리나라 변경의 지리를 자세히 아십니까?"

양봉 말함: "저는 일찍이 『여지승람(輿地勝覽)』[76]과 여러 대(代)의 관청 기록을 읽었는데, 여러 고을과 땅의 맥락(脈絡)을 크게 대강 알고 있을 뿐입니다."

또 말함: "의주 동쪽으로 창성(昌城)·벽동(碧潼)·이산(理山)·위원(渭原)[77] 등의 땅은 압록강의 남쪽 물가에 줄지어 있습니까?"

송재(松齋) 말함: "비록 우리나라 지경(地境)이지만, 그 자세하게는 모르겠습니다. 일찍이 그대가 깨우쳐주신 것과 같다고 들었습니다."

양봉(良峯) 말함: "강(江) 북쪽의 이산(利山) 기슭에 기동(基洞)·대부교(大夫橋)·괴동(怪洞)[78]·마랑(馬郎)[79] 등의 땅은 그대 나라 변경(邊境)

---

75 변경(邊境): 나라의 경계가 되는 변두리의 땅.

76 『여지승람(輿地勝覽)』: 『동국여지승람(東國輿地勝覽)』. 조선 성종(成宗) 때 왕명으로 노사신(盧思愼)·양성지(梁誠之) 등이 편찬한 지리서(地理書). 체재는 남송(南宋) 축목(祝穆)의 『방여승람(方輿勝覽)』과 명(明)의 『대명일통지(大明一統志)』를 따랐고, 내용은 『팔도지리지(八道地理志)』를 대본으로 삼았으며, 『동문선(東文選)』의 시문도 첨가 수록했음. 50권.

77 창성(昌城)·벽동(碧潼)·이산(理山)·위원(渭原): 평안북도 지역. '벽동'과 '창성' 지방의 소는 덩치가 크고 힘이 셌는데, 각 지명의 앞 자를 따서 그 지방의 소를 '벽창우(碧昌牛)'라 불렀음. 세월이 흐름에 따라 차츰 발음이 '벽창호'로 변했고, 뜻도 성질이 무뚝뚝하고 고집이 센 사람을 일컫는 말이 되었음. '이산'은 현재 평안북도 초산 지역이고, '위원'은 예로부터 '화초석(花草石)'으로 알려진 '위원석(渭源石)'의 산지로 유명했음.

의 경계에 속합니까? 장차 요동(遼東)[80]에 속하게 됩니까? 이 안에도 저자와 성(城)과 마을이 있습니까?"

송재 말함: "저는 지리서를 읽지 못했는데, 오직 창성(昌城)의 북쪽으로 강(江)과 떨어져 이산이 있다고 들었을 뿐입니다. 그 땅의 이름은 모릅니다. 그대는 일본에서 태어나 우리 변경(邊境) 경계의 지리에 대해 어두울 텐데, 책을 많이 읽어 잘 알고 세상에 드문 재주가 마땅히 뛰어납니다. 예와 지금의 아주 많은 서적을 머리에 이고 가려 뽑아 백성의 생명을 건지는데 이롭게 하니, 감격해 엎드림을 이기지 못하겠습니다."

양봉 말함: "도를 지나친 칭찬에 도리어 몹시 부끄럽습니다. 저는 일찍이 봉황성(鳳凰城)의 동북쪽과 심양(瀋陽)[81]의 동남쪽 노아산(老鴉山)·평정산(平頂山)[82]에서 뿌리가 큰 인삼(人參)이 생산된다고 들었습니다. 그대도 그것에 대해 들으신 적이 있습니까?"

송재 말함: "듣지 못했습니다."

---

78 괴동(怪洞): 평안북도 강계군(江界郡)에 속한 지역. 조선시대에는 강계도호부(江界都護府) 관하였음.

79 마랑(馬郎): 함경남도 신포시에 속한 섬인 마양도(馬養島). 신포시에서 남쪽으로 약 2.5Km 떨어져 있으며, '마랑이(馬郎耳) 섬'이라고도 함.

80 요동(遼東): 요하(遼河)의 동쪽 지역. 지금의 요령성(遼寧省) 동부와 남부.

81 심양(瀋陽): 현재 중국의 요령성(遼寧省) 심양시(瀋陽市).

82 평정산(平頂山): 중국 봉천성(奉天省) 관전현(寬甸縣) 방취구(芳翠溝)에 있는 산.

양봉 말함: “탐현(探玄) 어르신이 붓고 아프며 고름이 터졌다고 하던데, 조금 나아졌습니까?”

송재 말함: “밤사이 침을 맞아 고름을 빼서 아픔과 괴로움이 조금 없어졌을 것입니다.”

또 말함: “그대 나라의 숙지황(熟地黃)을 보니, 숙지황이 아니라 건지황입니다. 숙지황과 건지황은 그 맛이 각각 서로 같지 않습니다. 그대 나라의 육계(肉桂)[83]도 우리나라의 계피(桂皮)[84]입니다. 그 맛이 또한 다르니, 보여주시기를 간절히 바랍니다.”

양봉(良峯) 말함: “우리나라의 지황(地黃)[85]은 숙지황 · 건지황 · 생지황의 세 종류가 있는데, 그대가 본 지황은 어떤 종류인지 모르겠습니다. 계(桂) 또한 계피 · 육계 · 계심(桂心)[86]의 세 종류가 있습니다. 대체로 좋고 나쁜 것을 분별하는 식견(識見) 있는 사람이라면 반드시 분별해 명백히 할 것이고, 둔한 재주로 뒤섞여 구별할 수 없다면 분별 못할 것이니, 탄식할만합니다.”

송재(松齋) 말함: “지나가는 길에 숙지황을 찾아 얻었는데, 숙지황이

83 육계(肉桂): 계피(桂皮). 녹나무과에 속하는 육계나무 곧 계수나무의 껍질을 말린 것.

84 계피(桂皮): 녹나무과 육계나무의 수피를 건조한 것. 향료와 약재로 쓰임.

85 지황(地黃): 현삼과의 풀로 약초의 한 가지. 뿌리의 상태에 따라 선지황(鮮地黃) · 건지황(乾地黃) · 숙지황(熟地黃) 등으로 분류하며, 각각 해열(解熱) · 보음(補陰) · 보혈(補血) · 강장(强壯)의 약재로 쓰임.

86 계심(桂心): 계피(桂皮)의 겉껍질을 벗긴 속껍질. 약재로 씀.

아니라 건지황을 가리켜 숙지황이라 말했습니다. 육계도 얻고자 했고, 여러 번 찾아 얻었는데, 이것 또한 육계가 아니라 계피였기 때문에 그렇게 말했을 뿐입니다."

양봉 말함 "지황의 숙지황과 건지황은 저절로 명백해서, 비록 평범한 의원이나 간사한 상인이라도 뒤섞어 어지럽게 할 수 없으니, 의심컨대 그대에게 전달한 사람의 잘못입니다. 이른바 계(桂)의 계지(桂枝)·육계·계심은 함께 모두 계피에 연관됩니다. 계지란 것은 작고 가는 가지 껍질이고, 육계란 것은 계지 중 두텁고 기름진 것이며, 계심이란 것은 껍질 살의 바깥 껍질을 없앤 것입니다. 옛 사람이 이른바 육계는 계수나무의 속살이 아니라, 계수나무의 두꺼운 껍질 살로 기름 진액이 많은 것입니다. 그러므로 『본초강목(本草綱目)』[87] 「계(桂)」 항목에서 시진(時珍)[88]은 '계는 이것이 곧 육계이다. 두껍고 아주 매우며 거친 겉껍질을 없애고 쓴다. 그 안팎의 껍질을 다 없앤 것은 곧 계심이라 한다. 이것은 곧 계피의 가운데 있는 고갱이인데, 심(心)은 껍질 가운데의 고갱이이다.'라고 말했는데, 육(肉)이 어찌 껍질 가운데의 살이라 하지 않겠습니까?"

---

87 『본초강목(本草綱目)』: 중국 명(明)대 이시진(李時珍)이 전대 제가(諸家)의 본초학을 총괄하여 보충·삭제하고 바로잡아 저술한 책.

88 시진(時珍): 이시진(李時珍, 1518~1593). 자는 동벽(東璧). 호는 빈호(瀕湖). 명(明)대 기주(蘄州) 사람. 35세에 약물의 기준서(基準書)를 집대성하는 일에 착수하여 생전에 탈고하였지만, 그가 죽은 후인 1596년에 『본초강목』 52권이 간행됨. 저서에 『기경팔맥고(奇經八脈考)』·『빈호맥학(瀕湖脈學)』 등이 있음.

양봉 말함: "그대들이 앉아 계신 짐승 가죽의 이름은 무엇입니까?"

송재 말함: "누런 개의 가죽입니다."

양봉 말함: "그대 나라의 누런 붓털은 어떤 짐승 털을 씁니까?"

송재 말함: "누런 광(獷)[89]의 꼬리털입니다."

양봉 말함: "광(獷)의 모양은 어떻습니까?"

송재 말함: "모양이 쥐와 비슷하지만 크기가 큽니다. 숲에 있는데, 매우 귀합니다."

양봉(良峯) 말함: "우리나라 숲에 황서(黃鼠)[90]라 이름하는 것이 있는데, 쥐와 비슷하지만 크기가 크고 유서(鼬鼠)[91]와 비슷하며 꼬리가 깁니다. 사람처럼 서서 두 손 모으기를 좋아하는데, 『본초강목』의 황서이니, 다른 이름으로 공서(拱鼠)라는 것입니다. 그대 나라의 광(獷)도 사람처럼 서서 두 손을 맞잡습니까?"

송재(松齋) 말함: "그대 나라의 황서가 광(獷)인지 의심스럽고, 우리나라의 광이 사람의 행동을 한다 함도 듣지 못했습니다."

89 광(獷): 우리나라에서 '족제비'를 의미함.

90 황서(黃鼠): 중국 서북쪽 사막지방에 사는 쥐. 사람을 보면 손을 모으고 서기 때문에 '공서(拱鼠)'·'예서(禮鼠)'라고 함. 『본초강목』에서도 굴에 숨었다 나와서 사람을 보면, 앞다리를 모으고 섰다가 굴로 들어가 피한다고 했음.

91 유서(鼬鼠): 족제비.

양봉 말함: “사람의 행동을 하는 것이 아니라, 사람처럼 서서 앞 다리를 모읍니다.”

송재 말함: “이와 같은 모양을 한다 함을 듣지 못했습니다.”

양봉 말함: “저는 여러 해 손발톱이 누렇게 썩는 질병을 앓아 여러 번 치료했지만 낫지 않았습니다. 근래에 어떤 의원이 손발톱 밑에 침을 찔러 약간 피를 내서 조금 나을 수 있었습니다. 비록 그대에게 그것을 살펴 달라 청하고자 하지만, 다리의 질병으로 공손하지 못한 죄를 짓습니다.”

송재 말함: “의원이 병을 살펴보되, 어찌 어렵거나 쉽다는 마음을 갖겠습니까? 자세히 한번 그곳을 살펴볼 테니, 사양하거나 거절하지 않아주신다면 다행이겠습니다.”

또 말함: “이것은 틀림없이 물과 흙이 상하게 한 것입니다. 비록 그러하나 이것은 매우 큰 증세는 아닌데, 어찌 침으로 치료할 수 있겠습니까? 그대가 만약 치료하고자 한다면 약으로 치료하십시오. 이것은 간(肝)이 병을 받아 손발톱이 마른 것일 겁니다. 간이 병을 받으면 피가 손발톱에 미치지 못하기 때문에 손발톱이 누렇게 마르는 것일 겁니다. 육미환(六味丸)[92]에 창출(蒼朮)을 더해 미감수(米泔水)[93]를 갖춰 담

92 육미환(六味丸): 약재는 찐지황·마·산수유·택사·모란뿌리껍질·흰솔풍령. 신음부족으로 몸이 야위고 허리와 무릎에 힘이 없으며 시큰시큰 아프고 어지러우며 눈앞이 아찔해지는 데, 귀에서 소리가 나며 잘 들리지 않는 데, 유정(遺精)·몽설(夢泄)이 있고 식은땀이 나며 오줌이 자주 마렵고 잘 나가지 않는 데, 미열이 있으면서 기침이 나는 데 씀.

갔다가 볕을 쪼여 말려 복용하면, 거의 좋아질 것입니다. 두세 제(劑)를 더해 복용하심이 어떻겠습니까?"

양봉 말함: "저 또한 건혈(乾血)[94]의 증세로 생각해 해마다 육미환을 복용했습니다. 그러나 창출을 더하지는 않았는데, 지금부터 가르침을 따르겠습니다."

송재(松齋) 말함: "그대의 병은 혈(血)이 적고 습(濕)은 많음의 끝까지 이른 것이니, 만약 창출(蒼朮)을 더해 복용한다면 거의 좋아질 것입니다."

양봉(良峯) 말함: "침을 찔러 악혈(惡血)[95]을 제거하면, 어혈(瘀血)이 없어지고 새로운 혈(血)이 이르게 되어 조금 병세가 좋아짐을 깨닫게 됩니다. 때때로 침을 써서 찌르는 것이 막힘은 없겠습니까?"

송재 말함: "잠깐 동안은 조금 병세가 좋아지겠지만, 뒤에 반드시 큰 해로움일 것입니다. 때때로 조금 병세가 좋아지는 것은 그 악혈을 없앴기 때문에 잠시 좋아진 것이나, 뒤에는 예전과 같이 될 뿐입니다."

---

93 미감수(米泔水): 쌀 씻은 물을 사용하는 것. 예컨대, 백출(白朮)은 쌀뜨물에 담가서 연하게 해 자르거나, 혹은 생것으로 사용하기도 함.

94 건혈(乾血): 주요 증상은 얼굴이 검어지고 피부가 거칠어지며, 몸이 여위고 뼈가 후끈후끈 달아오르며, 식은땀이 나고 입이 마르며, 얼굴이 붉어지고 쉽게 놀라며, 현기증이 나고 머리가 아픔. 이는 혈고(血枯)·혈열(血熱)이 쌓여서 오래도록 치유되지 않아 간신(肝腎)이 소모되고 새로운 혈(血)이 생기지 않기 때문임.

95 악혈(惡血): 어혈(瘀血)의 일종. 체내의 혈액이 일정한 장소에 엉겨 정체된 병증. 그 중에서 경맥(經脈) 밖으로 넘쳐 조직 사이에 고여 굳은 피. 패혈(敗血).

또 말함: "제가 비록 글은 서투르지만, 이미 별장(別章)[96]을 지었습니다. 그러므로 그대 아드님의 부채에 글을 써드리고자 하니, 이상하게 여기지 않으신다면 다행이겠습니다. 저를 본 것같이 그리워할 때에 펴서 보고 읊으심이 어떻겠습니까?"

양봉 말함: "부채 겉의 아름다운 글에 매우 감패(感佩)하겠습니다. 헤어진 뒤 꽃피는 달 그대가 생각날 때, 부채를 펴서 읊조릴 따름입니다."

또 말함: "제자 진택(震澤)도 그대가 부채 겉에 글써주시기를 청하니, 거듭 기예가 뛰어나신 분을 수고스럽게 합니다."

송재 말함: "아드님의 앞 시(詩)를 화답함에 미치지 못했었고, 지금 시가 이루어져 부채에 쓰려는데, 글 솜씨가 무디니 부끄러울 만합니다. 어찌 다시 다른 부채를 더럽힐 수 있겠습니까?"

양봉 말함: "그대의 성품은 매우 겸손해 사양하시는데, 진택은 자주 굳이 사양하지 마시기를 간절히 바랬습니다."

또 말함: "점점 해질 무렵이 다가오니, 장차 물러가고자 합니다. 내일도 선생께 안부를 여쭐 수 있습니다. 서문(序文)은 깨끗이 쓰셔서 오늘 베껴 쓰기를 마치게 하시고, 내일 아침에 은혜를 주시는 데 미친다면, 좋을 것입니다."

96 별장(別章): 이별(離別)을 읊은 시문(詩文).

송재 말함: "이와 같이 번잡하고 시끄럽기 때문에 정성들여 깨끗하게 쓸 수 없습니다. 저녁 사이에 정성들여 깨끗하게 써서 내일 이른 아침에 보내드림이 마땅할 것입니다. 돌아가실 때가 밤처럼 가로막는데, 그대가 내일 만약 찾아와주지 않으신다면, 이것은 영원한 헤어짐이니, 죽고 사는 헤어짐을 만드시겠습니까? 언뜻언뜻 심한 슬픔을 이기지 못할 뿐입니다."

양봉(良峯) 말함: "다시 만날 기약 없고, 서로 헤어짐이 마음을 깎아냄은 그대나 나나 마찬가지인데, 제가 이른바 평범한 눈으로 이 세상을 살펴보니, 모임과 헤어짐, 근심과 기쁨, 행복과 불행, 삶과 죽음은 모두 평범한 괴로움과 즐거움이 되는 듯합니다. 밝은 눈으로 이 세상을 살펴본다면, 모임과 헤어짐, 근심과 기쁨, 행복과 불행, 삶과 죽음은 모두 세상 형편에 따른 보통의 일이 되어, 뜬구름이나 날아다니는 새의 떠남과 머묾을 바람과 다름이 없습니다. 석(釋)씨[97]의 회자정리(會者定離)[98], 유학(儒學)을 닦는 학자의 사해형제(四海兄弟)[99]란 뜻 또한 밝은 눈 속의 한 가지 일입니다. 높고 명석한 식견(識見)으로는 어떠하십니까?"

활암(活菴)·송재(松齋) 함께 말함: "그대의 학식과 도량은 평범하지

97 석(釋)씨: 석가모니(釋迦牟尼). 불교의 개조(開祖).

98 회자정리(會者定離): 만나는 자는 반드시 헤어지는 법임. 이 세상의 무상(無常)함을 이른 말.

99 사해형제(四海兄弟): 서로 존경해 사귀면 천하 사람은 모두 친해져서 정의(情誼)가 형제와 같이 두텁게 된다는 뜻. 전(轉)해, 세계(世界) 사람은 다 형제 같다는 뜻으로 쓰임.

않으니, 참으로 대장부(大丈夫)[100]이십니다. 오직 빠져 헤엄칠 날이 없는 것이 한스럽고 서로 헤어질 뿐입니다."

양봉 말함: "지금 은혜롭게 내려주신 좋은 약 세 종류는 그대 나라의 이름난 물건이라고 들었습니다. 도규(刀圭)[101]의 이로운 도구가 되니, 감격해 손뼉 치며 기뻐 춤추겠습니다. 또 오성(五城)[102]과 진택(震澤)도 각각 은혜를 입었으니, 매우 다행스럽습니다. 바라건대 내일 아침에 찾아뵙겠습니다."

송재 말함: "내일 아침에도 위로해주신다는 말씀을 받들어 얻어 재차 매우 기쁩니다. 다만 스스로 걸상을 쓸어내고 그대를 기다릴 따름입니다. 작은 알약 몇 개가 어찌 털만큼이나 그대에게 사례하는데 충분하겠습니까? 도리어 간절하게 매우 부끄럽습니다.

양봉 말함: "오성·진택과 함께 뛰어나게 화답한 시를 보았는데, 이 부채 겉에도 써주시기를 청합니다."

또 말함: "지난번 오성의 맥을 진찰해주시기를 간절히 바랐었는데, 오늘 국수(國手)[103]를 수고롭게 하겠습니다."

---

100 대장부(大丈夫): 사내답고 씩씩한 남자. 지조(志操)가 굳어 불의(不義)에 굽히지 않는 남자. 위장부(偉丈夫).

101 도규(刀圭): 도규(刀圭): 가루약의 분량을 재는 작은 숟가락. 작은 칼과 같은 모양에 끝부분이 규벽(圭璧)처럼 모가 나고 오목하므로 붙여진 이름. 인신해 의술(醫術)이나 약물(藥物)을 이름.

102 오성(五城): 니와 테이키(丹羽貞機)의 서자(庶子).

103 국수(國手): 재예(才藝)가 그 나라 안에서 첫째가는 사람.

활암 말함: "폐기(肺氣)[104]가 충분치 못하고 하초(下焦)[105]가 허랭(虛冷)[106]한데, 곰곰이 생각해 보겠습니다."

양봉 말함: "늘 복통(腹痛)[107]이 있고, 배꼽 양 옆에 위아래로 적(積)[108]이 있었는데, 침과 약에 반응이 없다가 요즈음 신수(腎腧)[109] · 장문(章門)[110]에 여러 번 뜸을 떠서 조금 좋아졌습니다. 치료를 베풀 때 어떤 처방을 써야 효과를 볼지 가르침을 보여주시기 바랍니다."

활암(活菴) 말함: "깊이 생각해보고, 내일 삼가 대답해드릴 뿐입니다."

양봉(良峯) 말함: "그대 나라에서 쓰는 1잔(盞)의 무게는 얼마이고, 생강(生姜)[111] 1쪽의 양은 무게가 얼마이며, 1첩(貼)의 양은 대체로 몇 냥(兩)입니까?"

---

104 폐기(肺氣): 폐의 기능 활동. 호흡의 기체(氣體)도 포괄함.

105 하초(下焦): 3초(三焦)의 하나. 배꼽 이하의 부위. 방광·신(腎)·소장·대장을 포함함. 병리·생리의 각도에서는 부위가 비교적 높은 간(肝)도 포함함.

106 허랭(虛冷): 정기(正氣)가 부족해지거나 허약해지며, 차가워지는 것.

107 복통(腹痛): 배가 아픈 병증.

108 적(積): 적취(積聚)의 하나. 배속에 생긴 덩이인데, 일정한 형태를 가지고 고정된 위치에 있으며, 아픈 부위로 이동되는 일 없이 고착되어 있는 병증. '적취'는 배 속에 덩이가 생겨 아픈 병증.

109 신수(腎腧): 족태양방광경의 혈. 신의 배수혈. 제2, 제3 요추극상돌기 사이에서 양옆으로 각각 2치 되는 곳.

110 장문(章門): 족궐음간경(足厥陰肝經)의 혈. 비(脾)의 모혈(募穴)이며, 장회(臟會)·족소양(足少陽)·족궐음(足厥陰)의 교회혈(交會穴)임. 제11부늑골 끝에서 1cm 정도 앞에 있음.

111 생강(生姜): 생강과의 여러해살이풀인 생강의 뿌리줄기. 땀을 내 풍한(風寒)을 없애고 비위를 덥혀주며, 구토를 멈춤. 새앙. 생강(生薑).

활암 말함: "1잔(盞)의 무게는 7냥(兩) 또는 6냥인데, 『의학정전(醫學正傳)』[112]에서는 반근의 수량이라 했습니다. 생강 1쪽은 대략 2전(戔) 또는 1전 5푼(分)입니다. 약제 1첩(貼)은 7·8전(錢) 혹은 1냥인데, 병에 따라 짐작해서 쓸 뿐입니다."

또 말함: "지난번에 시(詩)를 보내주신 손님이 있었는데, 시 속에 상약(尙藥)[113]이란 글자는 별호(別号)[114]가 맞습니까?"

양봉 말함: "그렇지 않습니다. 이는 모시고 따르는 의관(醫官)입니다."

활암 말함: "『서물류찬(庶物類纂)』은 책의 전부를 보지 못하고 돌아가게 되어 한스럽고 답답함을 이기지 못하겠습니다."

양봉 말함: "한 질(帙)이 갖추어진 책은 권(卷)수가 매우 많아 빠르게 살펴보실 수 없습니다. 저 또한 섭섭한 생각이 매우 많은데, 만약 돌아가실 수레를 하루 이틀 물리신다면, 가지고 와서 살펴보시도록 드리겠습니다. 여름 해가 이미 저물었으니, 물러갔다가 반드시 내일 아침에 찾아뵙겠습니다."

112 『의학정전(醫學正傳)』: 1515년 명(明)대 우단(虞摶)의 저작. 문(門)으로 나눠 증(證)을 논증한 것으로, 주진형(朱震亨)의 학설을 위주로 하고, 장중경(張仲景)·손사막(孫思邈)·이고(李杲)의 학설을 참고하는 동시에 자신의 견해를 결합했음. 8권.

113 상약(尙藥): 조선 때 이조(吏曹)에 딸린 내시부(內侍府)의 종3품 벼슬. 궁중에서 왕비·왕녀 및 여관(女官) 등의 질병 치료와 의약 관계의 일을 맡았음.

114 별호(別号): 별명(別名). 본명 이외에 쓰는 아명(雅名). 별호(別號).

자리 위에서 대면하고 읊어 활암·송재 두 선생에게 받들어 드리며 이별을 섭섭하게 여김

양봉

어제는 경개해 물속의 달그림자 따르며 안부를 물었는데 昨告傾蓋如水月
조장[115]에서 양관(陽關)[116] 부름을 듣네 今聞祖帳唱陽關
홍려관[117]에 내려가 비단 안장 움직여서 鴻臚館下錦鞍動
사귀고 어린아이 치료해 후지산에 머무르리 君識除兒駐富山

장차 떠나려 하며 양봉(良峯) 선생이 보내준 시에 차운해 작별함

활암(活菴)

여러 날 계속해 의지와 기개 들떠서 단란[118]했는데 連日團圞意氣浮
나무와 구름은 두터운 정의만 깃들이고 서로 헤어지누나 樹雲相別西情關

115 조장(祖帳): 조연(祖宴) 때 치는 장막. 또는 송별연.

116 양관(陽關): 양관삼첩(陽關三疊)의 준말. 이별할 때 부르는 노래의 범칭. 옛 노래 이름. 위성(渭城)에서 친구를 송별하며 읊은 왕유(王維)의 7언 절구가 악부(樂府)에 편입되어 송별할 때 부르는 노래가 되었는데, 반복해 부른 데서 붙여진 이름임. 양관곡(陽關曲), 위성곡(渭城曲).

117 홍려관(鴻臚館): 관서(官署)의 이름. 빈객을 접대하는 일을 맡았음. 후한(後漢) 때는 조하(朝賀)·경조(慶弔)의 일을 맡음.

118 단란(團圞): 친한 사람끼리 모여서 즐김. 또는 그런 모임. 단란(團欒). 단란(團圝).

오래 사는 비결은 지금 얻기 어려우니 長年秘訣今難得
면목 없이 돌아가 고향 산만 바라보리 無面歸看故國山

양봉의 뛰어난 시를 받들어 화답함

송재(松齋)

근심하며 목메 울어도 뜻은 다함이 없고 悠悠鳴咽無窮意
그대와 함께 작별하며 다시 관문을 나서네 與子分襟更出關
하물며 신선이 돌아와도 이미 지나간 때는 아닐 텐데 況復仙翁不過去
돌아갈 때 하필이면 삼산[119]을 말하는가 歸時何必論三山

119 삼산(三山): 삼신산(三神山). 신선이 살고 있다는 세 산. 삼구(三丘). 중국 전설에 나오는 봉래산(蓬萊山)·방장산(方丈山)·영주산(瀛洲山).

양동필어 권6

무진년(戊辰, 1748) 6월 12일

도호토[東都] 의관(醫官) 니와 테이키[丹羽貞機]

송재 말함: "그대가 여기에 앉아계셔서 편하지 않습니다. 그러므로 먼저 들어가십시오. 그대는 또 누추한 숙소를 찾아오셨습니까?"

양봉 말함: "뒤에 올 사람을 기다리며 여기에 앉아 있다가 뒤에 올 사람이 도착하면, 함께 귀한 거처에 미침이 마땅하겠습니다."

송재 말함: "카와무라[河村][1] 선생이 편지를 거절했는데, 어찌해야 좋겠습니까? 어리석으니 그대가 가르쳐 주십시오."

양봉 말함: "제가 본래 카와무라 선생을 아니, 그대의 편지를 가지고 가서 전하겠습니다. 카와무라[河村] 선생은 어떻습니까?"

송재(松齋) 말함: "제가 여기에 온 것은 난암(蘭菴)을 시켜서 이 편지

1 카와무라[河村]: 카와무라 슌코(河村春恒). 자는 자승(子升)·장인(長因). 호는 원동(元東). 도호토(東都)의 의관(醫官). 1748년 6월 1일부터 12일까지 조숭수(趙崇壽) 등과 만나 나눈 필담을 정리한 『상한의문답(桑韓醫問答)』을 남겼음.

를 전해 이르게 하고자 함입니다. 뜻밖에 조용한 청안(淸顔)[2]을 얻어서 기쁘고 고마웠습니다. 선생께 무슨 까닭이 있는지 모르겠지만, 이처럼 북적거려 어수선하고 시끄러운 곳에 와 앉아계십니까? 카와무라 선생은 만나지 못하고 떠나가서 마음이 매우 창연(悵然)[3]합니다. 카와무라 선생이 전에 잃어버렸던 편지와 별장(別章)이 여기에 있을 것입니다. 선생께서 오늘 안으로 전해 이르게 해 답장을 돌려받을 수 있는가 알지 못하겠습니까?"

양봉(良峯) 말함: "귀한 편지는 제가 마땅히 카와무라 선생에게 전하겠습니다. 그러나 카와무라 선생의 집은 도읍 안의 북쪽 거리에 있고, 제 집은 남쪽 강의 동쪽 물가에 있습니다. 또 저는 객사(客舍)에 있어 저녁에야 제 집에 돌아갈 수 있으니, 오늘 안으로 갔다 돌아오기는 매우 어려울 수 있을 것입니다. 지금 바야흐로 난암을 시켜서 그것을 전함이 좋을 듯합니다."

송재 말함: "이 시(詩) 두 장과 두 권의 책은 제게서 카와무라 선생이 거절한 물건이고, 편지 두 장은 탐현(探玄) 김 선생이 손으로 쓴 것인데, 하나는 카와무라 선생이 거절한 것이고, 하나는 난조우[南條]가 거절한 것이며, 여기 책 한 권도 난조우가 거절했습니다. 그대가 그것들을 전해주신다면 매우 다행이겠습니다. 내일 길을 떠나기 전에 답장을 베풀어주시는 것이, 바로 바라는 바입니다. 만약 기한과 같이 할

2 청안(淸顔): 청초(淸楚)한 얼굴. 고상한 얼굴. 학문과 덕행이 뛰어난 사람의 얼굴을 이름.

3 창연(悵然): 뜻과 같이 되지 않아 원망하는 모양. 실의(失意)해 한탄하는 모양.

수 없다면, 다른 날 전해주시기를 청합니다."

또 말함: "난조우가 의심나는 것을 물었는데, 저는 늘 이와 같이 북적거려 어수선하고 시끄럽기 때문에 의심나는 것에 대한 논의를 약사(藥事)[4]에 명(命)했었고, 저는 친절하게 허락했던 듯합니다. 그 많은 일을 따라 오히려 솜씨가 미치지 못해 부끄러운 근심을 이기지 못하겠습니다. 이 뜻도 널리 퍼뜨려 주시기를 부디 바랄 뿐입니다."

양봉 말함: "가르침을 따를 뿐입니다."

또 말함: "어제 뛰어난 서문(序文)의 은혜를 베풀어주셨는데, 『서물류찬(庶物類纂)』은 본래 관청에서 펴낸 책입니다. 그러므로 뛰어난 서문의 은혜를 베풀어주신 일을 관청에 알렸더니, 태명(台命)[5]이 있어 삶아 익힌 실로 짠 붉고 흰 비단 두 필(疋)을 내려주었습니다. 따라서 제가 다시 걸상 아래에 우러러 드릴 따름입니다."

송재 말함: "귀한 물건으로 많은 은혜를 베풀어주셔서 감패(感佩)함을 이기지 못하겠고, 몹시 부끄러운 처지도 깨닫지 못하겠습니다."

양봉(良峯) 말함: "변변찮은 토저(土苴)[6]에 어찌 많이 감사하실 이치가 있겠습니까?"

4 약사(藥事): 의약품, 의료 기구, 화장품 등 위생 용품의 제조, 감정, 보관, 판매 일체에 관한 사항.

5 태명(台命): 삼공(三公)의 명령과 같다는 뜻으로, 상대방의 부탁에 대한 경칭.

6 토저(土苴): 똥과 뒤섞어 놓은 풀. 찌꺼기. 미천(微賤)한 물건. 조백(糟魄).

송재(松齋) 말함: "서문(序文)이 점점 초고(草稿)를 벗어나서 우러러 드리는데, 글씨가 서툴고 천박해 몹시 부끄러움을 이기지 못할 뿐입니다. 제가 말을 타고 배 안에 의지하고 있던 때인 듯한데, 아주 뜻밖에 화재로 옷가지와 상자 속의 물건이 와니우라[鰐浦][7]에서 다 불탔습니다. 인장(印章) 등의 물건도 불에 타버렸기 때문에 인장도 찍지 못하고, 그것을 글로 썼는데, 또한 잘 고쳤습니다."

양봉 말함: "뛰어난 서문은 삼가 받들어 살펴보았습니다. 몇 번 책을 펴도 뜻이 자세하고 글이 우아하니, 스승과 제자로서 몇 십 년의 촌곤(寸悃)[8]은 그대의 연필(椽筆)[9]에 의지하고, 오랜 세월에 그것을 드러내겠습니다. 감패(感佩)해 손뼉 치며 기뻐 춤추겠습니다. 어떻게 종이와 붓으로 감사를 다할 수 있겠습니까? 비록 그러하나 앞뒤의 칭찬과 북돋아주심은 적당하지 않으니, 부끄러워 축축하게 땀이 나는 듯합니다. 와니우라의 재앙은 이미 들었습니다. 서재(書齋)의 전기(典器)[10]도 지어지재(池魚之災)[11]에 걸렸기 때문에 지금 화압(華押)[12]도 그것에 인장을 그리셨는데,

7 와니우라[鰐浦]: 일본 쓰시마[對馬島] 최북단의 항구이자 중심지.

8 촌곤(寸悃): 자기의 마음이나 성의를 겸손하게 이르는 의미

9 연필(椽筆): 대작(大作)을 이룸. 또는 다른 사람의 문재(文才)를 칭송하는 말.

10 전기(典器): 세상을 다스리는 데 쓰이는 도(度)·양(量)·형(衡)의 기구.

11 지어지재(池魚之災): 아무런 죄도 없이 화를 당함의 비유. 초(楚지)의 성문이 불탈 때, 그 옆에 있는 못의 물로 불을 껐기 때문에, 물이 말라 물고기가 죄다 죽었다는 고사. 지어지앙(池魚之殃).

12 화압(華押): 도장 대신 자기 성명이나 직함 아래에 개인 혼자만이 쓰는 일정한 자형(字形). 영어로는 'Sign'이라고 하는 자서명(自署名). 화압(花押)과 같이 다른 사람의 것과 구별할 수 있으며, 자신의 것에 대해 책임지고 입증하기 위해서 자신을 나타내는 수단으

도리어 한결 고아(高雅)한 정취를 더할 따름입니다."

송재 말함: "제가 어린 아이였을 때, 시(詩)를 짓는 솜씨가 적었던 듯합니다. 일단 의술(醫術)의 일을 배울 적부터 이후로는 의술에 관한 서적에 마음을 가라앉히고 집중해 의술의 일에 조금이나마 통하게 되었지만, 시와 글은 이미 잊은 지 오래인 듯합니다. 이미 선생의 무리한 요청을 얻어 말도 되지 않는 두어 줄 글로 겨우겨우 초고(草稿)를 지었으니, 마음에 부끄럽고 한탄스러움을 이기지 못하겠습니다. 또 이와 같은 칭찬을 입으니, 부끄럽고 두려운 처지도 깨닫지 못하겠습니다."

양봉 말함: "그대가 비록 빛나고 우아한 솜씨와 생각은 그만둔 지 오래더라도, 그러나 의견은 6경(六經)[13]에 근본하고, 주의(主意)[14]는 하늘과 땅과 사람을 바로잡으며, 온 글은 웅장하고 세련됩니다. 다만 『서물류찬(庶物類纂)』에 대한 칭찬과 북돋아 주심을 입어서가 아니라, 의견이 충실되고 성실하며 명성과 교화(教化)에 크게 이로우니, 매우 감격스럽습니다."

또 말함: "전에 은혜롭게 베풀어주신 옥추단(玉樞丹)[15]과 청심환(淸心

로 한 표시. 중국에서는 압(押), 첨압(簽押), 화자(花字), 화서(花書) 등으로 표기하고, 일본에서는 서판(書判)이라함.

13 6경(六經): 유가(儒家)의 여섯 경서(經書). 역(易)·시(詩)·서(書)·춘추(春秋)·예(禮)·악(樂).

14 주의(主意): 으뜸이 되는 요지. 주지(主旨). 새로운 의견을 내세움.

15 옥추단(玉樞丹): 단오에 국왕이 재상(宰相)이나 시종(侍從)들에게 하사하던 일종의 구급약. 가운데 구멍을 뚫어 오색(五色)실로 꿰어 패용(佩用)하고 다니다가 곽란(癨亂)이나

丸)[16]의 주치(主治)[17]는 그대 나라의 『동의보감(東醫寶鑑)』[18]과 『의림촬요(醫林撮要)』[19] 등에 실려 있는데, 그밖에 그대가 늘 시험 삼아 베풀어 자주 경험하신 것이 마땅히 있다면, 자세히 가르쳐 주시기를 청합니다."

송재(松齋) 말함: "옥추단(玉樞丹)은 관격(關隔)[20], 졸중악(卒中惡)[21], 제독악창(諸毒惡瘡)[22] 등을 치료하고, 뱀·전갈·지네가 깨문 곳에 침으로 개어 바르면 매우 잘 낫습니다. 청심환(淸心丸)도 원래 처방과 다름이 없어서 쓰지 않는 곳이 없는데, 이 약을 만드는 방법은 매우 신비합니다. 치료법은 풍문(風門)[23]의 원래 처방을 살펴볼 수 있지만, 또 별여

서체(暑滯)가 생기면 물에 개어 마셨음. 여기에는 무병장수(無病長壽)를 기원하는 벽사(辟邪)의 뜻도 있었음. 내복(內服)과 외용(外用)에 함께 사용했음. 자금정(紫金錠).

16 청심환(淸心丸): 경락에 열이 있어서 생기는 몽설(夢泄)과 심(心)에 열이 있어서 정신이 얼떨떨한 것을 치료함. 두터운 황백(黃柏) 1냥(兩)을 가루 낸 것에 용뇌(龍腦) 1전(錢)을 넣고 봉밀로 반죽한 다음 벽오동 씨 만하게 알약을 만듦. 한번에 15알씩 맥문동 달인 물로 빈속에 복용함.

17 주치(主治): 병을 주장(主掌)해 다스림.

18 『동의보감(東醫寶鑑)』: 조선 중기의 태의(太醫) 허준(許浚)이 지은 의서(醫書). 중국과 우리나라의 고전 의방서들을 인용해 만든 것으로, 1613년(광해군5)에 간행되었음. 25권 25책.

19 『의림촬요(醫林撮要)』: 조선의 양예수(楊禮壽)가 1635년에 동의치료 편람 식으로 만든 책. 자신의 오랜 치료경험과 당시까지 우리나라 의학의 발전 성과들을 종합해 병증을 구분하고, 그 원인과 증상, 치료법, 간단한 처방 등을 요약했으며, 마지막 부분에 자신의 경험방을 실었음. 13권 13책.

20 관격(關隔): 관격(關格). '관'은 닫는다는 뜻인데 대소변이 통하지 않는 것이고, '격'은 거절한다는 뜻인데 위로 토하는 것. 위에서는 삼초(三焦)의 기(氣)가 통하지 못해 한(寒)이 가슴속에 막히면 음식물이 내려가지 못하므로 토하게 되고, 아래에서는 열(熱)이 하초(下焦)에 몰려서 진액(津液)이 마르게 되면 기화(氣化)가 장애되어 대소변이 막히게 됨.

21 졸중악(卒中惡): 외사(外邪)를 감수함으로 인해 갑자기 발작하는 질병.

22 제독악창(諸毒惡瘡): 여러 독으로 인한 고치기 힘든 모진 부스럼.

베풀어놓으면 그 설명이 매우 많으므로 적어드릴 수 없을 뿐입니다."

양봉(良峯) 말함: "『화제국방(和劑局方)』 가운데 청심원(淸心圓)[24]도 똑같습니까?"

송재 말함: "『화제국방』의 복용법과 똑같을 뿐입니다."

양봉 말함: "복용하는 방법만 같고, 처방법은 다릅니까?"

송재 말함: "복용법과 처방법이 똑같습니다."

또 말함: "후지산(富岳)의 기묘한 경치는 일찍이 듣던 것보다 훨씬 뛰어납니다. 기이하고 기이하도다!"

양봉(良峯) 말함: "그대들은 후지산(富岳)이 비록 기이하다고 말씀하심이 마땅하지만, 금강산(金剛山)만 못한 듯합니까?"

활암(活菴)·송재(松齋) 함께 끄덕임.

---

23 풍문(風門): 허준(許浚)의 『동의보감(東醫寶鑑)』 중 「잡병편(雜病篇)」의 수록 부분.

24 청심원(淸心圓): 우황청심환(牛黃淸心丸). 우황청심원(牛黃淸心元). 약재는 산약(山藥), 감초, 인삼, 포황(蒲黃), 신곡(神曲), 서각(犀角), 대두황권초(大豆黃卷炒), 관계(官桂), 아교(阿膠), 백작약(白芍藥), 맥문동(麥門冬), 황금(黃芩), 당귀(當歸), 방풍(防風), 주사(朱砂), 백출(白朮), 시호(柴胡), 길경(桔梗), 행인(杏仁), 백복령(白茯苓), 천궁(川芎), 우황(牛黃), 영양각(羚羊角), 사향(麝香), 용뇌(龍腦), 석웅황(石雄黃), 백렴(白蘞), 건강(乾薑), 대추. 약재로 환약을 만들어 이를 금박으로 싸두었다가 한번에 1환(丸)씩 따뜻한 물로 복용함. 중풍으로 졸도해 사람과 사물을 식별하지 못하고 가래가 끓으며, 말이 고르지 못해 중얼거리듯 하고 입과 눈이 돌아가며, 팔·다리·손·발이 자유롭지 못하는 등의 구급 시에 씀. 신경성 심계항진증(心悸亢進症), 정신불안정, 어린이 경풍, 뇌졸중의 후유증 등에도 쓰임.

양봉 말함: "지난해 통신사 때, 그대 나라의 시인(詩人)과 우리나라의 시인이 두 산의 뛰어남을 자주 다투어 그치지 않았습니다. 저는 개인적으로 이들은 모두 그 뛰어나게 된 바를 모른다고 말합니다. 대체로 금강산 1만 2천 봉우리는 각각 희고 깨끗한 옥을 깎아 기이한 바위와 기이하게 생긴 봉우리와 늙은 단풍나무로 산골짜기를 꾸민 듯하다 들었습니다. 이것은 조선 사람들에게 가장 기이한 것이지만, 후지산 같으면 봉우리 하나가 우뚝 솟아 하늘까지 올라갔고, 사방은 곱고 투명하며, 일본을 내리눌러 따뜻하고 깊은 뜻을 품은 듯해 어진 사람이 좋아하는 곳이니, 이것이 우리가 가장 찬양하는 바입니다. 두 산의 기묘한 경치는 같지 않아서, 각각 그 나라를 위해 찬양하는 것이고, 다른 나라를 위해 높이는 것이 아니니, 이것으로 저것을 비교한다면, 이것은 천년에도 끝나지 않을 토론이고, 낫거나 못나게 될 수 없는 까닭일 것입니다. 산이 다만 이처럼 같지 않은데, 예의(禮儀)와 식품(食品)도 오히려 이러할 것입니다. 대체로 누런 소와 흰 양은 조선 사람의 선수(膳羞)[25]이니, 이는 그것을 맛있는 음식으로 여김이지만, 어패류(魚貝類)는 가끔 맛이 없다고 합니다. 붉은 지느러미의 금잉어 같으면, 우리나라 큰 잔치에서 가장 귀하게 여기지만, 소와 양은 오로지 꺼리기만 할 것입니다. 조선 사람은 손님이 도착하면 앉아 있던 사람도 반드시 일어서지만, 우리나라는 손님이 도착하면 서 있던 사람도 반드시 앉으니, 이것은 각각 예(禮)되는 바가 같지 않기 때문입니다. 이와 같은 따위는 수(數)를 들 수도 없는데, 두 산의 뛰어나거나 못남도 오히

25 선수(膳羞): 희생(犧牲)의 고기와 맛있는 음식. 찬(饌).

려 그와 같습니다. 높고 명석한 식견으로는 어떠신지요?"

활암 말함: "다른 나라의 좋아하고 싫어함은 이와 같은 일이 매우 많습니다. 높고 명석한 식견에 공경해 엎드립니다."

송재 말함: "이 글은 우리나라의 글씨 잘 쓰는 사람인 진광(眞狂)[26]이 관심(觀心)[27]하고 힘들게 생각해서 쓴 책입니다. 이로써 우러러 드릴 따름입니다."

양봉 말함: "일찍이 진광은 글로 이름났다 들었는데, 이 책은 글자 모양이 뛰어나게 우아하고, 자유자재로 뜻을 따라 용양호보(龍驤虎步)[28]라 하겠으니, 참으로 글씨를 잘 쓰는 사람입니다. 남는 물건을 얻기 어려우니, 그대가 소중하게 잘 간직하심이 마땅할 뿐입니다."

---

26 진광(眞狂): 김계승(金啓升)의 별호. 1748년 제10차 통신사 때 별서사(別書寫)였고, 73세였음. 그와 절친했던 화가 최북(崔北)이 일본에 남긴 〈수노인도(壽老人圖)〉에 '수복(壽福)'이란 유묵(遺墨)이 남아있고, 일본 시즈오카[靜岡]시 시미즈 구의 세이켄지[淸見寺] 경내(境內)에 그가 남긴 '잠룡실(潛龍室)' 편액(扁額)과 망호당(望湖堂) 편액이 현존(現存)함. 이덕무(李德懋)의 『청장관전서(青莊館全書)』 권49 「이목구심서(耳目口心書)」 2에 그에 관해 '무진(戊辰)년 통신사의 별서사로 따라갔다가 일본 정전(正殿)의 전액(殿額)을 썼었는데, 일본 산동거사(山東居士)로부터 왕우군(王右軍)이 썼는지 진광(眞狂)이 썼는지 모를 정도라는 평을 받았다. 김계승은 필법이 특이하고 뛰어났으며 사람됨이 활달했다.'는 기록이 있음.

27 관심(觀心): 자기 마음을 관조해 그 본성을 밝히는 것. 또는 관법(觀法)과 같은 의미로도 사용됨. 교의사상의 측면을 교상문이라 하는 것에 대해, 자기 마음을 관하는 실천수행을 관심문이라고 함. 곧 마음이 모든 것의 중심이기 때문에 마음을 관조하면 일체를 관조하는 것과 같다는 의미임.

28 용양호보(龍驤虎步): 용양호시(龍驤虎視). 용처럼 뛰어올라가고 범같이 노려본다는 뜻으로, 영웅이 한 지방에 세력을 부식하고 천하를 병합(倂合)하고자 호시탐탐(虎視耽耽)함을 이름.

송재(松齋) 말함: “이것은 틀림없이 잘 쓴 글씨이고, 고요하고 적적한 가운데 살펴보심이 좋을 듯합니다. 어찌 사례(謝禮)하는 뜻을 표함이 있겠습니까?”

양봉(良峯) 말함: “이것은 이름난 사람의 필적이니, 비록 굳세고 성한 칭찬이라도 더하기에 부족합니다. 사례할 바를 모르겠고, 매우 감패(感佩)하겠습니다.”

또 말함: “활암(活菴) 선생의 처소 안에서 심부름하는 아이가 행장(行裝)을 정리하느라 소란스러우니, 활암 선생에게 청해 이곳에 이르시게 함이 어떻겠습니까?”

송재 말함: “가르침을 따르겠습니다.”

양봉 말함: “지난번 빠르게 살펴보신 『서물류찬(庶物類纂)』은 관청에서 펴낸 책입니다. 어제 글을 가려 뽑겠다고 허락하신 일을 관청에 알렸더니, 태명(台命)이 있어 삶아 익힌 실로 짠 붉고 흰 비단 두 필(疋)을 제게 내려주었습니다. 따라서 제가 다시 걸상 아래에 우러러 드리니, 변변찮은 땅에서 나왔더라도 웃으며 받아주시면 다행이겠습니다.”

활암(活菴) 말함: “진기한 물건을 내려주신 까닭이 명(命)을 얻음에 이어져 감히 받지 않을 수 없지만, 그러나 개인적인 마음은 편하지 않음이 심한 듯합니다.”

양봉 말함: “감사의 뜻에 인정이 많아 몹시 부끄러움이 더할 뿐입

니다."

활암 말함: "길 떠날 채비를 차리느라 소란스럽기 때문에 평온하게 이야기할 수 없으니, 마침내 몹시 한(恨)스럽고, 생각으로만 맞이하는 듯합니다."

양봉 말함: "비록 행장(行裝)이 쓸데없이 많음은 알겠지만, 그러나 헤어지는 한(恨)은 조용히 그치기 어렵습니다. 와서 뛰어난 식견을 번거롭게 하고도 오직 슬퍼하는 모양도 깨닫지 못하고 눈물만 흘립니다. 뒤에 만날 기약이 없으니 더욱 몹시 서운함을 이기지 못하겠습니다. 그대들이 오래 사시고 복(福)이 많으시기를 공연히 바랄 뿐입니다."

자리 위에서 율시(律詩) 한 수를 갑자기 지어 활암·송재 두 분께 드림

양봉

서로 헤어짐은 내일 있는데	離別在明日
안장은 버드나무 아래를 지나가네	錦鞍梆下行
흘린 눈물 가랑비 내려 축축한 듯하고	淚如細雨濕
가을바람 소리만 재촉하누나	耳促秋風聲
구름과 물의 끝없이 넓은 뜻	雲水無邊意
광채의 이렇게 많은 정	物光許多情
부평초는 어느 날 합하리오	浮萍何日合
세월은 어려움을 알까?	歲月知難平

양봉(良峯)의 뛰어난 시를 받들어 화답함

송재(松齋)

술잔 앞에서 한없이 눈물 흘리고	樽前無限淚
내일 새벽 그대와 헤어져 떠나가겠지	明曉別君行
근심스레 잔화[29]가 떨어짐을 보니	愁看殘花落
가랑비 소리 듣기 싫구나	厭聽細雨聲
경치는 오직 배가 오가는 길 뿐이고	風光唯水路
잔에 담긴 술은 서로 헤어지는 정 모았네	杯酒總離情
상 위에 두 가지 귀중한 물건	床上二重物
마음에 부끄러워 스스로 평안하지 않네	心羞自不平

양봉 선생이 자리 위에서 갑자기 지은 시를 받들어 화답함

활암(活菴)

시 속에 나그네 눈물 일어나고	詩中催客淚
구절마다 아름다운 문장 쓰였네	句句瑯玕行
어두운 객관(客館)의 꽃 색은 어렴풋하고	幽館闇花色
송별연(送別宴)엔 새 울음만 시끄럽구나	離筵喧鳥聲
군자의 도리를 우연히 들었는데	偶聽君子道
유사[30]의 뜻은 별안간 부끄럽구나	乍耻遊士情

29 잔화(殘花): 다 지고 얼마 남지 않은 꽃. 곧 떨어질 꽃. 잔파(殘葩).
30 유사(遊士): 풍류인. 유세(遊說)하는 사람. 방탕한 남자. 낭인(浪人).

천하고 서툴러도 글자에 의지했는데　　陋拙托文字
어찌하여 마음은 평안하지 않은가?　　如何心不平

양봉 말함: "서문(序文)의 일은 베껴 쓰기를 마치신 날 남계(柟溪)에게 부탁하시면, 다다를 따름입니다. 만약 오사카[大坂]에 도착하실 사이에 일을 끝마치신다면, 매우 다행이겠습니다."

활암 말함: "서문의 일은 제가 어떻게 잊을 수 있겠습니까? 지금 장자 헤어짐을 알리고자 하니, 헤어지기 섭섭해 초조하고 불안합니다."

양봉 말함: "장차 두 분과 헤어지려니 매우 애석해 진실로 창자를 깎아내는 듯합니다. 그러나 저는 뜬구름과 흘러가는 물도 늘 헤어졌다 합쳐지고 모였다가 흩어지는데, 사람도 이와 같다고 말하겠습니다. 삶과 죽음, 헤어짐과 만남은 남자가 아프게 생각할 일이 아닐 것입니다. 두 분이 고향으로 돌아가시는 날, 뜻을 크게 하여 나라를 위해 충성을 다하는 큰 업적을 세우시고, 뭇 백성에게 어질게 하십시오. 이것이 새로운 바람일 뿐입니다."

또 말함: "저는 장년(壯年)에 미쳐 대인(大人)[31]의 학문에 뜻을 두었지만, 인간 세상에 묶이게 되어 세상과 어그러지는 일을 하게 되었고, 그릇되게 의술을 업(業)으로 삼았습니다. 또 소인(小人)[32]이 되어 물러

31 대인(大人): 덕행(德行)이 고상한 사람.

32 소인(小人): 행위가 올바르지 않은 사람. 또는 식견이 적은 사람.

남을 입고 관서(官署)에 들어가지 못한지 9년입니다. 그러나 늘 한낱 정성스럽고 간절한 마음을 가슴에 깊이 새겨 임금의 은혜를 잊지 않았고, 죽음과 삶이나 영광과 치욕을 위해 그 지조(志操)를 옮기지 않아, 행장(行藏)[33]과 일상생활에서 즐겁지 않은 바가 없었습니다. 원수(沅水)[34]와 소수(瀟水)[35]는 밤낮으로 흐르고, 해마다 서리는 해뜰 무렵과 해질 무렵 일어나니, 못난이도 가려 뽑아 이끌면 끝내 대인(大人)의 뜻에 물드는 데 이릅니다. 늙어서 드디어 『백공(白孔)』[36]과 명물(名物)[37]을 만나 뜻을 두고, 진평(陳平)의 도살한 가축 고기[38]에 뜻을 함께 했습니다. 그대들은 사랑해 가엾게 여기십시오."

활암(活菴) 말함: "저는 물을 건넌 뒤, 부드럽고 너그러우며 웅장함

33 행장(行藏): 세상에 나가 도(道)를 행함과 물러나서 도를 간직함.

34 원수(沅水): 귀주성(貴州省)에서 발원해 동정호(洞庭湖)로 흘러드는 강.

35 소수(瀟水): 광서성(廣西省)에서 발원해 동정호(洞庭湖)로 흘러 들어가는 상수(湘水)의 지류(支流).

36 『백공(白孔)』: 『백공육첩(白孔六帖)』. 당(唐)대 백거이(白居易)의 『육첩(六帖)』 30권과 송(宋)대 공전(孔傳)의 『속육첩(續六帖)』 30권을 합해서 이를 1백 권으로 나누어 놓은 책. 많은 분량의 서물(書物)을 의미함.

37 명물(名物): 사물의 명칭과 특징. 그 지방 특유의 이름난 산물. 명산물.

38 진평(陳平)의 도살한 가축 고기: 경세제민(經世濟民)하겠다는 큰 포부를 말함. 한(漢)나라 진평(陳平, B.C. ?~B.C. 178)이 마을 제사를 끝내고 고기를 균등하게 나누어 주자 마을의 부로(父老)들이 칭찬을 했는데, 이 말을 들은 진평이 '내가 천하의 재상이 되면 지금 고기를 나누어 준 것처럼 공평한 정치를 할 것이다.'라 다짐했다는 고사가 『사기(史記)』 권56 「진승상세가(陳丞相世家)」에 전함. 진평은 한(漢)의 양무(陽武) 사람. 진말(秦末)에 농민의 난이 일어났을 때, 처음에는 항우를 따르다가 뒤에 유방을 따랐음. 지모(智謀)가 뛰어나 많은 공을 세워 곡역후(曲逆侯)에 봉해졌고, 여후(呂后)가 죽은 뒤에는 여씨(呂氏) 일가를 제거하고 한(漢)을 안정시켰음.

이 그대와 같은 사람을 보지 못했습니다. 그대의 뛰어난 헤아림은 평범하지 않으니, 매우 축하할만합니다. 객관(客館) 안에서는 오직 저와 송재(松齋) 선생만이 그대의 뛰어난 재주를 아는데, 숙소 안이 바쁘고 시끄러워 조용하고 평온하게 이야기할 수 없습니다. 『서물류찬(庶物類纂)』이란 뛰어난 작품에서 한두 가지만 가르침을 입을 수 없으니, 이것은 바야흐로 일생 동안의 원망과 답답함입니다."

양봉 말함: "밤사이 평안하셨다니 매우 기쁩니다. 돌아가실 기한이 하룻밤 남아 길 떠날 차비를 하시느라 소란합니다. 비록 그러하나 몇 번의 중요한 의식(儀式)과 성대한 식전(式典)에 거리끼고 막힘이 없었으니, 매우 축하할만합니다."

구헌(矩軒) 말함: "돌아갈 기한이 하룻밤 남아 남몰래 좋아서 펄쩍 뛰겠으나, 친밀한 교제(交際)에 관한 몇 개의 시(詩)는 분명히 다시 죽고 사는 헤어짐을 낳을 뿐입니다."

양봉 말함: "날을 이어 와서 인사드렸는데, 오늘은 장차 헤어짐을 알립니다. 다시 만날 기약은 없으니, 대단한 슬픔을 어떻게 이기겠습니까? 지난날 『서물류찬』의 뛰어난 서문(序文)을 받들어 맡겨 드렸고, 그대는 수레로 돌아가시기 전까지 그것을 허락하셨습니다. 만약 오늘 적은 겨를이 있어 원고(原稿)를 다 쓰실 수 있다면, 제가 객관(客館)의 벼슬아치를 시켜서 오는 손님을 꺼리고 막겠습니다. 어떠하십니까?"

구헌 말함: "『서물류찬』 서문을 마음에 두지 않음은 아니나, 날마다

여러 군자(君子)가 오랫동안 어지럽힌 바가 있어 마침내 그 겨를이 없습니다. 가는 길에 만약 한가한 날이 있다면, 마땅히 생각을 엮어 드릴 따름입니다. 머나먼 길을 떠나려고 행장(行裝)을 차리니, 일마다 어지럽고 바쁩니다."

양봉(良峯) 말함: "『서물류찬(庶物類纂)』의 뛰어난 서문(序文)은 객관(客館) 가운데 겨를이 없으시면, 가시는 길에 현명한 생각을 수고롭게 해 가르침을 보여주십시오. 손뼉 치며 기뻐하겠습니다. 만약 나니와[浪華]에 이르는 사이에 일을 끝마쳐서 남계(柟溪) 편에 부치신다면, 빨리 전해 도호토[東都]에 이를 따름입니다."

또 말함: "『서물류찬』의 서문을 그대에게 맡긴 일을 어제 관청에 알렸습니다. 이 책은 관청 창고에 간직된 물건입니다. 따라서 수고한 선비를 위로하라는 명(命)을 얻음이 있었고, 제게 두 가지 색의 명주를 내려주었으니, 그것을 우러러 드릴 뿐입니다."

구헌(矩軒) 말함: "은혜롭게 베풀어주신 두 가지 색의 귀중한 꾸러미가 크신 군주(君主)의 은혜로운 창고에서 나왔다니, 감히 받지 않을 수 없으나 개인적인 마음은 편하지 않음이 심한 듯합니다."

양봉 말함: "촌스럽게 만든 거친 명주인데, 사례하는 듯이 매우 지나치십니다. 어찌 편하지 않을 이치가 있겠습니까?"

구헌 말함: "제가 송재(松齋) 조덕조(趙德祚)의 서문을 살펴보니, 질서 정연하게 다 갖추었고, 그 문전(文典)[39]은 온전히 영원한 바탕이라

할 수 있습니다. 하필 다시 촌스러운 저작(著作)으로 수고롭게 하십니까? 그러나 다시 두텁지 않은 글이라도 얻고자 하신다면, 감히 가르침을 받들지 않겠습니까?"

양봉 말함: "우리나라 풍속에는 글을 가려 뽑을 때, 사리에 밝은 서문이 매우 많아야 영화(榮華)롭게 됩니다. 비록 겨우 작은 책이더라도 어떤 것은 15장의 서문이 있기도 합니다. 『서물류찬』은 전부 합해 1,050권 남짓입니다. 그러므로 여러분의 서문이 있는 것인데, 하물며 그대의 한마디 말이 책 첫머리에 씌워진다면, 오랜 세월 믿음을 전하는 데 무엇을 거기에 더하겠습니까?"

구헌 말함: "오늘은 행장(行裝)을 차리느라 매우 바쁘니, 가는 길에 초고(草稿)를 얽어 남게 편에 부침이 마땅하겠습니다."

양봉 말함: "『서물류찬』의 자서(自序)[40]와 범례(凡例)는 오늘도 소매 속에 넣어 왔으니, 그대는 빠르게 살펴보시고 그 경개(梗槪)[41]를 적어 초고를 얽는 데 조그만 도움을 삼으심이 어떻겠습니까?"

구헌 말함: "자서와 범례는 이미 소매에 넣게 되었으니, 받아 가서 생각을 얽을 때 조그만 도움을 삼음이 마땅할 뿐입니다."

양봉(良峯) 말함: "이 책은 관청에서 펴낸 책입니다. 자서(自序)와 범

39 문전(文典): 문덕(文德). 사람을 교화하는 덕에 관한 법칙.
40 자서(自序): 자기가 저술(著述) 또는 편찬(編纂)한 책머리에 기록하는 서문(序文).
41 경개(梗槪): 개요(槪要). 대략(大略). 대강.

례(凡例)를 베껴 써 그것을 드리고자 하는데, 비록 그러하나 출발하실 기한이 하룻밤 남아 일을 끝마치기 어려우니, 어떠하십니까?"

구헌 (矩軒) 말함: "지금 중요한 곳을 베껴 씀으로 만족할 뿐이니, 생각을 수고롭게 하지 마십시오."

양봉 말함: "지난날 은혜롭게 베풀어주셨던 글에는 모두 화압(華押)이 없는데, 어린아이를 시켜서 그것을 더해주신다면 다행이겠습니다."

구헌 말함: "가르침을 따르겠습니다."

또 말함: "서모필(鼠毛筆)[42] 두 자루, 황모필(黃毛筆)[43] 두 자루, 먹 한개, 청심원(淸心元) 세 덩이, 소향원(蘇香元)[44] 세 덩이, 옥추단(玉樞丹) 3개를 우러러 드립니다."

양봉 말함: "몇 가지 물건 중 남아 도는 물건을 베풀어주신 은혜를 받았는데, 모두 중요하게 쓰이는 기이한 물건입니다. 감패(感佩)하겠고 매우 감사드립니다. 그 가운데서도 서모필은 일찍이 보지 못했는데, 가장 정성들여 잘 만들었습니다."

구헌 말함: "우리나라는 붓을 많이 만드는데, 서모필이 첫째 등급의

42 서모필(鼠毛筆): 쥐 수염 털로 만든 붓.

43 황모필(黃毛筆): 족제비 꼬리털로 맨 붓.

44 소향원(蘇香元): 백단향(白檀香) 등을 넣어 만들고, 구역, 구토, 두통, 어지러움, 혼수, 신경과민, 소화불량 등에 사용하는 갈색의 환제(丸劑).

좋은 물건입니다. 그밖에 붓과 먹과 약제는 우리나라에서 만든 보잘것없는 것들인데, 오직 이정(離亭)[45]의 정성을 드러내 밝혔을 뿐입니다. 어찌 두텁게 사례할 이치가 있겠습니까?"

양봉 말함: "저번에 촌스러운 율시(律詩) 1수를 받들어 드렸는데, 바로 그날 국기(國忌)[46]의 이유 때문에 은혜로운 시편(詩篇)이 없었습니다. 오늘 만약 뛰어난 답시(答詩)를 은혜롭게 베풀어주신다면, 다행스러움이 가장 심할 것입니다."

구헌 말함: "귀중한 시가 함부로 쓴 초고(草稿) 가운데 들어갔습니다. 청컨대, 운(韻)을 써서 보여주십시오."

양봉 말함: "촌스러운 시는 '상(裳)'·'방(方)'·'광(光)'·'향(香)'·'강(岡)'이란 운자(韻字)를 썼습니다."

양봉이 은혜롭게 베풀어준 시를 받든 답시(答詩)

구헌(矩軒) 박경행(朴敬行) 삼가 씀

머나먼 길 외로운 작은 배는 관과 옷을 빛내는데　孤舟萬里耀冠裳
사람은 물가 한 쪽에서 구부정하게 서 있구나　宛在伊人水一方

45 이정(離亭): 성(城)에서 조금 멀리 떨어진 길옆에 세워 휴식하도록 한 정자. 옛 사람들이 송별하던 곳.

46 국기(國忌): 임금이나 왕후의 제삿날.

꽃다운 붓으로 다른 고장에서 대신 이야기할 만하니 花筆他鄕能代話
밝은 해는 각각 분광[47]하네 桂輪明日各分光
기상(氣象)은 봉래산(蓬萊山)[48]에 크게 쌓인 눈 능가하고
氣凌蓬岳千層雪
공로는 농사지은 온갖 곡식 씨앗 냄새에 있도다 功在農鞭百種香
헤어진 뒤 우두[49] 아래로 머리 돌리면 別後回頭牛斗下
동남쪽의 몸가짐은 나가오카[長岡][50]에 늘어서리 東南體勢列長岡

구헌(矩軒) 말함: "이것은 우리나라의 약과입니다. 드시기를 청합니다."

양봉(良峯) 말함: "맛있고 진귀한 과자입니다. 냄새와 맛이 향기롭고 다니, 당연히 비위(脾胃)를 돕는다고 하겠습니다. 늘 뵐 때마다 그대는 번번이 호과(胡瓜)[51]를 잡수시던데, 이것은 오직 과일을 보충하는 것일 뿐입니까? 장차 다른 이유가 있습니까?"

구헌 말함: "저는 술 마시기를 즐기는데, 호과가 술의 열독(熱毒)[52]을

47 분광(分光): 등불의 빛을 나누어 받음. 남의 덕을 보되 손해를 끼치지는 않음을 이르는 말.

48 봉래산(蓬萊山): 신선이 산다고 하는 신령한 산. 봉도(蓬島). 봉래(蓬萊). 봉호(蓬壺).

49 우두(牛斗): 별자리 이름. 곧, 우수(牛宿)와 두수(斗宿). '우수'는 28수(二十八宿)의 하나로, 북방 현무7수(玄武七宿)의 제2수. '두수'는 28수(二十八宿) 중의 하나. 남두(南斗)라고도 하며, 여섯 개의 별로 구성됨.

50 나가오카[長岡]: 일본 니가타[新潟]현 나가오카 시. 일본 최고의 불꽃놀이인 '장강화화대회(長岡花火大會)'로 유명함.

51 호과(胡瓜): 오이.

52 열독(熱毒): 화열(火熱)이 극에 달해 나타나는 증세.

잘 푼다는 말을 들었습니다. 그래서 우리나라 풍속에 술 마시기를 좋아하는 사람들이 이 오이를 잘 먹을 뿐입니다."

또 말함: "『서물류찬(庶物類纂)』은 예와 지금의 명물(名物)에 대한 중요한 책이고, 중원(中原)에도 그러한 것이 있다함을 일찍이 들어보지 못했는데, 그 온전한 공로를 살펴보지 못하고 돌아가니 깊은 한(恨)이 될 뿐입니다."

양봉 말함: "소인(小人)이 놀라고 허둥지둥해 군자(君子)의 한마디 말만도 못하니, 바로 화반탁출(和盤托出)[53]의 두찬(杜撰)[54]입니다."

구헌 말함: "1천권 남짓 가운데 이노오[稲生] 선생이 편찬한 것은 얼마쯤이고, 그대가 편찬한 것은 얼마쯤입니까? 온갖 사물은 전체를 모아 헤아리면 몇 개입니까?"

양봉 말함 "전체 1,054권 가운데, 앞에 엮은 362권의 온갖 사물 1,186 종류는 앞선 스승 이노오께서 모아 엮은 것입니다. 뒤에 엮은 638권과 증보(增補) 54권의 사물 종류 2,398종이 제가 순서에 따라 배열해 엮은 것입니다."

구헌(矩軒) 말함: "이와 같이 크게 쌓은 공로는 오직 사람이 할 수 있는 바가 아니라, 하늘이 그것을 얻도록 도우셔서 한 것입니다. 그대

53 화반탁출(和盤托出): 음식물을 소반에 차려서 들고 나온다는 뜻으로, 일체 남기지 않고 드러냄을 이름.

54 두찬(杜撰): 전거(典據)와 출처 없이 지은 억지 글. 두전(杜田).

의 학식은 깊고 넓으며 재능이 뛰어나니, 하늘이 도우신 것입니다. 매우 축하드릴만합니다."

양봉(良峯) 말함: "저는 견문이 보잘것없고 생각이 얕은데도, 거듭 과분한 칭찬을 입으니 부끄러워 땀이 나고 얼굴은 붉어집니다. 이 편찬이 일은 크지만 재능이 서툴러 정말 모기의 힘으로 태산(泰山)[55]을 짊어짐입니다. 오직 태명(台命)을 의지해 따랐을 뿐입니다."

서물류찬 서문

세상에 네 가지 큰 일이 있으니, 천문(天文), 지리(地理), 학(學), 의(醫)이다. 천문은 분명히 실린 정기(精氣)[56]를 아래로 모으고, 지리는 널리 길러 자양(滋養)[57]이 되는 액체를 곁에 이르게 한다. 사람은 그 사이에 살면서 우러러보고 아래의 형편을 두루 살펴 신기하게 그것을 밝히니, 그 날짐승과 길짐승, 벌레와 물고기, 풀과 나무, 흙과 돌의 이기(理氣)[58]를 알아, 의원(醫員)으로 그 몸을 지키고, 학문으로 그 마음을 다스리는데, 이와 같아야 그칠 따름이다. 나는 일찍이 '『본초강목(本草

55 태산(泰山): 오악(五嶽)의 하나로, 산동성(山東省) 중부에 있으며, 주봉(主峯)은 옥황정(玉皇頂). 고대에 제왕이 봉선(封禪)하던 산. 대종(岱宗), 대산(岱山), 대악(岱岳). 태악(泰岳).

56 정기(精氣): 음양(陰陽)의 원기(元氣). 맑고 밝은 순수한 기운.

57 자양(滋養): 영양분을 주어 기름. 양육함. 몸의 영양을 좋게 함. 또는 그러한 음식물.

58 이기(理氣): '이(理)'는 우주의 본체이고, '기'는 그 현상(現象)임.

綱目)』과 「소문(素問)」이란 책은 경전(經典)과 함께 나란히 벌여 세움이 마땅하다.'고 말했는데, 편작(扁鵲)[59]과 창공(倉公)[60]은 몸을 살펴보고 맥(脈)을 짚어 병(病)의 상태를 살폈으며, 침병(鍼炳)[61]과 탕액(湯液)[62]의 공(功)은 백성을 도운 데 있고, 크게는 한(漢)과 당(唐)의 여러 학자가 본문 뜻을 풀이한 주석(注釋)에 어지러운 질문의 풀이를 이긴 데 있다. 나는 어려서 의술을 배웠지만, 그 자세한 깨달음을 얻을 수 없었고, 그 근본이 이와 같음만 알았다. 무진(戊辰)에 동쪽으로 바다를 건너 일본에 이르렀다. 일본은 세상에 이른바 삼신(三神)[63]이 있는 땅인데, 천문은 날개가 뻗어나간 부분에 속하고, 자연은 청명(淸明)하고 빼어나며, 풀과 나무는 진귀하고 빼어나다. 뜻은 반드시 이인(異人)[64]의 일지(逸志)[65]와 기이하고 묘한 글과 비밀스럽고 중요한 전적(典籍)에 있어, 하늘과 땅의 정화(精華)[66]를 깊이 연구하니, 거룩하고 존엄한 공들인

59 편작(扁鵲): 성(姓)은 진씨(秦氏). 명(名)은 월인(越人). 따라서 원명은 진월인(秦越人). 발해군(渤海郡) 사람으로서 춘추(春秋) 때 명의. 장상군(長桑君)에게서 금방(禁方)의 구전(口傳)과 의서(醫書)를 물려받아 명의가 되었다고 함. 제(齊)·조(趙)를 거쳐 진(秦)으로 들어갔는데, 진의 태의(太醫) 이혜(李醯)의 시기로 자객에게 피살당했음.

60 창공(倉公): 한(漢)대의 명의(名醫). 성은 순우(淳于), 이름은 의(意). 태창(太倉)의 장(長)이었으므로 부르는 말.

61 침병(鍼炳): 침자루. 침체(鍼體)의 뒷부분, 일반적으로 나선형으로 되어 있음. 침을 사용할 때 힘을 주는 부분임.

62 탕액(湯液): 탕약(湯藥). 달여서 먹는 약. 탕제(湯劑).

63 삼신(三神): 우리나라의 국토를 정했다는 삼신인 환인(桓因), 환웅(桓雄), 환검(桓儉)과 같은 일본의 삼신. 이자나미(伊冊那美), 이자나기(伊冊那岐), 아메노오사호마마마이고토(天忍穗耳命).

64 이인(異人): 평범하지 않은 사람. 특별한 재능이 있는 사람.

65 일지(逸志): 세속을 초월한 높은 뜻. 속세를 초탈(超脫)한 뜻.

보람이 드러난다. 그러므로 물과 뭍 5천 리에 가만히 그러한 사람을 구하고, 그러한 책을 찾아구해 거의 만났지만, 마침내 볼 수는 없었는데, 지금 에도[江戶]에 도착해 이노오[稻生] 선생이 엮은 것과 그 제자 니와[丹羽] 선생이 보태 엮어 증보(增補)한 『서물류찬(庶物類纂)』을 볼 수 있었다. 그 책됨은 깊이 찾고 숨은 것을 깊이 연구하며 크거나 작음을 포괄해, 지난번에 이른바 분명히 실어 아래로 모으며, 널리 기르는 자양(滋養)이 되는 액체이다. 풀과 나무, 날짐승과 길짐승, 벌레와 물고기, 흙과 돌의 물건은 거의 다 널리 포함시켰고, 매우 자세하게 조사하고 검증해 이치의 자세함에 부지런히 힘썼으니, 거의 「소문(素問)」과 『본초강목(本草綱目)』의 근원에 도달했다고 말할 수 있음은 『서물류찬』의 책됨에 그치지 않을 따름이다. 책의 편(編)과 질(帙)이 넓고 풍성해 비록 살펴보는 일을 마치지 못했지만, 발범(發凡)[67]과 차례를 살펴보니, 일의 처음과 끝이 다 실려 있고, 그 책의 지극히 넓음과 지극히 자세함을 알 수 있다. 이노오[稻生] 선생과 제자는 바야흐로 의원됨에 부끄러움이 없다고 말할 수 있고, 이 세상 가운데 네 가지 큰일을 알 수 있으며, 신기하고 밝음에 가깝다. 나는 일본 경학(經學)[68]이 오로지 한(漢)과 당(唐)의 서여(緖餘)[69]만 높이고, 경전(經傳)의 본래 뜻

66 정화(精華): 사물의 가장 정제되고 순수한 부분. 또는 훌륭하고 아름다운 부분. 정영(精英).

67 발범(發凡): 책의 요지나 체재를 밝혀 제시함.

68 경학(經學): 경서(經書)의 뜻을 연구하는 학문. 경예(經藝). 경술(經術).

69 서여(緖餘): 실을 뽑은 뒤 고치에 남아 있는 실. 또는 주체(主體) 외의 인물을 가리킴. 후손(後孫).

은 많이 잃었다고 들었는데, 일찍이 마음을 다스리는 학문은 몸을 지키는 일만 못하다고 말했던가? 알지 못하겠다. 아!

무진(戊辰) 음력 6월 상순(上旬)
조선국(朝鮮國) 대의(大醫) 조덕조(趙德祚)
거룩히 송재(松齋) 삼가 씀

조선의 학사(學士) 구헌(矩軒) 선생 걸상 아래 받들어 드리는 서신(書信)

대패(大旆)[70]가 빠르게 나아가 하세키[箱關][71]와 오오이[大井]의 위험은 사내종들이 근심하지도 못했는데, 마땅히 지금 나니와[浪華]의 객관(客館) 안에 머무르시니, 며칠 안에 비단 돛이 서쪽으로 움직일 것을 미리 알겠고, 돌아가시는 손님들의 손뼉 치며 기뻐 춤출만한 마음을 움켜쥘 수 있겠습니다. 지난번 도호토[東都]의 객관 안에서 맑고 높은 의범(儀範)을 만나 욕되게 했었고, 조연(祖筵)[72]의 한스러움과 답답함을 지금 펴지 못하며, 뜬 구름과 흘러가는 물이 헛되이 높은 누대의 눈물을 재촉하니, 돌이켜 생각할만합니다. 도호토의 숙소 안에서 맹세해

70 대패(大旆): 해와 달이 그려진 천자(天子)의 기(旗).

71 하세키[箱關]: 하코네[箱根]. 일본 혼슈[本州] 가나가와[神奈川]현에 있는 도시. 이곳에는 당시 역참이 있었고, 상근령(箱根領) 또는 옥사관(玉笥關)이라 불리는 험한 고개가 있었음.

72 조연(祖筵): 길 떠나는 사람을 송별하는 연회. 조석(祖席). 조연(祖宴).

굳게 약속하셨던 『서물류찬』의 뛰어난 서문(序文)은 이미 원고(原稿)를 다 쓰실 수 있었다고 생각합니다. 그 곳에 우에노미야[上宮] 아무개, 코에다[小枝] 아무개라는 사람들이 이 작은 서신을 가지고 숙소에 이르러, 난암(蘭菴)과 남계(枏溪)를 시켜서 자리 아래에 받들어 드렸습니다. 서문과 답서(答書)는 두 선비를 시켜서 우에노미야와 코에다에게 부치신다면, 빨리 전달해 도호토에 도착하겠습니다. 남은 그리움이 너무 많으니, 붓끝으로 어떻게 늘어놓겠습니까? 나라를 위하고 조선의 임금이 나라를 다스리는 큰일을 도우시기를 엎드려 바랍니다. 갑자기 절구(絶句) 한 수를 지었는데, 조그만 정성으로 만들었으니, 사랑을 베풀어 돌보아 주신다면 영광이고 감사하겠습니다.

두 나라의 뛰어난 소리 다만 그대를 허락하니	二國雄聲獨許君
의지와 기개 깊고 아득해 경위[73]처럼 갈라지네	意氣崢嶸涇渭分
객관 안에서 친밀했음은 진실로 꿈과 같은데	館中連榻眞如夢
머리 돌리니 후지산[富士山]에 오직 흰 구름 뿐	回首富峯惟白雲

연향(延享)[74] 무진(戊辰) 초가을 상순(上旬)

일본 의관(醫官) 니와 테이키[丹羽貞機] 양봉(良峯) 사례함

73 경위(涇渭): 경수(涇水)와 위수(渭水). 경수는 흐리고 위수는 맑다고 여긴데서, 사물의 진위(眞僞)·시비(是非) 및 인품의 우열·청탁(淸濁)이 분명함의 비유.

74 연향(延享): 일본 제116대 고모모조노(桃園) 천황의 연호. 재위 1747~1762.

조선국의 양의(良醫) 활암(活菴), 대의(大醫) 송재(松齋) 두 선생의 걸상 아래 받들어 드리는 서신(書信)

후지산의 달밤은 고향 생각할 기회이고, 비와호[琵琶湖]의 가을바람은 약간의 시를 짓게 합니다. 지금 나니와[浪華]의 객관(客館) 안에 머무르심을 확실히 알겠으니, 마땅히 축하드릴만합니다. 지난번 도호토[東都]의 객관에서 갑자기 은혜를 베풀어 사랑해주심을 받아서 소리 내 외우고 마음에 새겼지만, 그리움은 어떻게 그만두겠습니까? 조연(祖筵)에서 이별함으로부터 지금까지 헤어지는 한을 펼 수 없습니다. 헤어지는 눈물은 마르지 않는데, 가끔 흰 구름이 관산(關山)[75]에 머무름을 바라보시고, 때때로 맑은 물이 무강(武江)[76]으로 흘러감을 바라보시니, 바야흐로 고향 마을이 날로 가까움을 알겠습니다. 사람들은 기뻐하고 말들은 우니 객관을 떠남은 마땅한데, 바람은 고요하고 원숭이는 울며 학은 원망하는 듯합니다. 도호토도 수레를 재촉합니다. 활암 선생에게 받들어 의뢰 드린 『서물류찬(庶物類纂)』의 발문(跋文)은 맹세하신 굳은 약속과 같으니, 나니와에 도착하시는 사이에 일을 마치심이 마땅하겠습니다. 여기 작은 서신을 가져왔는데, 난암(蘭菴)과 남계(枏溪)를 시켜서 선생께 받들어 드리는 것이고, 그곳의 우에노미야[上宮] 아무개, 코에다[小枝] 아무개라는 사람들입니다. 두 선비는 대대로 저를 따라 섬

75 관산(關山): 국경 또는 요해지에 문을 설치해 통행인의 출입을 감시하고 경계하던 곳인 관소(關所)와 그 주위의 산.

76 무강(武江): 중국 운남(雲南)성 홍하합니족이족(紅河哈尼族彝族) 자치주인 무강구(武江區)에 있는 강.

겼는데, 가장 삼가고 조심하는 사람들입니다. 그대가 답서(答書)와 서문을 난암과 남계를 시켜서 이 두 선비에게 부쳐주신다면, 며칠 안에 도호토에 전해 제 손에 빨리 떨어질 것입니다. 쌓인 그리움은 만 가닥이지만 종이와 붓으로 다할 바가 아닙니다. 오직 그대들이 도(道)를 위해 스스로 아끼고, 세상 사람을 널리 구제함이 시행(施行)된다면, 동화(東華)[77]의 백성이 함께 하늘로부터 받은 목숨을 온전히 할 것입니다. 이 또한 어짊의 도리가 될 것입니다. 접는 부채에 뛰어난 시(詩)를 지어서 떠나며 주신 바 있는데, 때때로 읽으면 느낌이 있어 갑자기 그 시에 차운해 종이 끝에 부쳐드립니다. 아름다운 화답시를 베풀어주신다면, 그리워하는 근심으로 찌푸린 미간(眉間)을 자주 펴겠습니다. 사랑을 베풀어 돌보아 주신다면 영광이고 감사하겠습니다.

큰 바다 나는 기러기 평평하고 너른 모래펄에 내려앉고 滄溟飛雁落平沙
땅거미 질 때 바람 소리 집집마다 들어가네 薄暮風聲入萬家
산속 객관 수향[78]의 밝은 달밤에 山館水鄉明月夜
그대 꿈속에 동화 계심을 알겠어라 知君夢裏在東華

연향(延享)5 무진(戊辰)년 6월 기망(旣望)[79]
일본 도호토[東都] 의관(醫官) 니와 테이키[丹羽貞機] 양봉(良峯) 사례함

77 동화(東華): 신화(神話)에 나오는 신선의 이름. 서왕모(西王母)와 병칭(竝稱)되며, 남자 신선의 명부(名簿)를 관리한다고 함. 동화제군(東華帝君). 동왕공(東王公).

78 수향(水鄉): 강이나 호수 등이 많은 마을. 수국(水國). 수촌(水村).

79 기망(旣望): 은(殷)·주(周) 때의 역법에서 음력 매월 15·16일로부터 22·23일까지의 기간. 후대에는 16일을 일컬음.

덧붙이는 서신(書信)

대패(大旆)가 도호토[東都]의 객관(客館) 안에 있을 때, 여러 번 김(金) 탐현(探玄) 어르신을 찾아갔었는데, 한 번도 은혜로운 응답을 받는 데 미치지 못했습니다. 개인적으로 말씀드리자면, 제가 받들어드린 글과 시의 뜻과 말이 공손하지 않음을 따라서 그러합니까? 그대들을 우러러 도와 쥐의 간처럼 작고 보잘것없는 것만 전해드렸지만, 어르신들께서는 많은 죄를 용서해 주시고, 은혜롭게 이전부터 사랑하신 것처럼 영광스러운 편지 한 장만 내려주십시오.

양봉 선생께 받들어 회답함

이 세상은 감정의 세상입니다. '부도(浮屠)도 오히려 뽕나무 아래에 있지 않는다.'[80]던데, 하물며 우리들은 각각의 하늘이 머나면 사람들로서 우연히 만나거나 만나면 잠시 흩어지니, 가는 사람이든 머무르는 사람이든 새가 나뭇가지를 그리워하거나 물고기가 낚시에 걸려듦과 똑같을 것입니다. 뜻밖에 혁제(赫蹄)[81]는 스스로의 체면도 대들보를

80 '부도(浮屠)도 오히려 뽕나무 아래에 있지 않는다.': 상하(桑下)의 인연(因緣). '부도는 같은 뽕나무 아래에서 3일 밤을 묵지 않고 떠나간다.'는데, 이는 애정(愛情)이 생기는 것을 피하기 위해서이다. '부도'는 고승(高僧)의 사리(舍利)나 유골을 안치하는 묘탑(妙塔). 원래 불타(佛陀) 또는 솔도파(率堵婆, Stupa)라는 음이 잘못 전해진 것으로, 처음에는 불상·불교사원·불탑을 의미했지만, 뒤에는 고승들의 사리를 담는 석조 소탑을 지칭하게 되었음. 부도(浮圖), 부두(浮頭), 불도(佛圖), 포도(蒲圖).

81 혁제(赫蹄): 글씨를 쓰는, 폭이 좁은 비단 조각. 인신해 종이. 혁제(赫蹏).

없애버리듯 하기에 충분했는데, 일찍이 나니와[浪華] 성 밖에서 헤아리지 못했고, 오랜 친구를 만났습니다. 세 번이나 거듭 위로해주셨으니, 그 기쁨을 생각할 수 있겠습니다. 하물며 불볕더위의 일상생활을 살펴주시고, 소중한 이끎을 대하니, 제가 겨우 안장 갖춘 말을 부리고 장차 배와 노를 다스려, 앞길이 비록 멀더라도 고향으로 돌아가려는 생각은 움켜쥘 수 있습니다. 신선(神仙)의 세상을 돌이켜 바라건만, 깊은 한스러움을 받듦이 있어 절대로 붓과 먹으로는 이미 할 수 없으니, 다만 스스로 몸 아끼시기를 바랍니다. 더욱 신기한 기예를 궁구하셔서 한 나라의 생명을 널리 구제하십시오. 다음으로 멀리 바라보느라 카와무라[河村] 선생 앞으로는 바빠서 정성이 없었고, 정성이 적었다고 널리 퍼뜨려 주시기 바랍니다. 할 말은 많지만, 다 쓰지 못합니다.

무진(戊辰) 초가을 조선국(朝鮮國) 대의(大醫) 송재(松齋)

양봉의 아름다운 시를 받들어 화답함

푸른 물가 아름다운 길에 구름과 모래 끝없이 이어졌고 滄洲韙路渺雲沙
왕명(王命)의 일로 먼 나라에서 집안 돌아보지 못하네 王事殊方不顧家
붓 아래 신편[82]에는 봄빛이 가득 찼는데 筆下神鞭春色滿

82 신편(神鞭): 진시황(秦始皇)이 석교(石橋)를 만들어 바다 건너 일출처(日出處)를 보고자 했는데, 그때 신인(神人)이 있어 돌을 운반한다고 했지만, 돌이 빨리 이동되지 않으므로 신편(神鞭)으로 돌을 채찍질해 돌이 모두 피를 흘렸다는 고사가 있음. 『삼제략기(三齊略記)』

일백 편 푸른 때만 아름다운 시문(詩文)에 이어지네　　百篇青汙綴瑤華

무진 초가을 상순(上旬) 송재 사례함

양봉(良峯) 선생께 받들어 회답함

맑고 뛰어난 의범(儀範)과 한 번만 사귀고, 오히려 요즈음 자주 뵙습니다. 저는 병이 있는 인연으로 다시 만날 수 없었는데, 다만 선생을 활암(活菴)·송재와 함께 만나 뵙습니다. 위와 아래가 주고받은 설명은 그 논쟁과 시비가 똑같을 수 없음이 한스러우니, 각각 출중(出衆)한 사람을 따라 이루어졌을 것입니다. 편지 끝의 안부 물어주심을 받드니, 위로와 사례에 충분합니다. 저는 매우 먼 길에 짐이 커서 나니와[浪華]에 겨우 도착했고, 이러한 드넓은 물을 따라 바다에 오를 테니, 돌아가는 사람의 기쁨을 생각할 수 있습니다. 이 한평생이 아득히 멀어 다시 뵐 인연은 없으나, 다만 몸조심하셔서 일을 삼가시고, 탁절(卓絶)한 덕행으로 생명을 널리 구제하시기 바랍니다. 속담(俗談)에 '의원은 사람을 바꿀 수 있다.'고 했고, 또 '의원된 사람은 뜻을 얻어야 한다.'고 했으니, 그 말은 두려워할만하고, 삼갈만합니다. 대체로 묵은 뿌리와 썩힌 풀을 가지고 404가지 병을 고칠 수 있고, 털끝만한 짧은 시간에 생명을 다투니, 그 뜻이 미치는 바가 진실로 그 정미(精微)함을 얻을 수 없다면, 그 해로움이 매우 많은 사람들을 바꾸어 버리는 데 이릅니다. 어찌 근심하고 두려워해 마음에 두지 않겠습니까? 오랜 옛날 성인(聖人)들은 스스로 손 놀리는 방법들이 있었고, 오직 후세 사람은 신기하게 그것을 밝히는 데 마음을 두어야하는데, 개인적인 생각만으로 깊이 연구하고 철저히 규명해 지워 없앨 수 있다거나, 또한 부족한 능력으로 다시 뒤섞인 어지러움을 베풀 수는 없으니, 이기고자 해도 드디어 망령됨에 돌아감입니다. 「소문(素問)」이란 책은 성인이 아니면 도(道)를 얻을 수 없는데, 이것의 근본은 주(周)와 진(秦)대 사이에 나왔으니, 숨어사는 총명한 선비가 그 들은 바를 써서 지은 것입니다. 저는 일찍이 해를 거듭해 애써 공부해 더욱 오랫동안 그 깊이를 더욱더 깨닫게 되었습니다. 지난번 그대 나라 카와무라[河村] 선생이 운기(運氣)[83]라는 한 토막 설명으로 전서(全書)[84]를 말하는 데 도달함을 들었는데, 모두 왕빙(王冰)[85]에게서 나왔지만, 이름만 의지하고 몸소 만들었으니, 그 말 됨은 어찌 그 생각이 깊지 않다 하겠습니까? 다행히 저를 위해 안부를 물어주시는데, 이러한 뜻밖에는 이치에서 벗어난 말을 만들지 못하겠습니다. 그 예전부터 전해 내려오는 폐해(弊害)가 사람을 바꾸는 결과에 이르게 하니 어찌하겠습니까? 어찌하겠습니까? 『서물류찬(庶物類纂)』 서문(序文)에 대해서는 두 조(趙) 선생들이 이미 말이 있었는데, 제가 하필 또 덧붙이겠습니까? 비록 어리석은 의견이나마 간략히 바

83 운기(運氣): 5운 6기. '5운'은 수(水)·화(火)·토(土)·금(金)·목(木)의 상호 추이(推移)를 뜻하며, '6기'는 풍(風)·화(火)·열(熱)·습(濕)·조(燥)·한(寒)의 기후 변화를 말함. 고인(古人)들은 5행의 생극(生克)이론과 결합시켜 그해의 기후 변화와 질병의 관계를 추측하고 판단했음.

84 전서(全書): 한 작가의 저작물 전부. 또는 어떠한 일에 관한 학설을 망라한 책.

85 왕빙(王冰): 당(唐)대의 유명한 의원. 호는 계현자(啓玄子). 저서에 『소문답(素問答)』 81편 24권, 『원주(元珠)』 10권, 『소명은지(昭明隱旨)』 3권이 있음. 그가 일찍이 당나라 태복령(太僕令)을 맡았었기 때문에 '왕태복(王太僕)'이라 일컫기도 함.

칠 수 없고, 떠날 때가 갑작스레 바쁘니, 품은 뜻을 이룰 수 없어 한스러움에 관계될 따름입니다.

받들어 화답함

여름에 말을 타고 먼지 이는 모래벌판에서 괴로웠는데	炎天鞍馬困塵沙
꿈처럼 삼산에 떨어지고 나니 신선의 집일세	夢落三山羽客家
금빛 잉어 서신(書信)으로 약간의 뜻 전하고	金鯉傳書多少意
비단 돛 이끌고 조선으로 되돌아가네	錦帆携返小中華

무진(戊辰) 초가을 상순(上旬) 탐현(探玄) 김덕륜(金德崙) 씀

조(趙) 경로(敬老) 활암(活菴)은 오사카[大坂] 성(城)에 도착한 뒤로 계속해서 손님들로 어지러워 조그만 겨를도 없기 때문에 양봉(良峯) 선생의 서신과 시(詩)에 답(答)할 수 없습니다. 발문(跋文)도 만들어드릴 수 없는데, 형편이 진실로 그러한 듯하고, 사양함에 의지하려는 것은 아닙니다. 쓰시마주[對馬州] 관청 안에서 쉴 때를 기다려 발문의 초안(草案)을 잡아, 내려주신 편지를 우러러 답해드리도록 계획하고 계획합니다. 마땅히 난암(蘭菴)과 남계(枏溪) 두 선생 편에 부쳐서 그들로 하여금 전해 이르게 할 따름입니다. 출발하려는 때라 갑자기 바쁘니, 일의 형편을 간단하게 써서 남계 편에 알릴 따름입니다.

이 서신은 활암이 나니와[浪華]의 객관(客館)에서 시와 서신으로 답신할 수 없고, 발문도 일을 마칠 수 없었기 때문에 이처럼 써서 남계로 하여금 우에노미야[上宮]와 코에다[小枝]에게 전한 것이다.

兩東筆語 卷之五

戊辰六月十一日

東都 醫官 丹羽貞機

松齋曰 夜來動靜若何? 頻蒙顧問感佩無已. 僕之鄙文已就. 雖拙作, 元非善寫, 故方欲請人, 書呈爲計耳.

良峯曰 起居平安, 歡抃多多. 高序脫稿了, 渴慕頓解抃躍.

松齋曰 精書後, 仰呈爲計耳.

良峯曰 拜閱高序, 旨意雄渾, 文字清雅, 且褒聲甚過. 當感謝, 不知所言也. 淨書何爲請他人耶? 乞公自寫了, 感佩百倍.

松齋曰 以短文荒辭, 過蒙大奬, 不勝愧慙. 旣有刋布之心, 則以如此拙筆, 豈能取寫哉? 午後以善寫者完書, 使蘭菴送呈爲計.

良峯曰 童子供饌來, 公先嚼了而後, 得爲緩談耳.

松齋曰 依怒教.

又曰 此冊製度甚佳, 故僕欲買取爲計, 而書價太重云.

又曰 公曾見此書耶?

良峯曰 明之龔雲林回春也. 製度短小, 便牧考, 價量何計?

松齋曰 僕有若于醫書冊, 價取之心, 而在中之人, 終不入見, 是悶悶.

良峯曰 東都書賈甚多. 使蘭菴·柟溪等招之, 則書賈可踵到耳.

松齋曰 非不知書賈之甚多, 而僕未商[1]收, 不敢漢問, 是悶悶.

良峯曰 公云回春價太重, 其價幾許?

松齋曰 此冊二卷價, 艮二兩云耳.

良峯曰 物價不相背, 買取亦可矣. 還期若退一日, 則齎來小冊之好本, 仰呈之.

松齋曰 歸期在邇, 少無買求之心, 公念至此, 心頭不便安處也. 幸勿煩勞.

良峯曰 今仰呈名刺, 田代某者, 僕門徒也. 比日願接紫眉, 乞垂聽.

1 원문에는 '商'이지만, '商'의 오기(誤記)이므로 바로잡았음.

活菴曰 公從丹羽公, 幾年學得何書?

震澤曰 田代玄通 從良峯, 學醫討論本草, 十有餘年.

活菴曰 年幾何?

震澤曰 辛卯之生, 今三十八歲.

活菴曰 良峯公門下, 如君者有幾人?

震澤曰 如僕磊磊者, 不可擧數.

《奉呈良醫活菴案下》震澤
夙聽博愛抱圭來, 無限相思更自催, 今日甘泉方可賦, 卽知君有子雲才.

《奉次田代公贈韻》活菴
良峯高弟雨中來, 未問淵源別意催, 一見那知玄妙理, 淸篇獨許有奇才.

《見挹活菴韻仍次呈震澤案下》松齋
乘槎萬里海中來, 旅館寥寥歸夢催, 忽見高人自外至, 更應詩句又奇才.

《奉謝活菴松齋二公高韻》震澤

錦鞍隣好奉書來, 聞說崆洞生意催, 蘭寶淸風如夢裏, 下圯橋上慕秀才.

《奉次震澤韻》活菴

館中終日幾人來, 揮筆題詩氣欲催, 多少凡庸何足道, 高門弟子最稱才.

《疊前韻》松齋

細雨窓前有客來, 美談瓊句兩相催, 可憐明日行軺書, 霞負江州又俊才.

《奉次二公惠愛震澤韻》良峯

飛雁春秋往復來, 天涯離別泪潁催, 窓前細雨白雲裏, 檜杉似憐樗櫟才.

良峯曰 子弟鄙唫, 再三見, 惠瑤和, 多謝.

活菴曰 豈有多謝厚報之理哉? 雖然鄙詩, 意味矖薄, 可愧可愧.

良峯曰 公平日施治也, 古人名醫之中, 以何人之旨趣爲適從乎? 方書用何書爲依據乎?

活菴曰 醫道之旨趣, 不適從素·難二經, 而可用何書乎? 方書不須限某書, 從其病而尋思耳.

良峯曰 素·難二經, 醫之本源也, 不待論, 猶語孟之於儒, 而後世學焉者, 或以鄭氏之古註爲是, 或以二程·晦翁之說尊信之, 又或以象山及陽明爲正解也. 醫亦如此, 漢唐宋元明之名哲, 所撰之方書, 其所據寒溫補瀉, 或各不同也. 今公常所好, 以何書爲左祖乎?

活菴曰 外感據仲景, 內症據東垣, 是古今之明教也, 僕常從事耳. 公以何人書爲善乎?

良峯曰 從事仲景之二書, 而羽翼之, 以千金·外臺·病源·本事方·得效方·局方之數書. 私謂凡天地之間, 有以理可論者, 又有不可以理知之者, 醫事亦然. 後生之諸賢, 論古今之方法也, 悉以理辨之, 愈辨愈混. 今所標列之數書不然, 遍擧疾病之要訣, 直附經驗之法方矣. 元明之諸醫, 多以理解方, 至難以理通明者, 牽合杜選也. 雖似書體連亘, 議論卓越, 而實其功不及古人甚遐. 故僕有疑于元明之諸醫.

又曰 僕自若冠讀本草, 于玆殆四十年. 凡藥物之氣味功效, 有可以理測之者, 有不可以理測者. 各種尙難, 而至配合數味, 而爲一方, 則其方之氣味溫凉, 不可悉以理知之也, 必矣. 高明如何?

活菴曰 聞貴邦無黃耆·甘草, 惟用中原及弊邦之者, 然否?

良峯曰 不然. 古我延喜·天曆之朝, 諸州每歲貢藥材, 駿河州貢富山之黃耆·甘草, 爲名產. 其後貢竭諸州之藥材, 不爲採牧, 時勢因革, 富山之黃耆·甘草, 亦至無識之者. 我 太台君承運之始, 繼絶起癈之餘惠, 若引及民瘼藥材. 各州新貢藥苗, 命僕檢富山之產物, 致黃耆·甘草於東都. 邇來諸州又出之, 而今黃耆有三種, 甘草有二種.

活菴曰 富山黃耆·甘草之外, 產藥材乎?

良峯曰 二藥及肉蓯蓉·五味子·紫胡·升麻, 是富山之名產也. 其他蒼木·防風·遠志·薄苛·沙參·羌活·白芷·牛膝·威靈仙·防己·茯苓·石膏·石脂之類, 不可悉記.

活菴曰 藥材之外, 有國用之產乎?

良峯曰 南麓有牧馬, 西林出鷹雛, 東腰有大湖, 多產鯉鯽, 北溪四時常有氷雪, 雖盛夏時, 積雪丈餘, 四邊半腹, 皆合抱凌雲之松·柏·檜·杉也.

活菴曰 曾聞貴邦有水晶山, 山全質皆水晶也乎? 或山中多產之耶? 地名何州?

良峯曰 弊邦產水晶, 諸所有之. 陸奧州有水晶山, 山中多產水晶, 非全山皆水晶也. 就中近江州, 琶湖中有一嶼, 名竹生嶋, 俗傳古有女仙住焉, 名水晶山. 今猶山中水晶多, 偶有大塊明徹瑩耀, 異他產矣. 公向趣于東都, 發西京, 次于大津驛, 此驛卽琶湖之南涯也. 湖面北距二百餘里, 有竹生嶋. 爽晴之日, 自大津驛眺之, 雲烟之中, 見孤嶼, 此竹生嶋也, 還途試望焉.

活菴曰 依敎.

良峯曰 一傾盖, 比日侯案下, 意合志諧. 教示雖未研精探頣, 而交情一日深一日, 何言新知無斷金耶? 若有一日不自聽枕食之平安, 則神馳魄蕩. 今聞還期再明, 再會無期, 紅淚可染衣. 却思嚮不有盍簪之幸, 則今日可無斷腸之哀也. 前日請庶物類纂之高序, 公不頷矣. 此書也, 先師與僕蔑如五十餘年之居諸, 天偶與良緣, 接大人之懿範. 然大人無憐醢雞之心, 而不怒渴望, 僕丹心懵懵, 不知所爲也. 若或以已有松翁之序難諾, 則見惠賜後跋一章, 鄙選取信於萬世, 生涯之羨慕之足矣. 凌顔强求之罪, 雖最可懼, 然屢慕溫謙之德耳.

良峯謂 松齋曰 今請類纂之後跋于活公, 公亦說活公, 使之許諾, 則恭喜何加?

松齋曰 雖百言請之, 亦有不難之事, 而活菴多事與僕同意哉. 雖然從教, 强勸爲計耳.

活菴曰 連日退隨, 眷戀之意出尋常萬萬, 僕於此不勝忻寫. 雲山一別, 無由更接, 懷事憧憧, 殆難喩也. 序文松齋已著, 松齋卽僕也, 僕卽松齋, 有何間隔也? 跋文之示因, 難爲辭, 而今未答, 文字與疑目堆案, 苦無暇隙. 且歸期迫促, 萬無下手之路, 柰何惟望恕之也? 行期若退數日, 則庶有可議耳.

良峯曰 生死之離別, 毫楮何盡其情? 秋風自今添一層之愁也, 西山月落時, 應頻思公, 東嶺華開日, 須遙憐僕矣. 跋文之事, 辭以無少間, 知案頭之寫字, 答疑堆如山. 加之俗客紛擾, 寔雖公之博量, 而勞悶尙可知也. 行期若退數烏, 則於館中惠賜, 歸期不緩, 則覊中少暇時著了,附蘭菴·枏溪二士，則速落僕手. 覊中到浪華之間，尙不得暇，則趣對馬州舟中寫了，附與二士，亦可.

活菴曰 此則不難，望以前日序文大旨，見付然後，可據以爲說矣.

良峯曰 前日之序文大旨，向呈松翁，松翁著序後無用. 公告松翁覽之，則可乎.

活菴曰 松齋序文著後，其冊固無用. 言於松齋，使僕亦得見之也.

良峯曰 依敎.

良峯謂 松齋曰 與活公往復，如公今所覩. 向所呈覽之序凡例一冊，公無用，則乞見附活公.

松齋曰 僕已著文，則公之敍文，置之不關，而若有活菴前受書之意，則仍置無妨矣.

良峯曰 公賜序文之淨書時，被倂惠公自寫草，幸甚.

松齋曰 當依敎.

良峯曰 惠施精製之二品，感佩多多. 別後相思時，磨墨揮扇，而慰窮情耳.

活菴曰 小物何謝之有? 聊以寓相別之情而已.

良峯曰 弊邦之小果, 仰呈榻下, 羃中佐茗芳, 則寸望足矣.

活菴曰 下惠珍果, 感謝. 不易果名何?

良峯曰 豊謝却增慙愧. 果者佛手柑及密柑, 藏以砂糖也.

活菴曰 如此珍物, 袖裏携來惠賜, 尤不勝多感多感.

良峯曰 今早出栖時, 約雅子携歸公之書. 可授焉, 方可出門需僕還, 乞勞高臂.

活菴曰 依敎. 何勞之有?

良峯曰 聞貴邦京帝之傍, 有廣德地, 是亦畿內乎?

松齋曰 在京不遠之地耳.

良峯曰 鴨綠江[2]兩岸相去, 幾許里數?

松齋曰 一千四百里之地也.

2 원문에는 '紅'이지만, '江'의 오기(誤記)이므로 바로잡았음.

良峯曰 義州亦京之近地乎?

松齋曰 鴨江在義州北門外.

良峯曰 自義州, 涉鴨江, 到婆門府, 經松骨山下, 過開州城, 到鳳凰城, 又經鸞鳳站 · 通遠浦之山道, 而到遼東鎭, 曾聞是自貴邦西南之邊堺, 入華原之正路也, 然否?

松齋曰 寔如諭. 公何以詳知, 弊邦邊境之地理乎?

良峯曰 僕曾讀輿地勝覽, 及歷代之府志, 粗識諸州地脈之大叚耳.

又曰 義州以東, 昌城 · 碧潼 · 理山 · 渭[3]原等之地, 列于鴨江之南涯乎?

松齋曰 雖我邦域, 未知其詳. 曾聞如公諭.

良峯曰 江之北涯, 利山之麓, 基洞 · 大夫橋 · 怪洞 · 馬郎[4]等之地, 屬貴邦之邊境乎? 將屬遼東乎? 此內亦有市井城里乎?

松齋曰 僕未讀地理書, 惟聞昌城之北, 隔江有利山耳. 其地之地名未知之. 公產于日東, 而暗我邊堺之地理, 博覽奇才非凡宜哉. 選古今

3 원문에는 '謂'이지만, '渭'의 오기(誤記)이므로 바로잡았음.

4 원문에는 '卽'이지만, '郞'의 오기(誤記)이므로 바로잡았음.

莫大之戴籍, 而利于黎民之濟生, 不勝感伏.

良峯曰 過奬却慙愧. 僕曾聞鳳城之東北, 瀋陽之東南, 老鸦山·平頂山, 産大根人參. 公有聞之哉?

松齋曰 未聞之.

良峯曰 探玄叟, 腫痛膿潰, 得少快乎?

松齋曰 夜間受針出膿, 痛楚少退矣.

又曰 見貴國之熟地黃, 非熟乃乾也. 熟與乾, 其味各不相同. 貴邦之肉桂, 亦弊邦之桂皮也. 其味亦異, 乞示之.

良峯曰 弊邦地黃, 有熟·乾·生之三品, 公所見之地黃, 不知何品也. 桂亦有皮·肉·心三品也. 盖具眼之人, 必辨白之, 麤工混淆不分別, 可歎哉.

松齋曰 所歷之路, 得見熟苄, 則非熟而指乾謂熟. 欲得肉桂, 亦屢屢得見, 則此亦非肉乃桂皮, 故言之耳.

良峯曰 地黃熟·乾自明白, 雖庸醫姦商不得淆亂之, 疑傳公者之誤也. 所謂桂之枝·肉·心, 共皆系桂皮. 枝者小細之枝皮, 肉者枝之厚脂者也, 心者去皮之肉外皮者也. 古人所謂肉桂, 非桂樹之肉, 桂厚皮之肉, 而多脂液者也. 故本草綱目桂條, 時珍曰, 桂此卽肉桂也. 厚而辛烈, 去粗皮用. 其去內外皮者, 卽爲桂心. 是卽桂皮中之心也, 心爲皮中之心, 則肉何不爲皮中之肉哉?

良峯曰 公等所坐之獸皮名何?

松齋曰 黃狗皮也.

良峯曰 貴邦之黃毛筆, 用何獸毛乎?

松齋曰 黃獷尾毛也.

良峯曰 獷之形狀如何?

松齋曰 狀如鼠, 而長大. 山林間有之, 而甚貴.

良峯曰 弊邦山林, 有名黃鼠者, 似鼠長大, 又似鼬鼠長尾. 好爲人立拱, 卽綱目之黃鼠, 一名拱鼠者也. 貴邦之獷, 爲人立拱乎?

松齋曰 貴國之黃鼠疑獷, 而弊邦之獷, 不聞人行也.

良峯曰 非爲人行, 如人立, 而拱前脚.

松齋曰 未聞爲如此狀.

良峯曰 僕多年有脚肢爪甲黃朽之疾, 屢醫之不愈. 頃日有一醫針甲際, 而出微血, 得小快. 雖欲請公察之, 而脚疾有不恭之罪.

松齋曰 以醫觀病, 何有難便之意哉? 顧一觀之, 幸勿推辭.

又曰 此是水土之所傷. 雖然此非大叚之症, 豈可以針治哉? 公若欲治, 則以藥治之. 此肝受病, 而爪枯矣. 肝受病, 血則不及於爪甲, 故甲枯黃矣. 六味丸加蒼術, 齊米泔水, 浸晒乾服, 則似好矣. 數三劑進服如何?

良峯曰 僕亦以爲乾血之症, 比年服六味丸. 然未加蒼術, 自今依教.

松齋曰 公之病, 血少濕多之致, 若加服蒼木, 則似好矣.

良峯曰 針刺去惡血, 則以瘀血去, 新血到, 而覺少快. 時用針刺無碍乎?

松齋曰 片時少快, 後必大害矣. 有時少快者, 去其惡血, 故暫時乍快, 後則如故耳.

又曰 僕雖拙筆, 已作別章. 故欲書令胤之扇, 幸勿怪訝. 如見僕, 以爲相思時, 開見唫之, 如何?

良峯曰 扇面之瓊玉, 感佩多多. 別後花月思公時, 開扇嘯耳.

又曰 弟子震澤, 請公之扇面之書, 再勞高手.

松齋曰 令胤前詩不及和, 今詩就書扇, 筆鈍可愧. 豈可復濁他扇?

良峯曰 公性至謙讓也, 震澤頻乞毋固辭.

又曰 漸迫暮, 將退去. 明日可俟案下. 序文淨書, 今日令寫了, 明早被投惠, 則可矣.

松齋曰 如是紛擾, 故不得精書. 夕間精書, 明早朝當送呈矣. 歸期隔宵, 公明日若不枉臨, 則此別永, 作生死之別耶? 不勝睒睒痛惜耳.

良峯曰 再會無期, 別離削心, 彼此一般, 而僕謂以尋常眼, 觀世間, 則會離·憂喜·吉凶·生死, 共爲尋常之苦樂矣. 以明眼, 觀世間, 則會離·憂喜·吉凶·生死, 共爲世態之常事, 而無異望于浮雲·飛鳥之去留. 釋氏之會者定離, 儒者之四海兄弟之意, 亦明眼中之一事乎. 高明如何?

活菴·松齋共云 公之識量非凡, 眞大丈夫也. 惟恨涵泳不日, 相別而已.

良峯曰 今見投惠良藥三種, 聞貴邦之名品也. 以爲刀圭之利器, 感激抃躍. 又五城·震澤各蒙惠, 多幸多幸. 尙明早來拜.

松齋曰 獲承明朝, 稅駕之音, 更爲欣忭. 只自掃榻, 待之而已. 數小藥丸, 何足氣毛謝之? 還切愧慙.

良峯曰 見與五城·震澤之高和, 請題此扇面.

又曰 向乞診五城脈, 今日勞國手.

活菴曰 肺氣不足, 下焦虛冷, 尋思之.

良峯曰 常有腹痛, 臍兩傍有積上下, 鍼藥不應, 近邇屢灸腎腧·章門, 而得少暇. 施治用何方奏效, 見示教.

活菴曰 尋思, 明奉答耳.

良峯曰 貴邦所用一盞幾重, 生姜一片之量幾重, 一貼重凡幾兩.

活菴曰 一盞重七兩, 或六兩, 正傳半斤之數也. 生姜一片, 大略二戔, 或一戔五分. 藥劑一貼, 七八錢, 或一兩, 隨病斟酌之耳.

又曰 向有客惠詩, 詩中尙藥之文字, 是別號耶?

良峯曰 不然. 是侍陪之醫官也.

活菴曰 類纂不見全軸而歸, 不勝悵鬱.

良峯曰 全書卷員許多, 不得令電覽. 僕亦遺念多多, 若還車退一二日, 則携來而奉覽. 夏日已沒, 退去而必期明早.

《席上賦卽事奉呈活菴松齋二公惜別》良峯

昨告傾盖如水月，今聞祖帳唱陽關，鴻臚館下錦鞍動，君識除兒駐富山.

《將歸次良峯公贈韻作別》活菴

連日團欒意氣浮，樹雲相別西情關，長年秘訣今難得，無面歸看故國山.

《奉和良峯高韻》松齋

悠悠嗚咽無窮意，與子分襟更出關，況復仙翁不過去，歸時何必論三山.

兩東筆語 卷之六

戊辰六月十二日

東都 醫官 丹羽貞機

松齋曰 公坐此, 非便. 故先爲入去. 公亦來臨弊館否?

良峯曰 待後來者, 而坐此, 後來者到, 則當共到于貴栖.

松齋曰 拒河公書簡, 何以則似好矣? 癡公教之.

良峯曰 僕素知河子, 公之書簡, 携歸傳之. 河子如何?

松齋曰 僕之來此者, 欲使蘭菴, 傳致此書簡. 料外獲覩清顔, 欣喜良深. 未知足下有何故, 而來坐此紛擾之地耶? 河公不見而去, 心甚悵然. 河公前所去書簡及別章, 在此矣. 未知足下今日內傳致, 得回復書否?

良峯曰 貴簡僕當傳河子. 然河子之第, 在都下之北街, 弊舍在南江之東涯. 且僕在館, 晚間可歸弊舍, 今日內得爲往復甚難矣. 今方使蘭菴傳之似好.

松齋曰 此詩二丈與二卷冊, 自僕拒河公之物, 又二丈簡, 卽金公探玄之手作也, 一拒河公, 一拒南條之物, 此一卷冊, 亦拒南條. 公被傳之幸甚. 明日未發行之前, 惠答之, 則是所望也. 若不能如期, 則請他日被傳之.

又曰 南條疑問也, 僕每每如此紛擾, 故論疑命藥事, 僕丁寧許諾矣. 因其多事, 尙未訖工, 不勝愧難. 此意亦爲傳布, 千萬爲望耳.

良峯曰 依教耳.

又曰 昨見惠高敍, 類纂本官本也. 故以惠高敍之事告官, 卽有 台命, 賜紅白熟絹二疋. 故僕又仰呈之榻下耳.

松齋曰 貴物多惠, 不勝感佩, 又不覺羞怪之地.

良峯曰 麤惡之土苴, 何有多謝之理耶?

松齋曰 序文漸脫稿, 仰呈之, 文字拙陋, 不勝羞慙耳. 僕在據[1]騎船中矣, 千萬意外火災, 衣服與篋中之物, 盡燒於鰐浦. 圖書等物, 亦爲見燒, 故圖書不着, 以筆書之, 亦且善刋.

良峯曰 高敍拜覽. 舒卷數回, 意精文雄, 師弟數十年之寸悃, 依公之椽筆, 而彰之于萬世. 感佩忭躍. 何以紙毫, 可謝盡耶? 雖然前後褒奬

1 원문에는 '廖'이지만, '據'의 오기(誤記)이므로 바로잡았음.

過當, 愧汗漓漓矣. 鰐浦之變, 既聞焉. 文房之典器, 亦系池魚之災, 故今華押, 以筆圖書之, 却增一層之雅趣耳.

松齋曰 僕兒時, 小賦詩之工矣. 一自學醫業而後, 潛心方書, 少通醫業, 詩文已忘久矣. 既獲足下之强請, 未成說之二行文董董構草心, 不勝愧歡. 又蒙如是之褒稱, 不覺愧惶之地.

良峯曰 公雖久廢華雅之工案, 然議論本六經, 主意正三才, 全章渾雄. 非獨蒙類纂之褒裝, 議論篤實, 大益名教, 感激[2] 多多.

又曰 昨見惠玉樞丹·淸心丸之主治, 貴境之東醫寶鑑·醫林撮要等載之, 其他公當有常試施之, 而屢經驗者, 請細教.

松齋曰 玉樞丹治關隔·卒中惡·諸毒惡瘡, 蛇·蝎·蜈蚣之所咬處, 以涎調付, 甚妙. 淸心丸亦與元方無異, 無處不用, 此藥之製方, 最神. 治法考見風門元方, 又欲排設, 而其說甚多, 故不能記呈耳.

良峯曰 和劑局方中淸心圓, 亦一船否?

松齋曰 和劑服法一船耳.

良峯曰 服之法同, 而藥方不同乎?

2 원문에는 '邀'이지만, '激'의 오기(誤記)이므로 바로잡았음.

松齋曰 服法藥方一船耳.

又曰 富岳之奇勝, 百倍于所嘗聽. 奇哉! 奇哉!

良峯曰 公等當謂富岳雖奇, 而不若金剛然否?

活菴·松齋 共頷.

良峯曰 昔年信使之時, 貴邦之騷士, 與弊邦之詩人, 屢爭二山之勝, 而不止. 僕私謂, 是共不知其所爲勝也. 蓋聞金剛一萬二千峯, 箇削白玉, 怪巖奇峯老楓, 裝山谷. 是韓人所最奇, 而若富岳, 一峯屹然, 騰穹窿, 四面玲瓏, 壓八州, 溫潤含畜, 仁者所好, 是吾所最賞也. 二岳之奇勝不同, 各爲其國所賞, 而爲異邦不所崇, 而以此較彼, 是千年未了之論, 而所以不能爲甲乙矣. 非山特如此, 禮儀食品, 亦猶此矣. 夫若黃牛·白羊, 韓人膳羞, 是爲珍之, 鱗介或爲淡之. 若紅鬣金鯉, 弊邦大饗最爲貴, 而牛羊專爲禁之矣. 韓人客到, 則坐者必立, 弊邦客到, 則立者必坐, 是各所爲禮不同故也. 如此類, 不可擧數, 二山之雄劣, 亦猶如之. 高明如何?

活菴曰 異域之好惡, 如此之事甚多. 高明敬伏.

松齋曰 此書, 卽弊邦之名筆眞狂, 觀心苦思, 而所書冊子也. 是以仰呈耳.

良峯曰 曾聞眞狂名書, 此冊字體雄麗, 而從横隨意, 爲龍驤虎步, 寔名筆也. 不易得之長物也, 公當秘藏耳.

松齋曰 此是名筆, 潛寂中覽之似好. 豈有回謝之禮哉?

良峯曰 是名家筆跡, 雖桓袞之褒, 蔑以加焉. 不知所謝, 感佩感佩.

又曰 活公栖中, 童子收行裝擾擾, 請活公到此, 如何?

松齋曰 依教.

良峯曰 向所電覽之庶物類纂, 官本也. 昨以所許諸拔文之事, 告之官, 有 台命, 賜紅白熟絹二疋於僕. 故僕又仰呈之榻下, 菲薄之土出, 幸笑納.

活菴曰 珍奇之賜由來, 系 鈞命, 不敢不領, 然私心, 不安甚矣.

良峯曰 謝意篤厚, 倍慙怪耳.

活菴曰 因治行擾擾, 不能穩話, 殊甚恨悵, 想以爲訝矣.

良峯曰 雖知行裝紛冗, 然離恨難默止. 來煩高聽, 惟不覺惻然淚下. 後會無期, 尤不勝悵觖. 空望公等遐齡多福耳.

《席上卒賦一律呈活菴松齋二君》良峯
離別在明日, 錦鞍栜下行, 淚如細雨濕, 耳促秋風聲, 雲水無邊意, 物光許多情, 浮萍何日合, 歲月知難平.

《奉和良峯高韻》松齋

樽前無限淚, 明曉別君行, 愁看殘花落, 厭聽細雨聲, 風光唯水路, 杯酒總離情, 床上二重物, 心羞自不平.

《奉和良峯公席上卒事之韻》活菴

詩中催客淚, 句句瑯玕行, 幽館闇花色, 離筵喧鳥聲, 偶聽君子道, 乍耻遊士情, 陋拙托文字, 如何心不平.

良峯曰 序文之事, 寫了之日, 附托梅溪, 則達耳. 若到于大坂之間竣功, 則幸感多多.

活菴曰 序文之事, 僕何可忘也? 今將告別, 依依耿耿.

良峯曰 將別二君痛惜, 眞如削腸. 然愚謂, 浮雲流水, 常有離合聚散, 人間亦猶此也. 生死離合, 非丈夫痛心思事矣. 二君還國日, 大志而建報國之大功, 而仁衆民. 是新望耳.

又曰 僕及壯, 有志大人之學, 而爲俗累, 所打乖, 誤爲業醫. 又爲小人被退, 不入公門九年. 然常服膺一箇之誠心, 而不忘君恩, 爲死生榮辱, 無移其操, 行藏起臥, 無所不樂. 沅瀟日夜流, 歲霜旦暮催, 鈍滯選延, 終到大人之志淬也. 老而遂遇志於白孔名物, 而同情於陳平屠肉. 公等愛憐.

活菴曰 僕涉海, 未見溫寬雄莊如公人. 公之卓量非凡, 可賀可賀. 館中惟僕與松公, 知公之雄才, 栖中忙鬧, 不得從容穩話. 庶物類纂之名品, 不能蒙一二之教誨, 此方生涯之悵鬱.

良峯曰 夜來平安, 欣歡多多. 還期隔宵[3], 修裝擾擾. 雖然數般之大禮盛典無碍滯, 可賀可賀.

矩軒曰 歸期隔宵, 心竊踴躍, 而所關情交幾箇詩, 明便生死生之別耳.

良峯曰 連日來拜, 今日將告別. 再會無期, 痛惜何勝矣? 向日奉托, 庶物類纂之高序, 公許之, 以還駕之前. 若今日有小暇, 而被脫稿, 則僕令館吏, 禁防來客. 如何?

矩軒曰 庶物類纂序, 非不留意, 而日日有諸君子所舊撓, 迄無其暇. 路中若有暇日, 當構思以呈耳. 萬里治行, 事事紛忙.

良峯曰 類纂高序, 館中無暇, 路中可被勞賢案之示教. 歡抃. 若至于浪華之間竣功, 則附栫溪, 速傳到于東都耳.

又曰 以類纂之序托公事, 昨告之官. 此書官庫之藏物也. 故有撫勞士之 鈞命, 賜二色絹於僕, 卽以仰呈之耳.

3 원문에는 '霄'이지만, '宵'의 오기(誤記)이므로 바로잡았음.

矩軒曰 所惠兩色珍苞, 出於 太大君眷倉, 不敢不受, 而私心之不安甚矣.

良峯曰 鄙製之麤絹, 謝意過甚. 何有不安之理哉?

矩軒曰 余觀趙松齋之序文, 逸逸備悉, 且其文典, 全可質百代. 何必更勞鄙作耶? 然更欲得不腆之文, 則敢不奉敎耶?

良峯曰 弊邦之俗選書, 以明哲之序文, 許多爲榮. 雖僅僅小冊子, 或有三五章之序. 類纂全計一千五十餘卷. 故有諸君之序, 況公之一言, 冠之卷首, 則萬代傳信, 何加之耶?

矩軒曰 今日治裝甚忙, 路中構草, 當付柟溪.

良峯曰 類纂之自序及凡例, 今日亦袖裏來, 公又電覽之, 而記其梗概, 而爲構草之一助, 則如何?

矩軒曰 自序凡例, 旣被袖來, 則當受去, 以爲構思時一助耳.

良峯曰 此書官本也. 欲寫自序及凡例而呈之, 雖然發期隔宵[4], 難竣功, 如何?

矩軒曰 今抄寫樞要, 而足耳, 莫勞意.

4 원문에는 '霄'이지만, '宵'의 오기(誤記)이므로 바로잡았음.

良峯曰 前日所惠賜之書, 皆無華押, 令小童加之, 多幸.

矩軒曰 依教.

又曰 鼠毛筆 雙柄, 黃毛筆 雙柄, 墨子 一挺, 淸心元 三元, 蘇香元 三元, 玉樞丹 三挺, 仰呈之.

良峯曰 見惠數品之長物, 皆要用之奇品. 感佩多謝. 就中鼠毛筆, 未曾見之, 最精製也.

矩軒曰 弊邦多製筆, 鼠毛筆弟一等之好品也. 其他筆墨藥劑, 弊邦之鄙製也, 惟表章離亭之衷悃耳. 何有厚謝之理耶?

良峯曰 嚮奉呈野律一章, 當日以國忌之故, 無惠什. 今日若見惠高酬, 則幸最甚矣.

矩軒曰 貴詩入於亂草中, 請韻書示.

良峯曰 野詩, 用裳·方·光·香·岡韻.

《奉酬良峯惠韻》矩軒朴敬行拜稿

孤舟萬里耀冠裳, 宛在伊人水一方, 花筆他鄉能代話, 桂輪明日各分光, 氣凌蓬岳千層雪, 功在農鞭百種香, 別後回頭牛斗下, 東南體勢列長岡.

矩軒曰 此弊邦之藥果也. 請嚐.

良峯曰 珍果也. 氣味芳甛, 謂當補益脾胃也. 每見公, 屢屢嚐胡瓜, 此惟充果耳耶? 將有爲耶?

矩軒曰 僕嘗嗜飮, 聽說胡瓜解酒熱毒也. 故弊邦之俗, 嗜飮者, 好食此瓜耳.

又曰 庶物類纂, 古今名物之大典, 中原未曾聽有之, 而不觀其全功, 而歸爲深恨耳.

良峯曰 小人之錯愕, 不如君子之片言, 正和盤托出之杜撰也.

矩軒曰 一千餘卷中, 稻義公所撰幾許, 公所撰幾許? 品物總計幾數?

良峯曰 全員一千五十四卷中, 前編三百六十二卷, 品物一千百八十六種, 先師稻義輯錄也. 後編六百三十八卷, 增補五十四卷, 物類二千三百九十八種, 僕所編次也.

矩軒曰 如此大功業, 非惟人所能, 爲之天祐獲之也. 公之博學雄才, 天卽祐之也, 可賀可賀.

良峯曰 僕謏聞淺見, 荐蒙溢譽, 愧汗赧然. 此撰也, 事大而才拙, 實蚊力負泰山. 惟依順 台命而已.

《庶物類纂敍》

世界有四大事, 曰天文, 曰地理, 曰學, 曰醫. 天文昭載, 而精氣下鍾, 地理博育, 而滋液傍達. 人處其間, 仰觀俯察, 神而明之, 識其禽獸蟲魚草木土石之理氣, 以醫保其身, 以學治其心, 如斯而止耳. 余嘗謂本草·素問之書, 當與經傳竝列, 而扁鵲·倉公, 觀形診脈, 鍼炳湯液之功, 有補生民, 大有勝於漢唐諸儒箋註亂問之說也. 予少學醫, 不能得其妙解, 而亦知其大本之如此. 戊辰東渡海, 到 日本. 日本卽世所謂三神所在之地, 天文屬翼張之分, 山川明秀, 卉木瓊奇. 意必有異人逸志, 奇文秘書, 操賾天地之精華, 發揮神聖之功用. 故水陸五千里, 陰求其人, 傍問其書, 庶幾遇之, 而訖未能見, 今及到江戶, 得見稻義公所編, 及其門人丹羽公, 所增編增補庶物類纂. 其爲書, 釣深賾隱, 包羅鉅細, 向所謂昭載而下鍾, 博育而滋液. 草木禽獸蟲魚土石之品, 綱羅殆盡, 考據極密, 理之精, 用力之勤, 殆可謂導達乎素問·本草之源流, 不止爲類纂之書而已. 編帙浩穰, 雖未能卒業, 而觀其發凡起例, 悉載顚末[5], 亦可以識其書之極其博, 而極其精也. 稻義公師弟, 方可謂無愧於爲醫, 能識世界中四大事, 而庶乎神而醫之也. 余聞 日本經學, 專主漢唐之緒餘, 而多失經傳之本旨, 曾謂治心之學, 不如保身之業耶? 未可知也. 噫!

戊辰流月上浣[6]

朝鮮國大醫趙德祚

聖哉松齋謹序

5 원문에는 '未'이지만, '末'의 오기(誤記)이므로 바로잡았음.

6 원문에는 '院'이지만, '浣'의 오기(誤記)이므로 바로잡았음.

《奉呈朝鮮之學士矩軒公榻下啓》

大旆迅進，箱關大井之危嶮，不爲從僕之恙，當今投於浪華之館中，預知不日錦帆西動，歸客之抃躍情，可掬也. 嚮東都館中，忝接淸範，而祖筵之悵鬱于今不展，浮雲流水，空催高臺之泪，可遙想也. 東都齋中，所盟契庶物類纂高序，想已可脫稿也. 其地有上官某·小枝某者，携此小啓到館，使蘭庵·栴溪奉呈于座下焉. 序文回鱗，令兩士，附之上官·小枝，則速傳致于東都也. 遺懷萬萬，毫鋒何排? 伏望爲邦國，保佐雞林之聖業. 卒賦一絶，裁寸悃，惠臨榮感.

二國雄聲獨許君，意氣崢嶸涇渭分，館中連榻眞如夢，回首富峯惟白雲.

延享戊辰初秋上浣[7]

日東醫官丹正伯良峯拜

《奉呈朝鮮國之良醫活菴大醫松齋二公之榻下啓》

富山之夜月，鄕思幾回，琶湖之秋風，詩賦若于焉. 定知當今投于浪華之館中，可賀也. 嚮東都客館，卒承惠愛，口誦心銘，依然何弭? 祖筵自分殃，到今離恨無展. 別淚未乾，或望白雲之從容于關山，時觀錄水之流去于武江，方知鄕里日邇. 人歡馬嘶，須思廢館，風寂猿啼鶴怨矣. 東都催駕. 日. 所奉托于活公，庶物類纂之跋文，如盟契，到于浪華之間，須竣功也. 携此小啓，而使蘭庵·栴溪，奉呈案下者，其地之上官

7 원문에는 '院'이지만, '浣'의 오기(誤記)이므로 바로잡았음.

某·小枝某者也. 二生世從事于僕, 而最小心者也. 公之回鱗及跋文, 令蘭庵·栴溪附此二生, 則不日傳于東都, 迅落僕手. 積懷萬縷, 非楮毫所盡也. 唯望公等爲道自愛, 廣濟施用, 則東華之生民, 共全天受之性. 是亦爲仁道矣. 時有贐疊扇者, 題白詩, 讀焉有感, 卒次其韻附楮尾. 見惠瓊和, 頻展眷戀之愁眉. 惠臨榮感.

滄溟飛雁落平沙, 薄暮風聲入萬家, 山館水鄉明月夜, 知君夢裏在東華.

延享五戊辰年六月既望

日東東都醫官丹羽貞機良峯拜

《追啓》

大旆在東都館中, 屢訪金探玄叟, 而一無及惠愛之應對. 私謂依僕奉書呈詩, 意詞不恭, 而然乎? 仰翼公等, 傳鼠肝, 使叟恕多罪, 而惠賜雅愛之一章榮札[8].

《奉復良峯公座下》

此世界情世界也. 浮屠尙不有桑下, 況吾輩, 以各天萬里之人, 邂逅而逢, 俄頃而散, 行者居者之心一般, 與鳥戀枝, 而魚中釣矣. 意外赫

8 원문에는 '孔'이지만, '札'의 오기(誤記)이므로 바로잡았음.

蹄, 足以替樑自面目, 曾不料浪華城外, 又逢故人也. 三復披慰, 其喜可想. 況審炎熟起居, 對珍迪, 僕纔卸鞍馬, 將理舟楫, 前呈雖闊, 歸思可掬. 回望仙界, 供有沖悵, 萬萬非毫墨可旣, 只希自愛. 益究神藝, 普濟一域之性命. 以副遠望, 河公前忙未有愊, 懶困[9]傳布爲望. 不備.

戊辰初秋朝鮮國大醫松齋

《奉和良峯瓊韻》

滄洲韙路渺雲沙, 王事殊方不顧家, 筆下神鞭春色滿, 百篇青汗綴瑤華.

戊辰初秋上浣[10]松齋拜

《奉復良峯座下》

一接淸範, 尙今頻頻. 綠僕有疾, 未得更晤, 只見足下與活菴·松齋. 上下往復之說, 恨未能同, 其論難, 而仍成各天人矣. 卽奉紙尾之致意, 亦乞慰謝. 僕長路駄落僅到浪華, 從此活然乘海, 歸人之喜可想也. 此生悠悠, 無由再見, 只希珍重愼術, 而絶德普濟性命也. 語曰醫能貿人, 又曰醫者意也, 其言可畏, 而可愼. 夫以陳根腐草, 療得四百四病, 爭性命於毫釐分寸之間, 其意之所及, 苟不能得其妙, 則其害至于貿了許多人. 豈不惕然可念哉? 上古聖人, 自有指訣, 惟在後人神而明之, 能以私意, 穿鑿抹撥, 亦不可以錦力, 更張[11]紛亂, 欲所勝, 而卒歸于妄也.

9 원문에는 '悃'이지만, '困'의 오기(誤記)이므로 바로잡았음.

10 원문에는 '院'이지만, '浣'의 오기(誤記)이므로 바로잡았음.

素問之書, 非聖人, 莫能道得, 此宗出周秦間, 隱居聰靈之士, 記述其所聞者. 僕嘗積年劬工, 愈久而愈覺其深. 向聞貴國河公, 以運氣一之說, 至謂之全書, 俱出于王冰, 托名而贋作, 其爲言, 何其不深思量耶? 幸爲僕致意, 無作此意外反常之論. 使其流弊至于貿人之歸, 如何? 如何? 類纂敍, 兩趙公旣有言, 僕亦何必贅也? 雖無略貢愚見, 行期悤悤, 含意未遂, 歉[12]闕而已.

《奉和》

炎天鞍馬困塵沙, 夢落三山羽客家, 金鯉傳書多少意, 錦帆携返小中華.

戊辰孟秋上浣[13]探玄金德崙稿

趙敬老活菴, 到大坂城, 後連因客擾無片暇, 不能答良峯公書與詩. 跋文又不得搆呈, 勢固然矣, 非托辭也. 待對馬州府中休歇時, 起草跋文, 仰復下札, 計計. 當付於蘭菴栴溪二公, 使之傳達耳. 臨行忽忽, 略記事勢, 以告於栴溪耳.

此書, 活菴於浪華館中, 不得復詩與書, 跋文不竣功, 故書此, 以令栴溪, 傳上宮·小枝.

11 원문에는 '能'이지만, '張'의 오기(誤記)이므로 바로잡았음.

12 원문에는 '顅'이지만, '歉'의 오기(誤記)이므로 바로잡았음.

13 원문에는 '院'이지만, '浣'의 오기(誤記)이므로 바로잡았음.

【영인자료】

兩東筆語

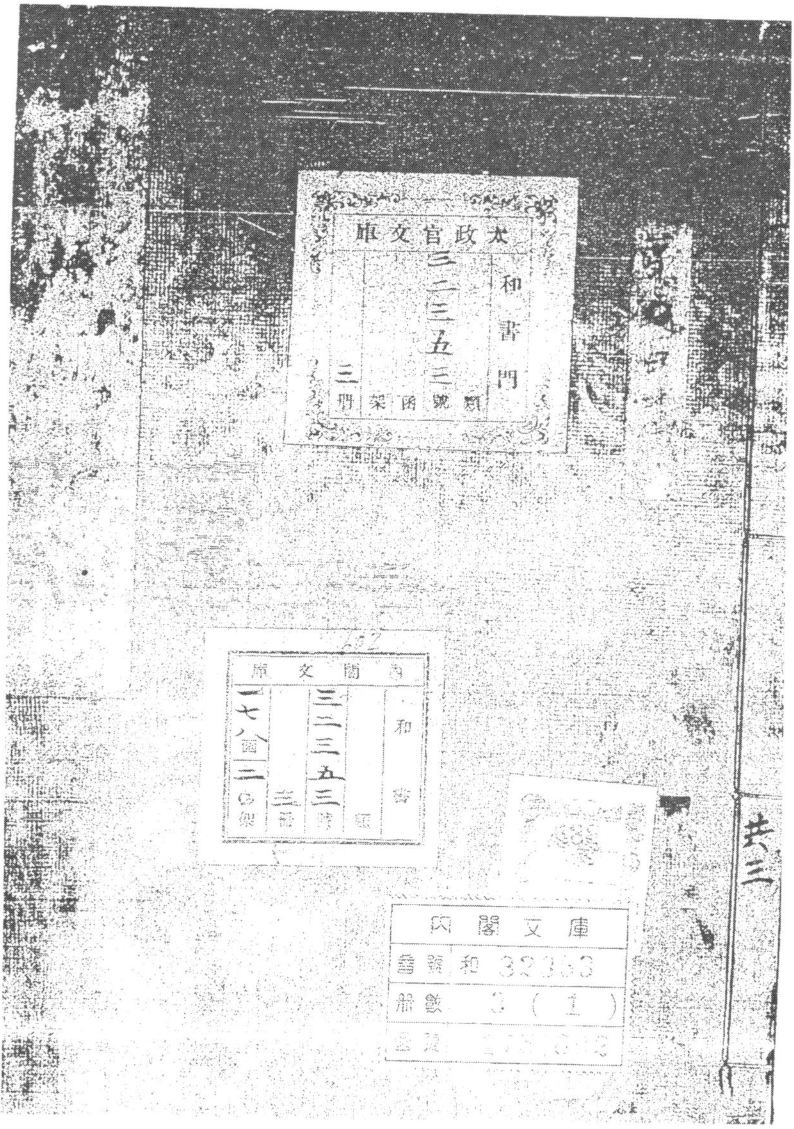
太政官文庫
和書門
三二三五三
類 號 函 架 冊
内閣文庫
和書
内閣文庫
番號 和 32353
冊數 3 (1)
共三

兩東筆語卷之一

戊辰六月五日

東都 醫官 丹羽負機

奉呈朝鮮國良醫活菴醫負松齋採玄三先生之案下 良峯

玉節向東都，水陸無阻，張旌執圭之盛儀，畢了。不堪抃躍。不佞，姓丹羽，名負機，字正伯，號良峯。東都之醫官也。不佞夙有志本草之學，遂欲尋究庶物之性狀。凡弊邦之山谷原隰，無不陟獵，兵壯時又

奉 台命致遐方避地之品物於東都之官園又
奉 教選次庶物類纂一千餘卷蓬蒿之末學檮
櫟之庸才其書比稗官小說尚慚愧唯應 君命
接佩意耳所載品類徵名稱於華籍試治驗於施
用如夫華產蠻種屢訊之清商外舶而勘按焉東
醫寶鑑輿地勝覽其他貴邦之諸書所載產物有
用其方名記之而難勘合之於華書和訓者先年
錄數品令對馬之官吏究問貴邦之藥材質正官
諭狀達此其名實可據者已載選書今別銘其未

詳者若干品勞高諭乞幸賜詳示感邀何堪

朝鮮國產物目次

蘇魚 兵魚 民魚

秀魚 真魚 好獨魚

錢魚 銀口魚 廣魚

魟魚 葦魚 綿魚

訥魚 錦鱗魚 文魚

細尾魚 黃小魚 玉頭魚

行魚 鱖魚 釘魚

寶閙魚 占察魚 麻魚

赤魚 雙足魚 瓜魚

無泰魚 臨淵水魚 松魚

大口魚 洪魚 海⿰月襄

古刀魚 回細蛤 土花

土三青 深中青

石花 絡締 獅子足艾

辛甘菜 笠草 弓幹木

鴨脚樹 白檀香 紫檀香

海東皮　烏竹　烏水精
青爛石　玉燈石　水爛石
黃角　青鼠　土豹
細毛　安息香　青角
土石輪花　古里麻　塔士麻

活菴曰公之書中有二醫貟之名松齋探玄二公使舌人請来如何

良峯曰蘭菴既使舌人傳二公今當臨席

松齋到曰、探玄有病不能来耳
活菴曰、承諭目次中、常食之物而不知其所産處者有之、或聞其名而不得見之者有之、或不聞不知者有之、卒難曉解也
良峯曰、兼穀貴邦各州之方物出所名稱形狀、倉卒悉曉解、是當爲難、目次中得一二之教諭亦可
活菴曰、暇時尋思窮究、然後可以領畧耳
又曰、勞問至此、良可感哉、教来藥性僕之平素昧昧者、恐無以仰答也、弊邦醫與採藥人各異、醫無自採

之之事故多不能知之誠爲可惜

良峯曰獘邦亦醫與採藥人各異然辨藥材之臧否眞贋醫門之要務也不詳其所產及形狀名謂而徵之於載籍則何以明辨其臧否眞贋哉故獘邦能學醫者無不有急名物之學者今所呈覽之目次悉貴邦之土產而輿地勝覽東醫寶鑑所載也有食品有藥材有觀物就中公等所識得物雖僅僅惠諭則多幸

又曰小童携晚饌来請公等迅喫飯了毋煩僕陪侍

活菴曰待客難以喫飯而旣蒙敎多感
良峯曰樹枝三品一俗名木柵一俗名柾一俗名縮
砂木也貴邦亦有之否名稱乞敎
松齋曰獘邦之法醫不知草木之名而八路自有採
藥人不得仰應高示恨類類
良峯曰草根二種一俗名小人參又名三枝五葉草
獘邦之產也一俗名小人參又名竹節參此中原之
產也貴邦亦有之否或曰中原之小人參者即參蘆
與參鬚也或曰一類而二種高明如何

活菴松齋共云彷彿人參蘆鬚而味亦甚似兵竹節參云云之說出於何書樊邦無竹節參

良峯曰竹節參之說見馮兆張本經逢玄形狀相符

活菴曰馮兆張未知其何許人也本經逢玄未知其何許書也請惠教

良峯曰清朝康熙之人也著錦囊秘錄治療之法方甚富附篇有本經逢玄羽翼神農本經而窮究藥材之形狀切應而多発明

活菴曰樊邦之倍都不知中原近世之書僕素檮才

兩學非不仰荅勞問而已却依教多所得慚愧慚愧

良峯曰此和産之朮也謂貴邦亦可産蒼白朮何乎

活菴曰是蒼朮

良峯曰貴邦別産白朮乎

活菴曰獘邦之白朮多用此蒼朮間有用白朮則用

中原者未聞獘邦産者

良峯曰海菜也方名採用乞諭

活菴松齊共曰獘邦俗名加土里爲凝菜夏月冷食

中原之名未知　貴邦爲何用惠細教

良峯曰樊邦俗名心太又名䕡海苔卽本草綱目所載之石花菜留青日札之瓊枝一物二名也向時所
皇目次中有石花凝同物也高明如何
活菴曰未知其果然否
良峯曰此蔽樊邦之赤小豆也或云中原之赤小豆異之兵貴邦之赤小豆同物否
又曰一種之菓樊邦俗名柚此其未熟而小者也至晩秋初冬黃熟大如拳氣味不可充菓食調而充菜食貴邦之名柚者同種否

活菴曰、赤小豆與弊邦同、但甚小耳、中原之物未知、
又曰、一種酷似枳實、而臭則異、不知爲何物、非柚子
實也
活菴曰、　貴國黃連産於何處
良峯曰、諸州産之、加賀州産者最爲上好
活菴曰、如熊爪者有之耶
良峯曰、有之、弊邦用鷹爪樣者、稱上好
活菴曰、熊字、卽鷹字之誤書也、公篋中有之、可得一
見否

良峯曰篋中之物皆剉散也他日携鷹爪様者來可
備覧
活菴曰草狀有數種耶否
良峯曰有古人所謂雉尾葉者菊葉者共一類也
活菴曰患諭多感
良峯曰陪侍者僕庶子也多年患腹痛施用數般未
全愈幸接懿範勞國手得一診多幸
活菴曰不難矣然清晨可以詳察明日朝使之枉臨
陋所如何

良峯曰惠許診察多謝然明旦有故適他他日令之
來謁耳
活菴松齋共云几上所在冊子可得見否
良峯曰僕所輯撰之書也向所奉呈之小啓中所謂
庶物類纂是也一經電覽則多幸
活菴松齋共云見此一書公之用心可謂勤且篤矣
其有切於醫門者不必為之奉賀
良峯曰褒奬過當赧然汗下盖今日携此書也一經
電覽而惠賜公等之咢言叙卑選之梗槪則取萬世

之信感佩何極

活菴松齋共云僕等之小才豈能妄序其首乎不能受教

良峯曰大姉解纜之前芳聲先到會期屈指而需渴慕久之強乞毋固辞

活菴松齋共云文詞拙澁恐無以稱揚其萬一以是爲惧耳

良峯曰千萬強乞公等毋辞在舘中得少暇時選一言而便蘭菴傳之於僕則生涯之歡躍何如之乞雅

愛

松齋曰、公不顧僕等之文拙才踈、旣如是強求、豈不能慭祝哉、恭復明敎耳、此冊全部送于鄙栖如何

良峯曰、辱蒙許諾、鴻幸不可言、此書今所携非全部也、全部摠計一千五十四卷也、今所呈覽者某部各一帙及序凡例耳、留書於舘中事、方與蘭菴議而後依敎耳

松齋曰、雖非全帙、數卷惠送、以爲考覽後作序文之地如何

良峯曰承再諭蘭菴當今到席與議而致之於榻下又曰留書於館中之事雖當應長者之命然此書者官本也今日先携帰而以事件告于官而後他日復携來而閣之高齋耳

柗齋曰稻義公姓名誰也而在世否

良峯曰稻義者僕先師也北濬之大守加賀州古參議之書記官也而兼醫事姓稻名義字彰信號若水辛夘信使之時會于貴邦之諸君子議問唱酬自稱白雪散人者即稻義也三十有餘年前卒于西京蓋

今此書前編後編增補總計一千五十四卷就中前
編三百六十二卷稻義奉加賀侯之命而所撰輯也
後編六百三十八卷及增補五十四卷僕奉　台教
而選次之
松齋曰此書雖覽未數丈公之功不下禹帝其術之
精亦不減黃岐可賀其勤勞精微之意耳
良峯曰稗官之撰蒙泰山之聲譽愧汗
又曰所奉呈之父子之野詩仰望二賢之高和
活菴曰僕與松齋當以蕪詞仰復而金探玄病不能

來耳

恭裁一律奉呈良醫活菴醫貞松齋探玄三先生

之案下　　良峯

廣德鳳毛東海傳接歡文物襲賓筵預知館舍彈長

鋏唯見雲山入短篇眞操泳涵自有術意風戴抱孰

疑玄武江白下群騷子把東鶴鑾慕葛仙

奉酬良峯公瓊韵　　活菴

一粒金丹海上傳東來就客對華筵少年袖裏多神

草長者篋中泣鬼篇五味頻嘗初說藥一書奉撰更

談玄扶桑咫尺三山近牧許老翁半是仙

奉和良峯公高韻　　　　　　　　　　松齋

蓬來眞境古鄕傳可喜淸香襲此筵醉中論交頻把手筆頭送語更吟篇篋中五味皆靈草架上一書亦玅玄相對風儀非俗客扶桑方覺有神仙

再卒次前韻奉呈活菴松齋之案下　　　　良峯

五千里外才名傳到所親人滿四筵函笈方儲川蜀藥刀圭何秘龍宮瀛消消潮水遠精舍洒洒凉風拂上玄錦纜浪平歸國日逮攀喬桂月中仙

疊前韻奉呈良峯几下　　活菴

遠客浮名海外傳、主人高標對花筵、靈丹每說神農藥、拙枝多慙岐伯篇、瓊作酬來言不襯、古經談處語多玄、歸期屈指無餘日、孤負三山彼我仙

松齋曰、與河公酬作、故不得仰酬佳什、明當次韻送呈爲計耳

良峯曰、明辛惠賜多感

恭奉呈活菴松齋二公之案下　　南江

錦帆遥到海天東、豈憶高筵此暫同、應是諸君傳秘

訣神丹曾貯絲囊中

奉酬南江瓊韻　浩菴

休道箕邦遠日東車文天下古今同相看一席談懷穪無隱三山在海中

奉和南江贈韻　松齋

去年隨節出関東可喜群賢此會同莫怪吾曾傳秘訣公丹自在類文中

再次前韻奉謝浩菴松齋二公之惠詞　南江

萬里乘槎日本東儕君絲筆復誰同莫言絕域無相

識傾蓋從容客舘中

疊韻奉呈南江公　　　　　　　　活菴

蒼茫一水海西東遠客相逢氣味同筆話尋常斜日下詩情多少雨聲中

疊韻奉呈南江公　　　　　　　　松齋

閑花飛落復西東今日乃知人亦同莫說離亭分斗苦浮生一夢水聲中

良峯曰天借良偶今日接二君子之清軌屢蒙明教幸感何窮尚當候舘中之少暇而來遺高聽乞毋格

今日將暮須辭退
活菴曰不圖辱接大人之紫眉感佩如再訪何幸加
之今以日暮不得從容可歎猶有後期以足白圭也

兩東筆語卷之二

戊辰六月七日

東都 醫官 丹羽貞機

對馬州之儒官枏溪曰今日有國忌之故而三使及諸官悉在大堂良醫活菴有小恙留栖中即與枏溪到于活菴之齋相揖

良峯曰屢煩高聽擾養真夜来寢食平安歡抃可賀

活菴曰今蒙再枉實爲幸夜来起居安吉可賀

良峯曰仰呈滴瓶一箇雖土出之粗工是亦文窓之

一物笑納則多幸矣一將呈松齋翁令聞在大堂退
栖而後公傳附之如何
活菴曰以文房所用之具見遺固難辭也而不安甚
矣松齋許當傳之而使舌人請之似好也
良峯曰松翁今有公事登于大堂在正使之側舌人
告後再令之請來
又曰昨序文之事件蒙許諾感佩向所齎之書者宦
本也故難備舒覽故抄自序及凡例中樞要一二條
而仰呈欲爲搆思之佐也早明催駕紛紜字躰不典

乞雅恕

活菴曰序文事其時松齋許之而僕以文拙辞矣今若更請則反有嫌於松齋似難奉副也

良峯曰素欲惠賜二公之高序而松翁先許諾公若以文不工謙而不許之則松翁亦却有嫌於公而辞之然則無所治僕之渇慕强乞垂雅愛

活菴曰松齋既有先諾公可堅請於松齋也

良峯曰應依教公亦毋固辞

活菴曰松齋若叙之僕又無可以更贅腐言也

良峯曰樊邦之偕著書以多序為榮凡五七冊小編猶有三四序況此書千有餘卷也且韓國良醫趙公之高序冠之首則榮耀何如

活菴曰向觀選述之大綱似廣爾雅之書體序文使學士書記官等裁之則似好如何

良峯曰如高教別欲需製述官之序文矣公今以其書似博覽宏才所撰次而固辭又以為書體廣雅之類也蓋書之大躰雖以爾雅說文發端多然神農本經及名醫別錄為之底礎者亦不為不多豈得不為

醫門之火補哉今賜序文而取信於萬世則蒼蠅托驥尾鵾鷄爲鳳鳴忘押賢之誚而千萬堅請

活菴曰公之雄辨毫鋒僕之疎才拙文未知辞狀所迯恭依教雖然惟恐華泰之高明不能揚其尺寸向見卷帙今奉見此叙可知公用心之勤且篤非常人之所可得以忖度也問公先師何州人有從第如公者幾人

良峯曰慈膽之愛稱愧汗沛然矣高序之一諾不知所申謝悰將令此書萬世知師弟之寸悃鴻幸何如

之也師稻義者弊邦北藩之列侯加賀能登越中三州之大守古參議之書記官也少時好學及壯有大志然不幸而不見遇學術無施功之地遂欲識庶物之性情而令各得其所蓋以人更物其意如陳平之肉焉凡遊其門者多得知庶物之名義而不知其志之有所托矣其徒講經屬文賦詩善書者許多皆非僕所能及而識其隱志者齋藤玄哲者與僕而已也玄哲頃日病死於西京僕亦既老矣唯恐子弟不能踵其業故強勞大人之椽筆而欲為萬世之傳信也

憐肝膽而勞歐冶妙手則實希世之鴻幸也

良峯曰此扇面乞勞玉臂而写羈中之瓊韻

活菴曰僕不善筆恐汚扇面也

良峯曰公之筆力雄渾字躰雅廉牧猶奇觀

又曰扇面裝金玉感佩感佩

活菴曰僕本不書重違公請勉強写之可愧

良峯曰童子備饌囓了似好

活菴曰依教

活菴曰宮田全澤公知之乎

良峯曰、未知之
活菴曰、此書冊主非太醫院中官乎
良峯曰、非醫官、疑列侯之侍醫乎、未詳其細
活菴曰、此即弊邦之藥果、公試嘗之
良峯曰、珍果也、氣味尤甘芳、本名方名如何
活菴曰、其名即藥果也
良峯曰用何等之數味調製乎
活菴曰、糯米末、真麥末、綠豆末、真荏子末和蜜造成
者也

良峯曰、好果也、今添一塊被惠則袖去爲家榮、

又曰、今公所弄觀者鍾乳乎

活菴曰、然弊邦甚稀重、篋中已空、頃日尋索而無好品、 貴邦亦布否

良峯曰、弊邦所所金銀銅坑中有之、如蟬翅者、爪甲者、鵞管者、殷孽孔公孽皆有就中如蟬翅鵞翎者殆希矣、僕家嘗藏如鵞管者爲明日袖來備覽耳

活菴曰、若袖來則何幸加

良峯曰、嘗聞遼東之鳳凰城、距貴邦之義州不甚相

遠幾許里程
活菴曰義州北距鳳城爲一千里
良峯曰聞鳳城之北有瀋陽江江北三百余里康熙
帝先瑩之地也然否
活菴曰皇帝廟在瀋陽北三百里外云而不知其某
處耳
良峯曰聞皇廟之近隣深山中生蔓生人參公嘗聞
之否
活菴曰北人云人參多見之然安知其必生於瀋江

之境耶
良峯曰諸本草所載人參皆一莖直上之草也生彼瀋陽江外者蔓生者也公嘗知有蔓生參否
活菴曰蔓生參如何
良峯曰僕私謂凡人參之形狀唐宋已來諸本草皆依高麗人之人參譜之說悉爲三椏五葉之草此一莖直上之者也貴邦多所産亦此草也冦宗奭本草衍義陳嘉謨本草蒙筌之說特不膠固古註兵邇淸客有貿來于遼東參土木參者而與三枝五葉之草

逈異其狀蔓延柔長有小枝枝頭各三葉葉形似連錢草而軟微尖根頭多節有長毛根形畧如當帰秦艽輩而粗大長七八寸條根多岐稱京參者一根重一两一錢八分色黃白輕脆稱土木參者一根重一两九錢六分色紫黑帶紅堅實氣味渾厚有餘味勝于朝鮮上品者遠矣僕於此有疑惑多年苦思痛察群籍有預人參之事件者則交互演擇而摟索之畧得其梗概矣私按人參凡三種古來說本草者多不詳也一古稱上黨參者遼東亦有之故又謂之遼東

參而非今清人所謂上黨參也盖稱遼東參者有二種今出潞州稱上黨參者下品也古稱上黨者即蔓生柔莖條根多岐多鬚毛者也此至上品也一稱遼東及新羅百濟高麗朝鮮參者也是一莖直上三椏五葉直根者而其品亞上黨又今肆中稱小人參者是亦一莖直上三椏五葉根多横生舊根作臼間有直根共多鬚是最下品也其他雖有虛實大小好悪之異皆系土地風氣之旺否非別種兵人參善産于陰寒之地而北瀋邊伐之深山幽谷多有之故中原

人惟見其乾根而不目擊其生苗古高麗人著人參讚詳紀三椏五葉之華實根形此解一出注者皆詢其說而不知古之上黨上品之參非此參盖三椏五葉之參亦產上黨遼東而爲名產故遂混淆不分而諸本草中特衍義蒙筌說爲近冦奭曰人參今之用者皆河北榷場愽易到盡是高麗所出率虛軟味薄不若潞州上黨者味厚體實用之有據土人得一窠則置於板上以色茸纏繫根頗纖長不與榷場者相類根下垂有及一尺餘者或十岐者其價與銀等稱

爲難得是上黨上品之者而柔莖條根也嘉謨曰種
類略殊形色弗一紫團參紫大稍匾出潞州紫團山
又曰黄參生遼東上黨黄潤有鬚稍纖長是亦上黨
參也雖穫頌時珍博厷因不目擊於柔莖條根之生
草惟折衷古説而爲解而已懸命之神草終不傳信
於後世當歎之甚也管見如斯高明如何
活菴曰弊邦所所人參多產然無説有種類者僕亦
未聞其説陋學淺見不知所仰酬到此甚慚愧公之
勞心於藥物施功於醫門萬世之大幸可賀可賀

良峯曰公扇面題詩風調墨痕非尋常所及感佩須爲家寶多謝

活菴曰僕自入日東以後初見公筆語筆力之勁捷也如僕蹇澁愧汗

良峯曰素不學文藻何當過奬與公筆語眞螢耀不恥龍燭耳

又曰未見學士書記今欲尋訪後復來謁

活菴曰如蒙再狂爲幸此冊使舍人傳于趙公松齋如何

良峯曰乞料之

到學士之栖中見學士書記官等

良峯曰前日到大堂令蘭菴乞接紫眉公時與林學士之門生有唱酬僕與良醫醫員為筆語日到晡公之唱酬尚未了空手退去了今日承謦咳感邀多多

矩軒曰前時令然以不知竟失良晤何忙如之

良峯曰辱教聞公今日事務千般不顧倦勞而瀆高聽不敬多罪乞恕

奉呈製述矩軒先生書記濟菴醉雪海皐三先生

之案下啓　　　　　　　　　　　　　　良峯

星軺遥來春瘴夏湿不為從者恙繡旆弭于東都

威儀英風朝野共瞻望昇平之盛典實不勝愉慶

僕姓丹羽名負機字正伯號良峯少游學西京今

為東都之醫官嘗修經餘暇有志飛潜動植之學

從事稲若水者壯時旣奉巡視品物之　台命陟

獵歷國十有餘年四方究海又奉質正藥材之

教覈邦之土産及清商蠻船貿來而我三都州郡

所通行之藥物徵氣味形狀於華書試功力減否

於刀圭眞贋辨白而訂定邦域之名稱又奉
台命選次庶物類纂後編六百三十八卷而續先
師若水前編三百六十二卷而全一千卷之數葢
以先師發端日有一千卷之素願也再奉　命選
增補五十四卷遍稍脱稿其所由綱領詳自叙凡
例矣僕譾劣蕪陋大羞仲崔取恥貽誚不爲不多
赧然汗下唯應　台教接師志而已辛卯信使之
時先師若水請李製述序之載在首卷然若水切
不充半不幸而下逝故東郭之序與今之全書不

相連亘讀者不可不誦今復僕接清範是以賟得
四公之吐鳳而取信于萬世故前後增補之三篇
中各一函及序凡例一函携来捧座右要嚴覽盖
玉節解纜之前對府之騷人先傳美聲渴望之久
又聞瓊轅向西期在近預知行色忽忙雖義不須
強勞諸君然晨參逢對溟渤遠間今天偶借良緣
接芳筵幸荷鴻慈而各賜鼎呂之一言叙此書之
梗概則蹇驢添驥骨病無附鳳翼加之郭子著序
也若水能始也僕茲切也皆彰彰焉而此書之盛

癡實托公等之維持速辱垂盼感佩何極昭亮不
悉

奉呈矩軒先生之案下　良峯拜

西洋杳到芙蓉裳便旆悠悠天一方浪穩総江分物
色月明甲嶺慕餘光絲毫堪作雄風賦錦纜遥傳大
國香文藻英姿何所似虬龍錯落萬松岡

矩軒曰蒙悉問毋心華作之貺深至深至弟方以便
事有故三使相皆移須一行方顒俟結末閑謾酬応
義有不可晤面今日有許多文士有皆不得有和貴

篇亦無以奉酬盛意此待事完當和上而庶物類纂序文亦圖條搆思而日日如是擾洞是可圖

良峯曰序文之事館中得少暇時被勞華毫則多幸

矩軒曰序文當留意耳

良峯曰此書卷數許多不能悉携而備覽故今日草屬一卷序凡例一卷齎來耳爲見其梗概則多幸

矩軒曰此冊已觀其凡例若有條則當搆序以呈元冊留之則忙擾中恐有汚失之慮得以還呈耳

良峯曰辱承再教高序選了乞附蘭菴焉他日又來

當伺雅候勝祐

矩軒曰依敎再惠臨鄙栖之榮何加

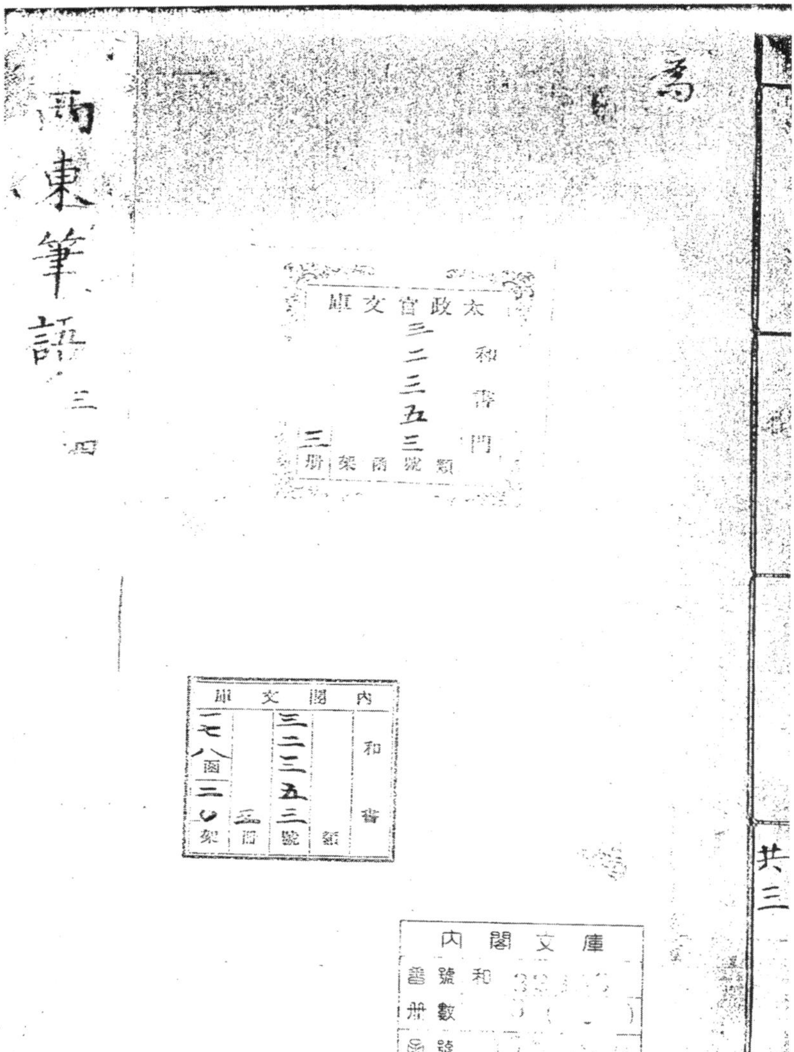
兩東筆語 三 四
為
太政官文庫
和書門
類
三二三五三
號
函
架
三
冊
內閣文庫
和書
類
三二三五三
號
冊
函
架
內閣文庫
書號 和
冊數
函號
共三

兩東筆語卷之三

戊辰六月九日

東都　醫官　丹羽貞機

良峯曰一日不侯震艮實如三秋今來榻下見休暢歡躍

活菴曰數次勞枉駕鄙栖之榮何如之頻拜佳勝可賀可賀

良峯曰昨所契之鍾乳黃連袖裏來仰呈案下被笑留多幸

活菴曰二藥皆稀罕之材見惠多荷

良峯曰除除尋索則尚有好品倉卒携來故不得上好遺念

又曰此甲類在弊邦東北之海濱俗名蛸舟貴邦亦有之否

活菴曰未嘗見

又曰鍾乳生於何處

良峯曰所所深山舊銅坑中有之大和州金峯最多

活菴曰聞　貴國用金銀如糞土云誠然乎

良峯曰聞萬國之中獘邦金銀多産爲雖然七寶之中最爲貴何得如糞土耶

又曰向所應對之志意見傳松齋叟否

活菴曰傳之於松公而稿待數日起草云矣然使舌人請之相對言及尤好

良峯曰今令舌人請之了

又曰今早覺冷誤着複今却苦暑席中脫襲失禮見恕

活菴曰天時不齊寒熱無常僕亦着緜屬絮 貴國

本如此乎抑因霖雨而然耶
良峯曰弊邦西京四時時候無違東都風候不齊寒暖難定因霖雨而尚添一等之冷聞貴國比他州最寒威嚴然否
活菴曰如諭寒氣最嚴夏暑不甚熱
又曰 貴國自西至東為幾里自南至北為幾里
良峯曰弊邦西東長凡七千餘里南北短凡四千餘里洲嶼屬島及深山藪澤不為城市村里而人跡難通者有若干里故說者皆云日東長五千餘里短三

千餘里
又曰昨承示教遼東之瀋江與鴨緑江地相併屬乎
活菴曰鴨緑之於遼東中間廣莫之地相去數百里摠無人居排柵以分
良峯曰公嘗到于中原乎
活菴曰未嘗到雖未及見可坐筭也
良峯曰僕前年到于肥前州長崎而與清客數日對話彼云遼東瀋江之深山中所採蔓生之人參苗根示僕焉根苗共異貴國之產前日僕所議之蔓生參

即是也蓋聞有中華之參與貴國之參異者乎

活菴曰行中無持來者中華之參與奬邦參大同小異而其莖葉則未嘗見之耳

良峯曰貴邦之俗姙婦有至五月着帶否

活菴曰着帶者何謂也

良峯曰奬邦之俗有胎五月用白布白絹束腹欲使胎不縵張而胎中之兒緊縮易產俗謂之着帶也

活菴曰胎不可束也使姙婦飮食有節起居有常自然順產矣

良峯曰古來護胎之方皆如高論而產寶機要載着帶之說且僕前年於長崎見華醫朱来章談及着帶来章曰今清朝之俗姙婦多着帶者有拘束之二帶一東縛之而不使縵張謂之束帶一拘束之不使墮垂謂之拘帶盖胎縵張則有碍起居動作墮垂則必水道不利腰脚浮腫二件共為出生之害也謂此說大為有益而弊邦之俗都鄙貴賤姙婦無不着帶者若有緩縵墮垂則子懸胎動之諸症易發乞公歸帆之后若有試之則將有一等之益乎

又曰獘邦學醫者有二流一謂之學醫一謂之方醫所謂學醫者主張素難運氣之說而講六氣五行之理專配之五臟六腑以藥性之功用及七方十劑之說爲之佐也其施治也尊信河間潔古東垣丹溪矣方醫者爲鼻祖金匱玉函傷寒論而從事千金外臺以對症之方劑應機爲治用素難運氣等之理爲之佐專宗仲景思邈王燾叔微亦林僕竊謂二流甞不可偏廢然所學有主客本末之異今假令將以高明辨之則孰是乞指教

活庵曰公之問目是醫門之大綱抱括于數語之中盡矣庸下之鄙生陋學非可爲蒼卒之仰荅事尋思然後可以荅之耳

良峯曰弊邦患骨蒸勞者許多公嘗可有虛實各經驗之捷方乞聞其畧

活庵曰此病亦難以數語而終又難以一二方通治如有問條僕當依次對之

良峯曰如諭此病非以數語而可辨然若傷寒之治方最多端而桂枝湯麻黃湯者能治風寒之表症大

小柴胡治半表半裏此其畧也到其仔細則千條百出誠不可以數語終也骨蒸亦然盖如逍遥散至寶湯降火湯清肺湯寧嗽湯青蒿膏大槪骨蒸之初世醫多用之僕未曾見其功効桂枝柴胡之對症用之而有如桴鼓之速應者故欲聞一二之捷方而依此而尋索其肓系耳

活菴曰論列問條然後可以荅之耳

良峯曰一男子二十五歲禀受壯實性質聰敏春末感一般之風邪邪去而咳不止痰唾血線心胸滿悶

悶背膊時疼四肢無力煩熱多卧少起卧不得熟睡少睡與鬼交遺泄白濁膚燥髮乾每平旦精神尚好午後微熱五心煩熱夜盗汗脉左右細數無力施治之法方請教

活菴曰此全勞也雖初感風邪治不得其法熱畜于肺遂為勞然其人素滛欲過多命門之火熾盛外熱佐火消爍津液而成此病也以清凉之劑潤肺氣以補陰充腎水則相火自得平而病愈初清肺湯後加味逍遥散却勞散撰用終十全大補養榮湯可叅切

良峯曰公所指揮正古賢之法方也不可不依順而
獘邦少年之男婦此病甚夥初參蘓飮清肺湯加味
逍遙散滋陰至寶湯却勞散六味丸腎氣丸十全大
補養榮湯撰用十無一治矣雖諸症悉備然若脉未
到細數則前藥撰用加之崔子四花灸治則十有一
二之奏功者此愚所以需捷方也
又曰私按此症古人有傳尸之說蓋無傳尸之因者
右件之諸症用右件之法方可治之乎諸症雖一般
而有傳尸之固因者前件之法方難收功是症用雄

黃兔糞鼈甲川椒桑枝桃枝鬼臼輕粉青蒿之類施治則當得切乎又治髓竭四美圓之鼈甲混元丹之紫河車團魚散之團魚此等之法方用此之權衡古人闕一層之明教而後人不知指南之轅柄見惠再標則希世之幸慶也

活菴曰公之研精可感仰熟思尋索而奉荅清問耳

又曰　貴邦產柴胡黃芩否

良峯曰柴胡竹葉韮葉共產所所山原多有之黃芩本奬邦沒有近世傳致貴邦及唐山之種今繁植

活菴曰銀柴胡亦有之否

良峯曰柴胡以竹葉韮葉二種爲真銀柴胡北柴胡軟柴胡非別種以其所産之地名爲稱如軟柴胡者以柔軟名之又一種有梗根如木香狀者藥肆謂之銀柴胡誤矣疑李特珍所謂如蒿根强硬不堪使用者也公所問之銀柴胡不知何種

活菴曰蘹香　貴邦有之否

良峯曰多産

活菴曰大小蘹香共有之否

良峯曰、大小蘹香、八角茴香、獎邦共産

又曰、公之篋中秦芃五味子、可得覽耶

活菴曰秦芃不得搜出云耳

良峯曰他日可見耳、毋勞意、五味子氣味甚好品真名産也、

活菴曰袖裏去如何

良峯曰多謝多謝

又曰僕昔時到長崎、與華客多對、活今觀公之容貎言笑、都如唐山南京人、温潤謙讓真君子也

活菴曰僕不過庸下一腐紋公何過奬也

席上見矩軒唱酬卒奉呈南江公　活菴

少年錦袍出天才頻將詩篇向客来旅館深深陰雨裏如何不勸離別盃

席上奉和活菴公恵詞　南江

文筵喜見子雲才佳作幾回掃案来今日相逢情更切何堪別後獨含杯

再奉和南江公瓊詞　活菴

逢場酬唱見奇才揮洒瓊琚掃紙来一別海山千萬

里相思月下倒深盃

奉謝活菴見和男貞明韻　　良峯

寛裕好愛少年木、都下牛毛拂霧來、君是金剛山下、客地仙共嗜硫黃盃

南江曰、再和之瓊章、惠瀉此扇面、倍感激

活菴曰、如教

良峯曰、男南江猶詞瀆薰聽、再三見惠瓊酬、多謝

活菴曰、何謝之有、扇面誤書乞見恕

良峯曰、扇緣添字却增一箇之趣

又曰不顧公之倦厭強蒙教感佩多謝聞今日館中多大事將退去明日復候寢食

活菴曰如再訪實可感幸

良峯曰寢食起居清壯歡抃又來瀆高聽

矩軒曰高駕即早栖之榮多幸多幸

良峯曰公今所覽之鏡古雅之精製也鏡質用雲母否

矩軒曰水晶也

良峯曰此二種一甲類也一獸毛也貴邦亦有之乎

矩軒曰藥物之名目曾所未講試問之良醫可知之耳

奉呈製述官矩軒公濟庵公案下　南江

雞林諸彥并雄才奉使仙舟海外來相值更知歸與切鴻臚館裏婦容稀

奉和南江惠韻　矩軒

佳篇思見克家才暇日追陪杖屨來衣帶蓬岑烟雨氣禪樓同醉紫霞盃

奉和南江瓊韻　濟庵

瑤艸仙鄕吐鳳才、高樓曉帶雨聲來、殊方萍水遂成別、一朶榴花萬里杯、

席上卒奉和矩軒濟菴二公之惠詞 南江

詩場始見大夫才、此日締交相訪來、別後淸風明月夜、思君獨對濁醪杯、

疊次南江公韻 矩軒

芙蓉峯入筆頭才、雨後荷香冉冉來、萬里仙岑他夜月、也應長思別時盃、

良峯曰、堂頭多客難從容、暫到于良醫之齋中、後僕

來訪耳

矩軒曰、後復見枉駕多幸

松齋曰、昨雖聞枉臨之音、頻有餞不得遂顏達夜恨類矣、又蒙枉顧、多感多感、而昨日所托序文事元非難處之事、而歸日不遠而且慮紋紋不得仰副高托、尤不勝愧頻之慮有贐物尤為多感然受之萬萬不安故如是還呈、幸勿疑訝

良峯曰、昨来隣齋而需下臨及迫暮拜空榻歸遺念尚難休、今見震艮之清壯幸悃諭多感多感、向所仰

托之序文以歸期在邇及館中孔世不領心胸槽槽不知所爲實如洋中失針僕聞一諾千金僅以片言見憐惠方恭山之重既也强煩高聽多罪且昨土出之菲儀瀆高眥蒙不敬之罪不知所避
松齋曰數次相棒雖情同意合何事不能聽哉至於此物受之無名是以僕心不便安故如是還呈幸勿恠訝序文事從閑構草若計耳
良峯曰再諭感伏不須再勞高慮硯滴當袖裏歸也序文事見許諾抃躍何堪明日来俟案下今日館中

孔忽將辞去再訊乞毋闕
松齋曰如是云別心甚耿悵既蒙再訪之教只自掃
榻而已
良峯曰僕姓丹羽名負機字正伯號良峯東都之醫
官也
真狂曰僕朝鮮國龍門山玩義齋主人姓金名啓升
字君日別號真狂僕士人也副使行中隨來者新羅
王孫八代相之孫也
良峯曰前日於趙松齋栖中通姓氏良峯也向使童

子元恕請公之墨痕而賜竹軒之二字筆力雄勁非尋常所可企及曾聞公之書非止行中第一貴境邦國獨步也感佩多謝

眞狂曰前日小童請書倉卒雜書不知公之使彼請昨終日弄毫精神困乏難用心力今得過弊慚愧精神鎭安更應公需耳良醫醫員牧謂公之筆語辨白藥材精密博宏又輯廣物類纂之書宗日東之英士也不止爲萬世醫門之大功正方國之鴻寶也可賀

良峯曰奴馬載驥聲病燕添鳳鳴愧汗沛然矣他日

悠悠候閑寥而勞高手乞毋格

兩東筆語巻之四　戊辰六月十日

東都　醫官　丹羽貞機

良峯曰、夜來起居泰寧、歡抃多多、聞大旆還期不遠比日交情深至、預思別離之痛惜、一日不相見心胸不平、故不顧二公之厭塞、日日来接懿範、

浩菴曰、累次枉臨深切感倒、夜來平安可賀、

松齋曰、夜來動靜平安、僕每日多事、所托序文尚未完畢、明當送呈爲計耳、

良峯曰留舘之中日日當来候序文之事得少暇時隨意下毫乞毋勞髙慮

又曰烏犀圓若干字欲得公之墨痕而彫刻之字躰大小配列與此草一般乞勞髙手見惠賜幸甚

活菴曰如教耳

良峯曰字躰雄渾雅麗非凡感儌感儌長爲家珍而別後當對書如對人耳

又曰取酥之方可得聞耶

活菴曰槩邦之酥與中原有異以人乳用之別無他

酥未知貴邦以何物爲酥
良峯曰中原之酥牛乳也弊邦只用中原之酥貴邦
牛乳之别名如何
湉菴曰牛乳非真也
良峯曰古來中原之書酪酥醍醐乳腐之類凡用牛
馬羊驢之乳造之如飲膳正要臞仙神隱書共詳載
造法然未聞用人乳造之法亦雖人乳有仙人酒生
人血白硃砂等之隱名未知有酥之名人乳造酥之
法出何書耶乞見教諭

活菴曰、用人乳作酥之法是弊邦之古法也所載之書未諳

良峯曰、貴邦之東醫寶鑑醫林撮要中酥條辨牛馬羊驢之品不載人乳酥私疑人乳酥出于貴邦之俗方也

活菴曰、尋思而當仰荅耳

良峯曰、貴邦藥食用牛乳否

活菴曰、用人乳

良峯曰、公等坐皮何獸

活庵曰、黃犬也能去濕溫厚

又曰、嘗聽貴邦當歸上好産何州、有數種否

良峯曰、獘邦之當歸有上好、諸州產焉、近江州伊吹山、及大和州、山城州、產者勝于中原者、有蠶頭者、有馬尾者、盖山產之者雖形矮小、而氣味功力勝于藝植者、

活菴曰、聞貴邦之當歸地黃、採收時用大鍋爊過、乾晒之、然否

良峯曰、貪農姦商恐虫蛀、爲爭利收採時、用大鍋煮

之也別有不經鍋煑者名之生乾具眼之醫師皆用生乾凡如地黃犯鉄器樟腦和鹽肉茯苓交金蓮根木通充葡萄莖黃芪混百脉根狗橘爲枳實其他如此類不可枚計以活人之名有殺人之實故敝邦之俗將辨白藥物之真贋爲醫門之大關也

又曰探玄叟小恙逐日平安否

松齋曰踝腫方今膿矣

良峯曰羈中之病床當爲悵觖也預察思鄉之情切矣僕今纔小果來欲訪慰病床之窮勞公使小童傳

之如何矣果者佛手柑與柑也腫膿非所禁忌乎
松齋曰當知所教少俟待下人來
又曰吾旺京書来至云故先起可類
良峯曰兼教當暫退去于裁判局後又有少暇則再
拜
又曰聞鄉信至可賀可賀子弟親戚平安否
松齋曰子女雖安荆妻數類呻痛云悶憐
良峯曰萬里之閨情實可憐也他尚不堪聞之雖然
歸期甚迫可慰耳

松齋曰、見此應書後歸心百倍于前日、苦悶苦悶、
又曰、公素東都之產耶、
良峯曰、僕、東海道之中伊勢州之產也、
松齋曰、自幼来于東都耶、子弟親屬皆在于東都否、
公之博學才量離群、遊學於何處、從事於何人耶、
良峯曰、僕自幼遊學于西京、初從于春秋館松永昌
廸、修經、後留學于古義堂伊藤東涯之塾中多年、議
經之餘暇、學医於西三伯、又自若冠、有講窮名物之
志、常從稻若水、討論爾雅本草、採擇飛潛動植、而徵

之於群典及壯遊于東都業刀圭教諭子弟講名物之學時遇　欽明憐群生患民瘼之餘惠蓍及于醫藥之事鄙聲誤達　台聽遂擧醫官使僕選普救類方十二卷東選方十卷又續先師稻若水之遺意而選庶物類纂千五十四卷是即向所託高序之書也公憐僕多年之寸悃毋默止

又曰子女雖皆在家父母之墳墓尚在古鄕使家弟守焉去東都一千餘里雖同州方域之中然風華雪月時催古園之情矧令公在絕域而見家信知頻思

卿之情似可掬雖然還期在一二日之間可慰喜

活菴曰公非凡人當有神聖依托使之發不窮之大功業也可賀可賀態度雄渾入日東而後未見如公人昨與松公屢談公之美材

良峯曰荐蒙溢譽不勝慙悚公實聰明奇材也嘗所若思熟察之醫門之樞要見教示是真金玉之賜也

活菴曰陋學駑材何以應鳳鳴

良峯曰公何謙讓之甚耶公與僕雖有晨參異分之怨而無年揩別業之逆共議其所志之固有而欲冀

起死仁術之衰憫方今聞公之高論潤僕之渴望則鴻幸不可計乞毋固辞

活菴曰聖人之學格物窮理也醫門亦無異矣高明如何

良峯曰格物窮理百事悉然問今日學醫者先格何件之物窮何件之理乞再諭

活菴曰物無不格理無不窮一有不盡之則不可矣

良峯曰大學旣有本末終始之說醫道亦不可無本末終始之工夫乎

活菴曰明素難二經之理識五運六氣之節而後辨藥性之氣味審百病之情狀則本末不爽終始不戾醫事無加之

良峯曰僕多年有疑二經運氣爲醫門之鼻祖私謂河澗潔古東垣震亨之書皆主張二經運氣之說後世多從事此四賢而若仲景思邈王燾叔微之書多主張方劑病情而二經運氣之說爲之佐也後世學醫者於此两流有一步千里之差矣晋褚澄辨内經之書云秦漢方術子之譌書也據褚子之說則秦漢

之地名何有戴于黃帝之書耶斷而不當爲黃帝之書又劉張李朱之四賢有博厷之名聲何無明辨之槪而爲黃帝岐伯之書尊信之耶僕於此惑矣多年竊求陰訪而未得其人乞得公之指揮而欲排鄙胸之荆塞

活菴曰、公今教諭子弟以何書爲醫門之標的而使之講習耶、

良峯曰、僕教子弟者以仲景之傷寒論、金匱要畧爲標的、而千金外臺本事方得効方爲之羽翼素難運

氣者亦秦漢名醫之格言也於醫道大有龜鑑不可不講習然為之根礎則僕未信之

活菴曰仲景傷寒論專以二經之語為之本根又立其綱領以二經之說以症候方藥為目如此則仲景亦祖二經而書異旨同

良峯曰所見在之仲景之二書疑不全出仲景之手如辨脉法平脉法等之諸論悉晋王叔和所選次而六經之病狀特仲景之遺編也盖仲景之書遺編僅存而無全篇王叔和採擇其舊論尋繹其證候診脉

藥方用素難運氣之說相發明而撰次之而宋成無已為之註釋後又龐安常朱肱叔微韓祗和王寔之流亦更互開發然張經王傳往往反覆主客無分後世如呂復王履有此辨周恭医說會編載之盖叔和撰次之事今見傷寒論中傷寒例本文中有明證也其他傷寒論金匱要畧書中有積年之蠡測從容得為擬問則堅氷得春陽寒厨充大窂也今公還轅期迫生涯之遺恨也

浩菴曰肅兼教尊信仲景之遺編而不屑素難運氣

之說從事千古方而論劉張李朱之短弊邪之医門
古來無不仰奉素難運氣而追慕四大賢者僕所師
從者皆其人也今欲質高誼皆用二經運氣折衷焉
然見公所排棄者而卽僕所依托也不當以一二之
應對質正之惟恨生死之一別在邇向惠憐海客見
臨顧之日與松公謂公之意氣非凢人果聞議論離
群識量絶俗如僕等陋學淺知何堪咨議可愧可愧
良峯曰夜来平安歡抃多多昨来時案頭多客速退
往他晩鐘頻傳不得復揖聞說還期甚迫故来煩光

聽、
矩軒曰顧臨至再三深感深感
良峯曰今奉呈小詩者僕庻子也乞垂雅愛
矩軒曰意態聰敏可賀可賀
奉呈製述官矩軒公之案下　五城
絲翰錦脣吐玉津躍龍舞鳳是來新五千里外滄溟客咫尺相親方說眞
奉和五城韻　矩軒
歸期指點浪華津千里江山雨後新座上芝眉看仔

細他宵相憶夢非真

奉次五城贈韻　湉菴

翩翩高士語津津筆下題詩白日新拙扶多慚無所取公然對客道清真

奉和五城高韻　松齋

星槎萬里涉天津日域乾坤瑞色新旅館孤樽逈逸士半日相酬意更真

良峯曰向仰呈鄙詩時有國忌之故無高和少暇惠瓊酬感抃

矩軒曰、惠詩入於乱稿中、不得和呈、此被搜出、和呈耳、

良峯曰、此所呈野詩也、然今日亦多客迎察勞倦、夜来從容染毫可矣、

矩軒曰、蒙寬恕多感、連日鄙栖多客囂囂無休暇、心胸慒慒將發眩、如公寬仁閑雅、相唱酬共談邦國之風物、則大當排羈中之欝悶耳、

良峯曰、都下之少年預聞公之名聲、屈指待大旆之投館、以唱酬為口實、謂水陸驛館比比皆然、非壯雄

之毫鋒則不能任公平素之知見吐去不盡感甚感甚

又曰聞說貴邦山海城市之奇觀甚多矣自夫帝京到釜山間風光當慰覊情涉海而後弊邦之水陸無奇勝惟屈指可筭還期耳

矩軒曰不然日東之壯觀三都之城市百倍于所嘗聽謂雖漢唐之盛時亦當無加之其他東海西海兩道中州之美觀琵湖冨山之麗秀感賞何日歇

良峯曰聞貴邦咸鏡道之白頭山江原之金鋼山及

長安寺無比之靈勝也行中有二山之圖否若有之則惠覽如何、

矩軒曰没有遺恨

良峯曰貴邦平安之龍川義州最隣于中原之地去鳳城幾許里程、又自鳳城到于遼東之鎮衙凢幾許里程、

矩軒曰僕未到鳳城、彼方地理未聞其詳耳

良峯曰今得天授辱接懿筵而荷惠海涵卒摽呈積胸之疑惑一二、乞嚴正傳云孟夫子主張先聖之道、

而畧辨解仁義之名義漢魏隋唐之諸儒說愈多惑愈深矣至宋得二程朱夫子之明解理義詳悉而覆載之中論仁義者皆以爲準繩然同朝已有象山至明有王氏及諸子之異解而仁義之名義性情之理解不同曾聞貴邦之學脉固以程朱之說爲孔孟之道統信然否

矩軒曰聖人之道仁義之解四海中古今無加程朱之說若適有爲之異說者則此乃孔門之雖而已

良峯曰所諭程朱之學脉非貴邦尊崇之而弊邦亦

然聞聖人之道無他修己修人而已其學術收放心存誠也而詩書語孟之千言萬行皆其擴充也然無及格物窮理之工夫者僕於此有疑于程朱大學之解今幸陪侍懿範以質亮明若得一二之教誨感倒何堪

又曰今所禀格物窮理之論非旦夕可能言盡事光齋詞客多来方去他侍公之間寥而除除可受教耳

矩軒曰栖中擾擾難從容仰荅共應需他日之枉臨耳

良峯曰、夕暉沒西、當退去、聞明日大堂有大饗之禮、雖候光齋、而不能得垂聆、若明不得便、則再明當候寢食、

松齋曰、明日自然紛擾矣、幸望再再來臨、則其喜何言、

良峯曰、明早先來候動止、若有少暇、則乞接電眸、

松齋曰、若然、則明早當掃搨待之耳、

良峯曰、高序明早惠賜、多幸、

松齋曰、序文今夜掃案搆草耳、

活菴曰明雖有大禮若僕等尚有暇栖中却無紛擾若臨顧得從容接高談耳

良峯曰感佩明早必來可候勝祐耳

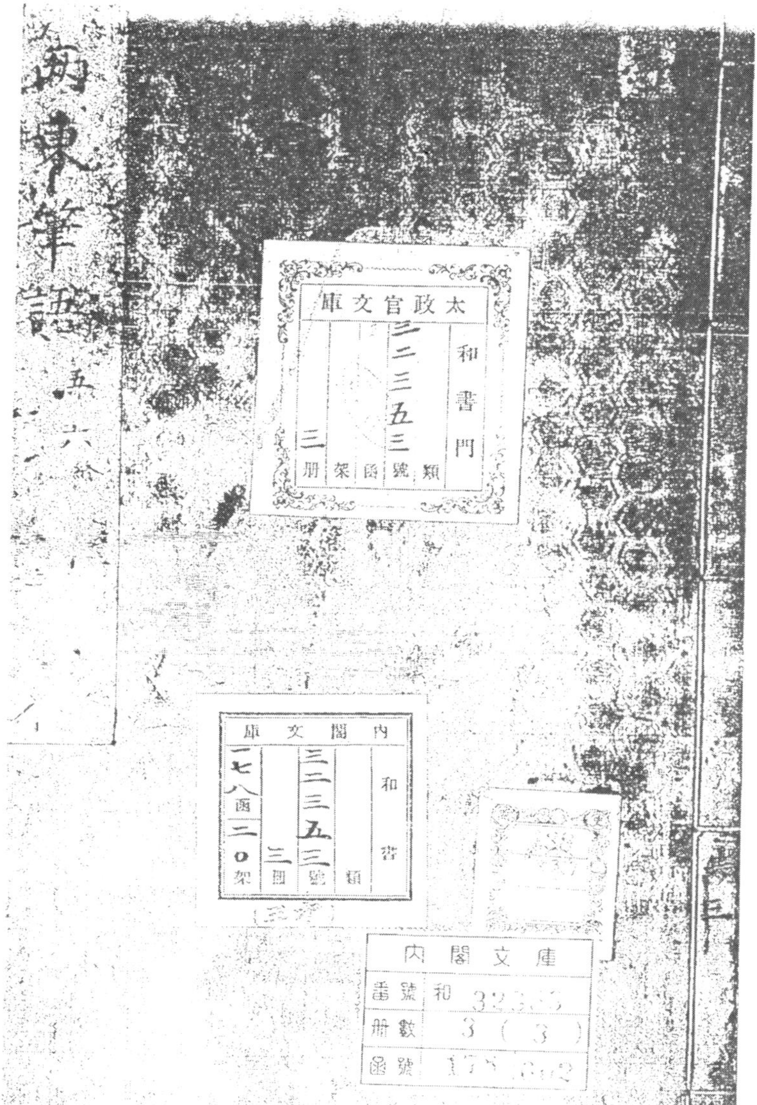
兩東筆語
太政官文庫
和書門
內閣文庫
番號 和
冊數
函號

兩東筆語卷之五

戊辰六月十一日

東都　醫官　丹羽貞機

松齋曰、夜來動靜若何、頻蒙顧問、感佩無已、僕之鄙文已就、雖拙作、元非善寫、故方欵請人書呈、爲計耳、

良峯曰、起居平安、歡抃多多、高序脫稿了、渴慕頓解抃躍、

松齋曰、精書後仰呈、爲計耳、

良峯曰、拜閱高序、旨意雄渾、文字淸雅、且褒聲甚過

當感謝不知所言也淨書何爲請他人耶乞公自寫了感佩百倍

松齋曰以短文荒辭過蒙大奬不勝愧慚既有刊布之心則以如此拙筆豈能取寫哉午後以善寫者完書使蘭菴送呈爲計

良峯曰童子供饌來公先畧了而後得爲緩談耳

松齋曰依恕教

又曰此冊製度甚佳故僕欲買取爲計而書價太重云

又曰公曾見此書耶
良峯曰明之龔雲林囬春也製度短小便收考價量何許
松齋曰僕有若干医書冊價取之心而在中之人終不入見是悶悶
良峯曰東都書賈甚多使蘭菴栟溪等招之則書賈可踵到耳
松齋曰非不知書賈之甚多而僕未啇收不敢汉問是悶悶

良峯曰公云画春價太重其價幾許

松齋曰此冊二巻價艮二两云耳

良峯曰物價不相背買取亦可矣還期若退一日則

齋來小冊之好本仰呈之

松齋曰歸期在邇少無賈求之心公念至此心頭不

便安處也幸勿煩勞

良峯曰今仰呈名刺田代某者僕門徒也比日願接

紫眉乞垂盻

浩菴曰公從丹羽公幾年學得何書

震澤曰、田代玄通、從良峯學醫討論本草十有餘年

活菴曰、年幾何、

震澤曰、辛卯之生、今三十八歲

活菴曰、良峯公門下、如君者有幾人、

震澤曰、如僕磊磊者不可舉數

奉呈良醫活菴案下、　震澤

夙聽博變抱生來無限相思更自催今日耳泉方可賦、即知君有子雲才、

奉次田代公贈韻　活菴

良峯高弟雨中來未問淵源別意催一見那知玄妙
理清篇獨許有奇才

見挹活菴韻仍次呈震澤案下　　松齋

乘槎萬里海中來旅館寥寥歸夢催忽見高人自外
至更應詩句又奇才

奉謝活菴松齋二公高韻　　震澤

錦韉隣好奉書來聞說崆峒生意催蘭寶清風如夢
裏下圯橋上慕秀才

奉次震澤韻　　活菴

館中終日幾人来揮筆題詩氣欲催多少凡庸何足道高門弟子最稱才

疊前韻　　松齋

細雨窻前有客来美談瓊句两相催可憐明日行軺書霞負江州又俊才

奉次二公惠愛震澤韻　　良峯

飛雁春秋往復来天涯離別涙頻催窻前細雨白雲裏檜杉似憐樗櫟才

良峯曰子弟鄙唫再三見惠瑶和多謝

活菴曰豈有多謝厚報之理哉雖然鄙詩意味麁薄可愧可愧

良峯曰公平日施治也古人名醫之中以何人之旨趣為適從乎方書用何書為依據乎

活菴曰醫道之旨趣不適從素難二經而可用何書乎方書不須限某書從其病而尋思耳

良峯曰素難二經醫之本源也不待論猶語孟之於儒而後世學爲者或以鄭氏之古註為是或以二程晦翁之說尊信之又或以象山及陽明為正解也醫

亦如此漢唐宋元明之名哲所撰之方書其所據寒
温補瀉或各不同也今公常所好以何書為左祖乎
活菴曰外感據仲景内症據東垣是古今之明教也
僕常從事耳公以何人書為善乎
良峯曰從事仲景之二書而羽翼之以千金外臺病
源本事方得効方局方之數書私謂凡天地之間有
以理可論者又有不可以理知之者醫事亦然後生
之諸賢論古今之方法也悉以理辨之愈辨愈混今
所標列之數書不然遍舉疾病之要訣直附經驗之

法方矣元明之諸醫多以理解方至難以理通明者牽合杜選也雖似書體連亘議論卓越而實其功不及古人甚遠故僕有疑于元明之諸醫

又曰僕自若冠讀本草于玆殆四十年凡藥物之氣味功効有可以理測之者有不可以理測者各種尚難而至配合數味而爲一方則其方之氣味溫涼不可悉以理知之也必矣高明如何

活菴曰聞貴邦無黃耆耳草惟用中原及獘邦之者然否

良峯曰不然古我延喜天曆之朝諸州每歲貢藥材駿河州貢富山之黃耆耳草爲名產其後貢竭諸州之藥林不爲採收時勢因革富山之黃耆耳草亦至無識之者我　太台君兼運之始繼絕起廢之餘惠旁及民瘼藥林各州新貢藥苗命僕撿富山之產物致黃耆耳草於東都迺來諸州又出之而今黃耆有三種耳草有二種

活菴曰富山黃耆耳草之外產藥材乎

良峯曰二藥及肉蓯蓉五味子柴胡外麻是富山之

名産也其他蒼朮防風遠志薄荷沙參羌活白芷牛膝威靈仙防已茯苓石膏石脂之類不可悉記

活菴曰藥材之外有國用之産乎

良峯曰南麓有牧馬西林出鷹雛東腰有大湖多産鯉鯽北溪四時常有氷雪雖盛夏時積雪丈餘四邊半腹皆合抱凌雲之松柏檜杉也

活菴曰曾聞貴邦有水晶山山全質皆水晶也乎或山中多産之耶地名何州

良峯曰弊邦産水晶諸所有之陸奥州有水晶山山

中多産水晶非全山皆水晶也就中近江州琵湖中有一嶼名竹生嶋俗傳古有女仙住焉名水晶山今猶山中水晶多偶有大塊明徹瑩耀異他産矣公向趣于東都發西京次于大津驛此驛即琵湖之南涯也湖面北跍二百餘里有竹生嶋爽晴之日自大津驛眺之雲烟之中見孤嶼此竹生嶋也還途試望焉

活菴曰依教

良峯曰一傾蓋比日侯案下意合志諧教示雖未研精探賾而交情一日深一日何言新知無断金耶若

有一日不自聽枕食之平安則神馳魄蕩今聞還期再明再會無期紅淚可染衣却思嚮不有盍簪之幸則今日可無斷腸之哀也前日請庶物類纂之高序公不頷矣此書也先師與僕蒐如五十餘年之居諸天偶與良緣接大人之懿範然大人無憐醯雞之心而不怨渴望僕丹心慒慒不知所爲也若或以已有松翁之序難諾則見惠賜後跋一章鄙選取信於萬世生涯之羨慕之足矣凌顏強求之罪雖最可懼然屢慕溫謙之德耳

良峯謂松齋曰今請類纂之後跋于洛公公亦說洛公使之許諾則恭喜何加

松齋曰雖百言請之亦有不難之事而洛菴多事與僕同意哉雖然從教強勸爲計耳

洛菴曰連日退隨眷戀之意出尋常萬萬僕於此不勝忻寫雲山一別無由更接懷事憧憧殆難喻也序文松齋已著松齋即僕也僕即松齋有何間隔也跋文之示因難爲辭而今未谷文字與疑目堆案苦無暇隙且歸期迫促萬無下手之路柰何惟望恕之也

行期若退數日則庚有何議耳

良峯曰生死之離別毫楮何盡其情秋風自今添一層之愁也西山月落時應類思公東嶺華開日須遥憐僕矣跋文之事辞以無少間知案頭之寫字谷疑堆如山加之俗客紛擾寔雖公之博量而勞悶尚可知也行期若退數烏則於館中惠賜歸期不緩則覊中少暇時著了附蘭菴稱溪二士則速落僕手覊中到浪華之間尚不得暇則趣對馬州舟中寫了附與二士亦可

活菴曰此則不難望以前日序文大旨見付然後可據以爲說矣

良峯曰前日之序文大旨向呈松翁松翁著序後無用公告松翁覽之則可乎

活菴曰松齋序文著後其冊固無用言於松齋使僕亦得見之也

良峯曰依教

良峯謂松齋曰與活公往復如公今所視向所呈覽之序凡例一冊公無用則乞見附活公

松齋曰僕已著文則公之叙文置之不關而若有活菴前受書之意則仍置無妨矣

良峯曰公賜序文之淨書時被係惠公自寫草幸甚

松齋曰當依教

良峯曰惠施精製之二品感佩多多別後相思時磨墨揮扇而慰窮情耳

活菴曰小物何謝之有聊以寓相別之情而已

良峯曰獘邦之小果仰呈榻下羃中佐茗芳則寸望足矣

活菴曰下惠珍果感謝不易果名何

良峯曰豈謝却增慚愧果者佛手柑及密柑藏以砂糖也

活菴曰如此珍物袖裏携来惠賜尤不勝多感多感

良峯曰今早出栖時紡雅子携歸公之書可授焉方可出門需僕還乞勞高臂

活菴曰依敎何勞之有

良峯曰聞貴邦京帝之傍有廣德地是亦畿内乎

松齋曰在京不遠之地耳

艮峯曰鴨綠紅兩岸相去幾許里數
松齋曰一千四百里之地也
艮峯曰義州亦京之近地乎
松齋曰鴨江在義州北門外
艮峯曰自義州涉鴨江到婆門府經松骨山下過開州城到鳳凰城又經鸞鳳站通遠浦之山道而到遼東鎭曾聞是自貴邦西南之邊堺入華原之正路也然否
松齋曰寔知諭公何以詳知弊邦邊境之地理乎

良峯曰僕曾讀輿地勝覽及歷代之府志粗識諸州地脉之大段耳

又曰義州以東昌城碧潼理山謂原等之地列于鴨江之南涯乎

松齋曰雖我邦域未知其詳曾聞如公諭

良峯曰江之北涯利山之麓基洞大夫橋怪洞馬郎等之地屬貴邦之邊境乎將屬遼東乎此內亦有市井城里乎

松齋曰僕未讀地理書惟聞昌城之北隔江有利山

耳其地之地名未知之公產于日東而暗我邊塓之地理博覽奇才非凡宜哉選古今莫大之戴籍而利于黎民之濟生不勝感伏

良峯曰過獎却慚愧僕曾聞鳳城之東北瀋陽之東南老鴉山平頂山產大根人參公有聞之哉

松齋曰未聞之

良峯曰探玄叟腫痛膿潰得少快乎

松齋曰夜間受針出膿痛楚少退矣

又曰見貴吐之熟地黃非熟乃乾也熟與乾其味各

不相同貴邦之肉桂亦獘邦之桂皮也其味亦異乞示之

良峯曰獘邦地黃有熟乾生之三品公所見之地黃不知何品也桂亦有皮肉心三品也盖具眼之人必辨白之麁工混淆不分別可歎哉

松齋曰所歷之路得見熟芐則非熟而指乾謂熟欲得肉桂亦屢屢得見則此亦非肉乃桂皮故言之耳

良峯曰地黃熟乾自明白雖庸醫姦商不得淆乱之疑傳公者之誤也所謂桂之枝肉心共皆系桂皮枝

者小細之枝皮肉者枝之厚脂者也心者去皮之肉外皮者也古人所謂肉桂非桂樹之肉桂厚皮之肉而多脂液者也故本草綱目桂條時珍曰桂此即肉桂也厚而辛烈去粗皮用其去內外皮者即為桂心是即桂皮中之心也心為皮中之心則肉何不為皮中之肉哉

良峯曰公等所坐之獸皮名何

松齋曰黃狗皮也

良峯曰貴邦之黃毛筆用何獸毛乎

松齋曰黃獱尾毛也
良峯曰獱之形狀如何
松齋曰狀如鼠而長大山林間有之而甚貴
良峯曰獘邦山林有名黃鼠者似鼠長大又似鼬鼠長尾好為人立拱即綱目之黃鼠一名拱鼠者也貴邦之獱為人立拱乎
松齋曰貴邦之黃鼠疑獱而獘邦之獱不聞人行也
良峯曰非為人行如人立而拱前脚
松齋曰未聞為如此狀

良峯曰僕多年有脚肢爪甲黃朽之疾屢醫之不愈頃日有一醫針甲際而出微血得少快雖欲請公察之而脚疾有不恭之罪

松齋曰以醫觀病何有難便之意哉頤一觀之幸勿推辭

又曰此是水土之所傷雖然此非大段之症豈可以針治哉公若欲治則以藥治之此肝受病而爪枯矣肝受病血則不及於爪甲故甲枯黃矣六味丸加蒼朮齊米泔水浸晒乾服則似好矣數三劑進服如何

良峯曰、僕亦以為乾血之症、比年服六味丸、然未加蒼朮、自今依敎

矣、

松齋曰、公之病、血少濕多之致、若加服蒼朮、則似好

良峯曰、針刺去惡血、則以瘀血去新血到而覺少快、

時用針刺無碍乎、

松齋曰、片時少快、後必大害矣、有時少快者、去其惡

血、故暫時乍快、後則加故耳

又曰、僕雖拙筆、已作別章、故欲書令胤之扇、幸勿恠

訝如見僕以爲相思時開見塗之如何

良峯曰扇面之瓊玉感佩多多別後花月思公時開扇嘯耳

又曰弟子震澤請公之扇面之書再勞高手

松齋曰令胤前詩不及和今詩就書扇筆鈍可愧豈可復濁他扇

良峯曰公性至謙讓也震澤類乞毋固辭

又曰漸迫暮將退去明日可候案下序文淨書今日令寫了明早被投惠則可矣

松齋曰如是紛擾故不得精書夕間精書明早朝當送呈矣歸期隔宵公明日若不枉臨則此別永作生死之別耶不勝耿耿痛惜耳

良峯曰再會無期別離削心彼此一般而僕謂以尋常眼觀世間則會離憂喜吉凶生死共爲尋常之苦樂矣以明眼觀世間則會離憂喜吉凶生死共爲世態之常事而無異望于浮雲飛鳥之去留釋氏之會者定離儒者之四海兄弟之意亦明眼中之一事乎高明如何

湉菴松齋共云公之識量非凡眞大丈夫也惟恨涎泳不日相別而已

良峯曰今見投惠良藥三種聞貴邦之名品也以爲刀圭之利器感激抃躍又五城震澤各蒙惠多幸多幸尙明早來拜

松齋曰獲承明朝鋭駕之音更爲欣忭只自掃榻待之而已數小藥丸何足乩毛謝之還切愧慚

良峯曰見與五城震澤之高和請題此扇面

又曰向乞診五城脉今日勞國手

活菴曰肺氣不足下焦虛冷尋思之

良峯曰常有腹痛臍兩傍有積上下鍼藥不應近通屢灸腎腧章門而得少暇施治用何方叅効見示教

活菴曰尋思明奉荅耳

良峯曰貴邦所用一盞幾重生姜一片之量幾重一貼重几錢兩

活菴曰一盞重七兩或六兩正傳半斤之數也生姜一片大畧二戔或一戔五分藥劑一貼七八錢或一兩隨病斟酌之耳

又曰、向有客惠詩詩中尚藥之文字是别号耶

良峯曰、不然是侍陪之醫官也

活菴曰、類纂不見全軸而歸不勝悵欝

良峯曰、全書卷貟許多不得令電覽僕亦遺念多多

若還車退一二日、則携来而奉覽夏日已没退去而

必期明早、

席上賦即事奉呈活菴松齋二公惜别　良峯

昨告傾蓋如水月、今聞祖帳唱陽關鴻臚館下錦鞍

動、君識除兒駐富山、

將歸次良峯公贈韻作別　　活菴

連日團圞意氣浮、樹雲相別西情關、長年秘訣今難得、無面歸看故國山、

奉和良峯高韻　　松齋

悠悠嗚咽無窮意、與子分襟更出關、況復仙翁不過去、歸時何必論三山、

两東筆語巻之六　戊辰六月十二日

東都　醫官　丹羽貞機

松齋曰公坐此非便故先爲入去公亦来臨弊館否

良峯曰待後来者而坐此後来者到則當共到于貴栖

松齋曰拒河公書簡何以則似好矣願公教之

良峯曰僕素知河子公之書簡携歸傳之河子如何

松齋曰僕之来此者欲使蘭菴傳致此書簡料外獲

覯清顔欣喜良深未知足下有何故而來坐此紛擾
之地耶河公不見而去心甚悵然河公前所去書簡
及别章在此矣未知足下今日內傳致得回復書否
良峯曰貴簡僕當傳河子然河子之第在都下之北
街弊舍在南江之東涯且僕在舘晩間可歸弊舍今
日內得爲往復甚難矣今方使蘭菴傳之似好
松齋曰此詩二丈與二卷冊自僕拒河公之物又二
丈簡即金公探玄之手作也一拒河公一拒南條之
物此一卷冊亦拒南條公被傳之幸甚明日未發行

之前惠荅之則是所望也若不能如期則請他日被
傳之
又曰南條疑問也僕每每如此紛擾故論疑病藥事
僕丁寧許諾矣因其多事尚未訖工不勝愧難此意
亦爲傳布千萬爲望耳
良峯曰依敎耳
又曰昨見惠高叙類纂本官本也故以惠高叙之事
告官即有　台命賜紅白熟絹二疋故僕又仰呈之
榻下耳

松齋曰貴物多惠不勝感佩又不覺羞恠之地

良峯曰麁惡之土苴何有多謝之理耶

松齋曰序文漸脫稿仰呈之文字拙陋不勝羞慚耳僕在豪騎舩中矣千萬意外火災衣服與篋中之物盡燒於鰐浦圖書等物亦為見燒故圖書不着以筆書之亦且善刋

良峯曰高叙拜覽舒卷數回意精文雄師弟數十年之寸悃依公之椽筆而彰之于萬世感佩忭躍何以紙毫可謝盡耶雖然前後褒奬過當愧汗漓漓矣鰐

浦之變既聞爲文房之典器亦系池奐之笑故今華押以筆圖書之却增一層之雅趣耳

松齋曰僕兒時小賦詩之工矣一自學醫業而後潛心方書少通醫業詩文已忘久矣既獲足下之强請未成說之二行文董董構草心不勝愧歎又蒙如是之襃稱不覺愧惶之地

良峯曰公雖久廢華雅之工案然議論本六經主意正三才全章渾雄非獨蒙類纂之襃獎議論篤實大益名教感邀多多

又曰昨見惠玉樞丹清心丸之主治貴境之東醫寶鑑醫林撮要等載之其他公當有常試施之而屢經驗者請細敎

松齋曰玉樞丹治闗隔卒中惡諸毒惡瘡蛇蝎蜈蚣之所咬處以涎調付甚妙

清心丸亦與元方無異無處不用此藥之製方最神治法考見風門元方又欲排設而其說甚多故不能記呈耳

良峯曰和劑局方中清心圓亦一般否

松齋曰和劑服法一般耳

良峯曰服之法同而藥方不同乎

松齋曰服法藥方一般耳

又曰冨岳之竒勝百倍于所嘗聽竒哉竒哉

良峯曰公等當謂冨岳雖竒而不若金剛然否

活菴松齋共胗

良峯曰昔年信使之時貴邦之騷士與弊邦之詩人屢争二山之勝而不止僕私謂是共不知其所為勝也蓋聞金剛一萬二千峯箇削白玉怪巖竒峯老楓

裴山谷是韓人所最奇而若富岳一峯屹然騰穹窿
四面玲瓏壓八州温潤含畜仁者所好是吾所最賞
也二岳之奇勝不同各為其國所賞而為異邦不所
崇而以此較彼是千年未了之論而所以不能為甲
乙矣非山特如此禮儀食品亦猶此矣夫若黄牛白
羊韓人膳羞是為珍之鱗介或為淡之若紅鬚金鯉
獘邦大饗最為貴而牛羊專為禁之矣韓人客到則
坐者必立獘邦客到則立者必坐是各所為禮不同
故也如此類不可舉數二山之雄劣亦猶如之高明

如何

活菴曰異域之好惡如此之事甚多高明敬伏

松齋曰此書即獘邦之名筆真狂觀心苦思而所書冊子也是以仰呈耳

良峯曰曾聞真狂名書此冊字躰雄麗而從横隨意為龍驤虎歩寔名筆也不易得之長物也公當秘藏耳

松齋曰此是名筆潜寂中覧之似好豈有面謝之禮哉

良峯曰、是名家筆跡、雖桓衮之褒蔑以加焉、不知所
謝、感佩感佩
又曰、活公栖中童子收行裝擾擾、請活公到此如何、
松齋曰、依教
良峯曰、向所電覧之庶物類纂官本也、昨以所許諾
孩文之事告之官、有 台命、賜紅白熟絹二疋於僕、
故僕又仰呈之榻下、菲薄之土出幸笑納
活菴曰、珍奇之賜、由来系 鈞命、不敢不領、奬私心
不安甚矣

良峯曰、謝意篤厚倍慚愧耳

活菴曰、因治行擾擾不能穩話、殊甚恨悵想以為許矣

良峯曰、雖知行裝紛冗然離恨難默止來煩高聽惟不覺惻然淚下、後會無期尤不勝悵觖、空望公等遐齡多福耳

席上卒賦一律呈活菴松齋二君　良峯

離別在明日、錦韉柵下行淚如細雨濕耳促秋風聲雲水無邊意物光許多情浮萍何日合歲月知難平

奉和良峯高韻　　松齋

樽前無限淚明曉別君行愁看殘花落厭聽細雨聲
風光唯水路杯酒總離情床上二重物心蓋自不平

奉和良峯公席上卒事之韻　　活菴

詩中催客淚句句聊玗行幽館闇花色離筵喧鳥聲
偶聽君子道乍耻遊士情陋拙托文字如何心不平

良峯曰序文之事寫了之日附托楠溪則達耳若到
于大坂之間發切則幸感多多

活菴曰序文之事僕何可忘也今將告別依依耿耿

良峯曰將別二君痛惜眞如刳腸然愚謂浮雲流水常有離合聚散人間亦猶此也生死離合非丈夫痛心思事矣二君還國日大志而建報國之大功而仁衆民是新望耳

又曰僕及壯有志大人之學而爲俗累所牽誤爲業醫又爲小人被退不入公門九年然常服膺一箇之誠心而不忘君恩爲死生榮辱無移其操行藏起卧無所不樂沆瀣日夜流歲霜且暮催鈍滯選延終到大人之志淬也老而遂遇志於白孔名物而同情

於陳平屠肉公等愛憐
活菴曰僕涉海未見温寬雄莊如公人公之阜量非
允可賀可賀館中惟僕與松公知公之雄才栖中忙
鬧不得從容穩話庶物類纂之名品不能蒙一二之
教誨此方生涯之悵觖
良峯曰夜来平安欣歡多多還期隔霄修裝擾擾雖
然數般之大禮盛典無碍滯可賀可賀
矩軒曰歸期隔宵心窃踴躍而所關情交幾箇詩明
便生死生之別耳

良峯曰連日来拜今日將告別再會無期痛惜何勝矣向日奉托庶物類纂之高序公許之以還駕之前若今日有小暇而被脫稿則僕令舘吏禁防来客如何

矩軒曰庶物類纂序非不留意而日日有諸君子所奮撓迄無其暇路中若有暇日當構思以呈耳萬里治行事事紛忙

良峯曰類纂高序舘中無暇路中可被勞賢案之示教歓抃若至于浪華之間遂叨則附楠溪速傳到干

東都耳
又曰以類纂之序托公事昨告之官此書官庫之藏
物也故有撫勞士之　鈞命賜二色綃於僕即以仰
呈之耳
矩軒曰所惠兩色珍苞出於　太大君眷倉不敢不
受而私心之不安甚矣
良峯曰鄙製之麁絹謝意過甚何有不安之理哉
矩軒曰余觀趙松齋之序文逸逸備悉且其文典全
可賀百代何必更勞鄙作耶然更欲得不腆之文則

良峯曰連日来拜今日將告別再會無期痛惜何勝矣向日奉托庶物類纂之高序公許之以還駕之前若今日有小暇而被脫稿則僕令館吏禁防来客如何

矩軒曰庶物類纂序非不留意而日日有諸君子所舊撓迄無其暇路中若有暇日當搆思以呈耳萬里治行事事紛忙

良峯曰類纂高序館中無暇路中可被勞賢案之示教歆抃若至于浪華之間竣功則附搆溪速傳到于

東都耳
又曰以類纂之序托公事告之官此書官庫之藏
物也故有撫勞士之　鈞命賜二色綃於僕即以仰
呈之耳
矩軒曰所惠兩色珍苞出於　太大君眷念不敢不
受而私心之不安甚矣
良峯曰鄙製之麁絹謝意過甚何有不安之理哉
矩軒曰余觀趙松齋之序文逸逸備悉且其文典全
可質百代何必更勞鄙作耶然更欲得不腆之文則

敢不奉教耶

良峯曰、槃邦之俗選書、以明哲之序文許多爲榮、雖僅僅小冊子、或有三五章之序、類纂全計一千五十餘卷、故有諸君之序、況公之一言冠之卷首、則萬代傳信何加之耶

矩軒曰、今日治裝甚忙、路中搆草當付搆溪

良峯曰、類纂之自序及凡例、今日亦袖裏來、公又電覽之而記其梗概、而爲搆草之一助、則如何

矩軒曰、自序凡例既被袖來、則當受去以爲搆思時

一助耳

良峯曰此書官本也欲寫自序及凡例而呈之雖然

發期隔霄難竣功如何

矩軒曰今抄寫樞要而足耳莫勞意

良峯曰前日所惠賜之書皆無華押令小童加之多

幸

矩軒曰依教

又曰鼠毛筆双柄黃毛筆双柄墨子一挺清心元三

元蘓香元三元玉樞丹三挺仰呈之

良峯曰見惠數品之長物皆要用之竒品感佩多謝就中鼠毛筆未曾見之最精製也

矩軒曰弊邦多製筆鼠毛筆弟一等之好品也其他筆墨藥劑弊邦之鄙製也惟表章離亭之衷悃耳何有厚謝之理耶

良峯曰謹奉呈野律一章當日以國忌之故無惠什今日若見惠高酬則幸最甚矣

矩軒曰貴詩入於乱草中請韻書示

良峯曰野詩用裳方光香岡韻

奉酬良峯惠韻　矩軒朴敬行幷稿

孤舟萬里躍冠裳宛在伊人水一方花筆他鄉能代話桂輪明日各分光氣凌蓬岳千層雪功在農鞭百種香別後回頭牛斗下東南體勢列長岡

矩軒曰此獘邦之藥果也請齧

良峯曰珍果也氣味芳甜謂當補益脾胃也每見公屢屢齧胡瓜此惟充果耳耶將有爲耶

矩軒曰僕嘗嗜飲聽說胡瓜解酒熱毒也故獘邦之俗嗜飲者好食此瓜耳

又曰庶物類纂古今名物之大典中原未曾聽有之而不觀其全功而歸爲深恨耳

良峯曰小人之錯愕不知君子之片言正和盤托出之杜撰也

矩軒曰一千餘卷中稻義公所撰幾許公所撰幾許品物總計幾數

良峯曰全負一千五十四卷中前編三百六十二卷品物一千百八十十六種先師稻義輯錄也後編六百三十八卷增補五十四卷物類二千三百九十八種

僕所編次也

矩軒曰如此大功業非惟人所能為之天祐獲之也

公之博學雄才天即祐之也可賀可賀

良峯曰僕謏聞淺見荐蒙溢譽愧汗赧然此撰也事

大而才拙實蚊力負泰山惟依傾　台令而已

庶物類纂叙

世界有四大事曰天文曰地理曰學曰醫天文昭載而精氣下鍾地理博育而滋液傍達人處其間仰觀俯察神而明之識其禽獸虫魚草木土石之理氣以醫保其身以學治其心知斯而止耳余嘗謂本草素問之書當與經傳並列而扁鵲倉公觀形診脉鍼炳湯液之功有補生民大有勝於漢唐諸儒箋註亂問之說也予少學醫不能得其妙解而亦知其大本之如此戊辰東渡海到

日本日本即世所謂三神所

在之地天文屬翼張之分山川明秀卉木瓌奇意必
有異人逸志奇文秘書操賾天地之精華發揮神聖
之功用故水陸五千里陰求其人傍問其書庶幾遇
之而訖未能見今及到江戶得見稻義公所編及其
門人丹羽公所增編增補庶物類纂其為書鉤深賾
隱包羅鉅細向所謂昭載而下鍾博育而滋液草木
禽獸蟲魚土石之品網羅殆盡考據極密理之精用
力之勤殆可謂導達乎素問本草之源流不止為類
纂之書而已編帙浩穰雖未能卒業而觀其發凡起

例悉載顚末亦可以識其書之極其博而極其精也稲義公師弟方可謂無愧於爲鑒能識世界中四大事而廣乎神而明之也余聞 日本經學專主漢唐之緒餘而多失經傳之本旨曾謂治心之學不知保身之業耶未可知也噫

戊辰流月上浣

朝鮮國大醫趙德祚

聖哉松齋謹序

奉呈朝鮮之學士矩軒公榻下啓
大旆迅進、箱關大井之危嶮、不爲從僕之恙、當今投
於浪華之舘中、預知不日錦帆西動、歸客之抃躍情
可掬也、嚮東都舘中忝接淸範、而祖筵之悵鬱、于今
不展、浮雲流水、空催高臺之泪、可遙想也、東都齋中
所盟契、庶物類纂高序、想已可脫稿也、其地有上宮
某小枝某者、携此小啓到舘、使蘭菴楠溪奉呈于座
下、爲序文圓鱗、令兩士附之上宮小枝、則速傳致于
東都也、遺懷萬萬、毫鋒何排、伏望爲邦國保佐雞林

之聖業卒賦一絶裁寸悃惠臨榮感
二國雄聲獨許君意氣崢嶸涇渭分舘中連揖眞如
夢回首冨峯惟白雲
延享戊辰初秋上院
日東醫官丹正伯良峯拜
奉呈朝鮮國之良醫活菴大醫松齋二公之榻下啓
冨山之夜月鄉思幾回琵湖之秋風詩賦若干爲定
知當今投于浪華之舘中可賀也嚮東都客舘卒承
惠愛口誦心銘依然何彌祖筵自分袂到今離恨無

展別淚未乾或望白雲之從容于關山時觀錄水之流去于武江方知鄉里日遞人歡馬嘶須思廢館風寂猿啼鶴怨矣東都催駕日所奉托于沽公庶物類纂之跋文如盟契到于浪華之間須竣功也携此小啓而使蘭庵楠溪奉呈案下者其地之上宮某小枝某者也二生世從事于僕而最小心者也公之回鱗及跋文令蘭庵楠溪附此二生則不日傳于東都迅落僕手積懷萬縷非楮毫所盡也唯望公等為道自愛廣濟施用則東華之生民共全天受之性是亦為

仁道矣時有曠疊扇者題白詩讀焉有感卒次其韻
附楮尾見惠瓊和頻展眷戀之愁眉惠臨榮感
滄溟飛雁落平沙薄暮風聲入萬家山館水鄉明月
夜知君夢裏在東華

延享五戊辰年六月旣望

日東東都醫官丹羽負機良峯拜

追啓

大㫼在東都館中屢訪金探玄叟而一無及惠愛之
應對私謂依僕奉書呈詩意詞不恭而然乎仰冀公

等傳鼠肝使傁恕多罪而惠賜雅愛之一章榮孔

奉復良峯公座下

此世界情世界也浮屠尚不有桑下況吾輩以各天萬里之人邂逅而逢俄頃而散行者居者之心一般與鳥戀枝而魚中鉤矣意外赫蹄足以替襟自面目曾不料浪華城外又逢故人也三復披慰其喜可想況審炎熱起居對珍迪僕纔卸鞍馬將理舟楫前程雖濶歸思可掬回望仙界供有沖悵萬萬非毫墨可

既只希自變益究神藝普濟一域之性命以副遠望

河公前忙未有偪懶悃傳布為望不備

戊辰初秋朝鮮國大醫松齋

奉和良峯瓊韻

滄洲歸路渺雲沙王事殊方不顧家筆下神鞭春色

滿百篇青汗綴瑤華

戊辰初秋上浣松齋拜

奉復良峯座下

一接清範尚今類類緣僕有疾未得更晤只見足下

與活菴松齋上下徃復之說恨未能同其論難而仍成各天人矣即奉紙尾之致意亦乞慰謝僕長路馱落僅到浪華從此浩然乘海歸人之喜可想也此生悠悠無由再見只希珍重愼術而絶德普濟性命也語曰醫能貿人又曰醫者意也其言可畏而可愼夫以陳根腐草療得四百四病爭性命於毫釐分寸之間其意之所及苟不能得其妙則其害至于貿了許多人豈不惕然可念哉上古聖人自有指訣惟在後人神而明之能以私意穿鑿抹撥亦不可以綿力更

能紛亂欲所勝而卒歸于妄也素問之書非聖人莫
能道得此宗出周秦間隱居聰靈之士記述其所聞
者僕嘗積年劬工愈久而愈覺其深向聞貴國河公
以運氣一之說至謂之全書俱出于王氷托名而贋
作其為言何其不深思量耶幸為僕致意無作此意
外反常之論使其流弊至于瞽人之歸如何如何
類纂敘兩趙公既有言僕亦何必贅也雖無畧貢愚
見行期忩忩含意未遂顰闕而已
奉和

炎天鞍馬困塵沙夢落三山羽客家金鯉傳書多少意錦帆携返小中華

戊辰孟秋上浣探玄金德崙稿

趙敬老活菴到大坂城後連因客擾無片暇不能答良峯公書與詩跋文又不得搆呈勢固然矣非託辭也待對馬州府中休歇時起草跋文仰復下札許許當付於蘭菴柟溪二公使之傳達耳臨行忽忽略記事勢以告於柟溪耳

此書活菴於浪華館中不得復詩與書跋文不逡
巡故書此以令楠溪傳上宮小技

【영인자료】

兩東筆語

여기서부터 영인본을 인쇄한 부분입니다. 이 부분부터 보시기 바랍니다.

조선후기 통신사 필담창화집 번역총서를 간행하면서

20세기 초까지 한자(漢字)는 동아시아 사회의 공동문자였다. 국경의 벽이 높아서 사신 외에는 국제적인 교류가 불가능했지만, 문자를 통한 교류는 활발했다. 중국에서 간행된 한문 전적이 이천년 동안 계속 한국과 일본을 비롯한 주변 나라에 전파되었으며, 사신의 수행원들은 상대방 나라의 말을 못해도 상대방 문인들에게 한시(漢詩)를 창화(唱和)하여 감정을 전달하거나 필담(筆談)을 하며 의사를 소통했다.

동아시아 삼국이 얽혀 싸웠던 임진왜란이 7년 만에 끝난 뒤, 조선에 군대를 파견하였던 중국과 일본은 각기 왕조와 정권이 바뀌었다. 중국에는 이민족인 청나라가 건국되고 일본에는 도쿠가와 막부가 세워졌다. 조선과 일본은 강화회담이 결실을 맺어 포로도 쇄환하고 장군이 계승할 때마다 통신사를 파견하여 외교를 회복했지만, 청나라와에도 막부는 끝내 외교를 회복하지 못하고 단절상태가 계속되었다. 일본은 조선을 통해서 대륙문화를 받아들일 수밖에 없었고, 그 방법 중 하나가 바로 통신사를 초청할 때 시인, 화가, 의원 등의 각 분야 전문가를 초청하는 것이었다.

오백 명 규모의 문화사절단 통신사

연암 박지원은 천재시인 이언진(李彦瑱, 1740~1766)이 11차 통신사 수행원으로 일본에 다녀온 지 2년 만에 세상을 뜨자, 이를 애석히 여겨 「우상전」을 지었다. 그 첫머리에 일본이 조선에 다양한 전문가들로 구성된 문화사절단을 파견해 달라고 요청한 사연이 실려 있다.

> 일본의 관백(關白)이 새로 정권을 잡자, 그는 저축을 늘리고 건물을 수리했으며, 선박을 손질하고 속국의 각 섬들에서 기재(奇才) · 검객(劍客) · 궤기(詭技) · 음교(淫巧) · 서화(書畵) · 여러 분야의 인물들을 샅샅이 긁어내어, 서울로 모아들여 훈련시키고 계획을 갖추었다. 그런 지 몇 달 뒤에야 우리나라에 사신을 파견해 달라고 요청하였는데, 마치 상국(上國)의 조명(詔命)을 기다리는 것처럼 공손하였다.
>
> 그러자 우리 조정에서는 문신 가운데 3품 이하를 골라 뽑아서 삼사(三使)를 갖추어 보냈다. 이들을 수행하는 사람들도 모두 말 잘하고 많이 아는 자들이었다. 천문 · 지리 · 산수 · 점술 · 의술 · 관상 · 무력으로부터 퉁소 잘 부는 사람, 술 잘 마시는 사람, 장기나 바둑 잘 두는 사람, 말을 잘 타거나 활을 잘 쏘는 사람에 이르기까지, 한 가지 기술로 나라 안에서 이름난 사람들은 모두 함께 따라가게 되었다. 그런데 이들 가운데서도 문장과 서화를 가장 중요하게 여기지 않을 수가 없었다. 왜냐하면 그들은 조선 사람의 작품 가운데 한 글자만 얻어도 양식을 싸지 않고 천 리 길을 갈 수 있기 때문이었다.

도쿠가와 이에하루(德川家治)가 쇼군을 계승하자 일본 각 분야의 대표적인 인물들을 에도로 불러들여 조선 사절단 맞을 준비를 시킨 뒤, "마치 상국의 조서를 기다리는 것처럼 공손하게" 조선에 통신사를 요청하였다. 중국과 공식적인 외교가 단절되었으므로, 대륙문화를 받아들이기 위해 조선을 상국같이 모신 것이다. 사무라이 국가 일본에는 과거제도가 없기 때문에 한문학을 직업삼아 평생 파고든 지식인들이 적어서, 일본인들은 조선 문인의 문장과 서화를 보물같이 여겼다.

조선에서도 국위를 선양하기 위해 여러 분야의 문화 전문가들을 선발하여 파견했는데, 『계림창화집(鷄林唱和集)』이 출판된 8차 통신사(1711년) 때에는 500명을 파견했다. 당시 쓰시마에서 에도까지 왕복하는 동안 일본인들이 숙소마다 찾아와 필담을 나누거나 한시를 주고받았는데, 필담집이나 창화집은 곧바로 출판되어 널리 읽혔다. 필담 창화에 참여한 일본 지식인은 대륙의 새로운 지식을 얻었을 뿐만 아니라, 일본 사회에서 전문가로서의 위상도 획득하였다.

8차 통신사 때에 출판된 필담 창화집은 현재 9종이 확인되었으며, 필담 창화에 참여한 일본 문인은 250여 명이나 된다. 이는 7차까지 출판된 필담 창화집을 모두 합한 것보다 훨씬 많은 수인데, 통신사 파견이 100년 가까이 되자 일본에서도 한문학 지식인 계층이 두터워졌음을 알 수 있다. 8차 통신사에 참여한 일행 가운데 2명은 기행문을 남겼는데, 부사 임수간(任守幹)이 기록한 『동사록(東槎錄)』이나 역관 김현문(金顯門)이 기록한 또 하나의 『동사록』이 조선에 돌아와 남에게 보여주기 위해 일방적으로 쓴 글이라면, 필담 창화집은 일본에서 조선과 일본의 지식인들이 마주앉아 함께 기록한 글이다. 그러기에 타인의 눈을 통해 자신의 모습을 객관적으로 볼 수 있다.

16권 16책의 방대한 분량으로 다양한 주제를 정리한 『계림창화집』

에도막부 초기의 일본 지식인은 주로 승려였기에, 당연히 승려들이 통신사를 접대하고, 필담에 참여하였다. 그 다음으로 유자(儒者)들이 있었는데, 로널드 토비는 이들을 조선의 유학자와 비교해 "일본의 유학자는 국가에 이용가치를 인정받은 일종의 전문 지식인에 지나지 않았다"고 규정하였다. 그 가운데 상당수는 의원이었으므로 흔히 유의(儒醫)라고 하는데, 한문으로 된 의서를 읽다보니 유학에도 관심을 가지게 된 것이다. 이노 작스이(稻生若水)가 물고기 한 마리를 가지고 제술관 이현과 서기 홍순연 일행을 찾아가서 필담을 나눈 기록이 『계림창화집』 권5에 실려 있다.

> 이 현 : 이 물고기는 우리나라의 송어입니다. 조령의 동남 지방에 많이 있어, 아주 귀하지는 않습니다.
>
> 홍순연 : 이 물고기는 우리나라의 농어와 매우 닮았습니다. 귀국에도 농어가 있는지 모르겠지만, 이것과 같지 않습니까? 농어가 아니라면 내가 아는 물고기가 아닙니다.
>
> 남성중 : 이 물고기는 우리나라 송어입니다. 연어와 성질이 같으나 몸집이 작으며, 우리나라 동해에서 납니다. 7~8월 사이에 바다에서 떼를 지어 강으로 올라가는데, 몸이 바위에 갈려 비늘이 다 떨어져 나가 죽기까지 하니 그 성질을 모르겠습니다.

그는 일본산 물고기의 습성을 자세히 설명하고 조선에도 있는지 물었지만, 조선 문인들은 이 방면의 전문가들이 아니어서 이름 정도나

추정했을 뿐이다. 홍순연은 농어라고 엉뚱하게 대답하기까지 하였다. 조선 문인이라면 모든 것을 알 수 있을 것이라고 기대했기에 생긴 결과인데, 아직 의학필담으로 분화되기 이전의 형태다. 이 필담 말미에 이노 작스이는 이런 기록을 덧붙여 마무리했다.

> 『동의보감』을 살펴보니 "송어는 성질이 태평하고 맛이 달며 독이 없다. 맛이 진기하고 살지다. 색은 붉으면서 선명하다. 소나무 마디 같아서 이름이 송어이다. 동북쪽 바다에서 난다"고 하였다. 지금 남성중의 대답에 『동의보감』의 설명을 참고하니, '鮏'은 송어와 같은 것이다. 그러나 '송어'라는 이름은 조선의 방언이지, 중화에서 부르는 이름이 아니다. 『팔민통지(八閩通志)』(줄임) 『해징현지(海澄縣志)』 등의 책에 모두 송어가 실려 있으나, 모습이 이것과 매우 다르다. 다른 종류인데, 이름이 같을 뿐이다.

기록에서 보듯, 이노 작스이는 다수의 의견에 따라 이 물고기를 '송어'라고 추정한 후, 비교적 자세한 남성중의 대답과 『동의보감』의 기록을 비교하여 '송어'로 결론 내렸다. 그런 뒤에 조선의 '송어'가 중국의 송어와 같은 것인지 확인하기 위해 중국의 여러 지방지를 조사한 후, '송어'는 정확한 명칭이 아니라 그저 조선의 방언인 것으로 결론지었다. 양의(良醫) 기두문(奇斗文)에게는 약초를 가지고 가서 필담을 시도하였다.

> 稻生若水 : 이 나뭇잎은 세 개의 뾰족한 끝이 있고 겨울에 시들지 않으며, 봄에 가느다란 꽃이 핍니다. 열매의 크기는 대두만하고, 모여서 둥글게 공처럼 되며, 생길 때는 파랗고, 익으면 자흑색이 됩니다. 나무

에 진액이 있어 엉기면 향이 나고, 색이 붉습니다. 이름은 선인장 나무입니다. (줄임)

기두문 : 이것이 진짜 백부자(白附子)입니다.

제술관이나 서기들이 경험에 의존해 대답한 것과 달리, 기두문은 의원이었으므로 자신의 지식을 바탕으로 확실하게 대답하였다. 구지현박사의 연구에 의하면 이노 작스이는 『서물류찬(庶物類纂)』이라는 박물지를 편찬하기 위해 방대한 자료를 수집·고증하고 있었는데, 문화 선진국 조선의 문인에게 서문을 부탁하여, 제술관 이현이 써 주었다. 1,054권이나 되는 일본 최대의 백과사전에 조선 문인이 서문을 써 주어 권위를 얻게 된 것이다.

출판사 주인이 상업적인 출판을 위해 직접 필담에 참여하다

초기의 필담 창화집은 일본의 시인, 유학자, 의원 등 전문 지식인이 번주(藩主)의 명령이나 자신의 정보욕, 명예욕에 따라 필담에 나선 결과물이지만, 『계림창화집』 16권 16책은 출판사 주인이 직접 전국 각 지역에서 발생한 필담 창화 원고들을 수집하여 출판한 것이다. 따라서 필담 창화 인원도 수십 명에 이르며, 많은 자본을 들여서 출판하였다. 막부(幕府)의 어용 서적을 공급하던 게이분칸(奎文館) 주인 세오겐베이(瀨尾源兵衛, 1691~1728)가 21세 청년의 몸으로 교토지역 필담에 참여해 『계림창화집』 권6을 편집하고, 다른 지역의 필담 창화 원고까지 모두 수집해 16권 16책을 출판했을 뿐 아니라, 여기에 빠진 원고들까지 수집해 『칠가창화집(七家唱和集)』 10권 10책을 출판하였다.

『칠가창화집』은 『계림창화속집』이라고도 불렸는데, 7차 사행 때의 최대 필담 창화집인 『화한창수집(和韓唱酬集)』 4권 7책의 갑절 규모에 해당한다. 규모가 이러하니 자본 또한 막대하게 소요되어, 고쇼모노도코로(御書物所)인 이즈모지 이즈미노조(出雲寺 和泉掾) 쇼하쿠도(松栢堂)와 공동 투자하여 출판하였다. 게이분칸(奎文館)에서는 9차 사행 때에도 『상한창화훈지집(桑韓唱和塤篪集)』 11권 11책을 출판하여, 세오겐베이(瀨尾源兵衛)는 29세에 이미 대표적인 출판업자로 자리매김하게 되었다. 그러나 안타깝게도 38세에 세상을 떠나, 더 이상의 거질 필담 창화집은 간행되지 못했다.

필담창화집 178책을 수집하여 원문을 입력하고 번역한 결과물

나는 조선시대 한문학 연구가 조선 국경 안의 한문학만이 아니라 국경 너머를 오가며 외국인들과 주고받은 한자 기록물까지 연구해야 한다는 생각으로, 첫 번째 박사논문을 지도하면서 '통신사 필담창화집'을 과제로 주었다. 구지현 선생은 1763년에 파견된 11차 통신사 구성원들이 기록한 사행록 9종과 필담창화집 30종을 수집하여 분석했는데, 박사학위를 받은 뒤에도 필담창화집을 계속 수집하여 2008년 한국학술진흥재단의 토대연구에 『조선후기 통신사 필담창수집의 수집, 번역 및 데이터베이스 구축』이라는 과제를 신청하였다. 이 과제를 진행하면서 우리 팀에서 수집한 필담창화집 178책의 목록과, 우리가 예상한 작업진도 및 번역 분량은 다음과 같다.

1) 1차년도(2008. 7.~2009. 6.) : 1607년(1차 사행)에서 1711년(8차 사행)까지

연번	필담창화집 책 제목	면 수	1면 당 행수	1행 당 글자 수	예상되는 원문 글자 수
001	朝鮮筆談集	44	8	15	5,280
002	朝鮮三官使酬和	24	23	9	4,968
003	和韓唱酬集首	74	10	14	10,360
004	和韓唱酬集一	152	10	14	21,280
005	和韓唱酬集二	130	10	14	18,200
006	和韓唱酬集三	90	10	14	12,600
007	和韓唱酬集四	53	10	14	7,420
008	和韓唱酬集(결본)				
009	韓使手口錄	94	10	21	19,740
010	朝鮮人筆談幷贈答詩(國圖本)	24	10	19	4,560
011	朝鮮人筆談幷贈答詩(東京都立本)	78	10	18	14,040
012	任處士筆語	55	10	19	10,450
013	水戶公朝鮮人贈答集	65	9	20	11,700
014	西山遺事附朝鮮使書簡	48	9	16	6,912
015	木下順菴稿	59	7	10	4,130
016	鷄林唱和集1	96	9	18	15,552
017	鷄林唱和集2	102	9	18	16,524
018	鷄林唱和集3	128	9	18	20,736
019	鷄林唱和集4	122	9	18	19,764
020	鷄林唱和集5	110	9	18	17,820
021	鷄林唱和集6	115	9	18	18,630
022	鷄林唱和集7	104	9	18	16,848
023	鷄林唱和集8	129	9	18	20,898
024	觀樂筆談	49	9	16	7,056
025	廣陵問槎錄上	72	7	20	10,080
026	廣陵問槎錄下	64	7	19	8,512
027	問槎二種上	84	7	19	11,172

028	問槎二種中	50	7	19	6,650
029	問槎二種下	73	7	19	9,709
030	尾陽倡和錄	50	8	14	5,600
031	槎客通筒集	140	10	17	23,800
032	桑韓醫談	88	9	18	14,256
033	辛卯唱酬詩	26	7	11	2,002
034	辛卯韓客贈答	118	8	16	15,104
035	辛卯和韓唱酬	70	10	20	14,000
036	兩東唱和錄上	56	10	20	11,200
037	兩東唱和錄下	60	10	20	12,000
038	兩東唱和後錄	42	10	20	8,400
039	正德韓槎諭禮	16	10	18	2,880
040	朝鮮客館詩文稿(내용 중복)	0	0	0	0
041	坐間筆語附江關筆談	44	10	20	8,800
042	七家唱和集－班荊集	74	9	18	11,988
043	七家唱和集－正德和韓集	89	9	18	14,418
044	七家唱和集－支機閒談	74	9	18	11,988
045	七家唱和集－朝鮮客館詩文稿	48	9	18	7,776
046	七家唱和集－桑韓唱酬集	20	9	18	3,240
047	七家唱和集－桑韓唱和集	54	9	18	8,748
048	七家唱和集－賓館縞紵集	83	9	18	13,446
049	韓客贈答別集	222	9	19	37,962
예상 총 글자수					589,839
1차년도 예상 번역 매수 (200자원고지)					약 8,900매

2) 2차년도(2009. 7.~2010. 6.) : 1719년(9차 사행)에서 1748년(10차 사행)까지

연번	필담창화집 책 제목	면수	1면 당 행수	1행 당 글자 수	예상되는 원문 글자 수
050	客館璀璨集	50	9	18	8,100
051	蓬島遺珠	54	9	18	8,748
052	三林韓客唱和集	140	9	19	23,940
053	桑韓星槎餘響	47	9	18	7,614

054	桑韓星槎答響	106	9	18	17,172
055	桑韓唱酬集1권	43	9	20	7,740
056	桑韓唱酬集2권	38	9	20	6,840
057	桑韓唱酬集3권	46	9	20	8,280
058	桑韓唱和塤篪集1권	42	10	20	8,400
059	桑韓唱和塤篪集2권	62	10	20	12,400
060	桑韓唱和塤篪集3권	49	10	20	9,800
061	桑韓唱和塤篪集4권	42	10	20	8,400
062	桑韓唱和塤篪集5권	52	10	20	10,400
063	桑韓唱和塤篪集6권	83	10	20	16,600
064	桑韓唱和塤篪集7권	66	10	20	13,200
065	桑韓唱和塤篪集8권	52	10	20	10,400
066	桑韓唱和塤篪集9권	63	10	20	12,600
067	桑韓唱和塤篪集10권	56	10	20	11,200
068	桑韓唱和塤篪集11권	35	10	20	7,000
069	信陽山人韓館倡和稿	40	9	19	6,840
070	兩關唱和集1권	44	9	20	7,920
071	兩關唱和集2권	56	9	20	10,080
072	朝鮮人對詩集1권	160	8	19	24,320
073	朝鮮人對詩集2권	186	8	19	28,272
074	韓客唱和/浪華唱和合章	86	6	12	6,192
075	和韓唱和	100	9	20	18,000
076	來庭集	77	10	20	15,400
077	對麗筆語	34	10	20	6,800
078	鳴海驛唱和	96	7	18	12,096
079	蓬左賓館集	14	10	18	2,520
080	蓬左賓館唱和	10	10	18	1,800
081	桑韓醫問答	84	9	17	12,852
082	桑韓鏘鏗錄1권	40	10	20	8,000
083	桑韓鏘鏗錄2권	43	10	20	8,600
084	桑韓鏘鏗錄3권	36	10	20	7,200
085	桑韓萍梗錄	30	8	17	4,080
086	善隣風雅1권	80	10	20	16,000
087	善隣風雅2권	74	10	20	14,800
088	善隣風雅後篇1권	80	9	20	14,400

089	善隣風雅後篇2권	74	9	20	13,320
090	星軺餘轟	42	9	16	6,048
091	兩東筆語1권	70	9	20	12,600
092	兩東筆語2권	51	9	20	9,180
093	兩東筆語3권	49	9	20	8,820
094	延享五年韓人唱和集1권	10	10	18	1,800
095	延享五年韓人唱和集2권	10	10	18	1,800
096	延享五年韓人唱和集3권	22	10	18	3,960
097	延享韓使唱和	46	8	14	5,152
098	牛窓錄	22	10	21	4,620
099	林家韓館贈答1권	38	10	20	7,600
100	林家韓館贈答2권	32	10	20	6,400
101	長門戊辰問槎상권	50	10	20	10,000
102	長門戊辰問槎중권	51	10	20	10,200
103	長門戊辰問槎하권	20	10	20	4,000
104	丁卯酬和集	50	20	30	30,000
105	朝鮮筆談(元丈)	127	10	18	22,860
106	朝鮮筆談1권(河村春恒)	44	12	20	10,560
107	朝鮮筆談1권(河村春恒)	49	12	20	11,760
108	韓客對話贈答	44	10	16	7,040
109	韓客筆譚	91	8	18	13,104
110	韓人唱和詩	16	14	21	4,704
111	韓人唱和詩集1권	14	7	18	1,764
112	韓人唱和詩集1권	12	7	18	1,512
113	和韓文會	86	9	20	15,480
114	和韓唱和錄1권	68	9	20	12,240
115	和韓唱和錄2권	52	9	20	9,360
116	和韓唱和附錄	80	9	20	14,400
117	和韓筆談薰風編1권	78	9	20	14,040
118	和韓筆談薰風編2권	52	9	20	9,360
119	鴻臚傾蓋集	28	9	20	5,040
예상 총 글자수					723,730
2차년도 예상 번역 매수 (200자원고지)					약 10,850매

3) 3차년도(2010. 7.~ 2011. 6.) : 1763년(11차 사행)에서 1811년(12차 사행)까지

연번	필담창화집 책 제목	면수	1면당 행수	1행당 글자수	예상되는 원문 글자수
120	歌芝照乘	26	10	20	5,200
121	甲申槎客萍水集	210	9	18	34,020
122	甲申接槎錄	56	9	14	7,056
123	甲申韓人唱和歸國1권	72	8	20	11,520
124	甲申韓人唱和歸國2권	47	8	20	7,520
125	客館唱和	58	10	18	10,440
126	鷄壇嚶鳴 간본 부분	62	10	20	12,400
127	鷄壇嚶鳴 필사부분	82	8	16	10,496
128	奇事風聞	12	10	18	2,160
129	南宮先生講餘獨覽	50	9	20	9,000
130	東渡筆談	80	10	20	16,000
131	東槎餘談	104	10	21	21,840
132	東游篇	102	10	20	20,400
133	問槎餘響1권	60	9	20	10,800
134	問槎餘響2권	46	9	20	8,280
135	問佩集	54	9	20	9,720
136	賓館唱和集	42	7	13	3,822
137	三世唱和	23	15	17	5,865
138	桑韓筆語	78	11	22	18,876
139	松菴筆語	50	11	24	13,200
140	殊服同調集	62	10	20	12,400
141	快快餘響	136	8	22	23,936
142	兩東鬪語乾	59	10	20	11,800
143	兩東鬪語坤	121	10	20	24,200
144	兩好餘話상권	62	9	22	12,276
145	兩好餘話하권	50	9	22	9,900
146	倭韓醫談(刊本)	96	9	16	13,824
147	倭韓醫談(寫本)	63	12	20	15,120
148	栗齋探勝草1권	48	9	17	7,344
149	栗齋探勝草2권	50	9	17	7,650
150	長門癸甲問槎1권	66	11	22	15,972

151	長門癸甲問槎2권	62	11	22	15,004
152	長門癸甲問槎3권	80	11	22	19,360
153	長門癸甲問槎4권	54	11	22	13,068
154	萍遇錄	68	12	17	13,872
155	品川一燈	41	10	20	8,200
156	表海英華	54	10	20	10,800
157	河梁雅契	38	10	20	7,600
158	和韓醫談	60	10	20	12,000
159	韓客人相筆話	80	10	20	16,000
160	韓館應酬錄	45	10	20	9,000
161	韓館唱和1권	92	8	14	10,304
162	韓館唱和2권	78	8	14	8,736
163	韓館唱和3권	67	8	14	7,504
164	韓館唱和續集1권	180	8	14	20,160
165	韓館唱和續集2권	182	8	14	20,384
166	韓館唱和續集3권	110	8	14	12,320
167	韓館唱和別集	56	8	14	6,272
168	鴻臚摭華	112	10	12	13,440
169	鷄林情盟	63	10	20	12,600
170	對禮餘藻	90	10	20	18,000
171	對禮餘藻(明遠館叢書 57)	123	10	20	24,600
172	對禮餘藻(明遠館叢書 58)	132	10	20	26,400
173	三劉先生詩文	58	10	20	11,600
174	辛未和韓唱酬錄	80	13	19	19,760
175	接鮮瘖語(寫本)1	102	10	20	20,400
176	接鮮瘖語(寫本)2	110	11	21	25,410
177	精里筆談	17	10	20	3,400
178	中興五侯詠	42	9	20	7,560
예상 총 글자수					786,791
3차년도 예상 번역 매수 (200자원고지)					약 11,800매

1차년도에는 하우봉(전북대) 교수와 유경미(일본 나가사키국립대학) 교수를 공동연구원으로 하여 고운기, 구지현, 김형태, 허은주, 김용흠 박

사가 전임연구원으로 번역에 참여하였다. 3년 동안 기태완, 이지양, 진영미, 김유경, 김정신, 강지희 박사가 연구원으로 교체되어, 결국 35,000매나 되는 번역원고를 마무리하였다.

일본식 한문이 중국식 한문과 달라서 특히 인명이나 지명 번역이 힘들었는데, 번역문에서는 독자들이 읽기 쉽도록 한국식 한자음으로 표기하고, 첫 번째 각주에서만 일본식 한자음을 표기하였다. 원문을 표점 입력하는 방법은 고전번역원에서 채택한 방법을 권장했지만, 번역자마다 한문을 교육받고 번역해온 과정이 다르기 때문에 재량을 인정하였다. 원본 상태를 확인하려는 연구자를 위해 영인본을 뒤에 편집하였는데, 모두 국내외 소장처의 사용 승인을 받았다.

원문과 번역문을 합하여 200자원고지 5만 매 분량의『조선후기 통신사 필담창화집 번역총서』를 12,000면의 이미지와 함께 편집하고 4차에 나누어 10책씩 출판하는 과정이 복잡하고 힘들었기에, 연세대학교 정갑영 총장에게 편집비 지원을 신청하였다.『조선후기 통신사 필담창수집 번역본 30권 편집』 정책연구비(2012-1-0332)를 지원해주신 정갑영 총장에게 감사드린다.

『조선후기 통신사 필담창화집 번역총서』를 편집하는 과정에 문화재청으로부터『통신사기록 조사 및 번역, 데이터베이스 구축』 연구용역을 발주받게 되어, 필담창화집을 비롯한 통신사 관련 기록을 세계기록유산으로 등재하는 작업에 참여하게 된 것도 기쁜 일이다. 통신사 관련 기록들이 모두 데이터베이스로 구축되어 국내외 학자들이 한일문화교류, 나아가서는 동아시아문화교류 연구에 손쉽게 참여하게 된다면『통신사 필담창화집 번역총서』의 사명을 다하는 것이라고 생각한다.

조선후기 통신사가 동아시아 문화교류 연구에 중요한 이유는 임진왜란 이후에 중국(청나라)과 일본의 단절된 외교를 통신사가 간접적으로 이어주었기 때문이다. 통신사 필담창화집 번역총서 60권 출판이 마무리되면 조선후기에 한국(조선)과 중국(청나라) 지식인들이 주고받은 척독집 40여 권도 데이터베이스로 구축하여, 일본에서 조선을 거쳐 청나라로 이어지는 '동아시아 문화교류의 길' 데이터베이스를 국내외 학자들에게 제공하고자 한다.

▒ 김형태(金亨泰)
연세대학교 국어국문학과, 연세대학교 대학원 국어국문학과 졸업. 문학박사
연세대학교 국학연구원 연구교수 역임
현재 경남대학교 문과대학 국어국문학과 조교수
저서로는 『대화체 가사의 유형과 역사적 전개』(소명출판, 2009),
『통신사 의학 관련 필담창화집 연구』(보고사, 2011) 등이 있다.

조선후기 통신사 필담창화집 번역총서 24
兩東筆語

2014년 8월 28일 초판 1쇄 펴냄

역 자 김형태
발행인 김흥국
발행처 도서출판 보고사

등록 1990년 12월 13일 제6-0429호
주소 서울특별시 성북구 보문동7가 11번지 2층
전화 922-5120~1(편집), 922-2246(영업)
팩스 922-6990
메일 kanapub3@naver.com
http://www.bogosabooks.co.kr

ISBN 979-11-5516-299-6 94810
979-11-5516-055-8 (세트)

정가 31,000원

이 도서의 국립중앙도서관 출판예정도서목록(CIP)은 서지정보유통지원시스템 홈페이지(http://seoji.nl.go.kr)와 국가자료공동목록시스템(http://www.nl.go.kr/kolisnet)에서 이용하실 수 있습니다.(CIP제어번호: CIP2014024762)